12/19

SIEMPRE UN DESTIERRO

GABRIELA COUTURIER

SIEMPRE UN DESTIERRO

OCEANO

SIEMPRE UN DESTIERRO

Publicada mediante acuerdo con VF Agencia Literaria

Diseño de portada: Jorge Garnica / Poetry of Magic
Imágenes de portada: cortesía de la autora
Fotografía de la autora: Robert Stone

D. R. © 2019, Editorial Océano de México, S.A. de C.V.
Homero 1500 - 402, Col. Polanco
Miguel Hidalgo, 11560, Ciudad de México
info@oceano.com.mx

Primera edición: 2019

ISBN: 978-607-527-999-2

A Yiannis, siempre

A Yvette, por todo

Con todo mi agradecimiento
a Jean-François Campario, sin cuya
ayuda, información, alojamiento y lectura
esta novela no habría sido posible.

I

La carta era de amor y llevaba más de un siglo oculta en el granero. Esa carta, que no iba dirigida a la mujer deseada, atravesó el Atlántico desde Veracruz, llegó a Francia a tiempo y cumplió su cometido: el pretendiente rogaba el consentimiento de los padres de su amada para casarse con ella, a pesar de que nunca lo hubieran visto y tuvieran pocas esperanzas de conocerlo. Luego pasó el tiempo, vinieron las cosechas, llegaron las desgracias y las migraciones, y la carta se quedó olvidada bajo el polvo y los escombros. Cuando apareció, estaba algo roída por las ratas; pero seguía siendo tan elocuente como lo había sido en el momento en que Maurice pidió la mano de Franceline. A Franceline, decía él, "tengo la inefable dicha de gustarle", y aseguraba haber resultado "el elegido de su corazón", a pesar de ser "quizás aquel que menos lo amerita".

El granero que protegió la carta era el de la casa de Jaintouin, en la Alta Saboya francesa, que durante el siglo XIX albergó a mis antepasados y que perdió mi tatarabuelo Simon-Claude ante los acreedores de un préstamo impagable y una promesa descuidada. Fue ésa la casa que abandonaron los viejos para refugiarse más arriba, en el flanco de la misma montaña, y de la que salieron los dos hermanos que se habrían de instalar para siempre en las costas de Veracruz.

Ese granero era, como todos los de la región, una edificación baja y sólida, situada a algunos pasos de la casa principal y construida para resistir los deslaves, los fuegos y las inundaciones comunes en la zona. Además de los granos, protegía la ropa de domingo, los documentos y todo lo que la familia consideraba de valor. En ese nido la carta había resistido el tiempo y los cambios como un mensajero hechizado esperando su liberación.

Cuando la carta salió a la luz, ya pocos en la familia recordábamos la desafortunada historia de amor de Franceline y Maurice. Se sabía que Franceline había emigrado a México, todavía adolescente, siguiendo a su hermano Ernest, cuando entendieron que ya no tendrían futuro en esas montañas. Sabíamos también que ninguno volvió a la Saboya, y que los descendientes en México, dos generaciones después, éramos mucho más numerosos y considerablemente más prósperos que los que se quedaron en Francia. Pero había sido tanto el tiempo y tanta la lejanía, que la poca correspondencia que cruzó el océano durante esas décadas no hizo más que profundizar la distancia y la separación.

La habitación donde los he conocido no guarda sólo cartas y fotos, sino también uno de los vestidos de Franceline, de los que ella terminó, de los que menciona en su correspondencia. Era una mujer diminuta: tal vez por eso nadie más lo usó; tal vez por respeto. Sigue en una caja y huele a naftalina. Toda la habitación cambia de olor, como si cambiara la luz, desde el momento en que abrimos la caja. Vemos ahí dentro un mechón de pelo castaño claro que pudo haber sido suyo, aunque está guardado en un sobre sin inscripciones, en una caja con cosas que pudieron ser de quienquiera.

Colgado en un perchero, como a punto de usarse, está también el sombrero de Maurice. Ese absurdo sombrero de fieltro al que se aferraba a pesar del calor, sin el que se sentía desnudo, expuesto, y que nunca quiso cambiar por los de palma, de alas anchas, como los que se usaban en Veracruz.

Su sobrina Léontine, tía Tina, a quien Franceline no conoció, lo ha atesorado todo, lo ha mantenido intacto, en esa habitación polvosa donde la naftalina lucha contra el olor del tiempo.

Para sus noventa y tantos años, es sorprendente lo erguida que se mantiene la tía Tina. Dicen que era una mujer alta; ahora es una viejita, así, en diminutivo, a quien hay que agacharse para saludar. Pero sus manos son inesperadamente ágiles, jóvenes a pesar de las arrugas. No las han tocado ni la artritis ni las manchas. Coge los papeles con reverencia y los pasa, uno por uno, en un gesto que ha repetido miles de veces. Con cada foto murmura los nombres, y con cada carta los hechos. No deja que nadie toque ni unas ni otras: ella controla lo que vemos y lo que oímos.

Sus ojos, como sus manos, no dejarían estimar su edad: siguen viendo con curiosidad, siguen siendo azules, claros y limpios, sin cataratas ni carnosidades ni rojeces. Es una mujer extraña; es muy vieja, avara y amarga. Casi nunca se refiere a la Ciudad de México, en la que vive desde hace más de sesenta años. Sus pensamientos se han ido quedando "allá abajo", en "la Colonia", en ese San Rafael tropical de Veracruz, a donde llegó su familia francesa un siglo antes y donde ella misma vivió sus primeros veintitantos años. Sin hijos propios, vive de la memoria de quienes se escribían con sus padres desde Francia, inmersa en sus fotos, sepultada en sus cartas. Añorando esa época que no le tocó sino de refilón.

Ahora nosotros tratamos de rescatar esas vidas del encierro que la tía les ha impuesto. Porque los obliga a seguir aquí: no los ha dejado irse, alejarse, perderse en el tiempo. Gracias a su extraordinaria voluntad, los mantiene presentes, los saca de sus papeles y revive sus historias, historias que tal vez le permitan olvidarse de la que le tocó vivir a ella misma, en su curiosa labor de guardiana del pasado.

Tía Tina sigue hablando con afectación, con un acento afrancesado que dejó de oírse en la familia hace más de medio siglo. Hablamos de comida y ríe; nos dice, con felicidad infantil, "*passez à table!*", pasen a la mesa, su frase favorita, la que soltaba su madre cuando llegaban los visitantes, la que culminaba el día o la que reunía a quienes habían salido a trabajar.

"*Passez à table!*", sigue diciendo frente a las fotos, y recuerda el pan de agua que partía el jefe de familia "en rebanadas exactas de un centímetro" que se ofrecían en una bandeja al centro de la mesa. "*Celui qui ne sait pas couper le pain, ne sait pas le gagner*", afirma, como tantas veces debe de haber afirmado Ernest, su padre, de cuya capacidad de ganar —o de cortar— el pan nadie dudó.

"*Passez à table!*", para describir las mermeladas que elaboraba Elise con las frutas que traían los arribeños, esas frutas de tierras frías que no se daban en San Rafael y que los franceses echaban de menos. Y recuerda el dulce que hacían con las naranjitas "de a veinte por centavo", machucadas con trozos de vainilla, para recubrir los panes. "*Passez à table!*", y se le hace agua la boca, su boca enjuta de dientes intactos, al pensar en el *gratin* de pavo o en los *œufs à la neige* o en la mantequilla casera.

Tú, querido Jean, primo redescubierto hace poco, creciste en Francia conociendo mucho más de la familia en México que lo que nosotros sabíamos de ustedes: tu abuelo guardó y catalogó cuidadosamente la correspondencia de su tío, mi bisabuelo, que emigró a Veracruz. Pero las cartas en sentido inverso, las que salieron de la Saboya, quedaron dispersas entre un centenar de descendientes mexicanos y se fueron perdiendo con la Revolución, las mudanzas y las inundaciones. Sólo teníamos acceso ya a las que atesoró tía Tina.

Mis abuelos, a diferencia del tuyo, no guardaban más que una borrosa memoria de los parientes que se quedaron en Saboya, en la aldea de Chamossière, donde se situaba la casa de Jaintouin. Seguían considerándola como la casa de la familia, aunque supieran que Jaintouin se había perdido con la bancarrota y que esa pérdida estaba en la raíz de la emigración. Yo conocía las historias, susurradas a veces como leyendas improbables, que todavía contaban nuestros viejos. Pero no habría hecho nada por aprender más si no hubiera sido por la insistencia de tía Tina. Cuando, adolescente, viajé por Europa, ella me dio la dirección de tus papás y me insistió en que te buscara, allá, en donde estaban mis raíces. Pero en ese momento París había resultado mucho más interesante; el viaje a Saboya, algo prescindible, y apenas habíamos intercambiado tú y yo los buenos deseos que nuestros abuelos se enviaban mutuamente. De ese fugaz encuentro, que en nuestra prisa juvenil nos pareció irrelevante, perduró, sin embargo, el conocimiento de esa presencia, como un mundo espejo del que estábamos ausentes uno y otro. Perduraron las direcciones de nuestras casas paternas y perduró la costumbre de las cartas, felicitándonos por el año nuevo y avisándonos de las muertes de los viejos.

A más de veinte años de distancia, esta vez las cosas eran

muy distintas: habías grabado a tu abuelo contándote las historias de la región a fines del siglo XIX. Él te había platicado del talento médico del viejo Simon-Claude y de los poderes mágicos de nuestro tío bisabuelo Anselme; de los largos viajes que se hacían a pie por la región; de las leyendas y las diabluras del *sarvan*; de las bromas que les hacía nuestro tatarabuelo a sus conocidos, que los dejaban muertos de terror durante semanas. Ante mis preguntas, tus descripciones de las costumbres y de las casas condimentaron en mi mente la narración de tu abuelo. Tu inagotable entusiasmo por ese pasado común que yo desconocía casi por completo acabó por plantar una semilla que no pudo más que germinar cuando me contaste que había aparecido la famosa carta de Maurice. Ya no tuve pretexto para seguir retrasando mi encuentro con esa tierra que me habitaba, sin saberlo yo, desde las costumbres de mi familia, los ademanes de mis abuelos, nuestras expresiones y ese vacío que sólo ahora sabía nombrar.

El paisaje nevado que llevaba a Jaintouin era el de un cuento de hadas: a las casas regadas abajo, en el valle de Thônes, a los bosques de abetos en las laderas de las montañas, al silencio blanco de los caminos los iluminaba una luz cuidadosa, que se reflejaba en todos lados y que parecía no venir de ninguna parte. Los sonidos llegaban de muy lejos y pasaban también por ese tamiz sedoso, inasible, que imponía precaución y sigilo.

Pensé en el contraste entre ese silencio blanco y el barullo insistente de las selvas veracruzanas. En lo que debe de haber sido la larga travesía en 1890. El salto al vacío, un acto de fe ciega que no garantizaba nada. Nada, más que la imposible lejanía, la distancia insalvable que no era sólo el mar, o las montañas, sino la forma de vida. Una vida que no conocían pero que sabían que tendría que ser diferente: extraña al punto de resultarles incomprensible. De la que no entenderían más que lo poco que hubieran leído en las cartas de esos parientes lejanos que los animaban a alcanzarlos; lo que habían visto en las exóticas fotografías que recibían, un par de veces al año, con caras vagamente familiares en paisajes imposibles, planos, cubiertos de una vegetación casi amenazante. Donde tendrían conocidos, tal vez, pero no a su familia cercana. Donde nunca dejarían de ser extranjeros. De donde quién sabe si pudieran volver.

Imaginé una desorientación que pasaba por el clima, sí, y también por el idioma, por las costumbres y la forma de las casas, por la vestimenta y los sabores. Pero que sería, sobre todo, una ausencia, un hueco de sus olores y de sus cielos nocturnos, de sus veladas invernales, de las pendientes conocidas, del olor de su ganado, de la paja bajo los techos y de las galerías alrededor de las casas. Un desarraigo empapado del temor de que fuera a volverse permanente, una pesadilla de la que no pudieran despertar, por bien que les fuera; un viaje sin retorno, un olvido lento, de una y otra parte; una pérdida de esos rostros y esas voces; un saber de muertes sin despedida y de jóvenes a quienes ya no les haría falta su presencia.

Sepulturas como una equivocación en la selva lejana, a las que no alcanzarían las flores de sus familias. Sepulturas separadas por un océano de las de sus antepasados y sus conocidos. La ausencia definitiva de esos cementerios queridos donde nunca habían dudado reposar y donde ya nada guardaría su memoria. Donde ni siquiera la muerte volvería a reunirlos con los suyos.

Sabían, antes de partir, que no había garantías, que los buques transatlánticos casi siempre llegaban a buen puerto, en Veracruz; pero que las embarcaciones que remontaban la costa para entrar por el río Bobos hasta San Rafael no daban seguridades. Que a los franceses que vivían en esas selvas los diezmaban aún las fiebres tropicales. Que las guerras con Francia habían dejado secuelas entre los mexicanos de las que los franceses se cuidaban con su relativo aislamiento.

Deben de haber intuido esa voz que habría de cantar la añoranza por el terruño; pero aún más, la que advertía sobre el peligro de acostumbrarse, de ya no querer regresar. Preferir algo distinto, hacerse de otro modo. Deben de haber sentido la posibilidad del cambio como una amenaza vaga e intangible, pero presente, en los preparativos, en los adioses, en su imagen reflejada por última vez en los espejos de siempre.

Hacía falta una temeridad fuera de lo común, un optimismo inaudito, para dejarlo todo y lanzarse al mar. O una necesidad tal, una pobreza dolorosa, que no dejara opción. Porque estos paisajes, tan conocidos, de cuento de hadas bajo la nieve, albergaban también a su villano: el ganado que no alcanzaba para mantener a la familia, las tormentas que arrancaban las casas de sus cimientos, las deudas, el frío amargo de inviernos interminables, las guerras que se llevaban a los hijos.

Era necesaria una cierta inocencia, de la que tal vez no estuvieran conscientes antes de partir; pero que la lejanía, la nostalgia, deben de haber ido royendo, herrumbrando, enlodando al grado de hacerla irreconocible. Al grado de hacerlos a ellos mismos irreconocibles para los que se quedaron atrás.

Por eso, dos generaciones después, celebrábamos el encuentro tú y yo, hijos de ambos lados del Atlántico. Primos desconocidos que crecieron ignorándolo casi todo de su familia, de la otra mitad, la que se quedó o la que se fue. Y a quienes sólo logró reunir la voluntad de una vieja amarga y regañona, bruja también en el cuento de hadas tropical.

De mi lado, lo que me hacía seguir visitando a la tía Tina, lo único que me ayudaba a tolerar sus sermones, era la esperanza de descubrir algo importante entre sus cartas y sus memorias. Era también lo que te llamaba ahora a México, Jean, equipado con tus conocimientos de investigador, con la memoria de las cartas que guardaba tu abuelo, con tu propia curiosidad por conocer los paisajes tropicales que habían recibido a los emigrados.

Porque queríamos, los dos, saber qué había pasado, quiénes eran esos parientes de sueño de los que hablaban nuestros abuelos, cuáles los protagonistas de las historias que conocíamos. Queríamos, nosotros también, romper el hechizo que nos revelaría qué quedaba de ese pasado que compartíamos.

Me armo de paciencia, esas tardes en que visitamos a la tía cuando estás en México. Me hago a la idea de las repeticiones, de las lagunas, de esos espacios en que viaja sola y muda y no la podemos acompañar. Por más que quisiera anotar todas sus memorias, por más que la grabemos o copiemos lo que escribe, hay lugares, épocas que ya perdió por completo o que no quiere recordar. La veo frágil, débil, disminuida, y sé que la estoy viendo desde ese lugar desde donde los jóvenes vemos a los viejos: esa suficiencia algo arrogante y algo condescendiente.

"*Allons, casquettes, voir les chapeaux!*", dice tía Tina, citando el refrán con entusiasmo, cuando nos guía por el pasillo hacia el comedor, donde se han ido quedando las cajas con las cartas y las fotos.

Volteas a verme con una sonrisa irónica y corriges, por lo bajo: "*Vas-y, casquette, à la foire aux chapeaux!*". Como te burlabas de la prima de San Rafael que te hablaba, muy afrancesada, de no sé qué florero y te decía *fleurier.* "De pensar a lo que ha llegado el francés de la familia, en este lado del Atlántico…"

La habitación huele permanentemente a gas: el calentador, la estufa, el encierro de años. Huele a gas y las superficies de esa casa que tía Tina alguna vez compartió con Elise, su madre, están hoy cubiertas de periódicos, los más recientes sobre los más antiguos. Plásticos gruesos, opacos de polvo, tratan de defender a los muebles y le dan a la sala, a la biblioteca, a las recámaras de camas tendidas y armarios llenos, el aspecto de un lugar que ha planeado meticulosamente el abandono, la desolación del tiempo y del olvido.

La tía Tina, de ojos azules y vivos, la tía alta que se ha ido achicando, la tía de manos elegantes, tiene algo de misterio. Sería, tal vez, una vieja atractiva si no fuera tan negativa. Tan regañona, tan empeñada en demostrarnos que todo era mejor antes y que todo sería mejor si la familia hubiera regresado a Francia. Sus manos acarician los documentos con la misma devoción que recordábamos de las veces anteriores. En sus frases sigo oyendo el eco de esos paseos largos a caballo por ranchos encantados de los que hablaban desde que yo era niña, cuando la visitaba con mis abuelos.

Nos habla de mi abuelo, su hermano menor, que ya murió. Nos cuenta de su timidez, de cómo cuando era niño lo mandaban a vender, en el camino real, la fruta del rancho, y cómo él dejaba la fruta en montoncitos a la orilla del camino y se escondía entre los arbustos, porque le daba vergüenza cobrar. Nos dice que la gente ya lo sabía, y que le dejaban las monedas junto a la fruta. Nos cuenta que una vez Alfred, el bromista Alfred, le pidió unas monedas para comprar mazapanes; pero que mi abuelo se negó, porque en su orgullo no cabía entregar menos dinero del que había recibido. Tía Tina nos dice que Alfred le insistió, que trató de engatusarlo, que le prometió cosas. Pero que mi abuelo encontró la forma de que su negativa fuera irrefutable: "Dan sed", le dijo a propósito de los mazapanes. Y que Alfred se quedó callado, sin saber qué más decir. "Alfred callado", nos dice, con una explosión de hilaridad que no entendemos. Con llanto, que suponemos de risa; pero cuyas lágrimas entendemos como algo más. Porque la tía ya sólo repite, por lo bajo, el nombre de Alfred.

Y nos damos cuenta, en esta familia en donde los nombres se repiten en cada casa y en cada generación, de que no sabemos de qué Alfred está hablando.

Mucho debe de haber revivido la tía Tina cada uno de los hechos de su vida para contarlos con esa lucidez. Mucho debe de seguir luchando para impedir el paso del tiempo por sus habitaciones cubiertas, sus habitaciones como mausoleos, museos de alarmante olor a polvo y a gas. Cerró las cortinas y cerró las puertas y no permitió la entrada más que a quienes venimos, con ella, como ella, a visitar con reverencia las vidas de las que se erigió en curadora y carcelera. Mucho se debe de haber empeñado para mantener esa casa como templo, esa cárcel como casa, ese abandono como realidad.

Vacía de su propia vida, se convirtió en depositaria de las de los demás. De la de su madre Elise, sobre todo, quien nunca volvió a ver sus tierras pero que se consoló con regresar a Francia por procuración, a través de su hija. Porque fue Elise quien animó a Léontine a que fuera, cuando para ella misma ya era demasiado tarde, a ver sus montañas y a los parientes que se habían quedado allá: "*Raconte-moi bien, ça sera comme si nous y étions ensemble*", verlo todo como si viajaran juntas, como si fuera posible volver a la vida que se abandonó.

Tú te ríes de su acento y me recuerdas que tía Tina sólo fue una vez, esa vez, en nombre de Elise, en cuanto se asentó el polvo de la Segunda Guerra Mundial. Que iba con el cometido de restablecer en persona los lazos epistolares que ya se perdían desde la Gran Guerra en Europa y la Revolución en México. Te sorprende su fijación con Francia, cuando en realidad la única vida que conoció fue la de San Rafael, de niña; y la de la Ciudad de México, cuando se mudó definitivamente con Elise a esta misma casa.

Sin embargo, los dos sabemos que, sin ese viaje, sin ese empeño, muy probablemente habríamos perdido toda noción de la familia común. Era ese agradecimiento, supongo, el que nos hacía tolerarle a tía Tina todo lo demás: las impertinencias y las llamadas a deshoras, los regaños y la aspereza. Le perdonábamos sus comentarios malintencionados y su metichería no tanto porque viéramos con lástima a la tía solterona, sino porque intuíamos una valentía y un arrojo poco comunes en las mujeres de su época.

Había sido ella, en efecto, quien mantuvo a su madre y a otra de sus hermanas cuando se instalaron en la Ciudad de México. Ella, una de las primeras mujeres profesionistas en el país, una química que se hizo de un nombre entre la comunidad masculina por la agudeza de sus observaciones, quien no se arredró al verse obligada a valerse por sí misma, a construir y mantener su casa, la casa donde albergó a su madre y sus memorias. Ella, esa mujer hermosa que nunca se casó, que nunca aceptó la visita de ningún hombre que no fuera de la familia, que se ríe aún con amargura cuando uno le habla de enamorados o de hijos. Y que considera un error, una ofensa casi personal, que cualquiera de la familia se case con alguien que no sea francés.

Tú me habías hablado de dos fotografías: la del compromiso y la del matrimonio. Me dijiste que la del matrimonio es una rareza, porque Franceline estaba de blanco. No recuerdo si me dijiste que no se estilaban las fotos de blanco, o que no se acostumbraba vestirse de blanco para casarse. Era algo de lo que siguió hablándose en las cartas, sobre todo después de que la fotografía cruzara el Atlántico rumbo a Francia. Creo que el escándalo por el vestido se zanjó con las consabidas referencias al calor, a la humedad, al sol tropical.

Pero ya nadie encuentra la foto. Tu abuelo te dijo alguna vez que Yvonne la guardó durante un tiempo, porque Maurice había sido su pariente lejano; pero ya la has buscado en casa de ella, allá en Chamossière, y nunca apareció. Le rogamos a la tía Tina que la busque. Ella es nuestra última esperanza; esa foto es un testimonio extraordinario, me dices, con tu necedad de historiador.

Franceline les contaba de su compromiso a sus padres y hermanos, con la otra fotografía, de la que sí tenemos copia. Lleva en ella un misal en una mano, su ramillete de pensamientos en la otra y, en esa época en la que no se usaba sonreírle a la cámara, toda la circunspección del caso en el gesto y en la postura. En esta foto aparece sola, a diferencia de la del matrimonio, donde se sabe que estaba del brazo de Maurice. Para el estilo locuaz y entusiasta de Franceline, la carta que acompañaba la foto es parca y casi seca, como si el hecho de ir a casarse le exigiera demostrar una seriedad que nunca había tenido.

Yo entendía la importancia de las cartas; pero no me había dado cuenta de que éstas nunca cruzaban solas el Atlántico: los sobres iban llenos de semillas, de plumas de aves, de regalitos; pero, sobre todo, de fotos. Era la única forma de comunicar cómo era la familia, cómo se veían ahora, cómo habían cambiado, cómo eran las casas y la naturaleza. Nunca retrataban los paisajes ni las casas solos: éstos eran el escenario que describía el lugar. Las fotos, me dices tú, eran un acontecimiento. Esperaban meses a que pasara un fotógrafo, y entonces se preparaban, se arreglaban y posaban para verse exactamente como querían que la familia los viera. Quienes recibían las fotos las usaban, como imágenes en un altar, para rezar frente a ellas. Servían para congregar a la familia y a los vecinos, para decir lo que las cartas no podían.

Suponemos que tía Tina debe de tener otros papeles en el armario, cerrado con llave, del pequeño cuarto que se usaba como recibidor. Quisiéramos hurgar ahí: son documentos que nadie ha visto en medio siglo. Pero ella no quiere ni hablar de esa habitación. No dice por qué. No dice nada. Sale del comedor y acerca una silla al hermoso ropero de la que fue la habitación de Elise. Abre un par de cajones, que vemos llenos de papeles, y se queda ahí, revisándolos, ajena a nosotros, perdida en otro momento y en otro lugar.

Por fin, cierra los cajones y se decide por una gran caja de sombreros en el fondo del ropero. Tú le ayudas a sacarla y te seguimos por el pasillo. Cuando tía Tina la abre, sobre la mesa del comedor, nos damos cuenta de que está a punto de darnos un regalo, y que ese regalo es el mayor honor que podría hacernos: son los papeles de Ernest, su padre. Papeles legales, su cartilla del servicio militar, los títulos del rancho de San Rafael, el diploma de preboste de armas, algunas cartas y sus fotografías. Lo conocemos, por fin, joven, como nunca habíamos imaginado al viejo bigotudo de las fotografías de casa de mis abuelos. Vemos esa expresión suya de la que tanto oí hablar.

Tía Tina saca, del fondo de la caja, una foto mucho más grande, donde Ernest aparece de cuerpo entero, vestido de blanco, con su traje de esgrimista, sujetando el puño de la espada con la mano derecha, como si viniera de clavarla en el suelo. Lo vemos erguido, altivo; entendemos por qué se decía que era irresistible para las mujeres. Sus ojos, desde el papel, siguen siendo hipnóticos, infinitos; su gesto, una inquietante mezcla de invitación y desafío. Vemos otras fotos, anteriores, algo descoloridas, donde está vestido de soldado. Nos cuentas de la mala suerte que tuvo, de la tragedia de haber tenido que estar de servicio militar durante seis años.

Lo vemos muy joven, con sus hermanos, en una foto que te apresuras a calificar de rarísima. Esas fotos de interior, me dices, eran más burguesas: los campesinos por lo general sólo se retrataban en las grandes ocasiones, como las bodas, y con la seriedad del caso. No con la ligereza con la que vemos a Ernest niño, con el juguete de madera en las manos; a Bernard, que se ve que le costaba quedarse quieto; a Joseph, con una mano sobre el hombro de su padre. Sólo Anselme está serio, mirando fijamente a la cámara. Franceline, casi un bebé, sentada sobre las rodillas de Amandine, su madre, con un brazo estirado, trata de acariciar al perro echado a los pies del patriarca, Simon-Claude.

La foto es una rareza, insistes, y no tenemos manera de saber qué pudo hacerlos posar así, sin nada aparente que conmemorar. Hay, lo sabemos, mucho que nos falta entender sobre esa familia cuya historia nos define, Jean, a ti y a mí.

Ernest subía desde el pueblo de Thônes a principios de 1874 cuando vio al pequeño grupo reunido cerca de la intersección, junto al horno de pan. Se enteró de que había muerto la joven señora Dupont y la estaban velando. Con los pasos largos de sus dieciséis años se encaminó de regreso hacia su casa. Esa pendiente nevada era la de siempre; las casas construidas en la ladera, los bosques de abetos más arriba en la montaña, la vista desde el camino hacia el fondo del valle, los que conocía de toda su vida. Y sin embargo, la conciencia de esa muerte, que no era la primera muerte de su vida, hacía que la calma helada del camino se sintiera como una revelación.

Caminó el trecho que lo separaba del sendero hasta su casa, en Jaintouin, sin entender por qué se sentía así, como si hubiera sido testigo de un ritual que habría de exigir algo de él. Los Dupont eran vecinos del mismo flanco de la montaña, pastores y campesinos como ellos, que vivían en la casa cercana a la desviación hacia Chamossière. Conocían a la familia como se conocían todos en ese lugar: de verse por los caminos, de saludarse en misa los días de fiesta. Ernest sabía que el matrimonio tenía dos niñas pequeñas y que la abuela vivía abajo, en Thônes, con su hija soltera. Los conocía, pues, no tan bien como a sus vacas, con las que convivía a lo largo del año y cuyo temperamento entendía casi tanto como el de sus hermanos; pero saber que podía morirse alguien más joven que su madre, alguien cuyas hijas eran sólo ligeramente mayores que su hermana Franceline, le infundió un sentimiento que no era exactamente miedo pero que no sabía cómo explicarse.

Pasó frente a su casa, vio la entrada baja de la cava, el techo pesado de nieve, las ventanas de la cocina que daban al valle. Rodeó la casa hasta el claro que colindaba con el granero y se detuvo ante las puertas gemelas de la cocina y del establo. Del lado del establo oyó los ruidos de sus hermanos trabajando y abrió esa puerta: Joseph ordeñaba a la *Finette*, la vaca favorita de la familia, mientras Bernard limpiaba con una pala la paja que servía para recoger la suciedad del pequeño rebaño, que se quedaba encerrado dentro del establo durante todo el invierno. Franceline, por su parte, sentada en la división que separaba a la puerca de las vacas, golpeteaba el muro bajo con las botas al ritmo de lo que estaba canturreando. Con el ruido que hacían entre todos, no supo cómo hablarles de muerte y regresó a la incierta luz alpina del exterior.

Notó entonces que la puerta del granero estaba entreabierta, así que, en vez de entrar a la casa por la cocina, cruzó el claro que lo separaba de la pequeña edificación. Como se lo había imaginado, su hermano Anselme estaba dentro, concentrado, pasando las páginas del *Petit Albert* abierto sobre el baúl. A su lado, en una de las repisas, había una manzana partida por la mitad, y Ernest pensó en el conocido de la aldea de Montisbrand que había venido a hablar con Anselme unos días antes. Con toda seguridad, su hermano estaba preparando ese encantamiento que le ayudaría al muchacho a conseguir el favor de su dama. Anselme tomó la manzana y sacó, de un sobre que traía en la bolsa del pantalón, algunos cabellos, que batalló para anudar alrededor de un papelito. Ernest conocía bastante de los embrujos de su hermano como para saber que los cabellos eran tanto del estudiante como de la muchacha, y que en ese trozo de papel vendrían escritos los nombres de ambos. Anselme metió por fin el papel, ya anudado, en lugar de las semillas de la manzana, y amarró las dos mitades. Sabía que su hermano dejaría la fruta secándose en el granero y que, cuando estuviera lista, le ordenaría al joven ponerla debajo del lecho de ella, quien poco después debía empezar a soñar con él.

No dejaba de ser curioso ver a Anselme tan empeñado con un conjuro cuando, todos lo sabían, estaba destinado a ser el heredero de las habilidades médicas de su padre. Pero —Ernest no era el único que lo había notado— desde su regreso del servicio militar a finales del verano anterior, Anselme se había rodeado de un foso profundo que impedía que los demás se le acercaran. Y parecía estar llenando ese espacio de contacto humano con las páginas apergaminadas de sus libros de brujería.

Con Anselme ensimismado en lo suyo, Ernest no podía esperar gran cosa; pero de todas formas le contó lo de la señora Dupont. Se conmovió al decírselo, pensando tal vez en lo que la muerte de Amandine, su madre, significaría para su propia familia. Anselme, era de esperarse, lo vio sin inmutarse y sin responder, y Ernest sintió el bochorno de su propia emoción y la confusión de sus sentimientos, y salió de nuevo para buscar a sus padres y darles la noticia.

La bonita siempre fue Irène.

Lo supe desde que tuve edad para saber que era mi hermana menor. Era la que recibía todos los halagos, y hasta las mejores muñecas. Yo decía que las muñecas a mí no me gustaban, pero a lo mejor al principio sí me gustaban, sólo que a mí me tocaban las que estaban vestidas de oscuro. Las de Irène siempre estaban de colores claros, con sombreros amplios, como si fuera verano y estuvieran de paseo. Las mías no, las mías traían chales negros, como la viuda Rey, y cofias de estar en casa, y yo por eso decía que no me gustaban. A lo mejor por eso después ya no me regalaban muñecas. Hasta el día que ya no me regalaban nada.

Cuando se murió mamá, y papá se quedó encerrado y luego se fue, la tía Athénaïs venía por nosotras y nos dejaba jugar con los borreguitos. Ya no recuerdo bien cuánto tiempo dejamos de ver a papá. En ese momento parecían años, pero ya no puedo saber: eran años de niños, que duran más.

Ojalá no nos hubieran separado a Irène y a mí. Pero decía la abuela que no podía con las dos, que ella era más chiquita y que necesitaba estar con alguien, que yo era la fuerte y que así podía ayudar. Yo quería ayudar, en verdad. No quería darles problemas. Tampoco a mamá quería darle problemas, pero se murió ya saliendo del invierno y no pude hacer nada. Papá se había ido al pueblo, a Thônes, a traer algo, y tuvieron que bajar a buscarlo. Mi abuela lo mandó llamar cuando mamá dejó de toser, y yo me di cuenta de que se había muerto porque la abuela le puso su rosario en las manos. Pero la abuela no lloró, yo no la vi llorar. Se quedaba muy quieta y se abrazaba, a veces se enterraba las uñas en los brazos. Se acomodó el chal y se quedó sentada junto a la cama, viendo a la pared. Y cuando se acercó Irène haciendo ruido le dijo que mamá se había ido, que se despidiera. A mí no me vio porque estaba parada junto al *mur de feu* que separa la cocina del *peille*, que es la estancia, aunque ahí abajo de la chimenea de la cocina se colaba el viento y yo temblaba de frío. Y me quedé quieta porque si me movía iba a pasar algo muy malo.

Pero al final me tuve que ir de ahí porque todo lo malo ya había pasado y hacía mucho aire y yo estaba temblando, y cuando llegó papá me regañó: "Elise, ¿qué estás haciendo en el establo con las vacas?", pero yo no quería salir porque así estaba caliente y las vacas no estaban tristes. Pero llegó papá y las señoras estaban rezando y no me dejaron regresar al establo.

Las primeras que vinieron fueron las vecinas. Como no quería ver así a mamá no entré en el cuarto mientras la preparaban. No sé qué fue lo que le hicieron; pero cuando la volví a ver noté que la habían arreglado y que estaba vestida como si fuera a salir, sólo que acostada ahí en la habitación de invierno. Había velas y un tazón con agua bendita. Y los que iban llegando se paraban a su lado y la bendecían. Unos hasta le decían algo o tocaban un poco su mano, otros sólo la bendecían y se persignaban y se iban a sentar. O se salían a la calle y hablaban unos con otros. Mi abuela hizo café y después llegó tía Athénaïs, que se retrasó porque estaba haciendo los buñuelos para ofrecerlos a los que vinieran a vernos.

Yo vi que mi papá había llorado mucho porque tenía los ojos rojos; pero él no entraba en la habitación y tampoco quería hablar con los demás. Se quedaba afuera, un poco más lejos que el depósito de agua de la entrada, pero nunca se sentó. Se veía los zapatos y veía hacia arriba, a las montañas, porque todavía había claridad y una luz muy bonita que dejaba ver los árboles como si estuvieran muy cerca. Yo no quería mirar así a mamá porque ella no era así tan quieta, y esa cara tan seria no era la suya; pero unos y otros venían y me daban la mano y me decían que los acompañara a bendecirla y la tuve que ver. La vi muchas veces, y ahora cuando pienso en ella pienso en las velas y en ese traje que hacía que su cuello estuviera raro, y sus manos con el rosario y el misal, aunque preferiría pensar en sus manos cuando hacían la masa para el pan o cuando ordeñaban a las vacas; pero ahora cuando la recuerdo es casi como si fueran la manos de dos personas distintas. También le vi de muy cerca el pelo, que tenía muy rubio, y me habría gustado tocárselo, pero entonces me fijé en que ahí acostada tenía una mueca de mucha tristeza; aunque la tristeza de mamá no era así. Sobre esa mesa, a mi altura, se le veía la tristeza en la boca, cuando la tristeza de mamá había sido en los ojos, y siempre la tenía incluso cuando estaba sonriendo. Y a pesar de la tristeza de sus ojos, sonreía esa sonrisa tan bonita que quería decir que todo estaba bien y que no teníamos que preocuparnos; y su voz era de miel y nos consolaba cuando teníamos miedo y sus *rissoles* me gustaban mucho y ahora ya nunca los quiero comer aunque la receta de la tía sea igual.

Cuando me dijo mi abuela que se la iban a llevar y que me despidiera le toqué las manos, que estaban frías. Pero no como si viniera de la nieve: era un frío distinto, y ya no la quise volver a tocar. Irène sí: venía y ponía su dedo en una de las manos de mamá y se le quedaba viendo y yo creo que ella estaba muy chiquita y no sé cuándo entendió que mamá ya no se iba a despertar.

Al día siguiente la fuimos a enterrar. Irène no paró de llorar y de llamarla, y todas las señoras la abrazaban y la consolaban. Pero a mí no me gusta que me vean llorar, y por eso a mí casi no me abrazaron, sólo la abuela, porque en su regazo no me daba pena, y así estuve con ella desde que bajaron a mamá. A la salida de la casa pusieron la caja en un trineo y le prestaron a papá un caballo. Dicen que no se debe usar nunca el caballo de la casa para bajar a los muertos a enterrar; pero como nosotros no teníamos caballo, de cualquier forma tuvimos que pedir uno prestado. Papá iba caminando un poco lejos de los demás y no se secaba las lágrimas aunque tenía toda la cara mojada, y yo sentí mucha pena porque nunca lo había visto así. Cuando llegaron al camino pusieron la caja con mamá en la carreta de los Granger y todos fuimos caminando detrás hasta el cementerio de Thônes. Llovía una lluvia muy fina y muy fría, y para cuando llegamos al cementerio todos traíamos las capas peregrinas empapadas.

Recuerdo que cuando se murió la viuda Rey, que fue en verano, a sus vacas les quitaron las campanas y ya no se las volvieron a poner sino hasta el otro año; pero como las nuestras estaban en el establo por el invierno, eso no lo tuvimos que hacer.

El granero de Jaintouin, que después protegería durante más de un siglo una carta de amor extraviada, albergaba, en los 1870, una riqueza inusual. Porque los padres, tanto Simon-Claude como Amandine, eran ambos herederos de tradiciones médicas e intelectuales, formidables para la época, que habían hecho que esos campesinos lograran conocimientos de sanación y de herbolaria, que les daban un aura de superioridad y cierto misticismo en esas montañas.

Amandine era nieta de un secretario de Voltaire, a quien el servicio al enciclopedista había conferido en su tierra el apodo de filósofo, y contaba en su dote, al casarse con Simon-Claude, con una casa que nunca puso a nombre de su marido y, mucho más importante, con un altero de tratados y libros, que se consideraban científicos. Entre ellos se encontraban las fórmulas para curar la rabia, para limpiar de la sangre el veneno de las víboras y para evitar que se infectaran las heridas.

Simon-Claude no llegaba al matrimonio con las manos vacías, aunque ningún pensador ilustrado se habría adjudicado sus documentos: eran los tratados de brujería, relativamente comunes entre los buhoneros saboyardos, quienes los atesoraban incluso sin comprenderlos; documentos que la Iglesia no llegó a prohibir expresamente pero que nunca vio con buenos ojos, y que sus dueños, por si acaso, llevaban a bendecir escondidos entre sus ropas u ocultaban algunos días bajo los altares. Simon-Claude siempre se consideró a sí mismo más un sanador que un brujo, aunque la frontera que separaba ambas disciplinas seguía siendo tenue. Mucho antes de consultar los libros de su mujer, antes de practicar las fórmulas de los antídotos y las pomadas, sus antepasados ya eran ensalmadores capaces de encajar los huesos rotos de modo que las fracturas sanaran con rapidez y sin consecuencias; ya podían "cortar el fuego" y restaurar de inmediato a quienes se hubieran quemado, sin nada más que un encantamiento y el poder de sus manos. Ya eran, sobre todo, reconocidos como capadores efectivos del ganado mayor y de otros animales.

Anselme veía, de joven, sus poderes mágicos como una extensión de las habilidades médicas de su padre, y durante mucho tiempo no hizo distinción en lo que consideraba, para efectos prácticos, un continuo. Cortaba el fuego y castraba tanto como él; pero su comprensión de los otros conocimientos, los que provenían del *Petit Albert* de brujería, le permitía también usar la magia blanca para ayudar a quienes buscaban el amor, la resistencia física, el éxito o hasta el buen aliento y la belleza. Eran encantamientos que se realizaban a la luz de la luna o en el cambio de las estaciones, que podían exigir el sonido de un campanario al amanecer, la posición correcta de los astros o sangre y partes de animales, para conferirles poder a amuletos, plantas o piedras.

Simon-Claude no le tenía mucha fe a la brujería; pero tampoco se molestó en disuadir a su hijo que, en el peor de los casos, fallaría en su encantamiento y no sufriría mayor consecuencia que la frustración o el ridículo. Anselme hacía esos pequeños servicios, se desvelaba esperando la correcta posición de los astros o caminaba para alcanzar el amanecer en algún punto en particular, y quienes se los solicitaban se daban por bien servidos. Él se entretenía, ellos le pagaban, y nadie salía lastimado.

No queda hoy gran cosa que nos recuerde a Anselme. Hay un par de fotografías donde se le ve con la misma expresión, o falta de expresión: los ojos entrecerrados, la boca desdeñosa, el aspecto desaliñado. No se había instalado todavía la costumbre de sonreír frente a la cámara, de modo que no se puede adivinar seriedad, sino desapego. Desprecio. Decepción. Dolor, tal vez, aunque tampoco se tuvo ninguna certeza al respecto.

Lo que Ernest nunca dejó de preguntarse fue si lo del llanto había sido un embrujo, una maldición o una simple descripción:

desde que tuvo memoria, su hermano Anselme había dicho que ellos no lloraban. Por lo que Ernest sabía, Anselme se refería a ellos dos, aunque en realidad tampoco vio llorar a Simon-Claude; y no puso atención sobre lo que pasaba con sus otros hermanos. Cuando niño, esto de no llorar le parecía no sólo práctico, sino algo de lo cual ufanarse. Pero más adelante entendió que, comoquiera que hubiera empezado, esa sequía tenía más de castigo que de regalo.

Se parecían mucho, Ernest y él. De niños deben de haber sido idénticos, salvo por los ojos, azules los de Anselme, negros los de Ernest. Las circunstancias de sus vidas los fueron distinguiendo a uno del otro: para cuando se empezó a hablar de ellos, Ernest ya caminaba erguido, con la cabeza ligeramente hacia atrás, en la postura que llegó a perfeccionar como preboste de armas e instructor de esgrima, en actitud de permanente desafío, con la mirada alerta; Anselme por lo general veía hacia abajo, con el pecho cerrado sobre sí mismo, evadiendo el contacto, tal vez protegiendo sus poderes, tal vez asustado de tener que usarlos. Sus ojos parecían mucho más chicos que los de su hermano, por una ilusión debida a lo transparente de su azul, o porque se habían fruncido a fuerza de entrecerrarlos, como si dudara de todo o como si fuera capaz de ver más de lo que era evidente para los demás y quisiera evitarlo.

Se parecían mucho y no sólo en lo físico: algo hubo siempre de peligroso en los dos. Pero era un peligro distinto: el de Ernest era un peligro abierto, visible; el de Anselme era una amenaza latente, un animal oscuro que en cualquier momento podía saltar desde donde se encontrara oculto. Que Anselme se pasó la vida tratando de domesticar. Y que terminó por atacarlo a él mismo.

En el año que ha pasado desde que se murió mamá, la abuela como que empezó a parecerse más a ella. Creo que porque mamá siempre estuvo triste, y luego la abuela también, aunque Irène jugara con ella. Cuando estaba viva, mamá lloraba mucho, y decía que quería un niño. A mí siempre me dijo: "Elise, ojalá hubieras sido niño", porque mi hermanito, que era mayor que yo y que se les murió, era un hombrecito. Pero yo no podía hacer nada porque ya había nacido y no me preguntaron. A lo mejor sí me habría gustado ser hombre. A los hombres los dejan salir más y van a la escuela más tiempo y no tienen que quedarse en su casa si sus mamás están tristes. Pero mi hermanito ya se había muerto y yo nunca lo conocí. Por lo que decía la abuela, nadie lo conoció bien porque era tan chiquito cuando se murió.

Lo llevaban a bautizar, para que no se fuera al limbo como decía papá; pero era invierno y hacía mucho frío. Ni siquiera habían podido plantar el árbol de pera al lado del granero, cuando nació, porque la tierra estaba congelada. Y decía mamá que ése había sido un signo divino, que el niño no se les iba a dar, porque las cosas no les estaban saliendo bien; pero papá le contestaba que eso no tenía que ver y que eran cosas de Dios, pero no así. Bajaron hasta el pueblo con el bebé, que iba envuelto en la camisa blanca que está en el armario, y en otros chales; pero dicen que el viento era un cuchillo afilado y no se dieron cuenta, y cuando llegaron a la iglesia, a Thônes, y lo vieron, ya se había congelado y no lo pudieron despertar. La abuela llora cuando nos cuenta que tampoco lo pudieron enterrar hasta la primavera en que se descongeló el suelo; y al pobre hombrecito lo dejaron en su caja en la galería todo el invierno. Y la tía Athénaïs dice que eso le hizo mucho daño a mamá, porque no se pudo despedir de él durante todos esos meses y lo iba a ver y se sentaba junto a la cajita, aunque dice que papá le gritaba mucho cuando sabía que ella se había sentado ahí en el frío de la galería; pero dice que a veces también papá se ponía a llorar después de gritarle y que se salía de la casa y se subía por el sendero, muy alto, hasta Les Torchets y más allá, y que regresaba temblando.

Y después oí, pero cuando pregunté no me lo quisieron explicar porque no eran cosas de niños, que cuando mamá estaba esperando a mi hermanito, durante el verano, papá se había topado abajo, a orillas del Fier, a una mujer enorme que estaba lavando su ropa a la luz de la luna. Pero no como se hace la colada, que todos vienen y ayudan y con el agua caliente y la ceniza; sino sólo pegándole a la ropa como si estuviera amasando pan. Y papá le preguntó qué hacía ahí a esa hora, y la mujer le dijo que siguiera su camino. Pero cuando papá se dio la vuelta, un poco más arriba, para verla de nuevo, ya no había nada más que el reflejo de la luna. Como mamá estaba de espera, papá subió corriendo a la casa para ver si ella estaba bien; y todo estuvo bien hasta que lo llevaron a bautizar y se murió. Y por eso a veces decían algo sobre el ojo negro de la lavandera, pero a mí no me dejaban preguntar porque era algo que yo no debí haber oído.

Nadie sabe si mi hermanito se fue al cielo o no, porque se murió sin que lo bautizaran, pero a lo mejor Dios toma en cuenta que tenían la intención de bautizarlo y no lo manda al limbo. Y los perdona a ellos. Yo pienso que mamá creía que a ella no la perdonó, o eso le decía a la abuela; y ella le contestaba algo del temor a Dios y que no blasfemara. Pero mamá lloraba siempre que pensaba en él. Y yo nunca supe cómo le iban a poner de nombre, porque sólo decían "el pequeño hombrecito", y ya nunca plantaron el peral. Del otro lado del granero, sólo están los dos ciruelos que plantaron, uno cuando nací yo que es el que se ve desde la cocina, y el otro para Irène que queda del lado del talud.

Mamá hacía las compotas y las mermeladas de ciruela y le quedaban ricas porque les ponía azúcar y las comíamos con queso blanco o con pan; pero a veces decía que le gustaría hacer tartas de pera y luego se ponía a llorar, aunque era fácil pedirle a la viuda o a alguna de las vecinas que nos regalara unas peras para hacerlas. Pero ella lloraba y me abrazaba y me decía que tal vez un día, si Dios quería, iba a tener su propio peral, y que iba a cuidar mucho mucho a mi hermanito cuando naciera. Lo malo es que luego se murió ella y eso ya nunca va a pasar. Por eso a mí no me gustan las peras ni cuando hacen tartas y nos ofrecen. Irène sí se las come pero yo no porque ya nunca voy a probar las que mamá quería hacer y no sé cómo iban a estar de ricas.

Esas montañas, esos olores, esos paisajes era todo lo que Ernest había conocido en sus dieciocho años de vida. No podía, por lo tanto, distinguir la belleza del lugar ni preguntarse si tenía suerte de vivir ahí. No podía siquiera hacer comparaciones sobre su vida porque eran eso, ahí, ese lugar y esas condiciones su único punto de referencia y su ancla. Pero al salir esa madrugada del chalet respiró profundamente el aire perfumado de la montaña y casi sonrió. Mojó su pañuelo en el agua que se conservaba en el tronco ahuecado, a la entrada del chalet, y se lo pasó por la cara y por el cuello. Sintió los primeros rayos del nuevo sol y avanzó por la extensión de pasto que llevaba a la pendiente. Con el sol de frente, apenas podía adivinar, abajo, a lo lejos, la aldea de Les Clefs. El aire de verano ya se conmovía con los cencerros de las vacas, a las que habría que ordeñar en cuanto se levantaran sus hermanos.

Se rio, en voz alta, y se volvió a pasar el pañuelo por la cara. Giró la cabeza hacia el chalet. El viento fresco fue dispersando la niebla que opacaba sus recuerdos. Sonrió, se sentó sobre una piedra y se desperezó. Si lograban levantarse sus hermanos... Había sido una velada larga, y de momento él parecía ser el único sobreviviente entre los jóvenes que habían coincidido ahí la víspera, bajo la inquietante luz de la luna de verano, en el claro de Cotagne donde estaba el chalet de pastoreo de su familia.

Una vaca se acercó a la pendiente desde la que Ernest contemplaba el valle. Después de unos minutos, decidió que no había nada interesante y empezó a comer ahí junto, espantándose las moscas con la cola y las orejas. Era la *Titine*. Una de las vacas preferidas de todo mundo, cariñosa como perro faldero, cuyos quesos nunca se echaban a perder. Ernest extendió la mano para acariciarla; pero tocó el cencerro por error, y en el silencio de la hora sintió el campanazo como si estuviera parado bajo la torre de St. Maurice.

Se levantó con trabajo y caminó algunos pasos frotándose los ojos. Su cabeza todavía estaba aturdida por la *goutte* que habían bebido y por el baile de la noche anterior. Giró para ver de frente el chalet; no recordaba quiénes se habían quedado a pasar la noche, o siquiera quiénes estaban todavía ahí al final de la velada. Sólo sabía que alguien había traído un acordeón, que uno de sus hermanos había sacado el viejo violín, y que él mismo había tocado la armónica. Franceline, su hermana, se había empeñado en cantar y bailar al mismo tiempo, y había terminado ronca y malhumorada, porque había tomado sidra por primera vez (ella repetía con afectación que la *goutte* no era para señoritas), y nadie se dio cuenta en qué cantidad hasta que se lo notaron en las extrañas piruetas que estuvo ensayando.

Volvió a reírse y caminó de regreso hacia el chalet. Tendría que despertarlos, porque las ubres de las vacas estaban llenas a reventar y no podían seguir retrasando la primera ordeña, o los quesos no iban a haber cuajado a la hora de la segunda ordeña del día. Cerca ya de la puerta, pensando en los quesos, se pasó las manos por la cara con un suspiro irritado: era día de mercado, había estado a punto de olvidarlo. Ya no tenía tiempo de desayunar con los que estuvieran por ahí ni de despedirse de nadie. Cuando rodeaba el chalet hacia la cava, en el costado de la casa, oyó que uno de sus hermanos ya se había levantado y cantaba con voz pastosa:

J'aime les bougnettes
Et les matefaims
Et les jolies femmes
*Qui ont les seins blancs!**

* Adoro los buñuelos / Y las crepas gruesas / Y a las bellas mujeres / ¡Con los senos blancos!

Oyó desde afuera las protestas de Franceline y las risas de los demás y, en lo que cargaba el trineo con los quesos que bajaría a vender en el mercado de Thônes, vio salir a un par de conocidos, que pasaron a toda prisa maldiciendo la hora. Sin los padres, que por lo general se quedaban abajo, en el pueblo, supervisando las labores de siembra y siega del pienso, los jóvenes que subían al *alpage* tenían una libertad inusitada durante los meses del verano.

El sendero por el que Ernest descendía a grandes zancadas de las tierras de pastoreo bajaba por entre el bosque, donde a esas horas el aire ya vibraba con los zumbidos de los insectos. Una telaraña, tendida en el camino, se rompió con un "crac" tímido que fue casi una disculpa. El fragante sotobosque bullía de actividad y vida, y su armonía era contrapunto a la perenne melodía de los cencerros y de los riachuelos. Sí, Ernest venía un poco maltrecho; pero el bosque en verano nunca lo había dcjado indiferente.

Algún instinto afortunado le advirtió que viera hacia abajo en una de las curvas, donde apenas entibiaba el sol: una serpiente oscura estaba tendida a lo largo del camino, inmóvil como una rama. Ernest soltó la cuerda con la que jalaba el trineo y empujó un poco la serpiente con su bastón de montaña. Ésta ni siquiera se movió: debía de estar muerta. Pero en lo que cavilaba si dejarla ahí, a riesgo de darle un susto al siguiente que pasara por ese camino, o empujarla para que rodara hacia abajo por el flanco de la montaña, la serpiente, seguramente ya reanimada por el sol, reaccionó con una rapidez que su inmovilidad anterior no habría permitido predecir. Ernest saltó hacia atrás con el corazón acelerado, se tropezó con la caja de quesos y cayó sobre su costado. La serpiente, después de levantar la cuarta parte de su cuerpo para fijarlo con los ojos, se reacomodó majestuosamente en el recodo asoleado del camino y se dispuso a ignorar al molesto humano que la había incomodado.

Más atento a sus pasos, porque conforme descendía por la montaña la oscuridad era mayor, Ernest empezó a ver que ya habían salido algunos de los hongos *chanterelle* que Amandine, su madre, adoraba preparar en *omelette*. Se descolgó el zurrón del hombro y durante el descenso fue recogiendo tantos como le cupieron. De vez en cuando encontraba también moras azules, frambuesas o fresas silvestres y, pese a sus buenas intenciones de guardarlas para que hiciera también una tarta con ellas, tenía tanta hambre que se las fue comiendo conforme las iba cortando.

Llegó a la casa de la familia en Jaintouin ya entrada la mañana, con un ramillete de fragantes ciclámenes que había cortado, en las partes bajas del descenso, para alegrar la casa. El pequeño ramo hizo las delicias de Amandine, que se entretuvo arreglando las flores en floreritos por todas las repisas, antes de limpiar los hongos para guisarlos. Después se sentó a comerse el *omelette* junto con Simon-Claude, que había estado reparando el tejado y que bajó para preguntar cómo iban las cosas en Cotagne.

Oyeron la música de las campanas antes de ver las vacas de los vecinos, que bajaban presurosas entre el talud y la casa, con las ubres repletas de leche, a que las ordeñaran. Simon-Claude no hizo nada por ocultar las lágrimas que bajaron por su rostro: últimamente ya no le preocupaba que lo consideraran un viejo sentimental.

Ernest recordó que unos meses antes, cuando preparaba con sus hermanos el ascenso al *alpage*, Simon-Claude le había dicho a Amandine que sentía una punzada en el corazón al pensar qué poco hacía ahora eso que, durante una época, era la parte más esperada de cada año: llevar las vacas a pastar, disfrutar la vida de puertas abiertas y cielos ininterrumpidos de lo alto de la montaña, sentir el sol y el aire en la piel y convivir, como sólo se convivía "arriba", bajo el hechizo del verano. Sabía que Simon-Claude echaba de menos las actividades que iban heredando los hijos; pero pensó que su tristeza era prematura, porque, si bien no participaba como antes del *alpage*, no había dejado de recorrer a pie toda la comarca, castrando y curando animales; y, a veces, también a personas.

Desde luego Simon-Claude sabía, y tal vez cuando lo supo ya era demasiado tarde, que sus ingresos como capador no serían ya nunca suficientes, incluso ahora que sus hijos los complementaban con los productos del pastoreo. Sobre todo, cuando pensaba en Franceline, quien no tardaría en convertirse en una señorita. En algún momento tendría que pensar en su dote, por no hablar de los gastos de todos los días, que en una mujer siempre eran mayores que para los hombres.

Ernest salió de la casa antes del mediodía y bajó por entre las praderas verdes, jalando su trineo, en dirección al pueblo de Thônes. No pensó en suerte ni en felicidad; pero otra vez se dio cuenta de que estaba sonriendo. Aspiró el aire tibio que, a diferencia de Cotagne, donde olía a resina de abeto y a montaña, aquí abajo recordaba al aroma del pan recién horneado, ese pan que se robustecía con centeno o con papa y se cocía en el horno comunal.

La imagen de Simon-Claude por esos caminos de montaña correspondía a medias con la realidad: como un pastor, andaba de pueblo en pueblo con su alforja al hombro y en las manos el bastón de madera. Pero la alforja no guardaba su pan, sino frascos con polvos y decocciones, remedios para enfermedades y antídotos para venenos; y las manos servían a un saber médico que tanto curaba a los humanos como empuñaba el cuchillo con el que castraba a los animales. Recorría los caminos y subía las pendientes con el mismo vigor de su juventud, a pesar de que ya pasaba de los sesenta, y los vecinos de esas tierras lo reconocían desde lejos en la fuerza que emanaba de su cuerpo, alto y robusto, y en sus grandes patillas canosas, y lo recibían como a un amigo esperado.

Sin grandes preámbulos, en lo que intercambiaban algunas novedades, la mujer sacaba el banco de la cocina y los hombres sacaban al puerco del establo. Se necesitaba más de un hombre fornido para detener al puerco, patas arriba, quieto, en lo que Simon-Claude hacía con su pequeño cuchillo de mango de cuerno una sola incisión, extraía por ahí la bolsa del testículo y la retorcía hasta que cayera en la cubeta preparada para recibirla. Los aullidos de fin del mundo del animal no conmovían a los humanos, que lo frotaban con un poco de grasa y agua hirviendo antes de dejarlo alejarse, furioso pero sano, a contemplar su nuevo estado y a recuperarse.

Los cerdos, los caballos y el ganado mayor no fueron los únicos que pasaron por el cuchillo de Simon-Claude. Él decía, riéndose, en la época en la que todavía se reía, que cuando los perros lo veían entrar en un poblado, salían corriendo para esconderse de él. Perfeccionó también las operaciones, mucho más delicadas, de esterilización de las hembras, siempre sin anestesia, y nunca falló.

Los animales eran, en esa época difícil, casi tan valiosos para los campesinos como sus propias familias, y Simon-Claude, además de castrar, era capaz de curarlos de una multitud de enfermedades. Sobre todo, curaba la rabia, en ese momento una calamidad relativamente recurrente, capaz de diezmar los rebaños y arruinar a las familias. Había aprendido con los animales grandes; pero la cura funcionaba también para los humanos. En ese continuo que era entonces el oficio de la medicina, curaba quien podía curar: quien había aprendido a hacerlo, no quien tuviera un título. Así, pasó de curar animales a curar personas: de entrar por las puertas de los establos a entrar por las de las cocinas.

Se sabe con certeza que durante un invierno particularmente largo le llevaron a un niño de la ciudad, pariente de unos vecinos. Amandine, su mujer, lo vio subir, casi a rastras, de la mano de su mamá por la pendiente que llevaba a su casa, y le gritó a Simon-Claude que viniera rápido, que llegaba un niño que ya tenía rabia. Simon-Claude preguntó cuántos ataques le habían dado: él podía curar después del primero y del segundo, pero no del tercero. Sólo iban dos, afortunadamente para su ciencia. Pero no tenía la decocción del antídoto a mano, y con la región entera sumergida bajo la nieve, no había forma de encontrar en la naturaleza los ingredientes necesarios. La madre del niño imploró, Amandine se angustió, el niño lo vio con una mirada de no querer morirse de esa muerte horrible. Simon-Claude dio algunas vueltas por la cocina, tratando de encontrar una respuesta. Finalmente, recordó el pienso seco de las vacas, que se guardaba para alimentarlas durante el invierno bajo el tejado, y se encaramó a buscar ahí la margarita de los campos y las otras hierbas que necesitaba su fórmula. En los anales de Thônes está documentada la salvación casi milagrosa que los descendientes de ese niño todavía recuerdan.

La que ya no está documentada es la receta de la medicina. Esa receta, que un juez le prohibió emplear, quince años después, el mismo día que le prohibió practicar la medicina, la receta que Simon-Claude se sabía de memoria y que seguramente Anselme, su hijo mayor, había atesorado, ardió sin dejar huella en la hoguera que precedió a la muerte de este último.

Decía la abuela que después de que se murió mamá, papá ya no era el mismo. Yo digo que sí era, pero ya casi no lo veíamos porque se iba más días que antes y cuando regresaba no nos decía nada y se quedaba solo en la recámara del otro lado de la cocina, aunque ahí hacía mucho más frío. Cerraba la puerta y no nos dejaba que nos asomáramos, y mi tía venía a ordeñar las vacas y a enjuagar y darles vuelta a los quesos porque decía que si no lo hacía ella, no íbamos a tener qué vender ese año. Y también vino cuando empezó el verano y nos dijo que teníamos que lavar la ropa. Yo había visto cómo lo hacían, pero nunca me había tocado ayudar con la colada. Yo sí podía ayudar pero Irène no porque era chiquita, y a ella le dieron unas papas y unas verduras para que las limpiara, porque las demás estuvimos todo el día y casi toda la noche, y al día siguiente lavando, y dos veces vinieron los hombres para ayudarnos con las cubetas de agua hirviendo, y luego volvíamos a echar el agua hasta que se salía toda la ceniza, y los muchachos se quedaron a cenar lo que preparó la abuela. Papá regresó cuando estábamos colgando la ropa en las ramas de los arbustos y cogió una de las blusas de mamá y la arrancó de donde estaba, aunque yo la había estirado bien para que se secara, como me dijo mi abuela, y se la llevó para adentro. Él estaba llorando, y se llevó la blusa abrazada como si estuviera bailando con mamá como bailaban en las veladas. Y luego mi abuela me mandó a buscarla para volver a colgarla, pero papá no me dejó entrar.

Creo que nunca encontramos la blusa; pero también casi no volvimos a entrar a ese cuarto porque a papá no le gustaba y dejaba cosas tiradas y a veces estaba él tirado y mi tía le decía que tuviera vergüenza. Yo me enteraba porque desde la cocina se oía todo lo que decían. Y un día le dijo a papá que si no salía de ahí nos íbamos a morir de hambre. Pero mi abuela siempre nos traía cosas de comer y nos venía a ahumar las salchichas o nos traía cosas ricas cuando los vecinos mataban a los puercos y ella iba a ayudar, y también nos traía el pan porque empezó a llevar más a cocer al horno para tener para nosotros. La tía decía que la abuela ya estaba muy cansada, y yo la veía que caminaba despacito y se cogía la panza cuando iba caminando, aunque trajera los panes.

Y después se fue papá porque dicen que tenía muchas deudas y que tenía que trabajar en Annecy para pagarlas. Pero luego nos dijeron que de todas formas no las había podido pagar, y que tenían que vender la casa, aunque ahí vivíamos Irène y yo. La abuela ya casi siempre se quedaba con nosotros porque le daba mucho trabajo bajar hasta su casa en Thônes, y la nuestra estaba cerca del horno, que queda en el cruce del camino que sube a Jaintouin, y siempre lo tenían calientito a pesar de la historia que contaban, de la vieja que se había quedado adentro toda la noche y se había derretido, hacía muchos años. Aunque yo creo que lo de la vieja fue antes de mi abuela, y de la abuela de mi abuela, y pienso que sólo lo platicaban cuando nos querían asustar a los niños para que no jugáramos cerca del horno, pero hay unos viejos que dicen que sí fue cierto.

Nuestra casa de todas formas la vendieron y para nosotras fue como si nos hubiéramos quedado huérfanas otra vez: papá ya casi siempre estaba en Annecy trabajando y nosotras lo veíamos muy poco porque él, cuando venía, ya tampoco tenía dónde quedarse.

A mí me mandaron a vivir en el Grand Bornand, con las tías Dupont, que son las hermanas de papá. A ellas casi no las visita él porque se pelearon hace muchos años. Yo creo que si Irène hubiera sido menos bonita también a ella la habrían mandado aquí junto conmigo. Pero en vez de eso, ella se fue a vivir con la abuela abajo, en Thônes. Ahí en la casa de la abuela también vive mi tía Athénaïs, la hermana de mamá, y están juntas las tres, y yo creo que por eso no echan tanto de menos a mamá; pero yo ya no tengo nada que me la recuerde, y tengo miedo porque ya no siempre sé cómo olía y cómo era el tono de su voz. A la abuela y a tía Athénaïs sí las recuerdo bien porque las voy a visitar para las Pascuas y a veces para el día de la Asunción, y es muy raro ver lo grande que se está volviendo Irène.

A papá lo veo cuando sube de Annecy y me va a buscar, y a veces me trae regalos; pero muñecas ya nunca me volvió a dar.

Franceline llegó corriendo a la casa una tarde de otoño, cuando los muchachos golpeaban, entre la cocina y la granja, las espigas de trigo para separar la paja de los granos: de la casa de Granger un poco más arriba había oído golpes y gritos, pero no había visto a nadie y le había dado miedo entrar. Sus hermanos se rieron de ella, porque Franceline les temía hasta a los graznidos de las aves y a los balidos de las cabras salvajes en cuanto se ponía el sol. Con el ruido que estaban haciendo ellos al golpear el trigo, no habían oído nada. Pero, a la mañana siguiente, Amandine se encontró con Rosalie, la vecina, quien le contó que, justo a la hora de la puesta del sol la tarde anterior, había sentido que alguien entraba al establo. Su marido estaba enfermo en cama y sus hijos en el ejército, por lo que se armó de valor y empujó la puerta del establo, con una lámpara de aceite en una mano y un bastón de montaña en la otra.

Había, en efecto, un hombre dentro: un forastero que le pidió algo de comer. Ella pensó que apenas tenían pan para los próximos dos días, cuando iría al horno a cocer más; pero pensó en compartir como buena cristiana y le dijo que le traería un trozo de pan y un poco de queso *tomme*. El hombre se rio: "Ah, claro, en esta casa no tienen nada de tocino". A ella eso le puso los pelos de punta, porque era cierto que desde hacía un par de años no se les daban bien los cerdos; pero ¿cómo podía saberlo ese hombre? "Entonces, no tendrás ni queso ni pan", le contestó ella, asustada. Y debe haberlo gritado, porque su marido preguntó desde dentro con quién hablaba. "Alguien que quiere tocino." "Pues aquí no hay, que se vaya." El hombre, sobresaltado tal vez por la voz del marido, salió del establo diciéndole que se arrepentiría.

En el momento en que iba a cerrar la puerta tras de sí, Rosalie vio que su puerca estaba haciendo un alboroto de todos los diablos: chillaba, pateaba el muro, se aventaba contra la pared de separación. Ella cogió entonces la Cruz de Rogación de arrayán que tenían junto a la entrada del establo y corrió a rociarla con el agua bendita que guardaba en la cocina. Llegó a pensar en ir a buscar a Anselme, le dijo a Amandine; pero para ese momento ya traía la cruz en la mano y volvió a donde la puerca, que estaba como poseída. Cuando le hizo el signo de la cruz enfrente, el animal se puso a chillar como si lo estuvieran sacrificando y sus sacudidas cimbraban todo el establo; pero ella la tocó con la cruz, y a la tercera vez, el cerdo se calmó.

Amandine llegó a contárselo a Simon-Claude, y en la noche se lo repitió a Anselme. Nadie había visto al hombre por los caminos. Pero por si las dudas, Anselme se dio una vuelta por su establo. Nadie le preguntó, pero todos sospecharon que tenía forma de asegurarse de que no les hubieran hecho algún encantamiento.

Al cabo de unas tres semanas, Ernest y Anselme se encontraron al forastero, que se veía bastante maltrecho, en el puente del Fier. Cuando Anselme lo interpeló, el hombre le contestó que la señora del cerdo le había dado tal tunda que apenas se estaba reponiendo. Les aseguró que, a partir de ese momento, en casa de los Granger los cerdos se les "darían" bien. Ernest iba a bromear con Anselme sobre la descripción del hombre: en todo caso, la tunda se la había dado Rosalie al cerdo. Pero la expresión de Anselme no admitía comentarios.

La camada de la puerca de los Granger ese año fue numerosa, y todos los cochinitos sobrevivieron bien. En el invierno, la velada que hicieron para su "fiesta del cerdo" fue no sólo de las más comentadas, sino de las más concurridas, porque Rosalie y su marido llevaban años sin matar un animal propio y, aunque habían ayudado a los demás en las preparaciones, no habían podido invitarlos a compartir su comida. Todos los vecinos cantaron y bailaron hasta la mañana siguiente en su casa, y todavía se dice que las salchichas y el tocino de ese año estuvieron entre los mejores de que se tuviera memoria en la región.

Ernest no se había dado cuenta de cómo le habían crecido los pies desde la última visita del zapatero, el invierno anterior, y ahora caminaba con cierto alivio, a pesar de que la suela de madera de sus botines aún se sentía dura. Era un buen par de zapatos, con suficientes clavos en la suela, capaces de aferrarse bien al camino helado. Con el trabajo que tendría el zapatero durante los siguientes días, para calzar para el invierno a toda la familia, lo habían instalado en el amplio espacio bajo el techo. Era, en invierno, un lugar agradable, repleto como estaba de la paja para los meses de encierro del ganado, y gracias al calor de los animales abajo, en el establo. El zapatero dormiría bien incluso durante esas noches en que el frío bajaba, afilado, por las montañas.

Anselme había hecho valer sus derechos de hermano mayor, y sus zapatos habían sido los primeros. No bien estuvieron listos, tomó algunas provisiones y les dijo a sus padres que estaría fuera varios días. Ernest, curioso, entró al granero a ver, si podía, qué había estado haciendo su hermano durante las semanas en que estuvo prácticamente encerrado trabajando ahí. Anselme siempre fue brusco y seco, un poco como Simon-Claude; pero Ernest no recordaba que hubiera sido, antes de su servicio militar, tan melancólico, tan ansioso de soledad. Algo había cambiado en su hermano, en esos años, y ahora Ernest temía al ejército como a una noche larga de la que uno no sale impune. Que aún le faltara un par de años para partir no hacía sino aumentar sus temores. Y compadecía a Joseph, que estaba de servicio en ese momento, y aún le faltaba pasarse más de un año de conscripto.

Ernest había visto a Anselme, algunas semanas atrás, secar la piel de un animal pequeño; pero en ese momento había preferido no preguntarle para qué. Cogió del baúl el *Petit Albert* con reverencia, como había visto hacerlo a su hermano. El libro tenía una marca en la página que indicaba cómo fabricar un talismán que le permitiría, a quien lo llevara, caminar más rápidamente y más lejos que los demás, sin cansarse: ahí había ido a parar la piel seca. Ernest buscó con la vista y se dio cuenta de que también faltaba el bastón donde su hermano había grabado los símbolos que protegían a los viajeros de los asaltantes y de las penurias durante su camino. Iría lejos, pues, o tendría que atravesar parajes solitarios.

Al ir a devolver el libro, Ernest vio que, detrás del baúl, contra la pared del granero y cubierto a medias por un trozo de tela, había escondido un volumen que él nunca había visto. Se trataba del *Grand Albert*, el otro libro de brujería, de reputación terrible, del que se decía que traía infortunios a quienes lo poseían, que enloquecía a quien lo leyera o que ponía en riesgo la salud de su alma. Con el corazón acelerado, se acercó a la puerta del granero para asegurarse de que no hubiera nadie por ahí, la entornó y, en la poca luz que pasaba, con manos temblorosas, abrió el libro. Tal vez temiendo que de él escurriera sangre, como se decía, o que brotaran al abrirlo alaridos desesperados, se sorprendió al ver que las páginas que había marcado su hermano, las que tenían huellas de uso reciente, hablaban del cuerpo de la mujer durante el embarazo, de la evolución del feto y del efecto de los astros sobre su desarrollo. Dudó de estar entendiendo lo que veía, porque leía poco y mal, y en todo caso el pasaje estaba lleno de latinajos, de referencias a Aristóteles y a las semillas del hombre y la sangre de las mujeres. Confundido, sin saber qué pensar ni qué querría decir esto sobre el ánimo taciturno de su hermano, regresó el *Petit Albert* al baúl, devolvió el *Grand Albert* a su escondite contra la pared y se dispuso a salir. Pero temió haberlo dejado mal acomodado, girado hacia el lado equivocado o de cabeza, y se pasó un rato tratando de recordar cómo se veía cuando lo había sacado. Confió, por fin, en que Anselme no notaría la diferencia y salió del granero, deseando no haber husmeado en esos secretos que, de cualquier forma, no comprendía.

La admiración que Ernest sentía por su hermano se contaminaba de un sentimiento de deslealtad al pensar en lo que Simon-Claude decía sobre la brujería. Él mismo no sabía qué pensar. Porque era cierto que había ocasiones en que los quesos *reblochons* se echaban a perder, o se arranciaba la mantequilla, y nadie dudaba que eso se debiera a algún encantamiento, a la maldición de alguien envidioso o resentido. Sabía que Anselme era capaz de revertir esos maleficios, y lo hacía con regularidad para la familia o para sus vecinos y conocidos. ¿Qué tenía eso de malo, por qué le molestaba tanto a Simon-Claude, mientras Anselme no dejara de lado sus responsabilidades con el ganado, mientras siguiera yendo a castrar cuando se lo solicitaban, mientras él mismo no fuera el causante de tales jugarretas? ¿No era la decocción para curar la rabia también un tipo de magia, que necesitaba seguir instrucciones precisas, en un orden estipulado? ¿No había quienes consideraban curar la rabia cosa del diablo? ¿O la droga de serpiente, que podía regresar de la muerte segura a una vaca convulsa o a un niño a quien ya se le habían trabado las mandíbulas?

Anselme era el más educado de los hermanos, el único, fuera de Franceline, que escribía con fluidez y buena ortografía. Debía, en todos sentidos, ser el heredero de Simon-Claude. Pero parecía que los años de servicio militar hubieran introducido entre Anselme y su padre una cuña que los separaba cada vez más. En espíritu, en todo caso, porque Anselme no había faltado a sus obligaciones laborales. Ernest sospechaba que había sido una pena de amor; pero como no podía preguntar, se dedicaba a observar a su reservado hermano. Cuando Anselme pensaba que nadie lo estaba viendo, aparecía en su expresión algo no muy distinto al dolor; buscaba la soledad para escribir páginas largas que luego desaparecían, y que pueden haber sido cartas que enviara o que quemara; escritos que buscaran preservar su memoria o cambiar la actitud de alguien más.

Ernest lo recordaba todavía, cuando eran niños, bromeando con sus hermanos, siguiendo con interés las actividades de su padre; pasmado, viendo el nacimiento de un cabrito. Había sido Anselme quien le enseñó dónde encontrar las edelweiss, que después serían las flores favoritas de Franceline, y quien lo curaba, con algo como ternura, cuando se lastimaba o se sentía mal. Sabía que tenía ese don, el mismo de Simon-Claude, para curar, porque lo había visto cortar el fuego, lo había visto elaborar el ungüento que evitaba las infecciones y otras drogas; sabía de la confianza que depositaban en él sus visitantes. Visitantes que no eran, todos, clientes de brujería. No todos buscaban objetos mágicos para aumentar la fertilidad o mejorar la vista; ni aromas para encontrar objetos perdidos o talismanes para la protección. Había, simplemente, quienes querían aliviar algún dolor o prevenir alguna desgracia; comunicarse inmediatamente con alguien lejano, o poseer jabones para que su rostro fuera más agradable. Y no debía haber, en ello, nada que recriminar.

Jaintouin, noviembre de 1876

Muy querida prima Caroline,

Recibimos tu amable carta de la primavera, y a todos nos da mucho gusto saber que están bien de salud y que el clima en Vera Cruz es propicio para que las cosechas y los animales se les den bien.

Nosotros también hemos tenido un buen año, y este verano los quesos fueron abundantes. Mi papá decidió rentar tres vacas, para complementar la leche de la *Finette*, la *Lorraine* y la *Titine*. Hizo un buen trato con el dueño de las vacas rentadas, porque no le tuvimos que pagar con dinero sino con parte de la producción de quesos.

Yo no sé si en Jicaltepec ustedes sean dueños de las tierras donde siembran. Nosotros vivimos en la propiedad de Jaintouin, en la aldea de Chamossière, y el pienso para que las vacas coman en invierno se siembra aquí; pero la tierra de pastoreo de verano (que se llama *alpage*) está más arriba en la montaña, en un lugar que se conoce como Cotagne. Es muy bonito y tiene una vista preciosa y un chalet pequeñito donde vivimos durante el verano, y esa tierra la rentamos. Papá tiene que pagar por adelantado cada tres años, cuando renueva el derecho de llevar allá nuestros animales a pastar.

Me gusta leer en tu carta que ustedes siembran café y que pueden gozarlo todos los días. Aquí, el café es sólo para las grandes ocasiones y para cuando tenemos invitados, y por lo general se lo compramos a los contrabandistas que lo pasan desde Suiza, aunque también es posible conseguirlo en días de mercado en el pueblo de Thônes.

Me dices que en Vera Cruz nunca nieva. Tienes que contarme cómo es el invierno y cómo es distinta para ustedes cada estación del año. Aquí en invierno vamos a la escuela y la noche cae muy pronto, y la vida en los meses fríos se hace adentro de las casas, sobre todo las vacas, que no salen de su establo mientras duran las nieves.

Pero en verano todo es muy distinto. Estamos afuera mucho tiempo, y todo es más fácil. También comemos las verduras frescas, porque cuando se retira la nieve en primavera subimos a Cotagne a preparar el huerto, y plantamos zanahorias, lechugas, calabazas, coles y, por supuesto, papas. Además, ya que estamos ahí instalados cortamos las espinacas salvajes que crecen cerca de las murallas viejas, y las freímos con mantequilla. En primavera también mis hermanos hacen las reparaciones que hagan falta en el chalet, porque a veces con las tormentas del invierno y las lluvias de la primavera se caen las tejas o entra agua y se pudre la madera. A mí casi siempre me piden que arregle la cava, porque es un lugar que tiene que estar ordenado y limpio cuando subimos con las vacas y empezamos a hacer los quesos, que se afinan ahí.

Mis papás suben poco al *alpage*; pero lo van ordenando todo desde finales de la primavera. Papá se asegura de que los bastones de montaña estén listos, porque cada quien necesita el suyo y deben tener el tamaño adecuado para cada uno. Y mamá va escogiendo los moldes que vamos a subir para preparar los quesos y las mantequillas, y también los trastos para guisar.

Luego, ya casi por subir, nos sentamos todos una tarde completa a engrasar los collares de las vacas y a pulir sus campanas; pero envolvemos los badajos en una tela para no hacer ningún ruido que les avise que ya casi es verano, porque cuando oyen los cencerros, ya no quieren quedarse adentro del establo. Por fin, el último día antes de subir, todos nos vamos al establo a lavar y cepillar a las vacas, y papá les recorta la cola. Ya para ese momento, mugen y no se están quietas, y en la mañana ya ni quieren comer, aunque les demos una ración extra de pienso en lo que les ponemos los cencerros. Sólo están pensando en salir corriendo por el camino hacia el aire libre y el buen tiempo. Te juro, querida Caroline, que ves a las vacas y parece que estás viendo a los perritos, que van tan contentos como ellas, y muy ufanos de estar haciendo su trabajo. Claro que ese día también reunimos a las cabras, así que los perros tienen el doble de trabajo.

Pero no les importa porque a ellos también les gusta más estar en Cotagne que abajo, en la casa.

Para cuando salimos con los animales, mis papás ya tienen listas las canastas y cuévanos, o a veces algún borrico, para transportar el trineo con todo lo que va a hacernos falta allá arriba: mermeladas, cuchillos, panes para los primeros días, la polenta, aceite y carnes saladas, además de los moldes y las cosas de los quesos.

Querida Caroline, me dices que ustedes comen muchos alimentos elaborados con maíz. Nosotros comemos la polenta, y la acompañamos con verduras, o también hacemos sopa; pero el pan no se hace con maíz sino con trigo y otros granos y papas. Y también comemos papas de varias formas, como los viernes, que hacemos las crepas gruesas que nos comemos con lechuga. Y también la *tomme blanche*, de leche de pocas horas de cuajada, que se come con papitas nuevas hervidas, o ravioles de puré de papa que freímos al sartén. La *pêla* le gusta mucho a mi hermano Ernest; pero eso lo comemos cuando hay invitados o algo que celebrar, porque son capas de queso y rebanadas de papa, y los quesos no son para todos los días. También comemos el *matafan*, que es muy importante hacer con esmero, porque cada casa tiene su receta propia y hay algunos más sabrosos que otros. Yo ya lo sé hacer y papá a veces le dice a mamá que me deje preparárselo, y lo hago con papas, harina, huevo y leche.

Aquí no tenemos las frutas plátanos, de los que tú me hablas, y no me puedo imaginar su sabor. Nosotros, para visitas o en días de celebrar, rebanamos manzanas o peras, las capeamos y freímos y luego las cubrimos con azúcar. Pero crema no les ponemos, porque aquí la usamos para hacer mantequilla. La mantequilla de mamá es muy buena y no se corta, porque ella tiene mucha fuerza para batirla, así que en verano sube una vez a la semana para ayudarnos a hacerla, y luego la ponemos en los moldes labrados antes de llevarla a vender.

Me dices, prima Caroline, que ustedes mismos se comen los quesos que elaboran. Eso me causa gran sorpresa, porque nosotros sólo consumimos los que no salen bien o que por alguna razón no vamos a poder vender. Verás, querida prima, nosotros vivimos de la venta de lo que producen las vacas de nuestro rebaño, y un poco de las cabras. Papá trabaja también como capador, y por eso viaja a pie por nuestra región; pero el dinero con el que vivimos viene sobre todo de la ordeña.

La *tomme*, por ejemplo, se hace con las dos ordeñas del día, y se baja a vender a Thônes después de madurar en la cava entre uno y tres meses. Mi hermano Joseph tiene muy buena mano para los quesos, como el *persillé* de leches mezcladas de vaca y cabra, o el *chevrotin*, que se elabora sólo una vez en toda la estación. A mediados de septiembre sube un afinador para comprárselos todos, y ese ingreso es muy útil durante los meses del invierno. Dime, por favor, querida Caroline, cómo son los quesos en Jicaltepec, porque me gusta imaginármelos.

Te envío, querida prima, con esta carta, una pluma de arrendajo, que abunda en nuestros bosques, y un ciclamen seco, para que veas cómo son mis cosas preferidas, aunque el mayor atractivo del ciclamen es su perfume y éste ya no huele. Mándame tú también algunas plumas de pájaros que te gusten y algún otro recuerdo que me quieras enseñar. Y, sobre todo, cuando tengan alguna fotografía, envíennosla para saber cómo son todos y cómo se ve la familia en Jicaltepec.

Toda la familia se une a mí para desearles mucha salud y un buen principio de año.

Tu prima que quisiera algún día llegar a conocerte en persona,

Franceline

Aquí en el Grand Bornand no conocemos tanto a los vecinos y las cosas son muy distintas de como las hacíamos con mis papás; pero no sé si es porque las tías Dupont son tan diferentes de mamá y la abuela, o porque esta zona está mejor conectada y es más comercial. Ya estoy acostumbrada a los hábitos de mis tías; pero hay mucho que sigo echando de menos, aunque hayan pasado más de cuatro años desde la muerte de mamá.

En estas noches de invierno, sobre todo, siento nostalgia por las veladas a las que íbamos de niñas con nuestros papás, o a las que venían los vecinos a trabajar en nuestra casa, como cuando hacíamos las escobas o las canastas. En esa época no parecían más que quehaceres inevitables, aunque ahora que las veo a la distancia, ahora que recuerdo a los muchachos llegando con vinos y golosinas, o el esmero con que se arreglaban las chicas, me doy cuenta de que eran, ante todo, ocasiones para socializar y para acortar un poco estas noches que, aquí, son interminables de rezos, costura y aburrimiento con las tías. Se decía, entonces, que en los años en que la cosecha de nueces era abundante, y había por lo tanto más asistentes a las veladas, también había un mayor número de matrimonios durante los siguientes meses; pero Irène y yo, claro, éramos demasiado chicas para pensar en pretendientes.

La tarea de recoger las varas tiernas por el bosque y la de buscar nueces o avellanas eran de las niñas, que durante el otoño recorríamos el bosque para recoger todo lo que pudiéramos antes de que cayeran las primeras nevadas. Para cuando empezaba a nevar, era como si las tormentas nunca hubieran derribado árboles, como si el viento nunca hubiera arrancado ramas, como si no existieran las nueces ni las piñas combustibles: no dejábamos por tierra nada que pudiéramos usar durante el invierno, ya fuera como combustible para la chimenea, o para trabajarlo, transformarlo durante las veladas.

Una ocasión de prolongar los festejos de navidad era la velada de la Saint-Étienne, cuando nos juntábamos los jóvenes a decorticar nueces y avellanas. Alguien las golpeaba lo suficiente para quebrar la cáscara dura y las pasaban para que las peláramos y, si resistíamos la tentación de comérnoslas, las pusiéramos en un *cuarto*, esa medida antigua de madera de 18 litros, desde donde se vaciaban en sacos. Esos sacos se llevaban en los siguientes días a la prensa del poblado de Thuy para hacer el aceite. A veces hacían también las "tortas de prensa", con la carne exprimida de las nueces, que mis papás ofrecían a las visitas con aguardiente de cerezas. Las cáscaras iban a parar al suelo durante la velada, y al final los asistentes hacían de lado los muebles, salían a relucir los violines, y todos bailaban sobre las cáscaras: el ruido que hacían los zapatos de madera al machacarlas contra las planchas del suelo era espectacular. Mamá ponía las escobas frente a la puerta, y recuerdo que su expresión era entre divertida y apenada cuando, al final de la velada, se las pasaba a los invitados para que no se fueran sin ayudar a barrer.

Por cierto, una velada que recuerdo con emoción es la última vez que nos reunimos en casa de los Roux para hacer escobas. Todos estábamos de muy buen humor, papá traía una botella de *brandevin* para después del trabajo, y fuimos cantando los cuatro durante el camino, tomados de las manos. Había empezado a nevar, pero no hacía mucho frío y el suelo no estaba congelado. La señora Roux siempre ofrecía *rissoles* dulces, rellenos de compotas de frutas, y esa noche había *tomme* y cosas buenas de comer.

Las abuelas estaban sentadas cerca del fuego, tejiendo, y los golpecitos musicales de sus agujas nos acompañaron toda la noche, por sobre los murmullos con los que seguramente comentaban los últimos chismes de la aldea. Los abuelos, fumando sus pipas cerca de la cocina, hablaban menos y bebían más. A los niños nos pusieron a separar las varitas por tamaños, y cuando nos cansamos y nos pusimos a jugar, los papás las amarraron con cuerdas a los palos y las dejaron quietas junto a la pared, para que la familia fuera usando las escobas a lo largo del año.

Recuerdo que mamá estaba cerca del fuego y sus mejillas estaban muy rojas mientras platicaba con la señora Roux y con la mamá de ella, que vivía en la misma casa. Otra señora había contado noticias de los viajeros, y todos preguntaban por los parientes, y si alguien tenía noticias de los conscriptos. Algunos de los jóvenes se salieron a charlar en parejas, y los niños nos quedamos sentados a la mesa donde todavía había cosas de comer. Irène se durmió; pero yo estuve oyendo a mamá, a Madame Roux y a las otras señoras que estuvieron hablando de aparecidos. Y los lugares por donde decían que los habían visto eran sitios cercanos, por donde teníamos que pasar seguido, y a mí se me quitó de plano el sueño y no quería ni imaginarme cómo íbamos a caminar por ahí cuando estuviera oscuro, o cuando tuviéramos que andar sin nuestros papás.

Más tarde, empujaron la mesa y los taburetes y alguien sacó una armónica y un violín y todos se pusieron a bailar. A Irène, mamá se la llevó, toda dormida, a acostar en el cuarto de atrás; pero yo tenía tanto miedo con las historias que había oído que ni siquiera pude hacerme la dormida, y me senté en una de las bancas contra la pared de la chimenea para ver bailar a los adultos. Todos estaban muy contentos aunque fuera invierno, porque estaban juntos y la casa estaba calientita, y se quedaron bailando hasta pasada la medianoche. Cuando ya teníamos que regresar a la casa, a Irène le pusieron los zapatos porque ya era muy grande para cargarla todo el camino, y mamá le fue cantando durante el regreso para que no se quejara de que la habíamos despertado. Creo que fue la última vez que oí cantar a mamá, y nunca más volví a ver a mis papás tomados de las manos.

Mis tías Dupont ahora me dicen: "Elise, ésas eran veladas de campesinos"; pero cuando ellas recuerdan las veladas a las que iban de jóvenes se les ilumina la cara, y empiezan a hablar de tal o cual conocido y de la moda, de los muchachos que asistían y de que habían bailado con uno o con otro. Yo he querido preguntarles por qué ellas nunca se casaron, pero nunca me he atrevido. Viven juntas como si fuera lo único que pueden hacer y como si no hubiera habido, en su vida, la posibilidad de algo más, a pesar de que siempre han tenido dinero y seguro tuvieron pretendientes. Ya no puedo saber porque ahora son viejas y tienen pocos retratos; pero no deben haber sido tan feas como para que nadie las pretendiera. Y como están las cosas, tampoco le puedo preguntar a papá por qué él sí se casó y sus hermanas no.

II

Vittorio Emanuele II, entonces rey de Sardinia-Piedmont, cedió a la Francia el ducado de Saboya, que había existido como un Estado desde 1416, por medio del Tratado de Turín de marzo de 1860. Los habitantes del ducado habían votado por la anexión mediante un referéndum, a cambio de la protección militar francesa contra los austriacos; sin embargo, pasaban de ser un pueblo soberano a ser una provincia de Francia, donde los recién llegados gobernantes tendían a tratar a los habitantes como si los hubieran conquistado.

De hecho, el término *saboyardo* tenía en ese momento la acepción de rústico, grosero o patán; y la impresión que el resto de la Francia tenía sobre el antiguo ducado era, para empezar, que sus habitantes hablaban italiano —cuando en realidad hablaban el *patois* o dialecto local, con elementos ciertamente italianos e incluso germánicos, pero sobre todo del franco-provenzal— y que eran campesinos incivilizados.

En el momento de la anexión se reconoció el derecho de la provincia a mantener la zona franca con la Suiza, dado el gran nivel de intercambio comercial entre ambas regiones, así como la neutralidad de la Saboya. No obstante esta neutralidad, en el otoño de 1870 y las primeras semanas de 1871 los regimientos saboyardos de francotiradores y cazadores alpinos y del Mont-Blanc y la Compañía de Chambéry se movilizaron por Francia en la defensa de Belfort y de Chevigny durante la guerra Franco-Prusiana.

Después del fin de la guerra, los habitantes consideraron que el gobierno central no había apreciado sus esfuerzos bélicos; y ya venían sintiendo que se traicionaba el espíritu de la zona franca con la Suiza, de modo que en 1871 cuestionaron la anexión. Como respuesta, París envió a diez mil hombres para restaurar el orden. Los saboyardos resintieron esto casi como una invasión, a la que se añadían la conscripción de sus hombres jóvenes y los impuestos que se cobraban a los habitantes para pagar las movilizaciones.

En general, fueron años difíciles en Francia, puesto que el país se encontraba desmoralizado como resultado del fracaso de la intervención en México; y en la guerra con Prusia había perdido, además de ciento treinta y nueve mil hombres, las provincias de Alsacia y Lorena, y buena parte de su orgullo militar.

La Saboya, después de la anexión a Francia en 1860, y hasta la última década del siglo XIX, permaneció en una grave crisis económica, que agudizó la importante reducción de la población saboyarda a lo largo de esos años. En muchos casos, y en particular entre los hombres jóvenes, esta reducción obedeció a su emigración hacia otras partes de Francia o a países tan lejanos como Argentina, los Estados Unidos o México.

Ese árbol lo conocía de toda su vida: debían de tener más o menos la misma edad, porque Ernest lo recordaba, arbusto apenas, cuando subía de muy chico al *alpage*, y luego había sido testigo de su crecimiento todos los veranos. Era un árbol cualquiera: un abeto, como los otros miles que crecían en esas montañas. Como todos los abetos que se habían cortado durante su vida, como los que había cortado él mismo. Y sin embargo, esa mañana, los hachazos precisos de su hermano Bernard se sentían como golpes dados por un verdugo. Como si se hubieran ensañado con el árbol. Como si éste les hubiera dado razón para odiarlo. Bernard cortó las ramas bajas y luego se trepó, usando los muñones como escalera, hasta la cúspide. Ahí, recargado en el tejado del chalet, cortó con un serrucho y sin ceremonias la parte alta del abeto, y luego fue bajando, cortando tramos de un medio metro cada vez, hasta que del árbol no quedó más que un asiento adosado a la pared del chalet y un montón de madera que se convertiría en leña.

Nada fuera de lo ordinario; pero Ernest sintió cada rama, cada palmo del tronco, cada ruido de la madera al caer como en carne propia. Absurda, estúpidamente, sintió que lo invadía una nostalgia desconocida, y tuvo que caminar hasta la pendiente para evitar que lo vieran sus hermanos. Se estaba despidiendo del lugar; pero el abeto se le había adelantado a marcharse. Se odió por pensar así. El árbol no importaba ni se había ido a ningún lado. El que se iba era él, y no podía soñar con que el lugar se mantuviera incólume durante su ausencia.

Su vida, lo que hasta entonces conocía como su vida, estaba por terminar. Ésta era la última estancia en *alpage* de su juventud. Había sacado su número para el ejército recién cumplidos los veinte, y tendría que partir a finales de año, justo a punto de los veintiuno. Nunca dijo si había tenido una suerte casi inconcebiblemente mala, o si había aceptado venderle su número en el sorteo a algún conscripto adinerado: su servicio militar iba a durar seis años. Seis años, a esa edad: cadena perpetua, trabajos forzados, esclavitud. Nadie lo decía; pero todos sabían que esos seis años inevitables eran una pena, un desperdicio, un insulto a las necesidades de la familia, y desde luego a la vida de Ernest.

El aire de la tarde tenía esa cualidad líquida del verano, esa transparencia reverberante donde los valles profundos le disputaban sus secretos a la luz, donde la nieve en las montañas altas adquiría colores de sol, y donde la aldea de Les Clefs flotaba como una ensoñación en el cálido aire tembloroso. Hacia arriba, vio una vaca recortada contra el cielo claro, y las flores silvestres iluminadas por detrás con un detalle exquisito. El aroma del pasto, ligeramente cítrico, subía por el costado del camino y se mezclaba con el pungente olor del rebaño. A su mente acudieron las rutinas diarias de fabricación de los quesos, siega del pienso y cuidado de los animales, tareas, todas, en las que no reparaba más que con el ligero fastidio de la rutina; pero que supo, en ese momento de cencerros lejanos y viento entre los árboles, que habría de echar de menos.

Esa quietud de lo alto que está llena de zumbidos, de mugidos, de ladridos, de campanas, de balidos y de chirridos, le recordaba que en algunos meses estaría en medio de los ruidos de un regimiento militar. Que tal vez tendría que hacer la guerra. Que probablemente nunca volvería a sus montañas.

Ese ritual de despedida, que duraba ya algunas semanas, lo había sorprendido a él mismo. Se lo había callado frente a sus hermanos; pero antes de bajar en agosto a casa de sus padres para la fiesta de la Asunción, le había ido a buscar a su hermana un ramo de edelweiss. Eran las flores favoritas de Franceline, pero a ella le aterraba subir a buscarlas a los escarpados picos donde crecían. “No les gusta que las corten”, fue lo único que le dijo ella al recibirlas; pero cuando hundió la nariz en el aterciopelado ramillete, Ernest vio que estaba llorando.

Quiso hacerle una broma. Ella le contestó, furiosa, que las flores claramente preferían la vista desde allá arriba; que si se supusiera que uno debía cortarlas, entonces crecerían al alcance de la mano, como los ciclámenes. Y salió corriendo de la casa, hacia arriba por el camino, con las flores en la mano y con su perro trotando alegremente a su lado mientras ella trataba de reprimir sus sollozos. Es un perro bueno para sopa, comentó Simon-Claude con mal humor, viéndolos alejarse; pero Ernest intuyó que su hermana no era la única que estaba resintiendo su partida próxima.

Las edelweiss huelen a miel con especias, pensó Ernest al verla alejarse, recordando que, de chica, Franceline quería que su mamá se las preparara en *rissoles*. Y el perfume de los ciclámenes es más profundo y más lujoso que los que compran las mujeres en las farmacias de las arcadas de Thônes. ¿Quién se los iba a cortar ahora a Amandine para que decorara la casa?

Las vacas pasaron por el sendero, con las ubres enormes y cargadas. A esas horas caminaban ansiosas de la segunda ordeña, y su trotecillo arrastraba una melodía de buen tiempo y de libertad. Franceline salía así cuando bajaba al pueblo. O cuando tenía un compromiso. O casi siempre. Su mamá la cogía de la mano, para que no bailara. Porque Franceline bailaba al caminar. O caminaba a ritmo de vals, y su mamá la retenía, la contenía, para que la gente no hablara mal. Ernest se reía del par, caminando de la mano, y le decía a Franceline que iba con brida, como una yegua demasiado fogosa. Para que se enseñe a ser decente, decía mamá. Papá sólo las veía, moviendo la cabeza, como reprobando la necesidad de música de Franceline o la de control de Amandine; pero no podía ocultar su diversión.

Ernest siempre fue el preferido de Franceline. Era algo que todos sabían, que siempre aceptaron como se acepta el clima. Y ella, ahora que Ernest tenía que partir, tampoco había aparentado que no fuera a echarlo de menos. Aunque lo expresaba con un enojo que tal vez también justificaba el arranque de su adolescencia.

Bajó directamente hasta el valle de Thônes. En los bancos del Fier crecían las diminutas flores moradas, como cencerros con badajos amarillos, que indicaban que el verano llegaba a su fin. Se acuclilló junto al río y tocó el agua, con nostalgia. Respiró el aire de la pradera, cuyo olor cambiaba con las estaciones, y respiró con él la tarde luminosa, de inofensivas nubes hinchadas y blancas, que hacían doloroso el azul del cielo. Pensó que el de esas tierras era el único cielo que había conocido.

Y sintió hambre de más. Se irguió, se pasó las manos mojadas por la cara. Vería otros cielos, olería otros pastos, tocaría otros ríos. Vio hacia arriba, a las montañas, conocidas como viejos compañeros, y por primera vez le parecieron obstáculos formidables que lo mantenían anclado a ese lugar. Se supo, también por primera vez, dueño de su vida, y en esa sensación desconocida cabía algo parecido al orgullo. Giró en redondo y su mirada fue un reto al lugar. Él era Ernest, y seguiría siendo Ernest dondequiera que lo enviara su servicio militar. Un arranque de arrogancia lo llevó más allá: pensó en el cercano castillo de St. Bernard, y éste no fue ya una fortaleza inalcanzable, sino, tal vez, un destino. Uno de muchos, en un mundo donde de pronto los confines se extendían más allá que cualquier lugar que hubiera imaginado hasta ese momento.

Y soñó con destinos exóticos y aventuras heroicas, y ahí, parado al fondo del valle, junto al Fier, muy cerca del pueblo de Thônes, estiró una mano que llegaba a las ciudades de las que sólo hablaban los viajeros y traspasaba las fronteras de Francia y atravesaba los mares. Y sintió un vértigo como no había sentido ni en las solitarias alturas de la Tournette, porque entendió que el mundo es enorme como la vida, y que él estaba parado en el umbral.

Chamossière, Saboya, diciembre de 1877

Muy querida prima Caroline,

Leímos con atención tu carta del verano, y nos dio mucho gusto saber que ustedes están todos en buena salud. Nosotros también estamos bien, aunque echaremos de menos a mi hermano Ernest que está a punto de partir a hacer su servicio militar.

Estuvimos encantados de recibir la fotografía de la familia que tan amablemente nos incluyes. A papá le dio una emoción muy especial reconocer en ella a tu padre (a quien nosotros sólo conocemos como el primo Charles) porque dejó de verlo cuando eran muy jóvenes y él partió hacia Vera Cruz. A la prima Henriette, tu mamá, desde luego papá no la conoce en persona; pero a todos nos dio mucho gusto encontrarlos a ustedes a la distancia. Creo que todos tienen muy buen aspecto, y yo me siento muy feliz de saber que ahora, cuando te escriba o cuando piense en tu familia, ya puedo ponerle un rostro al nombre de cada uno de ustedes.

Tu casa nos pareció muy bonita y muy interesante, rodeada por esa vegetación tan particular. Nos pareció una casa de ciudad, muy grande y muy diferente de las que se estilan en estas montañas, y papá nos explicó que el segundo piso es importante en lugares como Jicaltepec, donde las crecientes del río hacen necesario tener un lugar alto donde refugiarse. Sin embargo, notó que el piso inferior está construido a ras del suelo, a diferencia de nuestras casas, que tienen una base de piedra para evitar los desplazamientos en las pendientes, que pueden ocurrir cuando hay tormentas. Dime, querida prima, ¿sufren ustedes de tormentas en esa zona que me parece tan apacible?

La *lucarne* del piso superior es un lugar muy atractivo, desde donde yo creo que podría pasarme horas contemplando ese paisaje tan exótico. Me dices que tía Henriette tiene un perico dentro de la casa; te estaría muy agradecida si pudieras mandarme una de sus plumas, para hacerme una idea de los colores de estas aves.

Papá nos hizo notar que en tu casa no parece haber una granja ni un establo, y que seguramente sus puercos y sus vacas viven al aire libre. Es una noción muy interesante, como si estuvieran siempre en *alpage*: aquí la mayor parte de las casas se destina a los animales durante los meses de frío, y en el frente de la casa siempre hay dos entradas: una, por la cocina, que es para las personas; y la otra, por la granja, que es donde están los animales. Las vacas se quedan quietas todo el invierno en el mismo lugar, de frente al pesebre de cada una, donde les ponemos el pienso; y todos los días tenemos que limpiar su *fumier*, que es su estiércol, y que en verano se usa para abonar los campos donde crece el grano. Por lo general a los niños les piden que limpien los establos cuando regresan de la escuela, o los jueves que no hay clases. A mí no me gusta hacerlo, y les digo a mis hermanos que me cuesta mucho trabajo; pero ellos me ayudan y no me acusan con nuestros papás.

Papá nos explicó también que tu casa, que nos parece muy elegante y muy abierta, no necesita resistir temperaturas como las del invierno aquí, y que por eso pueden tener tantas ventanas y puertas abiertas hacia el frente. Aquí hay impuestos que se tienen que pagar por puertas y ventanas, y además está el clima del invierno, por eso son muy pequeñas, apenas lo necesario para pasar y para iluminar un poco las casas.

Veo que el tejado de tu casa es muy alto y muy amplio. Dime, querida Caroline, ¿ustedes también guardan el pienso debajo del tejado? Nosotros tenemos que secarlo por completo antes de guardarlo, y para eso usamos las galerías, porque si se guarda húmedo se puede fermentar, y entonces el riesgo de incendio es muy alto. Pero tú me dices que hay una gran humedad en Vera Cruz y no me imagino cómo pueden mantener seca la paja.

Veo también en la fotografía algunos árboles que no conozco. Ése, enorme, que está casi al frente de la casa, ¿qué tipo de árbol es? Nosotros tenemos abetos en su mayoría, y los leñadores deben estar bien versados en la forma correcta de talarlos, porque si los cortan con mala luna o con mala savia, la madera se tuerce o se pudre. Por eso hacen la mayor parte de su trabajo a finales del invierno, cuando hay brisa del norte y buen tiempo. ¿En Vera Cruz tienen estaciones para las labores del campo? Es una pregunta que a mí me parece bien extraña; pero como me dices que ustedes no tienen temporadas de nieve, siento que para mí sería una gran confusión saber cuándo hay que hacer las distintas labores.

En cuanto pase un fotógrafo por estas montañas les pediré a mis papás que nos hagamos retratar. Y voy a intentar que sea una imagen como la tuya, en el exterior, si el tiempo es bueno, para darte una idea de cómo es nuestra vida aquí y para que tú también veas cómo son nuestros árboles, aunque no sean tan grandes ni tan imponentes como los que rodean tu casa.

Por el momento, te envío una edelweiss seca, que es mi flor preferida, y que recogió mi hermano Ernest en lo alto de la montaña. Yo no me atrevo a subir a esas pendientes tan escarpadas donde crecen; pero él es ágil como una cabra y no teme a las alturas. Pero me temo que no tendré edelweiss durante mucho tiempo, porque él pasará seis años en el ejército. Todavía no me acostumbro a la idea de que no lo tendremos cerca durante una eternidad, y rezo para que no haya hostilidades entre la Francia y otros países, para que no tenga que hacer la guerra. Dime, querida prima, ¿tu hermano Alfred también tiene que ir al servicio militar en Vera Cruz?

Mis papás y hermanos se unen a mí para desearles lo mejor en el año que empieza, y, sobre todo, que tengan mucha salud para toda la familia y para los animales, y que sus cosechas sean abundantes.

Tu prima que se alegra de haberte conocido a través de la fotografía,

Franceline

Las tías Dupont dicen que lo más importante es que me comporte como una dama. A pesar de que ya llevo tantos años con ellas, insisten en que mamá nos estaba echando a perder, a Irène y a mí, que íbamos en camino de volvernos unas campesinas. Una le dice a la otra: "Afortunadamente Elise llegó a esta casa a tiempo", y me dicen que con ellas voy a llegar a ser una señorita *comme il faut*. Nunca les gustó la forma como me había educado mamá; pero yo creo que era mamá la que no les gustaba, aunque eso no lo dicen.

Al principio me llamaba la atención la forma como comían, y nunca estaba segura de estar haciéndolo bien; pero luego me fui acostumbrando y ya sentía que nosotras y la abuela éramos las que comíamos raro, cuando todavía vivía mamá. Porque en *alpage* usábamos las cucharas de madera que hacía papá, o que a veces cambiábamos por quesos en el mercado, aunque abajo en la casa sí hubiera cubiertos de metal. Esas cucharas de madera las hacían los mismos que torneaban los moldes para *reblochon*, y de ellos también son el peine de moras y los otros trastes de madera que las tías me dijeron que se llamaban fuentes. Pero las fuentes de ellas son más grandes, y son de loza decorada, y hay que tener mucho cuidado al lavarlas.

En casa de las tías los cubiertos son siempre de metal, y tienen muchos. Ponen el cuchillo del lado derecho del plato, y a veces también hay más de un tenedor del lado izquierdo. Y cuando hay sopa, la cuchara está del lado derecho; pero la de postre no, porque ésa la ponen arriba del plato. Al principio no me acordaba dónde iban las cosas, pero luego me fui acostumbrando y me dicen que ya pongo la mesa como una señorita, porque también aprendí cuáles son las tazas de consomé y los platos de los medios tiempos y los del café. También me enseñaron a usar el servilletero para no confundirnos con cuál servilleta es de quién, porque ellas siempre las vuelven a doblar y las usamos hasta que se ensucian y entonces las juntamos en una canasta grande, y se lava todo cuando se hace la colada de la ropa. Pero de cualquier forma tenemos mucho cuidado de no ensuciarlas porque sólo nos podemos limpiar la orilla de los labios; si no, no seríamos damas bien. Y yo no quiero parecerles una campesina.

La escuela en Grand Bornand no es más grande que la de Thônes, pero es más fácil llegar porque no tengo que bajar desde la aldea; y en invierno, para cuando yo paso, ya han limpiado las calles de la nieve. Es más cómodo porque no se me mojan la falda ni las botas, pero sigo extrañando cuando éramos chicas y los muchachos arrastraban sus mochilas de madera por la nieve, por delante de nosotras, para aplanarla y que nos costara menos trabajo bajar por los caminos. Me acuerdo que había un niño que a Irène también le daba la mano cuando el camino se había congelado y estaba resbaloso. A mí me habría gustado que alguno de los otros muchachos me tomara de la mano, pero como mis zapatos tenían buenas suelas y con clavos, no me resbalaba tanto y me seguía de largo.

En la escuela, las hermanas nos dicen que tenemos que aprender a llevar una casa como Dios manda y convertirnos en damas educadas, para que cuando nos casemos nuestros maridos estén orgullosos de nosotras. Una de las hermanas nos ha enseñado a coser, y las cosas que aprendemos son mucho más bonitas que las que yo había visto hacer a mamá y a la abuela, y hasta a la tía Athénaïs, porque las hermanas nos enseñan también a bordar flores y cervatillos y a terminar la ropa con mucho gusto. Las tías dicen que el gusto es algo que se lleva en la sangre y que no se aprende, pero se ponen muy contentas conmigo cuando les llevo algo de lo que hago, y han empezado a pedirme que les componga su ropa, y me enseñaron cómo arreglar las recámaras, porque dicen que así es como se hace en las casas de los nobles.

Chamossière, 12 de septiembre de 1879

Querido Ernest,

Me da gusto saber por tu carta que estás bien a pesar de que no comes tanto como quisieras. Cuando preparo *matafan*, siempre le digo a mamá que estarías orgulloso de mí porque me queda justo como a ti te gusta. Y yo a mi vez estoy muy orgullosa por tu título de *prévôt d'armes*. Estoy segura de que te lo mereces y que debes ser el más apuesto de cuantos practican la esgrima en tu regimiento.

Querido Ernest, no puedo imaginarme las maniobras que nos cuentas. Me parece que debe ser muy peligroso y muy arriesgado, y espero que el entrenamiento los mantenga bien preparados en caso de que tengan que defender a nuestra patria de las hostilidades. Me gustaría poder llevarte algunos quesos para que te los comieras, en *pêla*, con todas las papas que te hacen pelar en las mañanas. Papá y Bernard se rieron de mí el otro día porque dije que no está a la altura de los soldados eso de pelar papas todos los días, pero estoy segura de que estarían más contentos si los alimentaran mejor.

Te quiero contar que Joseph me prometió que me va a llevar al baile de St. Maurice cuando bajen a los animales a sus establos en un par de semanas. Mamá decía que soy demasiado joven todavía, pero ya la convencí de que es necesario que empiece a conocer a otros chicos de mi edad. Papá no dijo nada pero se rio mucho.

No vas a creer lo que me pasó hace apenas unos días, cuando regresaba de subirles algunas cosas a Joseph y a Bernard, que estaban en Cotagne con el rebaño. Como ya se estaba poniendo el sol, me propusieron que me quedara con ellos en el chalet; pero le había prometido a mamá que estaría de regreso esa misma noche, así que me despedí y comencé a bajar. No sé cuándo me distraje, porque bajaba hacia Chamossière por el lado de Mos Roux, y seguramente me seguí derecho por el sendero en vez de dar la vuelta hacia abajo. El resultado fue que me perdí de manera lamentable. Cuando creí que estaba llegando hacia el pequeño valle del riachuelo de la viuda Rey, bajé directamente, y me encontré en un bosque espeso que no reconocía a esa hora en que estaba oscureciendo. Me costó mucho trabajo volver a subir hasta el sendero, que había quedado lejos, y casi me tuve que arrastrar con codos y rodillas porque la pendiente era muy empinada y muy resbalosa.

Tú te habrías reído mucho de mí, que he recorrido ese camino tantas veces y aun así me perdí; pero llegando al sendero pensé que lo más rápido sería encontrar el camino ancho que baja directamente hacia el puente. Pues me había equivocado de nuevo, y terminé pasando por la que era la propiedad de la familia de François, que está casi destruida. No te tengo que decir cuánto miedo me dan los ruidos de la noche. Tampoco sé qué animal o qué *sarvan* gritaba en ese momento; pero hasta tú habrías tenido los pelos de punta si hubieras estado en mi situación. Veía movimiento entre los árboles y trataba de calmarme pensando que serían vacas o burros; pero luego oía gritos que podían ser carcajadas de lechuzas o aullidos de lobos, y quería gritar yo también.

Cuando por fin me orienté entré en pánico, porque ya estaba oscuro y ya casi no quedaba luz para dar con el camino, así que traté de cortar bajándome directamente por el frente de la vieja propiedad, pero otra vez el bosque me cerró el paso. Ya sé que siempre dices que yo vivo con la cabeza en las nubes; pero te aseguro que no iba pensando en otras cosas. O tal vez sí; pero no entiendo cómo me pasé, cuando conozco ese sendero como la palma de mi mano. Después pensé que no iba a poder bajar esa misma noche, y nadie me iba a buscar, porque mamá creería que me había quedado con los muchachos, arriba, y ellos pensarían que ya estaba en casa. Y no quería pasar la noche ahí porque era de esas noches húmedas y frías, y ya sentía que empezaba a temblar. Y era frío también, Ernest, y no sólo miedo como debes estar pensando.

Para cuando salí a la pradera de Mos Roux ya era noche cerrada, y para ese momento dudaba hasta de mi cabeza. Anselme se va a burlar cuando le cuente, estoy segura, pero le voy a decir que usé las estrellas para encontrar la dirección hacia la casa y tal vez se sienta orgulloso de habérmelas enseñado. Mamá me regañó cuando le conté lo que me había pasado, pero me ayudó a limpiar mi vestido, que estaba lleno de ramas y de barro, y el forro rasgado en algunas partes. Esa noche cené con mucha hambre y me tuve que aguantar que papá y mamá se rieran de mí. También les han contado a los demás, y ahora los conocidos me preguntan si estoy segura de que sé dónde estoy, y quién soy, y dónde vivo. Pero es en buena lid y me aguanto.

Prométeme que tú te estás cuidando bien y que no te vas a meter en problemas ni en pleitos, y fíjate bien en todo para que me lo cuentes. Yo ya busqué en Thônes, en el atlas de las hermanas en la escuela, dónde está Argelia, para imaginarme a dónde te pueden mandar. Querido Ernest, no puedo ni pensar en lo lejos que vamos a estar y en todos los peligros que todavía tendrás que enfrentar. Pero rezo todos los días por ti y pido que regreses a nosotros tan sano y buen mozo como te fuiste, hace casi dos años ya.

Soy tu hermana por toda la vida,

Franceline

Irène es muy bonita, y hay muchos jóvenes que hablan de casarse con ella. Algunos la visitan en casa de la tía Athénaïs, aunque aún es demasiado joven para pensar en serio en estas cosas. Cuando la vi para la Asunción me contó que el invierno pasado había un muchacho, Joseph, que iba a verla con su hermano Bernard como chaperón. Cuando llegaban, la tía se levantaba a atizar el fuego, porque la abuela ya casi no se para de su silla. Y ese gesto de la tía es la señal de que Joseph era bienvenido y que podía hablar con Irène. A otros desdichados, cuyos nombres no recuerdo porque Irène es cruel en sus cartas y sólo los nombra con apodos maliciosos, la tía los sentaba en un taburete bajo, como los que se ofrecen a los niños en las veladas, o les daba pan con mantequilla, como si fueran chiquitos. A los pobres pretendientes no les quedaba otra que disculparse y salir de la casa sin chistar y con la cola entre las patas, porque ese tratamiento quería decir que la tía no los consideraba buenos candidatos para mi hermana.

Con Joseph las cosas tampoco fueron más lejos porque en una de las veladas Irène conoció a su hermano, Ernest, que estaba de visita del ejército, y ella ya no lo pudo olvidar. Al grado de hablar sin consideración frente a Joseph de lo guapo que es Ernest y de cómo bailaron, hasta las cuatro de la mañana, cuando alguien sacó el acordeón, y de que él es muy galante, y que cualquier muchacha se sentiría honrada de casarse con él. Es lo mismo que llevaba escribiéndome desde hacía meses, como si de verdad pensara que su belleza sería suficiente para enamorarlo, o para que aún la recordara dentro de no sé cuántos años que regrese del ejército.

De las veces en que lo hemos visto en días de feria y en alguna velada, lo único que sabemos es que él es alto, grande y buen mozo como todos los de su familia. Pero tiene también un aire misterioso, un poco como el de su hermano Anselme, aunque en Ernest este misterio no da miedo sino curiosidad. Y ahora que también viste uniforme, sabemos que es capaz de hacer que las jóvenes más populares se enamoren de él: de verlo, uno empieza a fantasear con secretos prohibidos y aventuras lejanas. Anselme se ha ganado su reputación con esa fama suya de que es brujo, y con las leyendas que se cuentan sobre sus poderes. De Ernest no se sabe nada en concreto, y yo creo que se divierte mucho dejando que todas creamos que puede hacer y deshacer embrujos de amor a voluntad.

Sabemos que tiene fama de ser un donjuán, y seguro está consciente de que a su paso deja una estela de suspiros y miradas ruborizadas, aunque se dé aires de no enterarse de nada. Su sonrisa tiene algo de burla, y en sus ojos, oscuros y profundos, hay un punto de reto que, dicen, amedrenta a los hombres y perturba a las mujeres que se atreven a aguantarle la mirada.

Ha ido dejando crecer esa fama de seductor, más ahora que se aparece por aquí con tan poca frecuencia; y sabemos que su leyenda ha viajado lejos de nuestra pequeña región. Yo le había advertido a Irène que tuviera cuidado, porque él no me parecía de los que se involucran en serio con nadie.

Eso era, hasta que conoció a Antoinette y derrumbó las esperanzas de tantas de sus admiradoras. Incluyendo las de mi hermosa hermana, eso no lo dudo.

A Antoinette, por lo que se cuenta, Ernest la conoció en una de sus salidas de conscripto cuando acompañó a su compañero Paturel a la aldea de Serraval al bautizo de un sobrino. Antoinette es pariente de su amigo y, por primera vez en su vida, Ernest se quedó pasmado, sin saber qué hacer, frente a una muchacha.

Ernest subió con su amigo Paturel a la estación de pastoreo de la familia de él, cerca de la aldea de Serraval, y la vio justo afuera del chalet, inclinada sobre el tronco ahuecado que sirve de depósito de agua junto a la puerta. Antoinette, la prima política de su amigo, exprimió el pañuelo que acababa de mojar y se lo pasó por la nuca, con los ojos cerrados y la cabeza ligeramente inclinada hacia la derecha. La curva blanca de su cuello le sugirió a Ernest cosas que no podía detenerse a considerar ahí, a la luz del día y con su amigo tan cerca. Antoinette entró al chalet y Ernest la siguió justo hasta la entrada. En el interior ya habían vertido la leche de la última ordeña en el gran recipiente sobre la mesa de la cocina, que es la habitación principal y la más grande de las casas de montaña. Ella se frotó las manos, en un gesto que parecía venir desde el invierno, y pasó su mirada por toda la habitación, como buscando algo o como adueñándose del lugar; pero sin que sus ojos se detuvieran en Ernest. Él la veía desde el marco de la puerta abierta, desde donde el sol, que le calentaba la espalda, iluminaba la mitad de la habitación. Antoinette midió el cuajo con un gesto experto como el de Simon-Claude al elaborar su "droga de serpiente", y lo esparció por encima de la leche, que puso a calentar.

La varita de abeto deshojada trazaba figuras incansables sobre la leche, que ella batía con una expresión que a Ernest le habría encantado descifrar. Su cabello rubio y rizado, recogido en un chongo suave, se inflamaba cada vez que, en su movimiento, cruzaba la línea de sombra, y sus pecas se hacían más notorias en su rostro enrojecido por el calor y el esfuerzo. Era imposible que ella no lo hubiera visto: la sombra de Ernest se estremecía en la leche del recipiente sobre el que estaba inclinada; pero él no tenía manera de saber si ella estaba consciente de su presencia ahí, a menos de dos metros, tan cerca que oía su respiración por sobre el suave borboteo de la leche agitada; o si, para ella, durante su trabajo, no era más que una sombra, como las fugaces de las aves o las cambiantes de las nubes.

Antoinette fue tomando los moldes para los quesos, y los ordenó sobre la mesa. Ernest pensó que tal vez debería ofrecer su ayuda; pero algo lo tenía inmóvil en donde estaba: no quería distraerse de uno solo de los movimientos de Antoinette, distraerla a ella de la suavidad con la que acomodaba los moldes de madera perforada, o de la destreza con que los llenaba de leche con un solo movimiento del cucharón en sus manos. Manos menudas y claras, que él habría querido tocar.

Cubrió uno a uno los moldes con tapitas de madera a la medida, y luego se dio la vuelta para escoger, de la repisa en el extremo lejano de la cocina, las piedras con las que presionaría las tapas que cubrían la leche que se cuajaba. De su chongo se escapaban algunos mechones, que se le adherían a la nuca con su sudor. Antoinette levantó el brazo derecho para secarse una gota que escurría frente a su oreja. Pero tal vez pensó algo porque lo bajó de inmediato y se giró un poco para voltear hacia la puerta. No llegó a girar lo suficiente para ver a Ernest; pero la expresión de su cara, parte sonriente, parte avergonzada, era lo más dulce que él hubiera visto jamás. Ella se quedó unos momentos así, casi de perfil, de espaldas a la puerta, con las manos apoyadas en una repisa baja, y él sintió la turbación de ella en la suya propia y una vez más pensó en huir. Pero esa gotita de sudor, que había llegado ya al mentón de ella, se detuvo un instante, se incendió con el sol poniente, y tembló de luz antes de bajar por su cuello. Ernest notó, con una ternura desconocida, el brillo del sol en el suave vello de las mejillas de Antoinette, como si la tuviera al alcance de la mano. Y prefirió no pensar en la gota, ya invisible, que seguía bajando por su pecho, unida ahora con la humedad de su cuello. No pensar en la piel que tocarían esas gotas, que se le antojaban un torrente. No pensar en las curvas por las que seguirían bajando, o en que esas curvas estaban cubiertas por esa piel blanca y suave. No pensar en tocar esa piel húmeda y en ver de cerca esa cara sonrojada. No pensar en sentir su calor y olerla y besar...

Pensar cómo dejar de pensar. Cómo darse la vuelta, con qué voluntad salir corriendo de esa cocina embrujada.

Pero se quedó donde estaba, viendo cómo ella regresaba a la mesa y acomodaba, con la delicadeza con la que Franceline bordaba los pañuelos, cada piedra en el centro de cada tapa. Y en la calma de ese momento el único sonido era el del suero, fluyendo en sus propios torrentes por los orificios de los moldes. Los últimos rayos de sol iluminaban ahora sólo la cara de Antoinette, cuyo cuerpo y manos seguían trabajando en la relativa oscuridad con una concentración que no justificaba esa tarea diaria, y Ernest se preguntó qué haría él si ella levantara la mirada y lo viera de frente. Pensó en regresar con Paturel, afuera, a la frescura de la tarde; pero no pudo dejar de ver la cara de Antoinette, como desarticulada del resto de su cuerpo, que se movía por la habitación con la vista baja y esa expresión que lo había hechizado.

Con los últimos instantes de sol, Ernest vio que ella se secaba las manos en el pañuelo humedecido que se había quedado sobre la mesa, y se dio cuenta de que Antoinette estaba a punto de salir, porque faltaba todavía un rato para que tuviera que voltear los quesos antes de desmoldarlos. Si Ernest no se movía pronto, ya no habría forma de mantener esa extraña pretensión de que ella no lo había visto ni él había estado ahí, viéndola a ella.

La magnitud del esfuerzo mental para alejarse lo sorprendió aún más que el esfuerzo físico que tuvo que hacer para mover su pierna y su brazo derechos, entumecidos por la inmovilidad de la última hora.

Salió, sin saber por qué, a ver la noche. Subió la pendiente por el lado del granero y siguió ascendiendo. La luna iluminaba el valle lejano desde el oriente; pero eran las estrellas las que Ernest buscaba, también sin saber. Siguió subiendo, para que las copas de los árboles no le obstruyeran la vista, para alejarse de la casa, para no pensar. Subió por el sendero y luego por el borde del arroyo. Oía su respiración y el fluir del agua y algún cencerro. Al detenerse, oyó también su corazón. Sonrió, sin darse cuenta de que sonreía. Se puso la mano en el pecho. Latía fuerte; pero no por la subida. Llevaba latiendo así desde el bautizo.

Tal vez le habían dado el permiso de acompañar a Paturel a Serraval porque, a pesar de llevar ya tres años de servicio militar, a Ernest todavía le faltaba una eternidad, y era muy probable que lo enviaran a Argelia terminando el verano. Tal vez era la forma que tenían sus superiores de apiadarse de él. O sólo había sido buena suerte.

La noche de la montaña, en verano, huele a invierno: a árboles y a humedad y a tierra. Ese olor transparente venía cargado de cosas muy distintas que las del día. Se oía algo entre los árboles, arriba. Habría creído que era una conversación lejana, si no supiera, instintivamente, que esos sonidos no eran humanos. Pensó en Franceline y no pudo evitar una sonrisa: eso que sonaba a carcajadas siniestras eran muy probablemente cabras salvajes o lechuzas. Luego sonó el quejido mucho más cerca. Acostumbrado al regimiento, se llevó la mano a la cadera. No traía sus armas, desde luego. Nada con qué defenderse, si lo que oía fueran osos o lobos. Pero volvió a sonreír. No en una noche así. No esa noche, en particular. No cuando volvió a sentir su corazón y tuvo que admitir que no era miedo. O sí, pero no a los animales.

Llegó a un recodo del camino, una saliente sin árboles desde donde se veía, abajo, el pueblo dormido de Thônes; y arriba, mucho más reales, mucho más cercanas, las estrellas y las constelaciones que, para su sorpresa, contra su voluntad, le hablaban de amor. La luna, que embellecía de luz plateada ese mismo paisaje al que él nunca le había prestado mucha atención. El viento, cuyos olores se sentían como recuerdos. El murmullo de los árboles y el borboteo del agua, que lo remitían a otros murmullos y a voces recientes. A una voz en particular.

Se pasó las manos por la cara, casi enojado por estar dejándose llevar de esa manera. Pero su sonrisa, su estúpida sonrisa, volvió a aparecer en cuanto abrió los ojos. No podía seguir negándolo. Estaba enamorado. Apenas lo pensó, volvió a sentir su corazón. Volvió a sonreír. Se sentó sobre el pasto húmedo. Decidió, al ver una estrella fugaz, que ésa era la confirmación de su estado de ánimo. Se rio, fuerte, como contestándoles a los ruidos que un momento antes lo habían sobresaltado. Siguió riéndose a carcajadas y se tendió de espaldas sobre el pasto, a ver las estrellas y a sentir eso tan raro que le estaba pasando.

Se propuso no decírselo a nadie. Pero se dio cuenta, con otra carcajada, de que Paturel ya lo sabía. Todo Serraval, con toda probabilidad, se había dado cuenta de que Ernest no dejó de hablar con Antoinette mientras estuvieron juntos. Y no dejó de hablar de ella en cuanto se separaron. Esas cosas no se pueden ocultar. ¿Y qué? Tampoco querría ocultarlo. Al contrario, lo único que quería era seguir hablando de ella, contársela, describírsela a quien se dejara. Era hermosa y tímida y rubia y muy pecosa. Y era amable y suave. Le había tocado la mano y sintió que temblaba. Ella no lo dijo; pero Ernest entendió que sentía lo mismo que él. No hubo necesidad de declaraciones ni de explicaciones. Se gustaban, eso era evidente e inmediato. Pero había algo más, un nivel más profundo en el que también se encontraron sus sentimientos. Y era esa convergencia lo que más lo intrigaba y lo que lo asustaba.

Como asustaban a Franceline los ruidos de la noche. Un miedo a lo invisible, a lo desconocido. Y a la intensidad de eso que había llegado a sentir en tan pocos días. Se rio de nuevo al pensar que ni el florete más acertado podía defenderlo; ni el viaje más lejano protegerlo. Había caído en una extraña red de la que no habría podido escaparse; pero tampoco, a decir verdad, querría intentarlo.

Nunca había visto así las estrellas. Con las manos a los costados, tocando el pasto húmedo, pensó que no había remedio: iba a tener que claudicar ante aquello de lo que siempre se había burlado: hacerle la corte a una mujer. No que lo sintiera como algo que lo rebajaba; simplemente, no se le había ocurrido que fuera a ser algo que, a él, le tocara hacer. Durante años las mujeres le habían dado todas las señales de que ahí estaban, a la mano, y él no se había planteado la necesidad de mover un dedo.

Antoinette le revoloteaba alrededor, y Ernest ya no supo cuánto de lo que veía era recuerdo ni cuándo empezó el sueño. Bailaba con ella, como había bailado, y sentía en el suyo el pecho de ella. Pero ahora también lo veía, blanco, suave, amoldándose a su propio cuerpo. Tomaba el talle de Antoinette y ya no pensaba en bailar sino en estrecharla, sentirla toda entera, apretada contra su cuerpo; sus formas regordetas contra las suyas angulosas. Sus curvas en sus manos y sus labios en los suyos... y el despertar fue un castigo y un alivio y un ansia que, sabía, no tenía más que una cura. Que la cura era ella y que los tres años de servicio militar que le faltaban nunca le habían parecido tan interminables como en ese momento en que se extendían como una tortura insoportable, como una crueldad perversa que él no merecía.

Se prometió cumplir al día siguiente su promesa de escribirle, aunque para ello tuviera que pedirle papel a Franceline y aguantarse el interrogatorio y los celos de su hermana; y muy seguramente, también las burlas de sus hermanos. Faltaban todavía algunas horas para el amanecer. Regresar a la casa en una noche así se sentía como una herejía: cruzó los brazos por detrás de su cabeza y vio, en esas horas, más estrellas de las que había visto en toda su vida.

Supongo que, tarde o temprano, todos nos acostumbramos a la muerte.

La de mi tía y casera no ha sido, desde luego, tan dolorosa como la de mamá. Y la entiendo mejor. La de mamá no podía entenderla. No a esa edad, no con todo lo que se nos venía encima.

Curioso, porque la de papá casi la he esperado, todos estos años. Si me entregaran una carta anunciándome su muerte, si me la hubieran entregado ya, no sería una sorpresa. Es casi una sorpresa que no haya sucedido. Cuando lo veo a él, pienso que no lo reconozco. O tal vez que nunca lo conocí. Es amable conmigo, y cuando puede, me da regalos. Como a una niñita. No se ha dado cuenta de que crecí. De que su pequeña Elise es ahora una mujer hecha y derecha. Que llevaba años haciéndome cargo de sus hermanas, aunque fueran ellas quienes ponían el dinero y la casa.

La verdad es que no sé quién le debía más a quién, en esta relación con mis tías. Cierto, ellas me acogieron en su casa y me enviaron a la escuela cuando murió mamá. Y cierto, sin las religiosas que me instruyeron en la escuela yo no sabría todo lo que sé. Entre todas ellas han hecho de mí lo que las tías me anunciaron durante mis primeros días en su casa: ahora soy una señorita *comme il faut*, capaz de poner las mesas más correctas, de coser la ropa más acabada y de hacer los bordados más delicados. Se podrían servir mis guisos y mis postres en cualquiera de las casas acomodadas, o en las de los nobles; y todas, las tías y las religiosas, pueden sentirse orgullosas de mi conversación y de mis modales.

Pero hace años que era yo quien cuidaba a las tías, quien hacía las compras, quien se encargaba de que no faltara nada en la casa desde que ellas dejaron de salir. Sólo a misa íbamos juntas, ya sólo los domingos, aunque a veces también recibiéramos al confesor en la casa. Y aun entonces, eran mis pastelillos y mis confituras los que le servíamos. Era yo quien bordaba sus iniciales en los pañuelos que le regalábamos para su santo. Llevaba siendo, desde hace mucho, aunque nadie lo dijera y quién sabe si sólo yo lo pensara, la columna que mantenía esta casa en pie.

No es que no sienta la muerte de la tía. Desde luego la extraño, y ver a su hermana como está, hecha pedazos, confundida, viendo al mundo como una criatura perdida, como lo veía yo cuando me recogieron, me parte el corazón. Tal vez por lo que remueve en mi memoria. Pero así como su muerte no me cogió por sorpresa, tampoco me duele. Es más, siento algo más cercano a la rabia que a la tristeza. Más decepción que siquiera piedad. Habrían de morir, eso lo sabíamos todas. Nunca se habló de lo que sucedería después. Pero no esperaba esto. Esto que se siente como traición.

En lo que recojo mis cosas de esta casa, en lo que pienso que, después de todo, fui feliz aquí, aunque nunca haya sido más que la "recogida" de mis tías, Elise la mascota a la que entrenaron para volverse señorita de sociedad; en lo que recuerdo estos años y veo por última vez a través de la ventana por donde me asomé a la vida durante todo este tiempo, no puedo dejar de sentirme usada. Usada, aunque sea a ellas a quienes les debo haber asistido a la escuela, una escuela más sofisticada que a la que asistía yo, arriba, con Irène. Usada como el instrumento de la culpa de mis tías frente al cura y frente a la iglesia: usada para paliar quién sabe qué pecados. Usada como doncella y dama de compañía, aunque no pueda decir que sufrí.

¿Pero echarme, sin nada, ahora que una tía se ha muerto y la otra se retira al convento? Estúpida de mí: me había considerado, de alguna forma, su heredera. Sabía que se iban a morir. Sabía que, antes de eso, las tendría que cuidar. Que serían mis manos las que limpiaran las inmundicias de su vejez y las que paliaran sus dolores y sus achaques. Sabía que estaba atada a ellas: que mientras vivieran, seguiría siendo su sirvienta, su asistente y su cocinera. Sabía que no me habían acogido por amor, ni por mí ni por su hermano. Mucho menos por mi madre, a quien ellas siempre despreciaron.

Pero no pude sospechar que me echarían a la calle. Ni a un perro se le desecha así, sin nada, después de más de diez años de compañía. Ni en mis peores momentos de frustración pensé que, después de todo este tiempo, estaría, no como al principio, sino peor: porque cuando mamá se murió yo era una niña y, como tal, era natural que necesitara ayuda. Porque en ese momento la crueldad habría sido más evidente y el egoísmo más descarado.

Dejarme sin techo, hoy, cerca de los diecisiete, puede pasar, qué ironía, como caridad: las piadosas tías le legaron todos sus bienes a la iglesia. Congruentes con la forma en que vivieron su vida, agradecidas por el consuelo de las Hermanas de la Asunción, legan su casa y hasta sus joyas al convento.

¿La sobrina? Ésa nunca importó. A Elise la recogimos porque se vería muy mal que no lo hiciéramos. Para usarla en nuestra vejez. Para quedar bien frente al cura. Para parecer muy caritativas.

Ranas de agua bendita, viejas desgraciadas.

Y sin embargo.

Sin embargo, no.

Serían unas viejas amargadas, serían egoístas y me están dejando en la calle; pero casi todo lo que soy ahora se lo debo a ellas. Ya no podría vivir como lo hacía con mis padres y con Irène; tampoco sé si querría: ya tuve suficiente lodo para una vida. Ni la aldea, ni las vacas y los quesos; ni casi nada de lo que era, ni mi ropa ni mis modales. Ya no sé si podría volver a acostumbrarme a la montaña, a las incomodidades allá arriba, a los olores que ahora me parecen desagradables y hasta ofensivos.

Me voy. No sé a dónde; pero es la educación que me dieron la que me permitirá tener un trabajo. Son sus enseñanzas, las del Grand Bornand, las de las hermanas y hasta las del cura, las que harán que pueda conseguir algo como institutriz o ama de llaves. Serán sus exigencias las que me permitan llevar una cocina, o una casa elegante, o hasta un taller de costura.

Las odio. Creo que eso es inevitable. Siento como un aguijón el desencanto, la rabia de la injusticia. Y voy a echar de menos esta vida. Pero no lamento la pérdida. Ni de la tía muerta, ni de la que se va a enterrar en vida al convento. Ni la de mi niñez entre sus paredes. Que se queden con Dios, o con el diablo.

Me voy de aquí, sin culpa. A una vida que tiene que ser mejor y que será mía.

Ernest le escribió a Antoinette que los despertaban a las seis de la mañana, sin importar la estación, y que regularmente hacían seis horas de maniobras al día. Todavía estaba en Valence, en la Drôme, Sexto Regimiento de Artillería, Décima Batería; pero se hablaba de que tal vez los mandarían a Toulon en poco tiempo. Entraba el invierno, le contó, y el frío era como para helarles los dedos, incluso a saboyardos curtidos por las montañas como ellos. Pelaban papas todas las mañanas y él, que para entonces era conductor de un carro de caballos, se sentía mangoneado y como un perro: le daban un pan para cada dos días, y otros días la mitad. Hablaba de esperar con ansias el llamado a la sopa del mediodía; pero, considerando lo mala que era la comida del ejército, eso lo único que quería decir es que se la pasaba hambriento.

Le contaba, orgulloso, que por sus dotes como esgrimista, era el preboste de armas de su regimiento. Eso, decía, le daba una aptitud que podría usar a su regreso, tal vez como instructor de esgrima en la ciudad.

Antoinette le respondió de inmediato y con un entusiasmo que él no se había permitido esperar. Le contaba los pormenores de su día, le hablaba de sus parientes como si él los conociera de toda la vida; le contaba del cambio de estación, del "desenmontañamiento" del ganado; de lo mucho que le había gustado leerlo y de cuánto quería volver a verlo. Y se inquietaba: ¿no era Toulon la antesala de Argelia? ¿No había peligro si lo enviaban tan lejos? ¿Irían todos sus compañeros, en qué capacidad lo mandarían a él? Porque no quería ni pensar en Ernest en medio de una guerra. Iba a escribir "su Ernest", era claro que lo había tachado, y a él eso, ese manchón, lo conmovió casi más que una aceptación explícita.

¿Pero aceptación de qué, si él nunca le había hablado claro?

En las pocas veces que se vieron, durante ese único permiso, él ni le había declarado amor ni le había hecho la propuesta de una relación seria. Apenas se daba cuenta ahora, después de semanas de agonía, luego de componer una carta que le dijera a Antoinette que pensaba en ella pero sin arriesgarse a decirle nada más, y luego de días esperando, sin pensar en otra cosa, la respuesta de ella, de que nunca le había declarado sus intenciones.

Se sentó en una piedra, con la carta en una mano y sosteniéndose la frente, como si la cabeza le pesara, con la otra: ¿qué intenciones? ¿Cómo iba a pedirle, a una muchacha como ella, que lo esperara? Le faltaban casi tres años. Ella tenía dieciocho. ¿Podía en verdad pedirle que lo esperara hasta pasados los veinte?

Pensó en pedir un permiso. Ir a hablar con ella, darle alguna seguridad. Pero no tenía nada que ofrecerle. No podía casarse con ella mientras siguiera en el ejército. Tampoco tenía el dinero suficiente para "herrar" a Antoinette con el *sautoir* de compromiso, esa cadena de oro con el relicario o con la Cruz de Saboya que los hombres les daban a sus prometidas para "marcarlas" como de su propiedad, y que ellas lucían el día que se comprometían. Por pobre que fuera, su orgullo no habría permitido pedirle su mano así, sin más, sin otra garantía. No lo admitiría para sí mismo y tampoco querría que ella tuviera que avergonzarse de él.

No podía decirle nada. Nada que importara, aunque habría querido contarle todo. A pesar de su mala ortografía, a pesar del trabajo que le costaba sentarse a escribir, habría querido poder hablarle de las maniobras y explicarle los términos militares y hasta enviarle una fotografía, vestido de uniforme. Pero era difícil hablar de maniobras con una mujer; y era muy pronto para fotografías, muy pronto para el futuro, mucho muy pronto para otro tipo de planes, aunque él no quisiera pensar en nada más. Le contó en cambio de sus compañeros, le dijo quiénes irían a Toulon con él, le habló de su esperanza de que más al sur habría menos frío y más de comer; le dijo que aún era temprano para preocuparse por Argelia, que era posible que siguiera pelando papas y enseñando esgrima y aburriéndose mortalmente; pero que por lo menos lo haría cerca del mar, que nunca había visto.

La respuesta de ella lo estaba esperando en Toulon. Le contaba de la nieve y de las celebraciones de fin de año; de las veladas a las que había asistido y de las canciones que ahí habían cantado; de una parienta que se había comprometido. Hablaba de la salud y del clima y del ganado, del bebé cuyo bautizo los había acercado y de los conscriptos que regresaban. Y le volvía a expresar su miedo por Argelia, por la lejanía, por la guerra. Le pedía que se fijara en todo y que la tuviera al tanto, y se despedía haciendo votos de poder, algún día, hacer su felicidad y que él hiciera la suya.

Ernest no se había permitido soñar con una respuesta así. Se metió la carta en la bolsa de la camisa, donde pudiera tocarla, sentirla cerca, sacarla para releerla hasta que se aprendió de memoria no sólo las palabras sino los trazos de cada letra. Antoinette cruzaba la t con una diagonal que le pareció el colmo de la coquetería; sus r eran ligeras, redondas, a diferencia de las más rebuscadas que le habían enseñado a Franceline; y sus s, delicadas, femeninas, lo hacían casi verla en el momento de escribirle, con la pluma cuidadosamente acomodada en la mano derecha y con la izquierda deteniendo el papel, apenas, para no ir a marcarlo ni ensuciarlo.

Por ella, para poder contárselo, para tener qué escribirle, se fijó en cosas que de otro modo no habría notado: los colores del mar y los tonos de los atardeceres; los sabores del pan, los olores del puerto, el carácter de sus compañeros.

No tenía mucho tiempo para escribirle porque, en efecto, planeaban enviar a su regimiento a Argelia y se pasaban los días en entrenamiento y maniobras. Pero cada noche, antes de apagar su luz, escribía una frase o dos: lo que más le había llamado la atención durante el día, el ave o la flor o la sensación, el miedo o la esperanza que lo hubieran hecho pensar en Antoinette.

Lo escribía y guardaba la carta cuidadosamente, la escondía para que nadie fuera a verla, a husmear y entrometerse entre ellos dos. Para cuando la envió desde el puerto, justo antes de zarpar, ya era un altero de páginas que reseñaban sus actividades tanto como sus sensaciones, porque de sus emociones no se había atrevido a hablar. Añadió, en el último momento, la dirección en la que se encontraría su regimiento, cuando la hubo confirmado con tres oficiales por separado.

Argelia fue, para Ernest, un puente. Agradeció el cambio de alimentación y de clima; pero no esa sensación de estar tan alejado de todos sus referentes, sus colores, sus olores; esa cercanía con el desierto, esa lejanía de los bosques. No tuvo tiempo de acostumbrarse porque a finales de marzo les avisaron que los iban a enviar a Túncz, donde un conflicto de fronteras se estaba convirtiendo en el pretexto para una intervención.

En todo el tiempo que estuvo en Argelia no recibió carta de Antoinette. Aunque cada noche tenía la esperanza de recibir noticias suyas al regresar al cuartel, tampoco se pudo obsesionar con la idea porque las cosas cambiaban a su alrededor de un día para otro, y antes de darse cuenta, a mediados de abril, ya se estaban instalando en Túnez.

Aunque fueron treinta mil franceses los que cruzaron la frontera entre Argelia y Túnez en 1881, aunque se trataba de una intervención militar en forma, aunque desembarcaron otras ocho mil tropas por mar, aunque se tomaron palacios y se ocupó formalmente el país, Ernest no sintió esa guerra sino como uno más de los ejercicios militares a los que cuatro años de ejército lo habían acostumbrado. Fue una guerra en la que no le tocó ver a un solo francés muerto y en la que lo más incómodo fueron las caminatas bajo el calor de esos cuantos meses en los que se tomaron y se perdieron y se volvieron a tomar posiciones con la misma rapidez con la que se firmaron los tratados.

Y nunca hubo una carta nueva de Antoinette.

La que ella le había enviado ese invierno seguía en la bolsa de su camisa. Cuando tenía un rato a solas la sacaba y la releía.

Cuando estaba por quedarse dormido se recitaba párrafos enteros que se había aprendido de memoria, y cuando olvidaba una frase o una palabra, no lograba conciliar el sueño sino hasta haberla recordado. Durante el día se metía la mano en la bolsa y sentía las fibras del papel, pero era como si sintiera las letras, y sabía con los dedos lo que Antoinette le había contado en ese espacio de la carta. Al principio la desdoblaba, separaba las hojas y las contemplaba, las volvía a doblar, las acariciaba. Las seguía oliendo como si aún pudiera invocar en ellas el olor de Antoinette, aunque ya no olieran más que a su propia ropa. Pero conforme pasaban las semanas se fue dando cuenta de que los dobleces empezaban a luirse, que la tinta donde tocaba las letras se iba descolorando, que la mugre de sus manos manchaba el papel. Pensó que, a ese paso, iba a estropear la carta de modo que ya no quedara nada legible, nada a qué aferrarse, nada con qué invocarla como no fuera su memoria, que también se luía con el tiempo y la distancia.

A finales de septiembre estaba caminando con algunos compañeros por las afueras de Kairouan. El aguacero empezó de improviso y los tomó a todos por sorpresa en una zona donde no había dónde guarecerse. Corrieron a refugiarse, pero caía tanta agua y con tanta fuerza, que se empaparon hasta la ropa interior. A mitad de la carrera Ernest pensó en la carta y se llevó la mano al pecho. Con la lluvia no se dio cuenta de que la mancha oscura en su camisa era de tinta. Cuando estuvo solo y sacó la carta sintió como si lo hubieran herido en combate. La parte externa, la que se había acostumbrado a sentir, ahí donde sabía qué letras tocaban sus dedos, ya no era más que una mancha amorfa. El agua había arruinado también todo lo escrito en los pliegues, y lo único que se había salvado de verdad eran algunos párrafos internos, donde Ernest se aferró a los caracteres de Antoinette para aferrarse a ella misma. En cuanto pudo transcribió la carta, que se sabía de memoria, y se sintió defraudado. Por sí mismo y por su torpeza: con sus letras de campesino, con sus trazos bruscos, las palabras no parecían decir lo mismo que habían dicho las de Antoinette, y llegó a dudar hasta de la fidelidad de su memoria.

Le escribió, contándole lo que le había pasado. Bromeó, rogándole que se apiadara de él y le enviara una nueva carta. Le pidió que se la hiciera llegar a Argelia, desde donde se la reenviarían al campamento de Túnez. Le contó, otra vez, de esa guerra de calor donde los soldados se cuidaban de la deshidratación más que del enemigo, al que poco veían. Le habló del pueblo tunecino, que había opuesto más resistencia que el ejército, y le describió algunas de las escaramuzas en las que había participado.

Pero nunca recibió carta de Antoinette.

Para noviembre estaba de regreso en Argelia, donde no recibió carta de Antoinette. En la primavera había vuelto a Toulon, donde tampoco lo esperaba carta de Antoinette. Sintió miedo cuando se dio cuenta de que hacía más de un año que no recibía noticias suyas. Se preguntó si le había pasado algo; se lo preguntó a ella en cuanto le escribió. Le contó del fin de la campaña de Túnez, de lo que había entendido sobre los tratados de paz, de las especias a las que había tenido que acostumbrarse y que ahora echaba de menos. Le contó de la inesperada textura de los dátiles y cómo le habría gustado poder llevarle algunos para que los probara; de las comidas donde se mezclaban lo dulce y lo picante, de los cocidos donde no faltaban los garbanzos y de la curiosa ausencia del puerco en sus comidas. Le contó que había probado salchichas hechas con borrego, y más ajo que el que había comido en toda su vida.

Pero no recibió carta de Antoinette.

Sé que para Irène el golpe ha sido mucho peor. Yo no puedo decir que vaya a extrañar a la abuela tanto como seguramente ya la extraña ella. Después de más de diez años en su compañía, perder a quien fue como su madre debe sentirse como perder a mamá otra vez.

Pedí algunos días de permiso para asistir a la sepultura de la abuela. El capitán y la señora Agnellet fueron muy generosos y no sólo me dieron todo el tiempo que necesitara, sino me ayudaron también con los gastos del pasaje.

Me había colocado sin problema en la casa de los Agnellet después de la muerte de mi tía Dupont. No podía saberlo, pero durante todos esos años en el Grand Bornand me había hecho de una reputación, y, en el momento en que se supo que mis tías me dejaban sin un techo, me llegaron dos o tres cartas ofreciéndome buenas posiciones de institutriz y de ama de llaves. Acepté la oferta de los Agnellet en La Clusaz. Sólo tenían tres niños, y un ejército de sirvientes que facilitaría mi trabajo. Además, a Irène podría seguir viéndola, con la relativa frecuencia con que nos encontrábamos, si ella se quedaba en el valle de Thônes.

Es curioso: ver a Irène y a la tía Athénaïs, volver a respirar el aire de esa casa a la que tan acostumbrada estuve y volver a caminar por Thônes han hecho que sienta los últimos doce años como algo irreal. Todo ese tiempo con las tías Dupont, la rigidez de la escuela, la opresión de la casa del Grand Bornand, esos rituales y esa formalidad, son como cosas que bien podía haber soñado.

Cuando las hermanas de papá me echaron a la calle, sentí que el mundo se me cerraba encima, y la venganza y el odio era todo lo que me ocupaba; pero el buen humor del capitán y la dulzura de la señora, y hasta las diabluras de las niñas, han logrado que casi olvide cuán oscuros fueron esos años de orfandad. Por eso le dije a Irène que no estuviera tan angustiada. Estas cosas se pasan, por mucho que nos cueste creerlo en el momento.

Pero no era sólo a la abuela a quien Irène lloraba, sino sus costumbres y la relativa comodidad de esa niñez que se prolongó tantos años. Me dijo que, cuando supieron que la abuela ya no se iba a recuperar, la tía Athénaïs la había recomendado para servir con una familia acomodada del centro de Thônes; así podrá seguir viviendo con ella en la casa de siempre. Claro que la tía quiere su parte del dinero que le paguen a Irène; pero eso es inevitable y normal.

Al día siguiente de la sepultura caminamos, charlando, hasta la cruz del puente sobre el río Fier. La tormenta de principios de la semana todavía se sentía en la nieve acumulada en los caminos y en la violencia del Fier, que corría enfurecido muy por encima de su nivel habitual. Pero el día era azul y luminoso, y algo en el aire presagiaba ya la primavera. Irène se sentía mal de reírse, con la muerte de la abuela tan cercana; pero tenía tantas historias que contar, y el sol brillaba por primera vez en tanto tiempo, que era como si no pudiera contenerse. Se veía como me sentía yo desde hacía algún tiempo: como liberada, como si su vida pudiera ahora comenzar de verdad. Tal vez así se sienten las comprometidas o las desposadas: por fin a cargo de su vida. Claro que no es lo mismo estar de servicio, tener que cuidar a los hijos de alguien más; pero con suerte, la familia es buena y el dinero también, y una mansión como la del capitán, con sus comodidades y lujos, es un mejor lugar que casi cualquier otro sitio al que mujeres como nosotras pudiéramos aspirar.

Dice Irène que no debo hablar así; pero la verdad es que ella no sabe todavía lo que es vivir como vivo ahora, en esa casa, en medio de esa abundancia. Comer todos los días sentada a esas mesas, con esos manteles almidonados, con los cubiertos de plata y con la refinación de los platillos. Caminar por esos tapetes mullidos y respirar ese olor de maderas pulidas y de ropa limpia. Irène no ha conocido más que los techos bajos y las camas de paja y las comidas simples a las que nos acostumbraron desde chicas, y por eso yo le puedo decir que trabajar para alguien más no es tan malo como se imagina. Que basta un poco de suerte para que la pongan a dormir cerca de los niños y no en los alojamientos de servicio donde hace frío; que se tiene que dar a querer por la familia pero sobre todo por los chicos, para que la mantengan con ellos todo el tiempo, incluso a la hora de las comidas. Que de las familias acomodadas va a aprender más de buen gusto y modales que todo lo que le enseñaron la abuela y la tía.

Pero eso sí, le digo que cuando entre a servir no puede comportarse como una campesina, porque en estas casas eso está mal visto y no es lo que los padres quieren para sus hijos. Le digo que yo le puedo enseñar cómo comen en las casas aristocráticas y cómo se comportan durante las visitas. Y tantas cosas que he ido aprendiendo. Le enseñé mi sombrilla, que era de una de las hijas pero ya no la quiso y me la ofreció, y le conté cómo la señora me ha regalado algunos de sus pañuelos para que yo les borde mis iniciales y cómo he aprendido a arreglar mi ropa a su estilo para verme bien y que no se avergüencen de mí cuando vienen visitas o cuando hay que acompañar a los niños fuera de la casa.

Irène me ve, con sus ojos enormes y su aire de sorpresa, y me dice que no puede creer que yo esté hablando así, que es como si renegara de nuestra vida, de nuestros papás y de la abuela. Que las tías Dupont lograron convertirme en algo que a mamá no le habría gustado. Y me pregunta si de verdad prefiero estar de servicio que tener mi propia casa y ser dueña de mi propia vida.

No sé si mamá se habría avergonzado o enorgullecido de mí. Pero sé qué es lo que no puedo volver a tolerar en mi vida. Ya tuve suficiente lodo y suficiente frío y demasiadas horas ordeñando vacas y lavando quesos. Aprendí a comer y a comportarme como una señorita y eso también hace más probable que logre un buen matrimonio con alguien de la ciudad, porque en Annecy les importa menos dónde crecieron las muchachas, y más si son refinadas o no.

En el verano su regimiento regresó a Toulon, y Ernest pidió permiso para visitar a su familia. De paso por Annecy compró una modesta cruz de Saboya con la que pensaba "herrar" a Antoinette en cuanto la viera.

Quería ir directamente a Serraval, roído como estaba por la incertidumbre y herido por el silencio de Antoinette; pero un punto de orgullo lo detenía: si ella no se había dado prisa por escribirle, ¿por qué se la daría él para ir a verla? No dejaba de oír una vocecita interior que describía el silencio de Antoinette como atrevimiento por su parte: ¿qué no sabía ella cuántas mujeres lo habrían dejado todo para estar con él? ¿No le había quedado claro cuán sincero había sido Ernest en todas sus cartas? ¿Por qué lo había castigado ella así durante todos esos meses? No es que una de sus cartas se hubiera perdido: es que no había recibido una sola línea suya en más de un año.

Durante el camino trató de consolarse pensando que la guerra, que la lejanía, que las condiciones, que alguna confusión. Que le habrían guardado las cartas. Que si no se las habían entregado en Toulon, al desembarcar, ni en Annecy, al reportarse, tal vez sería en su casa, al visitar. Pensó que leerlas todas juntas sería como recibir un ramo de flores.

Se dio cuenta de que nadie en su familia había vuelto a mencionar a Paturel. Releyó las cartas de Franceline, las de sus papás y sus hermanos. Le hablaban de la salud de la familia o del ganado, le enviaban los saludos de los conocidos, le contaban del clima o de las cosechas. Pero ni una palabra del que, sabían, era su mejor amigo en el ejército. Paturel había terminado su servicio militar antes que él, por lo que ni siquiera lo habían enviado a Argelia. De él había recibido algunas líneas, muy al principio, con bromas sobre África y la guerra de verdad; pero nada desde hacía meses.

Su enojo se disolvió en terror: sólo habría una razón por la que todos, su familia y su amigo, guardarían ese silencio aparatoso en torno a Antoinette. Una tragedia. Una enfermedad, un desfiguramiento, un accidente. O peor. Nada más sería aceptable, nada podría justificar su silencio si no mediaba alguna tragedia. No cuando él nunca faltó a la promesa que se dieron, no cuando a ella no podía quedarle duda de sus intenciones ni de su amor.

Por mucho que quisiera resistirse, en vez de caminar hacia Chamossière y su familia, se enfiló hacia las montañas cercanas a Serraval, donde pastaba el ganado de Paturel. Iba muerto de miedo, preparándose a recibir malas noticias, con una sensación de vacío con la que no sabía cómo lidiar. Y si buscó a Paturel fue porque no se atrevió a ir directamente a casa de Antoinette.

Desde que se fue acercando a Serraval se dio cuenta de que lo esquivaban, de que nadie lo veía a los ojos, de que lo miraban, de lejos, como si trajera alguna enfermedad. Se convenció de que algo terrible le había pasado a Antoinette y nadie quería ser el portador de la noticia. Paturel debía estar arriba, con el ganado, por lo que lo fue a buscar al chalet. Llegó de noche, bajo una luna espléndida, y lo encontró sentado afuera, fumando. Los dos se saludaron con cuidado, como temerosos de alguna fragilidad. Ernest no quería preguntar, y claramente Paturel tampoco quería contestar.

La situación se volvió ridícula al cabo de un rato. Paturel se levantó, se paró por una botella de *goutte* y se la pasó a su amigo después de darle un trago largo.

Antoinette se había casado un par de meses atrás.

Ernest se sintió mareado, tuvo náuseas. Se le borró la vista. No le contestó nada a Paturel: cogió la botella pero no pudo volver a tomar. Encendió otro cigarro. Al terminárselo se levantó y se fue a caminar por la orilla del bosque. No volvió al chalet esa noche. En algún momento se sentó entre los árboles. No supo si había dormido o no. Cuando aclaró el día se dio cuenta de que tenía frío. Trató de pensar que había soñado lo que le dijo Paturel; pero un dolor nuevo no le permitió hacerse ilusiones.

Intentó recordarla a ella. Sacó la carta deslavada, que seguía en su bolsillo. No pudo verla ya en sus trazos. No quiso ver su firma; se forzó a no pensar en su nombre. El bosque estaba lleno de cantos de pájaros y de vida. Ernest oía su propia respiración, sentía sus pasos. Se vio las manos. Sentía sus manos como el viento en la cara. Nada más.

Pensó en una broma.

Pensó que sería peor. Pensó qué sería peor y no supo.

No quiso regresar a ver a Paturel.

Tenía que bajar por el lado del pueblo. Tal vez quería que alguien desmintiera a su amigo.

Se preguntó si habría preferido oír que ella había muerto y no supo.

Sintió sus pasos en la pendiente. Sintió el cansancio en las piernas. Sintió sed. Sintió los primeros rayos del sol. Olió el horno del pueblo. Oyó voces.

Tal vez Paturel se le había adelantado a bajar. Tal vez quienes lo vieron la víspera hablaron de su visita.

Antoinette había salido al camino, por donde sabía que él tendría que pasar. Quién sabe cuánto tiempo había estado ella ahí esperando. Quién sabe si estaba esperándolo.

La vio. La vio viéndolo. Estaba llena de cosas su mirada.

Sintió miedo. O algo peor que el miedo. Sintió todo al mismo tiempo y sintió una nada pavorosa. Ella abrió un poco la boca: tal vez iba a decir algo. Tal vez lo dijo. Él no lo oyó. No se detuvo. Siguió bajando hacia el pueblo. Sintió sus pasos sobre el empedrado. Sintió que sus rodillas temblaban. Hizo puños con las manos que quizá también temblaban. Pensó en Antoinette. Pensó que era muy hermosa. Habría preferido no verla. Sintió que subía un sollozo desde algún lugar. Vio el camino frente a sus pies. No levantó la mirada. El sollozo le explotó por dentro: ningún llanto lo habría de desahogar.

Siguió caminando. Tenía, dentro, algo que había de contener.

Sintió una sed peor que la del desierto tunecino.

Caminó toda la mañana y no vio a nadie más.

Se detuvo junto a un arroyo y bebió. Siguió el curso del arroyo, hacia arriba, hacia el bosque. Era un tramo de bosque que no conocía. Pensó que no estaba seguro de qué camino había tomado. Volteó hacia arriba para tratar de orientarse y los árboles no se lo permitieron.

Había guardado un trozo de pan en su morral. Pensó en calmar eso de su cuerpo con el pan pero no pudo llevárselo a la boca. Siguió subiendo. Sintió sus piernas, cansadas. Sintió sus manos, vacías. Sintió su amor, adolorido. Sintió algo que nunca había sentido y fue una enfermedad, él, que no se enfermaba.

Sintió frío en pleno verano.

Supo que llevaba por dentro la temperatura del invierno.

Supo que a Antoinette nunca la volvería a ver.

Habría querido poder llorar.

Llorar la traición y la mentira.

Su amada perdida para siempre; sus sentimientos, en vano. Lo que lo sostuvo durante ese tiempo, falso. Bien habría podido morir en la guerra. Pensar que le había jurado amor, que la había respetado; sentir, todavía, todo el tiempo, a pesar de todo, el amor inmiscuyéndose en ese odio que aspiraba a perfeccionar. Y saber que el odio la iluminaba con más fuerza. Ver la cruz que le había comprado de paso por Annecy; pensar que había estado dispuesto a dejar esa cruz en su tumba, considerarse viudo si ella había muerto. Serle fiel a su recuerdo.

Odio de todos los minutos e impotencia de cada memoria, de los gestos de ella que reconocía en todo mundo; que, a pesar de lo que se había dicho, no eran únicos, que seguiría viendo, que inevitablemente lo habían marcado.

Y no poder llorar.

Haber llegado hasta muy cerca de la casa de sus padres. Enterrarse en lo más remoto de ese valle que baja de sus tierras de pastura. Quedarse ahí, quieto. Caído, como un árbol. Antoinette-leñador. Antoinette-fuego. Pudrirse ahí mismo, no volverse a levantar. Ser pasto de los animales, congelarse. Quedar debajo del tronco arrancado por la tormenta. Terminar de una vez. Perderse.

Y no poder llorar. Y no poder dejar de pensar. Querer arrancarse algo, despedirse de algo, cortarse algo. Cortarse algo. Pensar en cuchillos y en espadas. Preboste de armas. ¿Qué se puede cortar? La esgrima se practica contra la traición. ¡Ah, si sólo Antoinette fuera hombre, si anduviera armada! Si supiera pelear. Qué necesidad de cruzar una espada con ella, con qué rabia la haría sangrar.

Antoinette. ¿Cómo, hacerla sangrar? Él, que la quiso como no sabía que pudiera; que le dedicó sus confesiones escritas, que la pensó suya, que le ofreció todo lo que tenía, sin defensas, sin reparos. Que nunca antes había imaginado que existiera una mujer para él; que hacía poco todavía se reía de los enamorados; él mismo, durante la guerra, pensándola, escribiéndole, sintiéndola cerca sin saber que en ese instante mismo ella lo traicionaba. En el calor del desierto y sin saber, sin entender su traición y su desprecio. Fijándose en lo que veía para contárselo. Y tú, ¿riéndote de mis cartas? ¿Con quién te reías, mujer? ¿Se las leíste a tu amante, se divirtieron?

¿A dónde se va todo ese amor, desperdiciado, el amor podrido por la traición?

Ahogarse de amor, morir asfixiado de amor, en el fondo de ese valle, solo, herido, como un animal. Sin llorar. Sin poder llorar. Sin querer gritar el odio y el dolor y el rencor. Queriendo pelear con algo y herir algo y matar.

Pero él es Ernest.

Él, que es Ernest, ¿acabar así? Ella habrá ganado.

Ernest no puede acabar así.

No ahí, al fondo del valle, como un animal.

No él.

No la puede herir, no la va a matar. Tampoco se va a morir. Ella no puede haber triunfado. No de este modo.

Él es Ernest.

Decir que él es Ernest es decir que es inmune, ¿no fue siempre inmune? Inmune al amor, a los avances de tantas mujeres, inmune a la sensiblería de la vida en pareja, inmune a los cortejos.

Él, Ernest, ¿iba a *herrar* a una mujer? ¿Comprometerse así, para siempre con una mujer? ¿Habiendo tantas mujeres en el mundo?

Saca la cruz, la cadena que pasaría al cuello de Antoinette, de Antoinette viva, en un baile, en sociedad; o muerta, fría, en su lecho de muerte, o sobre su tumba.

Cava un hoyo.

Cava una tumba.

Con sus manos, en la tierra cubierta de agujas de pino, aparta las raíces, quita las piedras, hasta sangrar.

Quisiera enterrarse él. Pero él es Ernest. Y Ernest no muere de amor.

Entierra la cruz.

Entierra la memoria de Antoinette.

Entierra la esperanza de amar.

Entierra, aunque él no lo sabe, la esperanza de las mujeres que lo quisieron amar a él.

Se arrodilla frente a esa tumba de su amor y hace un juramento.

Se levanta, temblando de rabia, de odio, de impotencia.

Da un paso. Y otro. Y se arrastra, fuera de ese valle, sin voltear a ver la tumba de su amor.

Para cuando sale a la altura del camino, ha tomado una decisión.

Nadie notará nada.

Se irá de esas tierras. Todavía debe regresar al ejército durante un año. Morir en la guerra es una muerte más digna que morir de amor.

Tal vez no.

Tal vez México.

¿Cómo se llama ese lugar impronunciable, donde vive ahora su primo Charles?

Chamossière, noviembre de 1883

Mi muy querida Thérèse,

Respondo a tu amable carta que me dio el gran placer de saber que todos ustedes en Annecy se encuentran en buena salud, y me da gusto decirte que nosotros estamos igual. Espero que la tormenta de hace unos días, que aquí derribó algunos árboles, no haya hecho daños en tu casa.

Mi prima Caroline de Vera Cruz, que me escribe regularmente, me contó que durante el mes de septiembre se desbordó el río que pasa cerca de la propiedad de sus padres en Saint Raphaël. Me dice que lo más aterrador que ha visto en su vida son las vacas flotando y los borregos parados en los techos de las casas; pero yo no puedo evitar pensar que debe haber sido muy chistoso. Me contó que durante la mañana el agua les llegó a más de un metro dentro de la casa, y que vio cómo el río desbordado se llevaba los animales y varias de las casitas de los mexicanos. Me parece que esas tierras esconden una cierta ferocidad, aunque por lo que me cuenta Caroline ellos no tienen verdaderos inviernos.

Le contesté que a pesar de eso me gustaría estar allá, con ellos, en Vera Cruz, y oler el río desde los huertos; pero ella me dijo que todo es muy plano y que preferiría ver montañas, que por eso le gusta tanto sentarse viendo hacia los cerros a los que les dicen "los dos hermanos", y más lejos, hacia el volcán, para pensar en lo que le cuenta su padre de nuestras tierras y de la nieve.

Le pregunté cuánto les pagan allá a las costureras que hacen las camisas, y me dijo que, por las normales, pagan 31 *sous*; pero que por las de domingo, hechas como se debe, son de 5 a 6 francos, dependiendo de qué tan bien estén, y que por blanquear una camisa pagan 12 *sous*. Así que no es tanto como aquí, pero ella no ha buscado más que con la familia, porque tiene que ayudarle a su mamá y a su abuela que vive con ellos y está mal de salud.

Yo no sé si lo dice en serio, porque apenas tiene 15 años y todavía no está prometida, pero dice que le gustaría casarse con alguien que se quiera regresar a Francia porque añora conocer todo aquello de lo que le habla su papá. Yo por lo pronto le pedí que me mandara unas plumas de aves para ver cómo son las de allá. Dice que les va a pedir a Charles, su papá, y a su hermano Alfred que tengan mucho cuidado con los pericos que maten cuando vayan a la caza, para que pueda escoger las plumas más bonitas y mandármelas dentro de un periódico.

Me pidió mi mamá que le agradecieras a la tuya por la pequeña imagen que nos envió. La encuentra muy bonita y dice que la hace pensar en todos ustedes, y que espera que podamos vernos pronto, si vamos a Annecy y si el invierno no se pone muy duro.

Afortunadamente, los quesos de nuestras vacas este año fueron abundantes.

Termino mi carta abrazándote con todo mi corazón,

Tu prima,

Franceline

A la veillée tous les sarvan
Souvent viennent peigner les juments
Ils battent aussi à l'écurie devant
Sur le dressoir tremblent les écuelles
Les cheminées se ferment toutes seules
On croit voir partout des fantômes
Il y a des bruits dans les galeries
*L'esprit follet ronge les tommes.**

Detuve mi viaje en Thônes para pasar las fiestas de la Asunción con Irène, porque de regreso de Annecy con la familia del capitán tuve algunos días de permiso. Nos instalamos, como lo hacíamos de pequeñas, en el sendero que sube a Chamossière, a orillas del Fier, que en ese momento no era más que un riachuelo juguetón.

Irène se reía de buena gana, y no sé si pensaba en algo a lo que aspira o si se estaba burlando, como siempre, de mí, con una sonrisa y su aire inofensivo. Pero habló, como sin querer, de que Anselme había bajado a Thônes, de camino a Bélossier. *Touchée.*

Como hace años, como en las veladas o esperando alrededor del horno comunal, quien mencionara el nombre de cualquiera de los hermanos de Ernest se ganaba la atención de las demás. Porque Anselme es tan misterioso como Ernest es atractivo, y todos los muchachos de esa familia llevan consigo,

* Durante la noche estos duendecillos / Suelen venir a peinar a los caballos / Sus golpes sacuden las caballerizas / Sobre las cómodas tiemblan las escudillas / Las chimeneas se cierran solas / Uno cree ver fantasmas por doquier / Hay ruidos en las galerías / Roe los quesos el espíritu revoltoso.

como una medalla de honor, como un aura casi tangible, ese aire de realeza desterrada, de príncipes en desgracia, que los hace un tema de conversación irresistible.

¿Conque había bajado de sus alturas en Cotagne para ir a visitar a alguien a Bélossier? Tenía que ser grave.

¡El *Sarvan*!

Tenía tantos años de no oír nada del *Sarvan* que se me erizó el pelo. Pero ¿es que se habla aún del *Sarvan*?

Se habla, sí, casi como uno de esos cuentos para darles miedo a los niños en las veladas; pero hacía mucho tiempo que yo no oía nada sobre sus travesuras. Y ahí estaba Irène, entre risas y nervios, contándome que en casa de una de las familias más viejas de Bélossier habían amanecido los caballos con las crines y las colas trenzadas. Todo el mundo sabe que el *Sarvan* es el responsable de esas diabluras, y la familia naturalmente temió que a ese embrujo lo siguiera una jugarreta más dañina. Porque si ya se había metido con los caballos, el *Sarvan* podría hacer que la mantequilla de la familia no cuajara, o que los quesos empezaran a echarse a perder. O algo peor.

El caso es que mandaron llamar a Anselme antes de que sucediera nada lamentable, y éste bajó a limpiar el embrujo. Irène ya no lo recordaba de cuando vivíamos en Chamossière, y no lo vio de muy cerca; pero me aseguró que sólo de verlo pasar sintió que todo lo que se dice de él es cierto. De lejos, me dijo, se parece a Ernest: ambos son altos y delgados, con ese porte distinguido y esas manos largas y finas. Tan similares y tan diferentes a Joseph y a Bernard, a quienes conocía bien, añadió con un suspiro. Con su sombrero calado hasta las cejas, sería difícil distinguir a Anselme de Ernest, si no es porque Anselme camina como queriendo ocultarse de los demás y por su rostro cerrado y adusto; mientras que ya sabemos cómo se pavonea Ernest con esa mirada franca y burlona que se siente como un reto.

Anselme pasó por Thônes a grandes trancos, como caminando solo por la montaña, viendo las cosas que sólo él veía. No se detuvo en ningún lugar ni saludó a nadie ni pareció darse cuenta de la estela de murmullos que había dejado a su paso. Irène, por lo pronto, se había asegurado de estar fuera toda esa tarde, con el pretexto del clima, de las compras o de la misa. Y varias de las muchachas del pueblo habían hecho lo mismo. Tal vez todavía haya quien abrigue esperanzas con Anselme: ser quien lo haga olvidar a ese primer amor que, se rumora, le rompió el corazón en tantos pedazos que quién sabe si recupere la capacidad de amar.

De Bélossier no regresó por Thônes: tal vez subió directamente por otro camino; tal vez se sintió acosado por toda la atención que había despertado y esperó hasta que cayera la noche. El caso es que Irène y la media docena de mujeres que seguían congregadas en la ruta del Saulne para verlo de nuevo tuvieron que admitir que ya no pasaría y regresarse a sus casas. Dice Irène que la familia donde trabaja no estaba divertida con la ocurrencia, y que tuvo que quedarse hasta la madrugada haciendo los quehaceres que había descuidado durante el día.

Me habla de Anselme y me cuenta del *Sarvan* y se pregunta cuál habría sido el embrujo; quiere seguir hablando de encantamientos y de antídotos y se ve muy interesada en los poderes de Anselme. Pero yo sé que quiere dar vuelta completa y volver a hablar de Ernest, porque en cuanto me quedo callada y volteo a ver las ramas que se agachan sobre el Fier, cuando lo único que se oye es el agua del río y el rumor de aire entre los árboles, Irène ya no puede contenerse y me dice que los ojos de Ernest son intensos, hundidos bajo sus cejas rectas y oscuras, grandes y centelleantes, ineludibles. Me cuenta de esa vez que lo vio sonreír, y que su sonrisa iluminaba su cara y todo el valle de Thônes. Me dice que sus manos parecen tocar las cosas con delicadeza. Habla de "cosas" pero sé que está pensando cómo sería que la tocaran a ella, cómo sentiría el contacto de esas manos en su mejilla. El toque de esos labios en sus labios. El calor de esa sonrisa, lanzado en su dirección.

Lo vio algunas veces en Thônes cuando él todavía vivía en Jaintouin. Y cuando regresaba a casa, de permiso del ejército.

En ese baile, hace algunos años, en que se pasaron juntos la velada. Una sola vez lo vio de uniforme, gallardo y orgulloso, de camino a Serraval.

Me habla de Ernest y siento la queja en su voz: ella es hermosa, es más hermosa que ninguna de las otras muchachas solteras de Thônes. Es pobre; pero también Ernest es pobre. Y ahora está libre. Era, por la forma en que lo dice Irène, casi su derecho que él se enamorara de ella. Sé que, desde que vivía en casa de la abuela, desde muy chica, cuando salía al centro, aunque no fuera más que a hacer un recado o a comprar algún afeite a la farmacia, se arreglaba con esmero por si Ernest había decidido bajar. Escogía un buen traje y pulía sus zapatos y se refrescaba con agua de rosas y se ponía pomada de Rosat sobre los labios, por si aparecía Ernest.

Pero se rumora que él se irá de aquí. Irène se llama a engaño y se siente traicionada, y algo se le rebela, y me dice que no le importaría emigrar. No lo hará, ambas lo sabemos. Yo la dejo, como siempre la he dejado, que haga su berrinche. Y la consuelo, como siempre la he consolado. Pájaro de colores que quisiera revolotear alrededor de Ernest y que tendrá que consolarse con alguien más.

Yo no revoloteo. Y no me hago ilusiones. No me convertiré en rana de agua bendita como las tías Dupont, ni en solterona arrimada como la tía Athénaïs. Para eso sé estar de servicio. Cuidar de las familias de otros, ahorrar algo de dinero en el camino. Hacer algo más. Maestra, si no institutriz. Tal vez viajar, algún día: conocer París. O Turín.

Ernest nunca volvió a mencionar a Antoinette, nunca hizo referencia a la cruz que le había comprado, nunca admitió ni en broma que se mencionara esa pasión que, en el alegre descuido de su amor, había confesado abiertamente a quien quisiera oírla, apenas un par de años atrás.

Tendió un velo, que empezaba en Serraval y se extendía hasta Túnez, con el que cubrió los últimos años de su vida. Y bastó su mirada, y esa forma que tenía de cuadrar los hombros y levantar la cabeza, para advertirle del peligro a quien se atreviera a avanzar un milímetro por esa conversación.

Franceline seguramente lo sospechó. El único que lo supo con seguridad fue Anselme, que conocía lo suficientemente bien a su hermano como para no involucrarse si Ernest no acudía a él.

Ernest lo consideró, en algún momento. Acudir a su hermano. Porque sabía, o siempre había sospechado, aunque nunca lo hablaron, que algo le había pasado también a él durante su servicio militar. El Anselme de quien se despidió, cuando él era aún adolescente, no se parecía al que regresó tres años después. Su hermano mayor había sido incisivo, con una curiosidad estudiosa que lo hacía seguir a Simon-Claude por todos lados, que lo llevaba a tratar de replicar las fórmulas médicas de su padre, que lo impulsó a aprender a castrar desde muy chico. Era, todos lo sabían y lo esperaban, el heredero intelectual no sólo de Simon-Claude, sino de la tradición médica atesorada en esos libros antiguos que Anselme era el único que consultaba y entendía. El único que leía y escribía con fluidez, el que estaba dispuesto a pasarse tardes enteras enseñándole el placer de las letras y el misterio de las ciencias a Franceline, entonces todavía una niña pequeña.

Y ese Anselme, serio pero cariñoso, ácido en sus comentarios pero noble hasta el sacrificio, se había transformado en un hombre no sólo amargo, no sólo aislado y taciturno, sino rencoroso, como si viviera a punto de la violencia, o de causar un mal a quien lo contrariara. Nunca lo hablaron. Ernest sabía que era imposible indagar. Pero no olvidó el *Grand Albert* con esa marca en el tratado de ginecología. Ni esos talismanes para proteger del mal. O ese malsano interés por la magia, en alguien que debía hacer de la ciencia su misión. Ese repentino desprecio por la Iglesia, ese enfrentamiento permanente con Simon-Claude, ese casi reto a la ciencia de su padre, como si ésta ya no fuera capaz de ofrecerle a Anselme las respuestas que en adelante encontraría en otro lugar.

Nunca hablaron lo de Anselme, y ahora era Ernest quien no tenía intenciones de hablar.

De Anselme se decía que uno de sus poderes era el de pasar desapercibido. Ernest nunca pasó desapercibido; no sólo no lo había intentado, sino se divertía bastante sintiendo el revuelo que se armaba a su paso. Pero después de lo de Antoinette, como si la luz que lo iluminaba por dentro se hubiera apagado, se retrajo, se encerró en sí mismo y empezó a pasar, como una sombra, como un mal augurio, sin que los demás advirtieran su presencia.

Sus ojos habían tenido fama de hipnóticos. Eran oscuros, casi negros. Tan negros como pueden ser los ojos, en contraste con los azules y los verdes de sus padres y hermanos. Y enormes. En su rostro delgado eran como un ancla, una tabla de salvación. O la entrada a algo que no por peligroso era menos invitante. Pero esa negrura era transparente: lo único en Ernest capaz de traicionar su estado de ánimo. Y eso, sus ojos, nunca logró someterlos al dominio que tenía sobre el resto de su cuerpo. Lo sabía y le frustraba, y por eso, cuando regresó del ejército al año siguiente, a pesar de la falta que le había hecho su familia, a pesar de lo mucho que quería contarle a Franceline sobre su vida en el extranjero, a pesar de lo que habría querido poder desahogarse con ella, dejó de estar presente cuando la familia se reunía a comer, dejó de asistir a reuniones y veladas, y sin proponérselo se fue pareciendo más y más a su hermano Anselme.

Empezó a sentirse, a verse a sí mismo como un enfermo. Como si al regresar a la casa paterna hubiera desandado el camino hacia el olvido por el que transitó durante su último año en el ejército, se sentía desahuciado, contagioso de algo y por lo tanto no digno de vida en sociedad. Durante los meses del verano, recién regresado, esa distancia fue fácil: las tierras de pastoreo en Cotagne eran el exilio perfecto y el aislamiento más eficaz. Sus hermanos se limitaron a preguntarle sobre el final de su servicio, y él sólo tuvo que aderezar un poco sus aventuras para dejarlos conformes. Pero después de la fiesta de St. Maurice, cuando las primeras nieves los obligaron a bajar, la convivencia en la casa de Jaintouin era inevitable y, ahí, su semiausencia de herido se sentía como un estorbo del que, además, estaba prohibido hablar. El dolor mudo de Ernest impregnaba la madera de la casa, se regaba por la piedra de los pisos y trepaba por los muebles al grado que Franceline y su mamá restregaban y barrían y encendían velas y se preguntaban si algo de lo de Anselme habría salido mal.

La situación, insoportable para todos, no podía durar. Su anuncio, poco antes de la navidad, de que pensaba irse a trabajar con su primo Charles a México, se posó, en la mesa de la cocina, junto con la carta de Charles, como un regalo inesperado y bienvenido. A pesar de lo que ya lo habían echado de menos durante sus seis años de servicio militar. A pesar de que Franceline sintió que se le volvía a abrir una herida que aún no acababa de sanar. A pesar de que, Simon-Claude lo sabía, si alguien habría podido hacer algo por rescatar a la familia de sus deudas, restaurar su buen nombre, era Ernest, porque ninguno de los otros tres hombres era capaz.

Los preparativos se hicieron, también, casi en secreto. Contagiados de lo que Ernest vivía como una vergüenza, todos los esfuerzos de la familia se empezaron a parecer a una operación ilegal, como las de los contrabandistas que pasaban a Saboya el café o el tabaco desde Suiza. Evitaban en lo posible asistir a las veladas o toparse con conocidos; no le contaron a nadie de la partida de Ernest sino hasta que ya era inminente, y aun entonces, con evasivas: lo último que él quería era una multitud de gente despidiéndolo.

Y se preparó para la partida como un condenado, no como un hombre joven en busca de un futuro más prometedor. Cuando fue inevitable que se conociera su intención de irse, invariablemente mencionó las duras condiciones de la región en esos tiempos, lo reducido de sus tierras de pastura, la necesidad económica de la familia. No tenía forma de saber hasta qué grado serían proféticas sus razones, apenas un par de años después.

Salió en la madrugada de uno de los primeros días de primavera, entre la nieve y la niebla que un invierno testarudo todavía comandaba, con Franceline casi colgando de su cuello, con sus padres y hermanos como la estela de un cometa, regados por la pendiente del camino. Sólo permitió que Anselme lo acompañara hasta la estación, para ayudarle con su baúl. No hablaron en todo el camino a Annecy, donde él tomaría el tren para París y de ahí al puerto de St. Nazaire. Al dejarlo en la estación, Anselme quiso decir algo; Ernest quiso responder, y como ninguno de los dos pudo hablar, sólo se estrecharon la mano mientras sus ojos decían lo que de cualquier forma ambos sabían bien.

Durante la travesía por el Atlántico, Ernest se preguntó más de una vez si había valido la pena pagar los 500 francos que costaba el viaje de tercera clase en el vapor del correo francés de St. Nazaire, 200 más de lo que costaba en el alemán que salía del Havre, con la excusa de que el buque francés alimentaba bien a sus pasajeros. En esos días, a Ernest la comida le importaba muy poco. A decir verdad, refundido durante la primera semana en el entrepuente, sin ganas de salir, no sabía si el malestar y el dolor de cabeza se debían a los vaivenes del mar o a su inapetencia. La situación no era, por cierto, muy distinta a la del tren, donde se había pasado doce días entre Annecy y St. Nazaire, con la diferencia de que del barco no había forma de bajarse.

Pero después de esos primeros días su cuerpo empezó a tomar las decisiones por él, porque el peso del encierro ya podía más que sus ganas de aislamiento, y Ernest subió por fin a la cubierta. En los veintiún días que duró la travesía vio agua y buen tiempo y tormentas y olas que pasaban por sobre el puente del barco: estaban parados un momento, y acostados un instante después. Su malestar emocional, al parecerse tanto al malestar físico de tantos otros pasajeros, fue pareciéndole, a él mismo, trivial.

La vista de tiburones, marsopas, peces voladores y algunos "sopladores", como le describió después por carta a Franceline, los delfines y, tal vez, alguna ballena lejana, lo distrajo de su autocompasión y le hizo concebir la esperanza, en algún momento de la travesía, de que, después de todo, su vida volvería a ofrecerle algún interés.

Al pasar por la isla de Cuba el barco se detuvo durante medio día, y Ernest se unió a los otros pasajeros jóvenes que bajaron a pasearse por La Habana: vieron chinos, negros y españoles, razas de las que sólo había oído hablar como leyendas, bajo un calor que le pareció pavoroso, sobre todo cuando fue a sentarse en una banca, y no pudo quedarse sentado porque el calor le quemaba el trasero.

Saliendo de La Habana empezó a correr el rumor de que el puerto de Veracruz estaría cerrado una vez más a causa de la fiebre amarilla, una enfermedad infecciosa cuyo otro nombre, el de vómito negro, se sentía como una plaga bíblica. A punto ya de llegar, harto del viaje y del hacinamiento y del calor, la idea de quedarse quién sabe cuántos días más en el barco, justo afuera del puerto, se sentía como un mal augurio. Pero el rumor de la fiebre fue falso y desembarcaron sin novedad en Veracruz. Ernest tuvo que esperar otros nueve días, en el puerto, la pequeña embarcación que remontaba el Golfo para entrar por el río Nautla y que, en dos días más, lo dejó sano y salvo en la que consideraba sería, a partir de ese momento, su vida de consolación.

Charles, su primo, le había hablado de las fiestas con las que se recibía a los recién llegados, y Ernest le advirtió que no se le fuera a ocurrir. Como, de cualquier forma, en ese viaje él era el único nuevo, una comilona de cuarenta personas habría sido excesiva, así que Ernest se dirigió discretamente con su primo a su casa, donde cenó con la familia y sin cantos ni bailes ni presentaciones exhaustivas. Le rogó que no alterara en nada sus costumbres: ya iría conociendo a los demás habitantes del lugar conforme fuera siendo necesario.

Charles, por supuesto, habiéndolo conocido de muy joven en Saboya y sabiendo de su reputación de seductor, se entretuvo en tratar de averiguar qué se traía entre manos su ahora taciturno primo. Todas las noches, cuando se juntaban para tomar un trago después de la cena, lo interrogaba a quemarropa o le pedía que le contara cómo estaban las cosas en casa; pero no sacó nada en claro sino hasta que, meses después, algún pariente despistado de Les Clefs le preguntó por carta si por fin se había casado Ernest con Antoinette y si ella estaba ahora en

México con él. Ya para ese momento, Ernest fue capaz de contestarle, viéndolo directo a los ojos, que no: no se había casado con ella, no la había vuelto a ver, no le importaba ya. Si de algo había servido su reputación fue de que Charles pensara que lo de Antoinette había sido una de sus calaveradas y no se la volviera a mencionar.

En ese momento la vida de "La Colonia", como los franceses la seguían llamando a pesar de que nunca lo fue, ya se había normalizado al punto de ser un lugar bastante civilizado, con todos los servicios y las comodidades que sus habitantes necesitaban. Sin embargo, seguía rondando la impresión, plasmada en el ánimo colectivo, de que los pobladores de la zona eran, ante todo, sobrevivientes.

El primer grupo había llegado, durante la década de 1830, casi como víctimas de trata de un ambicioso utopista llamado Étienne Guénot, quien convenció a los habitantes de la región vinícola de Champlitte, en la Haute Saône, de emigrar a México luego de algunos inviernos particularmente crudos en que la mayoría de sus viñedos se habían perdido por el frío. Aún se hablaba de esos primeros habitantes, llegados a poblar lo que hasta ese momento era una selva espesa, repleta de peligros para los franceses, acostumbrados a un clima y a un modo de vida, si no menos duro, sí muy distinto. Desde los que se ahogaron en las barcas que naufragaban en el trayecto costero de Veracruz a Nautla o al remontar el río Bobos, hasta los que murieron de hambre en esas selvas espesas donde no encontraban nada comestible, o los que sucumbieron al vómito negro o a picaduras de serpientes nauyacas, los primeros colonos habían muerto por decenas. Y tal vez ninguno habría sobrevivido de no ser por la generosidad de los totonacas, habitantes históricos de la zona, quienes ayudaron a los franceses a ponerse en pie, les enseñaron los cultivos de la región y les compartieron sus alimentos.

Guénot, en los años que siguieron, obligó a los sobrevivientes a escribirles a sus familias contándoles las maravillas de esa tierra y animándolos a acompañarlos en su aventura americana, con lo que llegó a tener un buen núcleo de habitantes hambrientos y necesitados que estaban dispuestos a trabajar más duro que nunca para hacerse de una vida en esas tierras. Los que no, después de un motín y algo de violencia, lograron obtener la ayuda de las autoridades mexicanas y francesas para regresar a sus tierras.

En 1838, después del incidente de la Guerra de los Pasteles, México expulsó a los ciudadanos franceses de su territorio. Sin embargo, una delegación del grupo llegado a Jicaltepec en 1833 se reunió con Antonio López de Santa Anna, quien reconoció la honestidad y la neutralidad de los "colonos" y les granjeó un salvoconducto que les permitiría permanecer en el país.

Más adelante, ni siquiera la Intervención de los 1860 afectó sustancialmente a los franceses de Jicaltepec, quienes siguieron los acontecimientos con relativa distancia, y sobre todo se cuidaron bien de no inmiscuirse de ninguna manera en el conflicto, de una u otra parte. Los "colonos", por muy franceses que fueran, desde muy pronto se consideraron como un grupo no sólo librado a sus propios medios, sino independiente de los acontecimientos políticos generales. Su principal punto de contacto, por cierto, siguió siendo la Francia, directamente, y no la comunidad francesa asentada en otras regiones de México. A la larga, la furibunda ética de trabajo y la ausencia de otras opciones acabaron por transformar la región en una de las más prósperas de la zona.

A mediados de los 1880, Ernest encontró que los alrededor de setecientos franceses llevaban una vida perfectamente normal. Normal, si eso quería decir que vivían como si siguieran en Francia; pero en un clima, con una vegetación, con insumos y en condiciones completamente tropicales, a los que se acostumbraron con tanto entusiasmo que, entre quienes lo intentaron, muy pocos se sintieron a gusto de regresar a vivir en los climas europeos.

Las casas se seguían construyendo como en Francia, con techos a los que los habitantes se referían como "de cuatro aguas" y su ático. Las tejas estaban hechas por el señor Grapin, quien imitaba las importadas. Las viviendas tenían un estilo propio, mezcla de diferentes regiones francesas con algunos elementos tropicales. Entre las palmas y la humedad, el lugar daba un curioso aspecto de despiste, que completaba la imagen de los residentes, con sus cofias y sus zuecos de madera, que aún no trocaban por las modas y los peinados locales.

El grupo original liderado por Guénot se había instalado en Jicaltepec; pero el entonces director general de la Compañía Franco-Mexicana había recurrido a un riesgoso esquema de prestanombres e hipotecas condicionadas, y para finales de los 1870 los franceses, ya sin Guénot pero con las deudas todavía pesando sobre sus propiedades, habían aceptado la generosa oferta de Rafael Martínez de la Torre para mudarse a la otra margen del río, a la zona de Zopilotes, que a partir de entonces se empezó a llamar San Rafael en honor del abogado mexicano al que todos los franceses consideraron su benefactor.

De modo que Ernest llegó a una aldea todavía afrancesada pero completamente nueva, bien organizada y abastecida, donde florecían la agricultura y el comercio, y donde los habitantes gozaban de los derechos de los mexicanos sin haber tenido que renunciar ni a su nacionalidad ni a la protección del consulado francés establecido en esas tierras. Los "colonos" habían encontrado un camino intermedio, una vida mexicana en la que nunca dejaron de hablar francés, de cocinar con técnicas francesas los ingredientes mexicanos, de casarse entre franceses y de encontrar la manera de mantener sus costumbres, elaborar sus panes y sus quesos y seguir con su vida como si todavía estuvieran en Francia.

Los habitantes escribían en sus cartas "*Saint Raphaël, colonie française*", y se comportaban como si en efecto vivieran en una colonia: les prohibían a sus hijos hablar en español o tener más que el contacto indispensable con los mexicanos. Los pocos que se habían casado con los locales se exponían al ostracismo y a la crítica, como una francesa de quien se decía que era como si alimentara al diablo, cuando acercaba a su hijo mestizo a su pecho tan blanco. Era una sociedad cerrada a todo lo que no fuera francés; racista y volcada hacia el Atlántico, donde los mexicanos habían quedado reducidos a la servidumbre, aunque por lo general no dentro de las casas sino en las plantaciones y con el ganado.

Para Ernest, llegar a San Rafael en ese momento y en esas condiciones no era ya ni un acto heroico ni una gran aventura; pero le permitía refugiarse de sus propios sentimientos con la excusa de aliviar la situación económica de sus padres y sus hermanos.

Chamossière, octubre de 1886

Querido Ernest,

Nosotros estamos todos en buena salud, y muy contentos de enterarnos de que ustedes también lo están. Me dio mucho placer recibir tu carta: ya temía que el sol del trópico te hubiera quemado los dedos y no pudieras escribirme, pero veo que no. Ya que te has aclimatado verás que todo está bien, sobre todo si te casas, que sería lo mejor.

Te estoy enviando una fotografía que me saqué durante la primavera cuando bajé a Annecy a ver a nuestras primas con motivo de la Pascua. Decidí que, a partir de ahora, voy a tener un ramillete de pensamientos en la mano izquierda, la mano del corazón, cada vez que me haga fotografiar, para que sepas que estoy pensándote y que no te olvido.

Hace un mes hubo un baile en Thônes, y usé el vestido que me mandé a hacer cuando tú regresaste del servicio, y unas botas nuevas porque las otras ya estaban demasiado chicas para mis pies. Yo creo que me veía muy bien, porque había un muchacho que estaba de permiso, es el hijo de la viuda de Burnier, que tiene la granja donde estaban los cerezos, y bailamos varias piezas juntos. Quería que pasáramos juntos la velada pero tú sabes que hay quienes son celosos cuando ven que un joven habla con una muchacha, y lograron separarnos durante el resto de la noche. Pero luego, unos días después, de regreso a la granja de su mamá, subió hasta aquí a despedirse. Tuvimos tal vez unos diez minutos para hablar juntos, sólo el tiempo de tomarnos un vasito de vino, y me pidió mi dirección entre risas; pero yo pensé que me estaba haciendo una broma y no se la di. Y ahora pienso mucho en él, porque, si se la hubiera dado, estaríamos correspondiendo, y lo cierto es que es muy buen muchacho y cualquier señorita estaría muy honrada de mantener correspondencia con él.

Pero cuéntame, querido Ernest, cómo es esa tierra y cómo son quienes la habitan, y dime si estás bien con el primo Charles. Dime cómo son las comidas y las flores, y mándame, cuando puedas, algunas plumas de aves, porque el primo Alfred sólo me lo prometió pero no lo ha hecho. Piensa, también, cuando pase un fotógrafo por esa región, en hacerte una foto con todos los demás para que sepamos cómo se ve ahora la familia por allá.

Me piden papá y mamá que les des sus condolencias a Charles y a Henriette, y por supuesto también a Alfred y a Caroline, por la muerte de la mamá de la prima Henriette, de la que nos avisó Thérèse de Annecy hace algunas semanas.

Saluda de mi parte a los primos y a todos los parientes.

Soy, por toda la vida, tu hermana,

Franceline

Un mundo repleto de ruidos, lleno de movimiento, donde el aire era casi líquido, palpable. Un lugar donde las selvas, que seguramente antes lo cubrían todo, daban ahora paso a una profusión de tierras de cultivo. Un mundo de una generosidad incomprensible en el que, a los dos meses de derribar los árboles, se les prendía fuego, y tres días después, con un palo puntiagudo, se hacía un hoyo en el suelo para sembrar el maíz, que se daba con rapidez y abundancia. Un mundo extraño y feo, bueno para la siembra de la caña de azúcar, el café, el cacao, el tabaco, la vainilla, casi todo lo que uno quisiera; pero desordenado, sucio a pesar de que la humedad no permitía el polvo y a pesar del cuidado que tenían los franceses por mantener bien cuidadas sus propiedades. Esa impresión de suciedad, que era lo primero que Ernest describía en sus cartas, venía del lodo, de las líneas que las crecientes del río habían dejado en las casas; de la ausencia de espacios libres, realmente abiertos, como la vista hacia las montañas o aquellas pendientes cubiertas de pasto a las que él estaba acostumbrado.

Charles lo había puesto a cargo de supervisar las últimas etapas de la construcción de la destilería. Sería el *second maître* por lo menos hasta que supiera suficiente español como para comunicarse con los obreros. Durante las primeras semanas aprendió del contramaestre las palabras que le permitían darles a los mozos las instrucciones necesarias, aunque casi siempre ellos sabían mejor que él lo que tenían que hacer.

Lo que lo tuvo perplejo durante los primeros días fue que, al pasar entre ellos, alentándolos, en vez de seguir trabajando, todos dejaran lo que estaban haciendo y se fueran a sentar o a recostar a la sombra de los árboles que rodeaban la propiedad. Se tardó algunos días en comentárselo a su primo, porque no estaba seguro de cuántos descansos estaban permitidos a lo largo de la jornada. Charles lo fue oyendo con indignación, con sorpresa, y luego, con una explosión de carcajadas que se repitió durante días y que hizo de Ernest la comidilla de la comunidad durante semanas: en vez de decir algo como "ánimo", o "más rápido", lo que Ernest les había estado diciendo era "descansen". Quién sabe ya quién se lo había enseñado a él; pero la anécdota dio la vuelta por carta a Francia y regresó a San Rafael más de una vez. Y Ernest tuvo que aguantar que los empleados se refirieran a él como "el descanso" durante más tiempo del que le pareció necesario para aprender la lección.

Entre los jóvenes franceses, que se reunían por las tardes para charlar al pie de uno de los mangos enormes de la propiedad, uno de los temas favoritos de conversación era el de las muchachas solteras. "La más pobre *chanitoise*, *comptoise* o de nuestra raza vale mil veces más que la mexicana más rica, porque la raza mexicana no es de las que se deban mezclar con nuestra sangre", era casi un proverbio entre los solteros.

Sin embargo, Ernest no tardó en aprender que los hombres consideraban a las francesas de San Rafael más orgullosas que en Francia, y en general más orgullosas de la cuenta: "lo mandan a uno de paseo sin ponerse ni los guantes", se quejaba uno de los *chanitois* que habían venido a asistir con la fertilización de la vainilla. Si a la muchacha le gustaba alguien, ella de inmediato y sin reparos le hablaba de matrimonio; pero si se daba cuenta de que él no quería más que pasar el tiempo, el hombre no sólo se exponía a que en el futuro le hicieran mala cara todas las chicas, sino que también se enteraban los papás, y el pobre acababa mal visto por todo el mundo.

Ernest oía estas conversaciones como desde muy lejos, como un viejo al que las historias de amor que se cuentan a su alrededor le hacen gracia aunque no tengan nada que ver con él. Pero era inevitable que, al pensar en muchachas, recordara a Antoinette. Contra su voluntad, contra su instinto, cuando estaba a punto de quedarse dormido o cuando bajaba la guardia, se le abría algo que dejaba pasar la imagen de ella, el eco de su risa, un ademán que encontraba repetido entre sus vecinas, y que hacía que prefiriera oír esas historias con una distancia que, al principio, justificaba su calidad de recién llegado; y después, la costumbre.

Hasta que un día alguien contó la historia, bastante reciente, de un conscripto enamorado de una muchacha muy bonita de Serraval. Esa muchacha, que adoraba al conscripto, lo había dejado partir a la guerra sin más promesa que su palabra y sin más esperanza que la de recibir su correspondencia. Al cabo de varios meses, después de un otoño gris y de un invierno despiadado, después de una primavera que no le daba razones para la esperanza porque él nunca dio señales de acordarse de ella, después de no recibir correspondencia que le confirmara su amor ni su compromiso, la chica había concluido que él no era más que el donjuán sobre cuya reputación le habían advertido. Que todas sus promesas estaban tan vacías como su corazón insensible y que no sería ella quien lo hiciera sentar cabeza. Ella le había escrito casi a diario al principio, y nunca menos de una carta por semana; le había contado los pormenores de su vida y sus secretos más delicados, y él la había ignorado: no le había enviado ni una nota, ni una sola respuesta en todo un año de distancia.

Ernest oyó el relato, aterrado por lo que esa historia evocaba en él. Se distrajo como pudo recordando las cartas que le había escrito a Antoinette, hasta que se dio cuenta de que tenía los pelos de punta y estaba respirando con dificultad: esta muchacha, decía el de la voz, se había casado con el cartero, quien se encargó de consolarla cuando su conscripto la olvidó.

Ernest se paró, como hipnotizado. Se alejó: no quería saber más. No pudo evitar oír algo sobre el deshielo y un granero que guardaba montones de cartas sin abrir; pero se alejó a la carrera para no enterarse de nada más.

Imposible.

Su carrera enloquecida hacía que su jadeo fuera normal.

¿El cartero?

Pero no hablarlo con ella, no haberla confrontado. No preguntarle a ningún conocido, no indagar.

La velocidad, el origen de la opresión en su pecho.

Haberse rendido tan fácilmente.

El tropiezo, la caída, eran la causa del dolor. Sentía la sangre pero no la veía en la oscuridad.

No haber luchado.

La noche ahí, una vez más, solo, sobre esas raíces, con una vaga esperanza de algo incierto.

De que nada de eso hubiera sucedido. De despertar años antes, en Argelia. De despertar a otra realidad.

Simon-Claude curaba la rabia. Curaba muchas cosas. Curaba a hombres y a animales, enderezaba fracturas y preparaba remedios. Era un hombre formidable, una leyenda en la región, capaz de hazañas tanto de fuerza como de sabiduría médica. Y era como un chiquillo perdido cuando las cosas no salían como esperaba.

Durante el invierno de 1886, un pequeño grupo de campesinos de una aldea cercana al lago de Annecy había ido a buscarlo para rogarle su ayuda, porque una manada de perros salvajes había mordido a su ganado, les había contagiado la rabia, y corrían peligro de perderlo todo. Simon-Claude acudió, les administró a los animales el remedio contra la rabia y regresó a Jaintouin. Pero en julio de 1881 se había votado en París una ley, desconocida por casi todos en la región, que prohibía la práctica de la veterinaria a quienes carecieran de diploma oficial.

Tal vez las cosas habrían quedado ahí si, un día claro y fragante de la siguiente primavera, un perro rabioso no hubiera mordido a la hija favorita de un comerciante de Thônes, que no sólo era muy joven sino tenía la reputación de ser muy talentosa para la música. La mamá de la muchacha era de la ciudad de Annecy, por lo que mandó traer de ahí a un médico conocido. Pero éste vio que su paciente ya había sufrido un ataque, y prefirió pedir que llamaran a un sacerdote para administrarle los santos óleos.

Alguien pensó en el viejo castrador, quien llegó armado con su decocción y sus modos de campesino. Le instruyó que se tomara la preparación, disuelta en vino blanco puro, durante nueve días, en ayunas, y se despidió, sin mayores ceremonias. Pero la madre, aterrada, pensando que nueve días serían toda una vida, con la imaginación pintándole una muerte espeluznante, volvió a mandar traer al médico de Annecy.

Los nueve días fueron, en efecto, toda una vida: el tiempo que hizo falta para que el médico citadino se comunicara a París, y para que de París llegara la advertencia: la práctica de la veterinaria —pero, por extensión y por supuesto, también de la medicina— era ilegal a menos que quien la practicaba hubiera recibido una certificación oficial.

A pesar de que a los nueve días la muchacha estaba tan sana como antes de la mordida, a pesar de que sus padres cantaban las loas de Simon-Claude a quien quisiera oírlos, los veterinarios parisinos, ya instalados con Pasteur en las esferas del poder científico e intrigados por la narración de las capacidades del campesino, decidieron que a Simon-Claude se le tenía no sólo que prohibir la práctica de la medicina, sino multarlo por hacerlo ilegalmente. Esta práctica, tan recientemente regulada, hasta entonces había sido más oficio que ciencia. Ya no se sabe si de los círculos de París hay que deducir envidia o si fue la conciencia de su propia incapacidad para curar la rabia; pero lo más fácil era impedirle al testarudo saboyardo administrar su remedio con el pretexto de erradicar la charlatanería.

Ese castigo fue el primer signo tangible de que el declive de la familia ya era imparable. Los otros signos habían ido apareciendo poco a poco, en las crecientes dificultades para mantener a sus hijos, en la carestía de los terrenos de pastura, en la acumulación de los errores. Porque Simon-Claude había probado ser un genio para curar enfermos, pero un inepto para administrar su dinero y sus propiedades.

Ese hombre que había recorrido a pie toda la región, en todos los climas; el patriarca, enorme en todos sentidos, con un vozarrón y un aspecto que alguna vez lo habían hecho temible, de pronto acusado, llevado frente al juez, como un criminal. Culpable de practicar medicina sin licencia, él que llevaba haciéndolo toda su vida, siguiendo un oficio de generaciones. Ese gigante, ahora disminuido, empequeñecido por la situación, incómodo en el juzgado; frente a esos papeles en francés, él que hablaba *patois*; él que sabría leer y firmar su nombre pero apenas escribir, teniendo que justificar su ciencia y sus conocimientos frente a esa gente de ciudad que lo veía hacia abajo: desgraciado campesino atribuyéndose la libertad de curar enfermos y de atender a su ganado; esa gente que lo menospreciaba. Sentir la burla, la incomprensión y no poder defenderse. No tener las palabras, no tener la elocuencia, sentirse fuera de su ambiente, solo. Pensarlo humillado, dolido, sabiendo que, ahora sí, ya no tenía con qué justificar su vida.

Cómo no compadecer a ese viejo enorme, temblando de furia, doblado por la situación, por el peso de su fracaso y de sus deudas. Consciente de que estaba a punto de perder también a sus hijos: ¿quién se quedaría a dar la pelea, por qué no habrían de huir a rehacer sus vidas en otro lado, como Ernest?

Su Franceline. Sabía que perdería a su Franceline, hija adorada de quien él había sido el héroe y que ahora lo vería con lástima, como a un perro viejo a quien se quiso pero cuya debilidad ahora cansa y duele. No la entregaría en la iglesia a un buen hombre, buen mozo y acomodado; no la vería instalada en una buena casa de Thônes o de Annecy. No recibiría a sus nietos para contarles las historias de sus aventuras y sus viajes. No tendría ya a quién enseñarle su ciencia, porque su ciencia ya no servía, ahora que lo único de valor era la certificación.

Y Amandine, la compañera de su vida que siempre lo había visto, como si mirara hacia el altar, allá arriba, casi lejos aunque tuvieran las manos unidas, arriba por su estatura y arriba por sus conocimientos, ¿cómo lo vería ahora, sabiendo que su vida y su legado terminaban en un absurdo juzgado, sabiendo que no tenía más que ofrecer, ni tiempo para rehacerse?

Una multa injusta que, sabía, con la rabia de la impotencia, era lo único que lo separaba de la cárcel. Y no tener cómo pagar los cincuenta y ocho francos oro; aceptar que lo hiciera por él el agradecido comerciante; saber que ya nunca más tendría cómo pagar nada porque su vida útil terminaba en ese momento, en ese juzgado, frente a ese juez perfumado que cumplía órdenes que ni él mismo entendía.

Pero contra lo juzgado no hay nada que hacer. No hay más que aceptar la humillación y retirarse, haciendo reverencias, agradeciendo que no haya cárcel, que la pena no sea mayor. Agradeciendo la ignorancia y la sumisión y el miedo, contra los que Simon-Claude luchó toda su vida. Sabiendo que nunca volvería a curar a nadie ni a castrar a un animal.

Frente al juez había salido a la luz también algo que Simon-Claude no habría querido que se supiera: la imposibilidad de mantener su propiedad de Jaintouin. Porque había dado su aval a alguien que se había muerto sin pagar y por lo tanto la deuda era ahora suya, y aunque había hipotecado todo lo que poseía, nunca tendría lo suficiente para rehacerse. Sabía que sus tierras, propias y rentadas, ya no alcanzaban para mantenerlos, y que el proceso infame era la última gota: lo que se derramaba de su vaso era la hiel de saberlo todo perdido por última vez.

Cómo decirle a su mujer que ahora, a esa edad, tendrían que mudarse todos al chalet que ella había heredado de su padre en Les Torchets; cómo digerir ese agradecimiento póstumo al suegro que había vaticinado su fracaso hacía décadas. Ese suegro que le había dicho a su hija Amandine, cuando se casó con el castrador, que le dejaba esa casa porque Simon-Claude no llegaría nunca a nada. Cómo no ver siempre, detrás de cada puerta, al fantasma recriminándole su incompetencia.

Cómo no resentir la reputación de brujo de su hijo Anselme, que contaminaba la ciencia médica con su aura de marginación. Cómo no enfurecerse al saber que el mismo Anselme hacía todo lo posible por merecérsela, cómo no pensar en sus misterios y en esos libros que la Iglesia se cansaba de prohibir aunque cada prohibición los hiciera más populares. Saberlo solitario, aislado, perdido, en un mundo donde le había declarado su lealtad a la magia, seductora y poderosa. Entender que, incapacitado por ley para practicar la medicina, Anselme seguiría acudiendo a esos oscuros conocimientos de los que él desconfiaba y que hacían que la gente, que Amandine misma, le temiera.

Pero Anselme no le temía a nada; ni a Dios ni a la magia, y eso era lo más aterrador. Porque se había ido hundiendo en el abismo del *Petit Albert* y del *Grand Albert* y de los conjuros y de esas ceremonias que se tienen que efectuar a la medianoche o por lo menos en la oscuridad. Porque eso que Simon-Claude veía, o lo que ya no veía en los ojos de Anselme, ese hueco en su mirada, eso que le faltaba del hijo al que conocía, no se debía sólo al alcohol. Tal vez ni siquiera principalmente al alcohol. Era un agujero perforado por quién sabe qué fuerza oculta. O era el lugar que debería ocupar el miedo, ese miedo que tal vez nunca sintió. Y era lo que asustaba a los demás; la razón, también, por la que él sólo era feliz cuando estaba en el *alpage*, solo, en las montañas, con los animales y con sus libros.

Ya no importaba. Estarían todos aislados, arriba, lejos, en la propiedad de Amandine en Les Torchets. Y él, viejo, acabado, ya no tenía más cartas que jugar.

Perdido su orgullo, le quedaba, por toda posesión, ese espejo triste al que cada vez se parecía más, su viejo perro Riquet.

Nada es para siempre, y Ernest se volvió a enamorar.

No quería, no se lo había propuesto. Se resistió tanto como pudo y pensó en volver a huir, pero ni siquiera tuvo la fuerza para intentarlo. No había olvidado —nunca pudo olvidar— a Antoinette, y la duda sobre el asunto del cartero tampoco dejó de molestarlo, como un dolor crónico, suficientemente insistente como para ignorarlo; pero suficientemente tolerable como para hacer algo al respecto.

Hasta que un día, pescando en el río Bobos, vio a Louise, y Louise se le convirtió en obsesión. Ella estaba en la margen del río, parada bajo su sombrilla, que sostenía con las dos manos, como si se recargara en ella, y lo veía con cara de diversión. Traía el pelo mojado, señal de que acababa de bañarse, como se bañaban las muchachas, frente a la propiedad del viejo Paul; y pensar que había estado, así, tan cerca de él, turbó a Ernest más de lo que le habría gustado. Al grado de que decidió que necesitaba ejercicio y se alejó, remando su barquita a toda velocidad, y no regresó por ahí sino cuando estuvo seguro de que ella se había marchado. Pero la impresión de su mirada y de su sonrisa ya no se desprendió de su memoria.

Él la conocía —todos los franceses se conocían—: la había visto con su familia cuando Louise no era más que una muchachita a la que le encantaba la pesca, que pasaba más tiempo afuera, con los jóvenes, correteando y trepando árboles, que adentro, con las mujeres, aprendiendo de costura y de cocina. Ernest recordaba a su mamá disculpándola, casi como Amandine disculpaba a Franceline por sus explosiones de entusiasmo y su caminar a ritmo de vals. ¿Pero cuánto hacía de eso? No podía hacer tanto tiempo, porque él no llevaba en México más de tres años, y esa aparición que lo había visto desde arriba, con descaro y con diversión, era toda una mujer.

Después de ese día en el río se la encontraba por todos lados. Siempre con esa sonrisa burlona, como si algo le resultara muy divertido. Siempre mirándolo con desfachatez, como si él le debiera algo, como si sospechara que él se traía algo entre manos. Se vestía como las demás jóvenes del pueblo, pero había algo que no cuadraba, algo que, sin estar presente, se notaba más que su atuendo y su eterna sombrilla y la expresión de su boca. La vio en una velada, se la topó en la calle. Parecía que ya no podía dejar de encontrársela así, de casualidad, sin importar lo que estuviera haciendo.

Hasta que un domingo, de paseo con Charles y Henriette, se encontraron en la placita frente al río con Louise y sus papás. A pesar de ser unos diez años mayor que ella, Ernest sintió, ahí, que los adultos eran los casados; y Louise y él, sus hijos adolescentes. Como si al enterrar la cruz de Antoinette, años atrás, hubiera enterrado su instinto de seductor y hasta la memoria de sus aventuras anteriores, Ernest se sentía ahora, frente a la sonrisa interrogante de Louise, como un muchachito que nunca le hubiera dirigido la palabra a una mujer.

Charles lo notó, desde luego, y no dejó pasar la turbación ni el sonrojo de Ernest cuando, más tarde, hablaron de su encuentro. Ni cada vez que se la mencionaba, o cuando se topaban con ella. Y lo obligó a confesar que sí, que lo conmovía, que lo había impresionado. Que sería capaz de enamorarse de ella.

Si Ernest quería dejar de pensar en Antoinette, no podía haberse encontrado con alguien más a propósito. Si hubiera buscado el contraste más violento, la actitud más alejada, la diferencia más extrema, entonces Ernest había visitado las dos fronteras: a la dulzura, a la timidez y hasta a las pecas de Antoinette se enfrentaban la desfachatez, la abierta alegría, la sonoridad y el bronceado de Louise. A las habilidades domésticas de Antoinette, conocida en Serraval como una excelente costurera, Louise anteponía un desprecio infinito por las tareas hogareñas y una habilidad asombrosa con la caña de pescar y con la escopeta. A la suavidad de Antoinette, que Ernest había tenido pocas ocasiones de comprobar, se oponía el vigor magro y potente de Louise. Sólo sus ojos eran parecidos, de un verde líquido y luminoso.

Ernest temió, las primeras veces, que jamás podría estar con ella sin pensar, al verla a los ojos, en Antoinette; pero la siguió viendo, y oyó su risa desinhibida, y vio la forma en que dominaba a los caballos, y sintió de una manera totalmente distinta el aguijón de su mirada. La de Antoinette era dulce, suave, invitante. Y la de Louise era retadora, insolente, y se habría sentido amenazante si no la suavizara ella con su sonrisa abierta y franca.

Ernest fue cayendo en la red poco a poco, a pesar de su reticencia y de sus barreras, entre la cosecha y el festival. Para cuando se dio cuenta, Louise había logrado que dejara de pensar en Antoinette y que recuperara ese cinismo viril que le había resultado tan útil en su donjuanesca juventud.

Nada era secreto en ese lugar. Los demás sabían de los sentimientos de Ernest antes incluso de que él se diera cuenta cabal. Y ya para entonces había oído todo lo que se sabía sobre Louise, como seguramente ella lo habría oído todo sobre él.

Ernest sabía que, cuando las demás muchachas se sentaban a coser juntas, o a hacer *gaufres* (ya para entonces les llamaban "gofras" a las galletas para cuya fabricación cada ama de casa había cargado desde Francia con su "fierro"), Louise se reía de ellas. Al punto de que le decían que era una marimacha, que ayudaba más en los corrales que en su casa. Eso, a ella, como casi todo, le daba mucha risa. Y se divertía haciendo lo que las demás mujeres no querían hacer. Tostaba el café, acarreaba las cubetas con la leche recién ordeñada, ayudaba con el secado de la vainilla. Podía pasarse horas pescando, hasta que le ganaba la oscuridad o le temblaban los brazos de cansancio, y sólo entonces lo dejaba y se acurrucaba en algún lado a leer. Se paseaba con su sombrilla sólo porque se lo había prometido a su mamá, quien estaba horrorizada de ver el tono que había conseguido su hija entre los baños en el río, la pesca y las horas que le dedicaba a la vainilla.

Louise solía decir, sin más, que se había puesto color vainilla —¿no era, para eso, que se asoleaba la vainilla, no era su color la prueba de que estaba en su punto ideal de suavidad y aroma?—, y en ningún lugar se encontraba tan a gusto como en el fragante patio donde todos los días se extendían las vainas a secar. Las iba tocando, para ver si estaban listas, y nada le gustaba más que la transformación de esa simple vaina, como la del frijol tierno o los chícharos, en esa especia sensual y perfumada, en esa textura... esa textura que no compartía nada más, que era la de la vainilla madura. La tocaba y luego se olía los dedos, y se los seguía oliendo hasta que otra actividad le cambiara el olor. De noche, decía que le gustaba dejar la ventana abierta para que entrara, como un espectro, como un huésped largamente esperado pero siempre sorprendente, el olor de la vainilla. Ernest se imaginaba el olor paseándose por su cuerpo, y pensaba que los sueños de Louise serían sensuales y coloridos. Olía la vainilla y oía, pensando en ella, un llamado profundo y cálido que era añoranza y deseo y algo cercano al amor.

Ella tenía fama de disfrutar los olores y los sabores fuertes, y era de las pocas que gozaban las distintas variedades de chiles, y que les compraba chile misantla a los indios; pero en vez de hacerse tacos, untaba esa pasta misteriosa sobre un pan con mantequilla elaborada a la francesa.

La mantequilla también se le daba bien, porque no le importaba sudar y porque tenía los brazos fuertes. La seguían haciendo a la antigua, como Amandine, golpeando la crema con toda la fuerza del cuerpo en un cilindro estrecho, con un palo al que le fijaban un disco en el extremo que estaba en contacto con la crema. Lo que nunca le gustó fue hacer quesos, porque no tenía la paciencia para voltearlos y enjuagarlos y esperar a que estuvieran en su punto. Lo único que esperó, a lo único a lo que le tuvo paciencia, fue a la vainilla.

A Ernest no había llegado a gustarle México. O el México que había conocido, el que todavía se lamía las heridas de las intervenciones militares y la pérdida del territorio; el que veía con resentimiento a los extranjeros; el que recordaba las ocupaciones y las humillaciones, por mucho que los franceses de San Rafael hubieran logrado mantenerse al margen de la política, aislados del resto del país, volcados hacia el Atlántico para todo lo que les importaba.

Tampoco se sentía a gusto entre el calor y la humedad, ni había logrado hacer las conexiones humanas que transforman un sitio cualquiera en un lugar donde uno quiere vivir. México no había sido, para él, más que un refugio; la excusa para salirse de Saboya, la coartada que apuntalaban los problemas económicos de la familia. Vivía al día, sin mucho planear, sin metas para el futuro, sin haber decidido si quedarse y establecerse ahí, si regresar a Saboya, o si irse más lejos, a la Argentina en la que habían encontrado su fortuna algunos de los parientes políticos de su primo Charles.

Por eso lo de Louise le resultó tan sorpresivo. Porque, de pronto, se empezó a sentir en casa en ese lugar; habló con Charles de volverse inversionista en el ingenio, se interesó por el precio al que podría comprar algunas tierras.

Como despertándose de algo, se fijó, por primera vez en muchísimo tiempo, en lo que traía puesto, en sus botines, en su bigote. Casi con vergüenza pero sin poderse resistir, volvió a acicalarse como en sus épocas de antes del ejército. Nada que notaran los demás; pero con suerte, algo en lo que ella se fijara. Ella. Pensar en Louise como "ella" hacía algo muy raro con su cuerpo: lo visible era la sonrisa; por dentro, era casi una sensación de calor, un escalofrío justo por debajo de la piel, un mareo. Algo que no podía controlar.

Un domingo, a la salida de misa, viéndola caminar más de prisa que sus papás para venir, con esa expresión tan suya, a su encuentro, se dio cuenta con un gusto indecible de que no tenía que añorarla: no era alguien a quien admirar de lejos, o de quien lamentar la indiferencia ni adivinar las intenciones. Louise lo quería y nunca lo había tratado de ocultar. No era una mujer que negociara, no se andaba con suspiros ni con desmayos: su franqueza era la mejor garantía de sus intenciones. Ni siquiera había habido cartas ni intermediarios. Como Ernest le había escrito a Anselme desde su llegada, las mujeres, aquí, sabían lo que querían e iban por ello. Louise había ido por él y Ernest se lo agradecía. No sólo porque lo evidente de sus intenciones lo había sacado de su letargo, sino porque él ya no sabía si habría tenido la capacidad de iniciar otra relación amorosa. O, siquiera, de enamorarse.

Después de más de cuatro años, sorprendido, agradeció lo que había pasado con Antoinette. Era algo que nunca olvidaría; pero era, visto lo que estaba sucediéndole ahora, una bendición. Pudo, por fin desde su llegada a México, respirar profundamente y disfrutar lo que olía. Se comió su milésima tortilla y la probó por primera vez. Pensó que uno de esos días tendría que pedirle a alguien que le enseñara a comer chile. Y se quitó el sombrero y se tendió sobre la hierba, a la caída del sol, a ver aparecer las luciérnagas entre los árboles y las estrellas entre las nubes.

Todo lo que hacía había empezado a tener una calidad nueva, como si acabara de llegar, como si estuviera conociendo a la gente y al lugar por primera vez. Se le empezó a ver en las veladas y en los bailes, comenzó a pasearse por el pueblo con la cabeza alta y su mirada de juventud. Pero si alguien que lo conocía de antes, de Saboya, lo viera ahora, notaría algo distinto, menos espinoso: una actitud menos desafiante, más tranquila, tal vez; más amistosa, a despecho del misterio y la seducción. Es posible que estuviera consciente del cambio; es posible que sólo lo viviera como un alivio: el de la ausencia de dolor, por un lado; el de saber que había encontrado su lugar, por el otro. Su lugar y su compañera. Y que, esta vez, las cosas serían directas y simples, mucho más simples que la otra, con la guerra y la distancia y la mala fe y el cartero de por medio.

Ella llegó montada en su yegua favorita. Su madre se lo permitía —cuando menos, no se lo impedía— siempre y cuando Louise no cabalgara cerca del centro del pueblo, donde las malas lenguas la tacharían de marimacha por montar como hombre, como muchos la tildaban ya de "india" por arreglarse el pelo en trenzas y no en chongos, como lo seguía haciendo la mayoría de las francesas.

Llegó sudando, como si quien hubiera corrido fuera ella y no la yegua, con la nariz y los pómulos enrojecidos por el sol y por el calor, con una aureola de mechones que el viento de la carrera le había arrancado a sus trenzas. Le traía una carta de Franceline y unos *rissoles* recién hechos. Ernest recibió la carta con una carcajada (¿había estado merodeando Louise por la casa de Charles hasta que pasó el cartero, para tener la excusa de irlo a buscar?), y los *rissoles* con hambre y con nostalgia por los de Amandine.

No quiso leer la carta en ese momento porque con Franceline nunca se sabía: recordó que algunas semanas antes él le había contado a su familia de sus intenciones para con Louise, y les había dicho que ella no era una mujer a quien pudiera atreverse a "herrar", a la usanza saboyarda, por muy simbólica que fuera la acción. Y como descendiente que era ella de los habitantes de Champlitte, tampoco era algo que esperara para comprometerse. Más bien, su relación era algo que todos conocían y aceptaban, algo como el clima o las cosechas, evidente e irremediable. No les iba a pedir, pues, que le compraran la cruz y la cadena para ofrecérselas al pedir su mano. Pero no se atrevía a leer frente a Louise la respuesta de su hermana, quien, aferrada a la idea romántica de las tradiciones, con seguridad iba a regañarlo por no empezar su vida en pareja con todos los buenos augurios que pudiera acumular.

Dejó al capataz encargado en la destilería, se guardó la carta en la camisa y salió a caminar con Louise con el paquete de *rissoles* abierto entre los dos. La brisa de esa tarde otoñal acarreaba algo de la frescura de las montañas, una esencia con perfume de bosques, muy distinta a la brisa marina, cargada de humedad, que solía remontar por el río hasta esas tierras.

Louise también tenía algo fresco, algo libre. Cuando se lo preguntó, ella se rio y corrió algunos pasos: venía "suelta". Sin brida. Antes de preguntarle a qué se refería, Ernest recordó a Franceline cuando salía a caminar con su mamá. Louise también, lo había notado, solía caminar como si algo la estuviera frenando. Ella le explicó que, desde chica, daba tales zancadas, tan largas y tan poco femeninas, que su mamá le tejió una cuerda de algodón con la que le amarraba las piernas justo arriba de las rodillas, para acostumbrarla a caminar con moderación, como una señorita; y de paso para impedir que se trepara a los árboles con los niños. Una brida, en efecto. Pero para montar a caballo tenía una dispensa especial, y como no pensaba acercarse al centro del pueblo, esa tarde podía caminar como le viniera en gana.

Y visitar al novio como si tal cosa, pensó Ernest. De verdad que es una sociedad extraña. No se estaba quejando; pero ¿dónde se había visto que la mujer viera a su enamorado sin chaperón? No se había fijado, en el tiempo que llevaba en México, si era común o si Louise era, también en esto, una excepción. Tal vez porque ya todo mundo los consideraba prácticamente casados. Y sin embargo, ¿qué habría dicho su mamá, qué diría él mismo si fuera Franceline la enamorada? Tildarla de libertina, con toda seguridad. No pudo evitar reírse de las imágenes que se le vinieron a la cabeza. Bendita sociedad, pensó, pasándole a ella el brazo por la cintura, cosa que tampoco se habría permitido en otro lugar.

Louise se agachó a recoger algunas flores a la orilla del camino real y Ernest pensó en lo bien que se llevaría con Franceline. Ese perenne estado de asombro, esos ojos de verlo todo por primera vez y esas ganas de más. Pero en Louise había otra cosa, una arista casi salvaje, capaz de morder y rasguñar y, sí, salir corriendo y gritar. Algo indómito, y se preguntó si no sería inherente al lugar, un punto silvestre y por lo mismo, feroz. El equivalente, pensó recordando las veces que se había enchilado, a la diferencia entre la armonía de la comida francesa y la agresividad de la mexicana.

Pasó un peón y Louise lo saludó en perfecto español. Claro, ella había nacido en esas tierras. Y su francés, con una cadencia distinta de la de su familia en Francia, incluía expresiones que, ahora que sabía de dónde venían, eran una mezcla cómica de palabras en español con terminaciones y pronunciación en francés. Ya ninguno de los habitantes parecía darse cuenta de cómo incorporaban los modos, las palabras y las particularidades del español, mezclado con el totonaca, en su habla de todos los días.

Ernest le había escrito a su familia, muy al principio, que el español era peor que el italiano, un galimatías de sonidos inseparables los unos de los otros. Pero hablado por Louise era otra cosa, era invitante y cálido y musical. Qué remedio, estaba enamorado, cuando empezaba a gustarle hasta el idioma. Y el idioma no fue lo único que Louise le enseñó: San Rafael y Jicaltepec, vistos con ella, desde los sitios favoritos o secretos de ella, tenían un sentido que él, antes, no les había encontrado. Entendió el ritmo de la vainilla y los sabores de las frutas y las diferencias en los chiles y los mensajes secretos del clima y los sonidos y los murmullos y los gritos del lugar.

Esa tarde regresaron a pie, porque Louise se negó a montar mientras él caminaba. Ella traía a su yegua de la brida, y ésta a veces se agachaba a arrancar algo de comer por el camino. Para cuando sintieron las primeras gotas ya era demasiado tarde: el aguacero los sorprendió todavía lejos del pueblo, y tuvieron que guarecerse en la casa en construcción de los Golfier, donde afortunadamente ya habían terminado el techo, sostenido por pilares, pero aún no estaban construidas las paredes.

La oscuridad cayó con tanta rapidez como el agua: para cuando decidieron dónde amarrar a la yegua, ya se había instalado la tormenta y apenas se distinguían los límites de la casa. El viento, repentinamente helado, traía perfumes de gardenia y de coníferas. Como si algo los hubiera transportado cientos de kilómetros, a un lugar donde ni los olores ni la temperatura ni la sensación de saberse solos en el mundo correspondían al punto donde habían estado apenas una hora antes.

Quedaban, cerca del horizonte, las brasas de un atardecer anegado, bajo cuya incierta luz Ernest se encontró frente a la mujer más hermosa que hubiera visto en su vida. Ni las convenciones sociales, ni sus familias, ni el honor de Louise ni el dolor que había cargado Ernest habrían podido evitar que la abrazara, con más sentimiento que el que nunca había sentido, que sus manos recorrieran su cintura esbelta y su cuerpo tenso, que su boca la besara como si nunca hubiera besado. Porque, como esa noche, Ernest no había besado a nadie. Como tocó la piel de Louise, nunca había tocado. Como sintió el pelo empapado de ella o su corazón acelerado, nunca había sentido. Recorrió, por primera vez, la piel estremecida de esa mujer que era todas las mujeres que lo habían amado y todas las mujeres con las que él soñó, en otra época, y supo lo que es añorar algo que se tiene y conocer el dolor de saber que la echaría de menos en el momento, cualquier momento, en que no estuvieran juntos.

Louise se rio y le aseguró que ahí estaba, que estaba por él, y todo lo que hubo ya en el mundo para Ernest fue el débil reflejo del atardecer en los ojos de ella y su piel fría y su olor y el temblor de sus manos heladas. Y sus cuerpos que sabían que existían porque se los recordaban el viento y la lluvia mientras sus ojos y sus manos decían todo lo demás, lo que no sabían y lo que nunca habían dicho.

La yegua relinchó, aterrada con el ruido de los truenos, y entonces ellos notaron los relámpagos, de colores que era impensable que el cielo hubiera engendrado. Colores, si acaso, de flores: magenta, azul, rosa, verde. Relámpagos horizontales que iluminaban el cielo de lado a lado, interrumpidos por las copas de los árboles y por las luces de otros relámpagos entre las nubes. Relámpagos curvos de luces tan intensas que los cegaban al siguiente estallido; y otros, suaves y aterciopelados, que se deslizaban por el cielo mezclando el estruendo de sus truenos.

Sin idea de la hora y como despertando al recuerdo de sus casas y sus familias, hambrientos los dos y congelándose, se vistieron, desataron a la yegua aprovechando que amainaba la lluvia y salieron al camino real llevándola de la brida. Ahí donde se abría el horizonte entre dos mangos enormes cayó el último relámpago de la noche y el único que recordarían para siempre, grabado en rojo como si una mano celeste hubiera dejado su terrible firma de fuego a lo largo del cielo, y ésta se consumiera lentamente en cenizas sobre las nubes.

Torchets, enero de 1888

Querido Ernest,

Me da gusto saber por tu carta que todos están bien y que el primo Charles ya está mejor de su reumatismo. No me puedo imaginar lo que debe ser esa humedad de la que hablas, y no me explico cómo pueden tener tanto frío en un sitio que siempre me habías descrito como tropical.

Respecto a tu pregunta, te digo que prefiero casarme con uno de la Saboya que ya conozcan ustedes. Que conozcan al muchacho y a su familia también. No casarme con cualquier otro: prefiero esperar. No soy ambiciosa, no busco riquezas, sino a un hombre joven que sea inteligente, que esté sano, que tenga una buena conducta y que sea trabajador. Eso es lo que deseo encontrar. No sabes cómo estoy contenta de develarte mi pensamiento sobre este asunto, ya ves que soy franca contigo y que no te escondo nada, sólo quisiera que estuvieras aquí para poder hablar en persona de estos temas que me son tan importantes.

Te puedo decir que hay dos jóvenes de la región que tenían intenciones de venir a encontrarse conmigo y, después, casarse conmigo. El primero, el hermano de la Françoise, de la aldea de Bélossier, es muy buen muchacho. Ya éramos amigos cuando íbamos juntos al catecismo, y siempre nuestras personalidades se han convenido mutuamente. Me ha escrito que quisiera venir; pero en mis respuestas he mantenido mi discreción ya que él es demasiado joven y todavía tiene que hacer su servicio... tiene mi edad. Sus años en el ejército serían demasiado tiempo.

Además, hay otro joven de Serraval. Conocí a este joven en casa de Madame Fillion cuando él estaba de permiso. Sólo bailamos algunas piezas juntos durante una velada. Pero hace poco recibí una carta de él, imagina la sorpresa que tuve, porque yo no sabía que él se había procurado mi dirección. Se trataba de una carta encantadora, que me hizo sentir honrada y que leí a nuestros hermanos, que estaban todos muy contentos. En su carta, me pregunta si guardé algún sentimiento de amistad para con él, que nos permitiera acercarnos ahora, y algún día unirnos de por vida. Uno podría pensar que yo le habría contestado de inmediato, pero yo solamente estaba tratando de conocer sus costumbres de fondo, y ver si me podría aclimatar. Y como sabía que él seguiría de conscripto hasta finales del verano, pensé en hacerte parte a ti de mis ideas.

En todo caso, querido Ernest, hace algunos días le fui a poner una bola de lana bruta en la mano izquierda, la que tiene seis dedos, a la estatua de St. Blaise. Yo sé que tú te ríes de esas cosas, pero debes saber que el santo ha ayudado a otras muchachas a encontrar un buen partido. Mi amiga Céline, sin ir más lejos, se las ingenió para que su amado la viera con el santo el día de la fiesta de St. Blaise, y él de inmediato fue a recoger la lana y se la entregó a ella. Tú sabes que están prometidos para casarse antes de finales de este año.

Envíales todos mis mejores deseos a nuestros primos, diles que les deseo toda la felicidad y la prosperidad que puedan esperar. Por cierto, supongo que ya sabrás que nuestro Bernard ya tuvo a su niño, que va muy bien y está sano y engordando muy rápidamente. El padrino es nuestro Joseph, que se lo tomó con toda seriedad, deberías haberlo visto cuando lo cargaba en la iglesia. Y la madrina es Marie Jeannette, pero entre ellos dos no se entienden como sería deseable.

Tu hermana por la vida que te besa de todo corazón,

Franceline

En febrero subió a Teziutlán, con uno de sus futuros cuñados, y por primera vez en dos años volvió a ver la nieve. Acostumbrado como venía del calor, tuvo un frío de todos los diablos y no pudo dormir, ni gracias a que le habían calentado las sábanas con una plancha de carbón antes de acostarse, ni habiéndose puesto todas las cobijas de lana que encontró en la habitación, ni volviendo a vestir toda su ropa. ¿Pero qué, era posible que hiciera ahí más frío que en Saboya? ¿Se había desacostumbrado ya, a ese grado, a sus climas, se estaba volviendo, como todo mundo en México, dependiente del calor aceitoso de la selva? ¿O era este frío insoportable por húmedo, por lo mal vestido que había viajado él desde "allá abajo", por la falta de calefacción dentro de la casa?

¿Y Louise? ¿Podría ella acostumbrarse a la Saboya, cuando regresaran juntos? Pero ¿querría ella regresar, ella, para quien el viaje no era un regreso sino una partida? Su familia, sus conocidos, toda su vida estaba en estas tierras, con este clima y esta comida. Ella no conocía nada de los largos inviernos blancos, de la vida de montaña que había vivido él. Louise nunca tendría paciencia para fabricar, cuidar, salar y voltear los quesos; ni le gustarían las largas veladas de invierno, con la oscuridad que caía a media tarde, y donde no había nada que hacer más que sentarse a chismear mientras se limpiaban las nueces o se cosía o se fabricaban canastas o velas. Ahora que en verano, la montaña, el cielo abierto... se imaginaba a Louise saliendo al *alpage* como salían las vacas: corriendo, entusiasmadas, como perros felices.

No lo habían hablado. Sí, tal vez ella lo acompañara de regreso con entusiasmo: por la aventura, por curiosidad. Suponiendo que también él quisiera regresar. Porque ya había hablado con Charles de comprar una participación en la destilería; seguramente también compraría algunas tierras para sembrar café, tabaco o frutas. Ver si podía exportar, a Francia como lo hacían algunos; o a Estados Unidos, por el Golfo, como se empezaba a intentar. ¿Y si ella no quisiera irse, si estuviera demasiado atada a su familia, a sus modos, a esta tierra? A Ernest le sorprendió darse cuenta de que no le importaría demasiado: se quedaría y a otra cosa. Ya les había escrito a sus hermanos proponiéndoles que lo alcanzaran, hablándoles de las oportunidades del lugar. Comprarían tierras entre todos y con seguridad sacarían con creces los gastos de sus padres en Francia, el dinero para la dote de Franceline, tal vez incluso convencerían a sus padres de unírseles en San Rafael. Y después, ya verían. Si tenían hijos, podrían mandarlos a estudiar a Thônes, como acababa de hacerlo Charles con Alfred.

Curioso, en este lugar cerrado, limitado a las cien familias francesas, tapizado todo de verde, donde hasta el cielo parecía sujetarse a los caprichos de la selva, donde las montañas de la Sierra Madre Oriental constituían un obstáculo formidable, casi infranqueable, donde los "colonos" se sentían librados a sus propios medios; ahí, sintió la libertad de su futuro. Supo que las cosas estarían bien; que, pasara lo que pasara, no estaría solo porque tenía en Louise a una mujer extraordinaria; supo que ella no le temería al trabajo ni a las dificultades; y que tampoco importaría dónde se establecieran mientras estuvieran juntos.

Y se sorprendió pensando que tal vez nunca habría pensado así de Antoinette; que, a diferencia de Louise, a ella la había visto como una muchacha frágil, a quien tendría que cuidar; dependiente, sin iniciativa. Su suspiro ya no tuvo la amargura de antes, y se encogió de hombros, pensando que había tenido suerte, que era una fortuna que las cosas hubieran sucedido como sucedieron porque nadie se comparaba a Louise. Y supo que, más que una esposa, tendría una compañera.

Una compañera que a veces lo asustaba un poco, acostumbrada a un modo que él no siempre entendía; pero una mujer hecha y derecha cuya inteligencia y fuerza no dejaban de sorprenderlo.

El jinete que venía por el camino real azuzaba al caballo a correr a todo lo que daba. Ernest, que estaba a la entrada de la destilería con un capataz, caminó algunos pasos para ver si podía identificar quién venía hacia ellos con tanta prisa. Esa mañana había hecho un calor sofocante; pero en ese momento a Ernest lo sorprendió el frío del aire y el extraño tinte de la luz de la tarde. Volteó hacia el oriente y vio acercarse las nubes enormes, doradas con el reflejo del sol, que presagiaban lo que seguramente serían tres días de lluvia y mal tiempo. Pensó en proteger la caña de azúcar, recién cortada, que habían entregado esa mañana en el patio de la destilería.

Ya se oían los cascos del caballo. El jinete gritaba y agitaba el brazo derecho. Ernest volteó a ver si el capataz entendía algo; pero entre el ruido de los cascos y el viento, ninguno supo lo que decía. Al acercarse vieron que era uno de los mozos de la casa de Louise. Venía azotando los flancos del caballo de forma innecesaria, porque se veía que el animal hacía su mejor esfuerzo.

Por fin entendieron que el muchacho gritaba algo de un accidente. Cuando llegó a donde estaban Ernest y el capataz, le hizo seña a Ernest de que se acercara y le rogó, con una mirada que no admitía vacilación, que fuera a casa de Louise, con urgencia. Ernest hizo por ir a buscar uno de los caballos que estaban atados en el cobertizo de la destilería; pero el muchacho desmontó antes incluso de que se detuviera su animal, y apremió a Ernest a montarlo.

En la carrera enloquecida que emprendió, Ernest entendió la violencia con la que el muchacho había fustigado al caballo: no era crueldad, era desesperación. No sabía qué pensar, no había entendido todo lo que dijo el mozo, sólo sabía que, en casa de Louise, lo esperaba un accidente; pero, por la cara y la actitud del muchacho, intuía que era algo grave.

En un claro entre los árboles se dio cuenta de que la repentina oscuridad no se debía a su sombra: la luz había cambiado. De esa cualidad dorada y líquida que había visto desde la destilería, había pasado a ser, en pocos minutos, de un gris lodoso que apenas iluminaba el camino. La temperatura, también, había descendido varios grados y la tormenta era inminente.

Tuvo miedo y no supo por qué. Fustigó al caballo, le gritó en francés que se apurara; intentó el *arre* con el que había oído a los mexicanos animar a sus monturas. Lo apremió con el látigo hasta que sintió su sudor empapándole los pantalones y supo que el animal estaba dando todo lo que podía dar. Cuando cruzó los plantíos de vainilla de la familia de Louise, se dio cuenta de que estaba rezando. Un rezo mecánico, alguna plegaria que aprendió de niño, y que recitaba ahora al ritmo del galope. Sintió, también, las primeras gotas de agua. Y recordó la noche de la tormenta, con Louise.

Su miedo se hizo palpable, como una presencia, y lo quiso interrogar. Pero sólo oyó su plegaria por respuesta. Salieron de entre los árboles de la plantación y, por sobre su rezo y su miedo, oyó el resoplar del caballo y sus cascos sobre el camino. Faltaría poco menos de un kilómetro y de pronto Ernest pensó que no quería llegar. El miedo le decía que enfilara para el otro lado, que huyera a la misma velocidad con la que se había acercado. Pero clavó sus botines en los flancos del caballo, que relinchó. O casi: su sonido, espeluznante como un grito de dolor o una advertencia, se juntó con el tropezón, que lanzó a Ernest hacia delante. Se aferró a las bridas y trató de mantenerse en la silla, sólo para darse cuenta de que el caballo se había muerto entre sus piernas, con el corazón reventado por el esfuerzo.

Alcanzó a zafar su botín antes de caer, y con el mismo impulso que llevaba, corrió los metros que lo separaban de la casa de Louise.

La puerta, abierta como siempre a esas horas; las luces, encendidas; un olor a comida y a pan. Ernest se detuvo en el umbral: una inhalación profunda antes de lanzarse a lo que sentía como el vacío. Sus manos temblaban y su corazón latía como si también fuera a reventar.

No había nadie. Ni ruidos. Caminó por fuera de la casa hasta la cocina y ahí vio a una de las criadas llorando, junto a la artesa, con la cara cubierta por el delantal. No preguntó qué pasaba pero subió al piso de las habitaciones.

Recostada a medias en una silla, vio a la mamá de Louise, a la que uno de sus hijos estaba reanimando con sales. Ernest casi sonrió: está bien, está viva, no parece nada grave. Hasta que el muchacho lo vio. Quiso acercarse a Ernest pero no se pudo enderezar y cayó de rodillas junto a su madre. Ernest oyó un gemido que venía del lado de la cama. Era su futuro suegro.

Y entonces la vio.

Louise estaba recostada, a medio vestir y empapada.

Había sido al cerrarle los ojos cuando su mamá se desmayó. Ernest habría dado algo por poder desmayarse también. Corrió hacia la cama, la tocó. Estaba helada. Levantó la vista hacia su padre, que negó con la cabeza y se cubrió la cara con las manos.

Ernest la sacudió un poco, trató de darle la vuelta para ayudarla a que tosiera.

"No se ahogó", le dijo el hermano de Louise, acercándose y deteniéndolo para que no la moviera más.

Por un instante, Ernest pensó que eso quería decir que estaba viva. Pero sabía, en algún lugar, que no.

Supo que cuando llegó le acababan de cerrar los ojos y que ya no se vería en ellos nunca más. Supo que pensó, con una lógica que no pertenecía a ese momento ni a ese lugar, que era mejor así: era impensable ver esos ojos, tan vivos, sin vida. Pero supo, con un dolor que no sabía que pudiera sentir, que esos ojos no se abrirían nunca más.

Louise, de eso se enteró después, había estado tostando café en el calor aplastante de la tarde. Al terminar, empapada en sudor, quiso darse un baño en el río para refrescarse. Ya nunca sabrían qué fue, si su temperatura, alta después de tostar el café, o la del río, menor que la acostumbrada por efecto de la tormenta que se aproximaba. Alguien que pasaba por la orilla la vio agitarse en el agua. Pidiendo ayuda tal vez o porque sentía que sus pulmones ya no dejaban pasar el oxígeno. Para cuando la sacaron, se dieron cuenta de que moriría sin remedio, y fue entonces que despacharon al peón a prevenir a Ernest, con la esperanza de que alcanzara todavía a despedirse.

Ernest supo que la tormenta de esa noche fue de las que arrancan árboles y destrozan plantíos. Supo que todo San Rafael había pasado por casa de la familia para inquirir por la salud de Louise. Supo que se había pasado la noche sentado junto a ella, con su mano en las suyas, helada, como la otra vez; pero sin esperanzas de calentarla.

Era la segunda tormenta que pasaban juntos.

Supo que nunca volvería a ser el mismo.

De las horas de esa noche no pudo recordar más que jirones. Supo que en algún momento de la madrugada algunas mujeres habían venido a vestir a Louise, y que le pidieron que abandonara la pieza. Cuando salió de la casa, la tormenta había pasado y se sentía una calma irreal en el ambiente.

Supo que a Louise la enterraron en el pequeño cementerio de San Rafael, y que él estuvo presente. Durante muchos días, no supo nada más.

El dolor de una nueva pérdida y la conciencia, arrancada de algún lado, de que su amor era venenoso.

La necesidad de irse, lejos, escaparse una vez más.

Oiría risas y ninguna sería la de Louise, y vería ojos, y tocaría pieles, y ninguno sería Louise. Ya nada sería Louise, nunca nadie más sería Louise. Ni su forma de levantar la barbilla, como si lo retara, ni el ridículo intento de controlar la prisa de sus piernas, demasiado largas y demasiado vivas para su momento y su sociedad. Ni su forma de montar, ni su sombrilla a cuestas ni esos guantes que sólo ella llevaba así.

Ni su cuerpo, blanquísimo por debajo de la ropa, que había visto una sola vez. Ese contraste con sus brazos tostados por el sol, su color vainilla, su olor. Nada en el mundo sería ese aroma ni ese color ni sus ojos. El verde de sus ojos que quemaba y que embrujaba y que sonreía, antes de que sonrieran sus labios, y que cambiaba y se enfurecía y se calmaba como el río. Ni la sombra de sus ojeras que le daban un aspecto melancólico, que ella detestaba y que hacía estallar con sus carcajadas. Ni esa expresión, esa dulzura repentina, su intento tal vez de controlar sus explosiones; o su reacción, un tanto divertida, a la expresión de sorpresa de los demás.

Ni su boca, que era una línea cuando estaba seria y una amenaza cuando se enojaba; y en la que el labio superior no era más que una sospecha, una promesa, un indicio; pero que besaba con una pasión de la que Ernest no sabía que las mujeres fueran capaces. Y que tanto disfrutaba comer.

Ni sus manos, largas y delgadas pero fuertes como las de un hombre, morenas y pecosas a pesar de los absurdos guantes con los que su mamá trataba de hacerla parecer una señorita, una dama, una *demoiselle*, y que mataban de risa a Louise, "porque ya todos saben cómo soy yo, ¿y a quién vamos a engañar con unos guantes y un parasol?"; pero que los usaba, los guantes y el parasol, para darle gusto a su mamá y para que la dejara libre con su vainilla y con su yegua.

Ni ese saberse acompañado; no para la sociedad, ni para la descendencia; o no sólo para la descendencia, sino en la vida. Para caminar por la vida en la compañía de una mujer que no se arredraba frente a él ni se sintió ni más ni menos que nadie pero que se plantaba, sin complejos, con esa arrogancia que era más exceso de vida que amenaza. Ni ese saberla la única mujer que lo vio como a su igual, en ese mundo de fingimientos y cánones y prohibiciones y miedo al qué dirán; y que estaba dispuesta a trabajar a su lado, a caminar a su paso con sus zancadas decididas y fuertes.

Esa mujer, que no había jugado juegos ni se había escondido ni había tratado de ser quien no era, ni por él ni por nadie, que le había regresado la sangre a su corazón decepcionado y que lo había abrasado en un amor tan puro como pasional, esa mujer, que era su mujer, que sería su compañera —y no su acompañante, porque ninguno de los dos lo habría querido así—, se había ido.

Y Ernest no lo podía saber con la inteligencia, no lo podía pensar. Lo sentía con cada fibra de su cuerpo, con cada memoria, con cada momento que pasaba sin Louise.

Sin Louise, que lo dejaba viendo al mundo desde su ausencia, inmerso en un dolor que, esta vez, no atenuaban la esperanza de vengarse ni la posibilidad de oír una explicación. Sin forma, lo sabía, de rehacerse. Porque ¿a quién iba a retar, a quién se la iba a arrancar, si se había ido? Louise se había ido, no con alguien sino de él. Y él sería solo, aunque no muriera ahora, como quería, de dolor; aunque algún día formara una familia, aunque viviera muchos años, sería solo. Porque Louise lo había dejado sin nada, sin esperanza, vacío. Vacío de ella pero vacío también de todo lo demás: de lo que probaron juntos, de lo que le gustaba, de todo lo compartido, de lo que iban a compartir, de las promesas, de las esperanzas. De los atardeceres y la vainilla y las tormentas. Sintiendo su ausencia en las manos y en los ojos y en lugares de su cuerpo donde se abrían huecos que no tenían a Louise.

Vacío del llanto, que ni siquiera por Louise pudo invocar.

Y la vainilla nunca volvió a ser sensual. Ni el café invitante.

Tomaron café. De regreso del cementerio tomaron café. Ernest no se atrevió a preguntar si era del que había tostado Louise.

Tomaron café porque el café es amargo, pero ya nunca el mundo albergaría nada tan amargo como la ausencia de Louise.

Quería desaparecer, huir. Habría querido partir sin ver a nadie en absoluto, sin que se supiera que se iba, sin dar detalles de su destino. Irse, como un animal apaleado, como un criminal condenado a las galeras, como un ladrón.

No volver jamás a esas tierras que había visto con Louise. Ni a la gente que la había querido y que también sufría por su ausencia. Ni ver los ojos vacíos de la que habría sido su suegra. Ni sentir la compasión ni recibir los abrazos ni seguir respirando ese aire, pesado de sollozos y de dolor. Dejar de oír esos amables "el tiempo lo cura todo", esos bienintencionados "ella está en un lugar mejor". Esos estúpidos "ya encontrarás a alguien más". Irse, desaparecer. Abandonar ese lugar donde el calor y los colores se burlaban del luto y hacían de la tristeza una farsa. Volver a empezar en otro lado, si es que podía. Matarse en un lugar donde a nadie le importara. Que no lo lloraran a él. A él, que no podía llorar.

Dejar de ver, desde sus ojos secos, los ojos mojados de todos los demás.

Pero no tenía la energía. Ni la de irse ni la de matarse.

No podía trabajar. Charles lo entendió, como entendía Charles los vaivenes en el pulso de esa familia que había ido convocando a su alrededor: Ernest era incapaz de tomar decisiones. Ninguna, ni la de levantarse por la mañana ni la de alimentarse, ni, desde luego, nada que tuviera que ver con su trabajo.

Pasaron algunas semanas, en las que lo sacaban apenas del estupor las criadas de Charles cuando le llevaban comida, queso y pan a su refugio: desde el funeral no había vuelto a salir de su casa a medio construir, ni había vuelto a cultivar su jardín, ni siquiera había quitado las lonas que cubrían sus escasos muebles. No se había vuelto a parar en la destilería.

Charles lo fue a ver poco antes de la cosecha. Lo puso frente a la única alternativa que tendría: o se dejaba morir en ese mismo lugar o se decidía a regresar a su vida. Sabía que sólo había un lugar donde lo cuidarían mejor que ahí: le dijo que les había escrito a Amandine y a Simon-Claude pidiéndoles que le encontraran en Saboya a alguien que pudiera reemplazar lo que había perdido. Le entregó un pasaje a Francia. Podía quedarse allá o regresar casado: su parte en la destilería lo iba a esperar hasta la siguiente primavera. Pero él no seguiría ayudándolo a subsistir como un animal ni lo trataría más como a un inválido.

Quién sabe cómo decidió Ernest salir de ahí. Nadie se le pudo acercar; nadie se atrevió a desafiar el cerco que Charles había ordenado alrededor de su casa.

Cuando reapareció traía la misma ropa de viaje con la que había llegado a Veracruz, más de cinco años atrás. Al despedirse de su primo le dio las gracias. Tal vez por el ultimátum, tal vez por los años anteriores. Nadie, con toda probabilidad ni siquiera él mismo, sabía si iba a volver. Pasó por el pueblo con la vista baja, con su baúl detrás de la silla del caballo, asintiendo apenas a los saludos y a las llamadas de los demás. No quiso que nadie lo acompañara. Después se supo que le había pedido a Charles que alguien regresara su caballo y que se ocuparan de él en su ausencia.

A Francia llegó en el otoño. Desandar su ruta de unos años atrás se le figuró una caricatura: entonces lo había sofocado una pérdida que ahora le parecía ridícula. Al menos el clima, gris y lluvioso, reflejaba mejor su estado de ánimo.

Sus movimientos hasta París habían sido mecánicos: tomar el barco, bajar del barco, tomar el tren. Pero en París entendió que, si continuaba su camino, llegaría a una casa que ya no era la suya: sus padres estaban ahora instalados —refugiados— en el pequeño chalet de Les Torchets, mucho más arriba en la montaña. Cuando pensó en no tomar el tren, se dijo con amargura que no tenía opción.

Y cuando por fin llegó a Thônes, a pesar de la familiaridad con el lugar, a pesar de haber reencontrado algunas caras conocidas, a pesar de todas las memorias que lo asaltaron, a pesar de que volvió a sentirse en su elemento, supo que ya no pertenecía a ese lugar. Vio su reflejo en la vitrina de uno de los comercios bajo las arcadas, y por un instante se vio como se había visto durante los años de su juventud, como lo veía entonces la gente del lugar. Y entendió que era todo eso, esas memorias, esas imágenes, lo que hacía que ya nunca pudiera volver a vivir ahí.

Habría querido encerrarse en algún lugar; pero en el pequeño chalet de su familia eso era imposible. Subía, cuando el clima lo permitía, hacia los riscos, y ahí se quedaba viendo el reguero de aldeas que llegan a Serraval. Pensar en lo que había sucedido entonces, pensar en Antoinette, era una forma de no pensar en Louise. Recordarse en la imagen que habían guardado de él los demás, su ligereza y su invulnerabilidad, recordar ese tiempo que ahora añoraba, le permitía desviar el dolor hacia una nostalgia más digerible. Las bajadas, sin embargo, de regreso al chalet de Torchets al caer la noche, eran un descenso casi tangible a la oscuridad de su vida. A la oscuridad en la que también se había hundido su familia, a la tristeza que lo impregnaba todo, al sentimiento de fracaso de Simon-Claude, a la mueca permanente de Amandine, quien seguramente recordaba las advertencias de su padre sobre el castrador.

Nadie mencionaba nada de esto. Sólo Franceline lloraba de vez en cuando, aunque dado su sentido del drama, ninguno le hacía mucho caso. A Amandine, Ernest nunca la vio llorar; pero eso hablaba más de estoicismo, o resignación, que de incapacidad. A veces parecía ver a sus hijos con una mirada más triste, con un gesto más dolido; pero su orgullo no habría permitido que los demás notaran ni resquebrajamiento ni dudas.

Esa condena inmerecida, ese no poder llorar que había aceptado como aceptaba su apellido, esa imposibilidad de desahogarse alejaba a Ernest, aun a su pesar, con rencor, del hermano que alguna vez fue su confidente. Porque de muy chico Ernest no le preguntó a Anselme sobre el origen de esa sentencia, y ahora era demasiado tarde. Ni solo, en la montaña, viendo avanzar la sombra que partía de Cotagne y se extendía hacia Les Clefs, ni porque el dolor acumulado amenazaba con ahogarlo, ni sabiendo que sólo el llanto lo ayudaría a respirar de nuevo, a salir de esa nata asfixiante, a sentirse vivo otra vez; ni porque necesitara un consuelo que hubiera querido encontrar arañando la tierra o despeñándose desde alguna altura.

Anselme había dicho que él no podía llorar, y a Anselme se le obedecía.

Pero también porque su hermano seguía bajando por ese pozo terrible que lo alejaba cada vez más del contacto humano. Si alguna vez pensó Ernest que el tiempo curaría a Anselme, al regresar entendió que ya nada lo haría: cualquiera que hubiera sido su antigua herida, lo seguía corroyendo por dentro, y ya todo lo que quedaba de su hermano era el triste cascarón de la derrota. Seguía encerrándose en el granero durante horas o huyendo hacia las montañas, perdido a veces en el alcohol, a veces en ese laberinto imposible que lo rodeaba.

Ernest consideró, tal vez, seguir su ejemplo, apartarse del mundo, asumirse solo y pasar lo que le quedara de vida sin volver a exponer sus sentimientos. O tal vez la condición de Anselme despertó en él un instinto de vida; tal vez vio en el vacío de sus ojos aquello en lo que no querría convertirse, la soledad que debía evitar a toda costa. Tal vez no decidió nada y los demás tomaron las decisiones por él.

Irène siempre fue la bonita y Ernest quiso casarse con ella; pero se casó conmigo.

Charles les había escrito desde México a sus padres pidiéndoles que le consiguieran una esposa. Y él había prometido que, regresando a Francia, se casaría con la mujer que ellos consideraran que debía ser su mujer. Irène seguía soltera, seguía siendo muy hermosa y seguía viviendo en Thônes, el centro vital de la región, con la familia donde estaba de servicio. La madre de Ernest debe de haber oído miles de veces que mi hermana, mi dulce y hermosa hermana, habría sido la más deseable de las mujeres para cualquier hombre, a pesar de que su dote era incierta en el mejor de los casos.

Se deben de haber visto a la llegada de Ernest, aunque eso es algo de lo que nunca hablé ni con Irène ni con mi marido. Seguramente aprovecharon alguna de las veladas de la estación para hablar, porque la familia Folliet no ponía reparos en que Irène tuviera su propia vida social en Thônes.

Ambos eran bien parecidos, ambos estaban solos y deseosos de casarse; Irène había admirado a Ernest durante años. Ernest debe de haber pensado que pedir a mi hermana no sería sino un trámite. Sé, porque me lo contó papá, que Ernest fue a Annecy a buscarlo a donde trabajaba. Le contó lo que era su vida en México, le explicó que pensaba comprar una participación en la destilería y que había ahorrado algún dinero para comprar animales. Le pidió el privilegio de llevarse a Irène a compartir esa vida con él.

"En mi casa las mujeres se casan en orden", le contestó mi papá. Y si se lo dijo con una expresión remotamente parecida a la que usó para contármelo a mí, entonces Ernest debe de haber sabido que no había posibilidad de negociación. "Ahí está Elise, que es mayor, y que ya cumplió los veinticinco años. Si no se casa pronto, se va a quedar para peinar a Sainte Catherine. Si quieres casarte con ella, cásate. Si no, búscate a alguien más."

Pero Ernest aceptó.

Mi padre me lo escribió el mismo día: me dijo que me preparara porque iba a recibir la visita de mi prometido. Que Ernest pasaría al Grand Bornand a conocerme.

A conocerme, a mí sí, porque con toda seguridad no se había fijado en mí en las veladas en las que habíamos coincidido, de muy jóvenes. Yo, a él, desde luego que lo conocía. ¿Y ahora qué iba a hacer conmigo misma? ¿Con esta cara, con estas manos? Aunque Ernest fuera tan campesino como nosotras. O más: mi hermana y yo nos habíamos ido refinando, educando, durante los años en los que habíamos estado de servicio en casas nobles y ricas. Y sin embargo, esa tarde sentí que no estaba a su altura, que nunca lo estaría: que Ernest estaba hecho de otra pasta y que se merecía más. Sentí, por primera vez con esa certeza, lo que tal vez nunca dejaría de sentir: que me hacía un favor al querer casarse conmigo. Lo que sentí se parecía a la vergüenza.

Y sentí la felicidad más rabiosa imaginable. También algo muy cercano a la satisfacción de la venganza: sí, Irène era más bonita; pero por primera vez, me tocaba jugar con el muñeco que todas querían. Yo ganaba, en esa competencia en la que siempre me había tocado perder. Ella era más bonita y se había dado el lujo de rechazar a sus pretendientes. Yo no había tenido uno solo; pero éste valía por todos los ausentes. El viajero misterioso, el hermano del brujo Anselme, el trágico príncipe en desgracia venía a mí y sería mío y, en ese momento, ni siquiera me importó no ser yo la elegida de su corazón, porque él lo había sido del mío casi desde que oí de él y antes de saber qué estaba oyendo.

Lo esperé con una alegría muy parecida a la desesperación y con un nerviosismo que habría acabado con la vajilla de los Agnellet si no hubiera pedido permiso para salir a tranquilizarme. Cuando lo vi acercarse, por el camino cubierto de hojas, con ese porte que me hizo recordar mi adolescencia, cuando se acercó y pude ver por qué se decía que su mirada turbaba a la más ecuánime, cuando sonrió su sonrisa triste, como si se disculpara, me di cuenta de que lo iba a seguir hasta el fin del mundo si era necesario. Y tuve mucha, mucha lástima por la hermosa Irène, porque me di cuenta de que papá, después de todos estos años, por fin me había dado un mejor regalo que a mi hermana.

Torchets, marzo de 1891

Querida Caroline,

Espero que esta carta los encuentre a todos bien y en buena salud.

Nosotros hemos estado muy ocupados porque mi hermano Ernest se casó hace unos cuantos días. Yo no sé cómo se hagan las bodas allá en San Rafael; pero aquí hacen falta varias semanas para preparar los festejos y para llevar a cabo la ceremonia, si uno quiere hacerlo con respeto por las tradiciones y los usos de nuestras tierras.

Aunque Elise, que ahora es mi cuñada, y Ernest se habían dado palabra de matrimonio desde el otoño, hicieron su fiesta de compromiso el sábado, dos semanas antes de la boda. Fue ahí cuando él la "herró" y le puso al cuello la cadena de oro con la cruz. Le dijo una frase muy bonita, "*les chaines du mariage ne sont pas lourdes à porter*",* y todos nos conmovimos. La de Elise es una cadena muy fina que Ernest pasó a buscar a Annecy recién llegado de París, porque ya estaba decidido a encontrar una mujer para casarse. El día que la herró fuimos todos, con los padrinos y las damas de honor, al mercado a hacer las compras de regalos y arreglos que nos harían falta, aunque las coronas las hicimos aquí mismo, con Elise y con su hermana Irène, que tienen muy buen gusto porque se han enseñado de las familias acomodadas para las que trabajan.

Como es costumbre, los *garçons d'honneur* pagaron la comida en el albergue, y después fuimos todos a la iglesia, a donde llegaron también muchos invitados. A casa regresamos a cenar sólo los más próximos, y bailamos toda la noche. Pero como Elise no tiene una casa de familia, hicimos una excepción y la fiesta fue en nuestra casa, y a ella la acompañó Joseph, de regreso a Thônes, junto con su

* Las cadenas del matrimonio no son pesadas de llevar.

hermana Irène, para que pasara la noche en la casa de su tía, porque desde luego no se podía quedar bajo el mismo techo que Ernest, ahora que están comprometidos.

Elise trabajaba para una casa noble en el Grand Bornand; pero desde principios de este año renunció a su trabajo para poder dedicarse por completo a preparar su boda. Nos dijo que la familia Agnellet, que con razón tiene un nombre muy respetado en toda la región, le había ofrecido quedarse ahí aunque ya no estuviera trabajando; pero ella prefirió regresar a la casa que su hermana Irène comparte con su tía en Thônes, para que ni ella ni Ernest se vieran obligados a hacer los viajes al Grand Bornand.

El domingo anterior a la boda nos salimos de Les Torchets otra vez los mismos, porque era el último día de las amonestaciones y no podíamos quedarnos en el pueblo, así que comimos en el albergue de Villards. Ahí nos quedamos toda la tarde, charlando y bailando, y en la noche regresamos a casa donde nos esperaba la cena que había preparado mamá.

La boda fue el miércoles, como es costumbre, y recibimos a muchos invitados. Tú no conoces estos lugares; pero te puedo decir que se sentía como si fuéramos a invadir Thônes: por los caminos de bajada desde Torchets se nos fueron uniendo los participantes, y los muchachos que tenían pistolas las iban disparando, y para cuando llegamos a casa de la hermana de Elise, nuestro alboroto atraía las miradas de todo el pueblo.

De regreso de la misa mamá le puso a Elise el delantal en la cintura, porque ahora ella se había vuelto ama de su casa. Por supuesto que ella desempeñó muy bien su papel, con una servilleta en el antebrazo, y nos sirvió a todos la comida de manera impecable.

Mañana, que es domingo, celebraremos los *répétailles*, que es algo que no sé si se hace en tus tierras pero ya me contarás, y que es una ceremonia idéntica a la de la boda, donde todo mundo se viste igual; pero esta vez en la iglesia Elise se sentará en el banco de nuestra familia.

Deseo, querida Caroline, que estés, junto con tu familia, en la mejor salud, y estoy ansiosa de conocerte en persona dentro de muy poco, así como a tu hermano Alfred y a tus padres Charles y Henriette, y a todos los parientes de la región.

Tu prima para toda la vida,

Franceline

Casi no recuerdo la ceremonia. Recuerdo sólo que mi mano se mojaba de sudor y yo me avergonzaba de pensar que Ernest la tocaría así, pegajosa. Cuando la misa terminó y salimos al camino, bajo la nieve fina, entre el ruido y las felicitaciones, empecé a calmarme un poco. No había creído que realmente fuera a suceder: casi esperaba algo catastrófico, una desgracia que impidiera nuestra unión. Pero Ernest no se arredró y durante la ceremonia me miró a los ojos, y entonces supe que era de por vida.

En la mañana, en casa de mi tía Athénaïs, habíamos ofrecido el almuerzo a los invitados que pasaron por nosotras. Hicimos buñuelos, y teníamos lo que hay que tener para acompañarlos, café, chocolate, mantequilla, queso, miel, vino, *brandevin* y demás. Mi papá había llegado temprano; supongo que durmió en el pueblo en casa de algún conocido, aunque no se lo pregunté. Se había acicalado y se veía nervioso, rígido. Yo habría querido decirle algo que lo tranquilizara; pero sentía mis propios nervios y mi propia aprensión y lo único que podía hacer era sonreír. Una sonrisa, por otra parte, que a veces se me quedaba fija, como si todavía no pudiera creer mi suerte. Supimos que ya bajaba el cortejo desde Chamossière por el ruido que venían haciendo los muchachos, que disparaban sus pistolas al aire; y algunos de los que se habían reunido en casa de mi tía les respondieron. Para cuando nos acercamos al centro y a la iglesia, el ruido había atraído todas las miradas. Nunca antes había reparado en mí tanta gente.

Yo no sabía si la costumbre de la sopa condimentadísima con pimienta seguía vigente: sí sigue, y Ernest y yo no nos salvamos de ella. En cuanto subimos de la iglesia, nos encerraron en la habitación de atrás, que era la única donde no habían instalado mesas para los invitados, y nos dieron el tazón de sopa y una sola cuchara de madera. Como sólo había un taburete bajo y habría sido raro que uno se sentara en el taburete, como un niño, y el otro en la cama, o que se quedara parado, nos sentamos juntos en la cama. Sentí la paja del colchón crujir bajo nuestro peso. Veía hacia la pared, donde está el crucifijo, porque mi cabeza se rehusaba a girar para que mis ojos vieran a Ernest. Detenía el tazón de sopa en mi regazo con tanta fuerza como si me sostuviera contra un despeñadero, y la cuchara estaba en manos de Ernest. Hubo un momento de turbación en que no supimos si uno debía darle la sopa al otro, como a un bebé, o si cada quien tomaría la suya. Ernest hizo un gesto, como pidiendo venia, y la probó primero. Él se había ido acostumbrando al chile en México y no lo resintió tanto; yo pensé que me asfixiaba cuando se me cortó la respiración. Pero Ernest fue muy amable y me dijo que, si quería yo, él podía tomarse la mayor parte de la sopa. Así, cuando salimos, juntos, de la habitación, pudimos enseñar, él el tazón vacío y yo la cuchara, y recibimos el aplauso caluroso de todos los invitados. Nos acercamos a la puerta de la cocina, y ahí entre Ernest y mi suegra me pusieron el delantal, como es costumbre, y la servilleta para servir al brazo. Era la parte de la fiesta que estaba esperando para relajarme al fin: eso sí sé hacerlo, servir las mesas, moverme entre la gente con platones y fuentes. Habían puesto mesas por toda la casa y afuera, bajo la galería, y hubo incluso quienes se subieron al granero cuando empezó a nevar de veras. Así, todos comieron sentados y muy bien. Luego salieron a relucir los violines, y todos bailamos hasta la hora de la cena. Sólo entonces pude sentarme, y comí con un hambre de lobo, y ya no tuve que servir yo sino que me atendieron las demás mujeres. Ernest se había salido con sus hermanos y tomaban *brandevin* con los muchachos solteros, porque las parejas de casados empezaron a regresar poco a poco a sus casas. Por lo demás, el baile siguió hasta que el cielo empezó a iluminarse, pero para ese momento yo ya me había enfrentado a solas con Ernest.

De no haber estado un poco borracha, creo que no me habría atrevido nunca a besarlo y a tocarlo. Mucho menos a todo lo demás, a todo lo que se esperaba y yo no sabía. Él fue casi tímido, aunque tampoco tengo de dónde comparar. Tímido, no tierno. Considerado pero no romántico. Para él, supongo que la noche de bodas no era más que una formalidad. Desde luego, él no hacía nada de esto por primera vez.

Mis tías Dupont, que me enseñaron a poner las mesas y a almidonar las faldas, nunca me hablaron de las noches de boda. Pobres mujeres, ellas nunca se casaron. Las monjas tampoco hablaban de eso entre los bordados y las clases de cocina. Pero tampoco era ya tan ingenua. En casa del capitán había oído gemidos que no podían venir más que de eso que hacen las parejas en la oscuridad.

Ernest apagó las velas cuando nuestros invitados todavía celebraban ruidosamente en el *peille* y en la galería. Yo estaba vagamente agradecida por el ruido; pero no quería pensar en nada. No podía, tal vez, entre el miedo y el alcohol. Y lo que guardó mi memoria fueron todas esas sensaciones inconexas que he ido digiriendo después.

Siempre había estado orgullosa de mi pecho generoso y bien formado; pero con el entusiasmo de la boda y de la partida inminente fui adelgazando, y de mi pecho no me quedó más que una buena memoria. Me alegré por mi cara, que, delgada, adquiría un dramatismo que no había tenido cuando me veía como una chiquilla regordeta, y porque la nueva fragilidad de mi cuerpo recordaba un poco a la de Irène; pero para la boda, lamenté mucho no haber podido llenar mi corsé.

A Ernest no pareció importarle, aunque en verdad no sé qué esperaba ni qué obtuvo. No habíamos tenido un solo momento de privacidad. Y durante la noche, no hablamos de nada. Ni una palabra; un silencio que revivo aunque no quiera y que me asalta aunque trate de olvidarlo.

Él encima de mí, sus movimientos como una desesperación, sus manos buscando algo que no sé si encuentran. Su respiración entrecortada junto a mi oreja y mi boca que no sabe qué darle a oír a él. Mi cuerpo tratando de defenderse y mis piernas cerrándose como si tuvieran voluntad propia. Y quiero ayudar; pero mis manos atrapan a las suyas y casi un forcejeo. Que no piense mal de mí, que no sienta rechazo, pero su cuerpo ataca y dolor una y otra y otra vez. Sale, casi, y yo por agradecer la distancia, y vuelve a embestir y una entrada más dolorosa que la anterior. Y sin embargo, a pesar del dolor… ¿Pero qué podía sentir? ¿Qué siente una mujer decente, qué dice? Algo nuevo, algo como nada que conociera. Algo que quiero que siga y que termine y que se vuelva algo más. Una tensión y sin salida y ya no aguantar. Ya no aguantar pero él una y otra vez. Sin ruido. Su respiración. Su sudor. O mi sudor. Jadea y yo no lo puedo evitar y me quejo, mi cuerpo se queja, gime y él más rápido y más y más y mi cuerpo que ya no aguanta y lo quiere patear pero pesa, pesa y yo frágil, más delgada que antes, y su frente en mi pecho y su mano sobre la mía sin poderme mover y no hay alivio quiero que termine quiero más quiero algo que no hay, sin saber qué esperar, qué quiero, qué más.

Se deja caer sobre mí con un suspiro. No veo su cara, no sé si está feliz, no sé si es lo que hay que hacer, no sé si lo hice bien. Se separa. Se deja caer sobre su costado. Se da la vuelta. Sigo sin ver su cara, sin saber qué hacer; la desesperación sigue y esa necesidad que no sé qué es y no sé si cumplí y no entiendo a mi cuerpo no sé qué quiere no es suficiente o es demasiado o falta algo. Falta algo y no sé qué es. Ernest se acomoda. Me da una palmadita en el muslo, murmura algo.

Hay algo que me quiero arrancar. O poner. Me quiero tallar contra él. Recuerdo un sueño antiguo del que desperté así de confundida. Me quiero tocar. Incomodidad. Frustración. ¿Qué es lo frustrante? Incómodo, pegajoso; pero además… Puños, hago puños porque no sé qué hacer. Apretar las manos, apretar las piernas. ¿Orinar? Pero él está en la pieza y me va a oír. Las tías no me dijeron qué hace una señorita cuando tiene que orinar y el hombre está en la pieza.

Despierto con su ronquido y esa sensación. No me he movido. ¿Es sangre, esto pegajoso? Debe haber sangre, eso sí lo sé. Arde. ¿Me puedo tocar? Quisiera... vergüenza. Quiero algo que no sé y que da vergüenza. Mi dedo y aprieto. A través del camisón. Aprieto y quisiera gritar. Quisiera moverme y quisiera gritar. Sentarme sobre Ernest y pedirle algo y gritar. Mi dedo quiere rascar y apretar y desesperación y arrancarme algo. Y gritar. Me muerdo la otra mano. Muerdo mis dedos hechos garra, me muerdo el puño y no sé qué es. Aprieto las piernas y mi dedo busca y no sé qué encontrar. Lloro. Con mi dedo sobre el camisón. Con los ronquidos de Ernest. Con desesperación y sin ruido porque no sé si las señoritas lloran en su noche de bodas. Mi cuerpo tenso y mi mano en un puño y mi dedo buscando, sobre el camisón. Esto no debe ser, esto debe ser malo, las señoritas no hacen esto y mi mano sola, mi mano busca, quiere entrar por debajo del camisón. Y los ronquidos. Aprieto. Aprieto todo, aprieto la cara y lloro. Lloro algo que falta, algo que no está bien.

Pero Ernest ronca y no se quejó.

De todas las bodas que pudo imaginar, de las bodas que previó, con Antoinette en los Alpes y con Louise en el calor tropical, de las bodas a las que asistió, con despreocupación juvenil, con amargura, con reticencia; de las que recordaba, ahí mismo, la misma iglesia, el mismo recorrido, la suya fue la única que se sintió como un funeral.

No por Elise. Elise, que debía sentirse casi como una intrusa y que estuvo tan pálida y tan nerviosa, Elise de quien todos decían que había sido una sobrina cariñosa con sus viejas tías y una *gouvernante* impecable en la casa del capitán Agnellet, Elise con quien se casaba, no era más que una víctima en todo esto. Estaba radiante, a pesar de sus veinticinco años y del contraste con su hermana: la pobre Irène, con su aire de estar asistiendo a un sacrificio.

Esa boda se sentía como un funeral por los padres, sobre todo. El de Elise, casi desterrado por su suegra a la muerte de su esposa, como un forastero entre todos los vecinos, arrastrando como un yugo su vida solitaria en Annecy. El orgullo de poder darle una dote decente a su hija, diluido por su nerviosismo, por sus ojos huidizos y sus manos inquietas. La certeza de que todos los presentes habían hablado de él, de la forma como había abandonado a sus hijas a los buenos oficios de su familia política y de sus propias hermanas. La conciencia de que casaba a una hija con el pretendiente de la otra; la espada que colgaba sobre la inminente partida de los recién casados.

Pero sobre todo por los padres de él, que vivían la celebración como una vergüenza. Simon-Claude, perdido su orgullo profesional, perdida su propiedad de Jaintouin, sin nada propio, solo con su perro, lo único que podía llamar suyo. Nadie hablaba de ello, pero todos tenían presente la humillación de que Ernest tuviera que contribuir a pagar los gastos de su propia boda, de que sus padres no pudieran ofrecerle lo que exigían la tradición y las expectativas de todos; y la decepción de que la novia tampoco tuviera una casa de familia, que llevara tanto tiempo trabajando en el servicio, por muy aristocrática que fuera la casa donde servía.

Ernest había dejado muy claro que empezaba a triunfar en lo económico y que su regreso a Francia era temporal: volvería a México en cuanto organizaran el viaje. Por eso su dinero, su contribución a la boda, se sentía como un regalo envenenado: no sólo los demás no tendrían cómo corresponderle en el futuro, sino que lo veían, aun sin querer, como a un traidor, como sucedía en ese momento con quienes abandonaban la Francia de fines de siglo para hacer fortuna en el extranjero.

Y ya se sabía que se llevaría también a Franceline, a quien Ernest le había dicho que, ahí, no tendría ninguna posibilidad. Ni la de casarse, sin una dote, ni la de hacer una vida mejor en esas montañas.

La vergüenza es contagiosa y Ernest experimentaba ahora en carne propia la decadencia de la familia, que todos atestiguaban desde hacía tiempo y de la que sus hermanos hablaban en sus cartas. Veía a su padre, ese hombre formidable, convertido a destiempo en un viejo disminuido y lleno de dudas; a sus hermanos comportándose como menores de edad. Sentía cómo esa sensación de pérdida definía ahora a su familia. Cómo su mismo éxito como emigrante contribuía a la vergüenza.

Sabía que Elise esperaba regresar algún día a su tierra. Que, para ella, esto de Veracruz no era más que un interludio, la ocasión de hacerse de dinero y de independencia para volver, para instalarse en una casa propia y retomar su vida en ese lugar. Él no tenía la misma certeza sobre el regreso. No lo habían hablado, y tal vez era mejor así.

Había dicho que lo seguiría al fin del mundo. Lo seguí hasta México, que era casi lo mismo.

Me despedí de mi hermana, con cuyo enamorado acababa de casarme, y su mirada todavía me quema. Me despedí esperando que eso, el destierro, el exilio, el *dépaysement* sea algo remediable. Que regrese a hacer las paces. Que pueda asistir a la boda de Irène, para que mi memoria retenga otra mirada suya; una de alegría, o acaso de perdón.

Recorrí el pueblo por última vez. Ese pueblo que era el mío y del que la orfandad me alejó durante tantos años que ya no estoy segura a dónde pertenezco. Pero que es donde están mis raíces, las de mi hermana y las de mis antepasados. Donde sus tumbas estarán para siempre y donde pasarán años antes de que pueda volver a dejarles flores. Caminé por el cementerio, tratando de entender la enormidad de lo que está a punto de suceder. No recuerdo si visité la tumba de mamá. Salí del cementerio, sin dejar flores, sin poder pensar, sin una lágrima, y caminé hasta el centro de Thônes. Me senté frente a St. Maurice. El campanario de metal, con su curva elegante y su fina cruz, se destacaba contra el cielo puro de la primavera. Pensé en entrar, para ver el altar una vez más; pero ya no puedo. No sé cómo son las iglesias en Vera Cruz.

No sé nada de Vera Cruz. No sé cómo es la gente. No sé qué aprecian o qué les parece refinado. No sé cómo educan a sus hijos ni qué comen. No sé qué voy a hacer ahí, yo que nunca he salido de estas tierras, entre esa gente que conoce a Ernest y que conocía a su prometida muerta. Y yo que apenas lo conozco. No sé qué puedo esperar ni qué debería desear porque no sé nada del lugar.

Pensé en el regreso: sólo cosa de tiempo, un hecho inevitable como la familia. Sólo mediarán algunos años de ausencia, algunas incomodidades. O cosas tan desconocidas que no puedo ni imaginarlas. Y cuando volvamos, todo será como debe ser. Compensaré mis pérdidas, mis años de soledad, mis esfuerzos con una casa bonita en el centro de Thônes y con una familia propia. Regresaré, próspera; veré a mis antiguos pupilos en misa y los saludaré con una inclinación de cabeza. Me sentaré con Irène a coser y a conversar en las tardes nevadas.

Pero mientras, deberán correr estos años, aguardando el regreso. Me muero de miedo al pensar en la vida de casada con Ernest; me pregunto si algún día dejaré de temerlo como se teme a un dios, si algún día llegaré a verlo como mi madre veía a mi padre o si estaré condenada a sentirlo siempre como un ser superior, alguien cuya condescendencia impedirá cualquier complicidad.

"La Colonia" lejana, colonia recóndita, llena de ruidos y de humedad. Un transbordo en Vera Cruz. ¿Le llaman a eso ciudad? Cómo se ve que a estos mexicanos lo que les falta es civilización: hay que ver cómo tienen el puerto, las condiciones en que nos hicieron desembarcar. Y el olor. Dios, el olor de este lugar. Luego el pequeño vapor, la otra llegada. Si Vera Cruz estaba mal, Nautla es como para querer regresarse. ¿Qué aquí no estaban a cargo los franceses? Los caminos sin adoquinar siquiera. Estos olores, tanto... tanto de todo, tanto verde, tanta humedad. El lodo. Y caballos. Ahora traen caballos. ¿Será que nos vamos en caballo hasta la casa? Franceline con sus entusiasmos, ¿qué le quiere demostrar a Ernest? Trepada en un caballo como si en su vida no hubiera hecho otra cosa. Yo no puedo montar así. Dios bendito, se van a burlar todos de mí.

La vergüenza de tener que decirles que yo así no puedo montar. Que se adelanten un poco; que me tengo que ocultar para quitarme el corsé. Franceline tan solícita, ya estaba por bajarse del caballo para ayudarme. No necesito nada, necesito respirar. Y montarme en el animal sin que las varillas me asfixien. ¿Cómo vive la gente así? ¿Qué nadie trae corsé en este lugar? Qué bochorno, que me conozca la gente al llegar y yo sin corsé. Como una vieja. Como una campesina. ¿Qué dirían mis tías si me vieran aparecerme así, en un lugar donde apenas me van a conocer, sin corsé? En este lugar de agricultores. Donde quién sabe si alguien conozca algo del refinamiento, algo de la civilización de las casas de los nobles. Y me van a conocer con el corsé en la mano, empapada de sudor.

Ernest le va explicando la selva a Franceline. Parecen una pareja de enamorados cuando él se acerca para decirle algo al oído. Le recoge una pluma de ave; Franceline y sus plumas, como una chiquilla, ¿madurará algún día? Pero Ernest la adora, la cuida, la ve como si estuviera a punto de romperse. Dios, que algún día me cuide a mí como la cuida a ella, que me vea con esa ternura. ¿Por qué tuve que insistirle tanto en que por mí no debía preocuparse? Tenía que haberle dicho que necesitaba cuidados, que soy frágil, que me dispense atenciones como a su esposa que soy.

Árboles incomprensibles y tantos olores juntos y este calor. Se voltea para enseñarme la vainilla, por fin se acuerda de mí. Entremos, pues, juntos en este lugar.

Estos nombres, estos lugares mexicanos, ¿alguna vez los lograré pronunciar?

Saint Raphaël, enero de 1892

Querido Joseph,

Todos mis cumplidos a ti, a Bernard, a Anselme y a mis cuñadas. Diles que les deseo la felicidad y la prosperidad, y que pronto nos den sobrinitas dulces como pájaros.

De momento puedo decirles que, al llegar aquí y durante el viaje, sentí cómo me hacía falta el olor de nuestras montañas, en el que nunca había reparado. Durante la travesía en barco olí el mar, que a veces es agradable pero otras puede ser nauseabundo, y del que ya me había hablado Ernest. Pero desde que llegamos al puerto principal, que se llama Vera Cruz, y durante los meses que llevamos aquí, los olores son intensos, calientes, son olores verdes, inescapables, en gran contraste con los olores blancos y limpios de nuestras montañas nevadas.

Te puedo decir que estoy muy contenta aquí, la gente es muy afable y todo el mundo nos estima, imagínate que el prefecto viene a pasearse por aquí y ya ha dado dos bailes. Cuando llegamos, nos invitaron junto con Ernest y Elise y con nuestros parientes. En el baile la semana pasada estuvimos todos en familia el lunes en la noche, hasta la una y media de la madrugada, y nos divertimos mucho. El señor prefecto vino a presentarse conmigo con varios otros señores, había inspectores, maestros, jueces, etc. Yo inclinaba la cabeza y les agradecí mucho. Después, me suplicaron que cantara, qué iba yo a hacer para no ser desagradable, sobre todo a Ernest que había rogado que me hicieran cantar. Canté yo sola, me acompañaron con la guitarra, estuvo muy bien y mis canciones los conmovieron mucho, y en seguida los aplausos repicaron por todos lados en la sala. El prefecto, y los otros señores que se había quedado parados frente a mí, quisieron unos y otros tocarme la mano, y me dieron montones de cumplidos. Jamás en la vida habría yo esperado una felicidad comparable.

Escríbeme de inmediato, apúrate para que reciba pronto tu respuesta, te lo ruego. Más adelante, cuando estemos bien instalados y gozando de una vida más rutinaria, les contaré mis experiencias en este lugar. Y te prometo enviarte también lindas plumas envueltas en un periódico.

Besa a papá y a mamá por mí. Quisiera hacerlo yo misma pero por el momento el espacio no me lo permite. Pero guardaré para siempre la esperanza de poder apretarlos contra mi corazón, tengo tantas cosas que contarles. Reciban, padre, madre, hermanos, cuñadas, la seguridad de que no los hemos olvidado, y la amistad que para siempre les manifestaremos, así como nuestro mejor respeto.

No le vayas a leer mi carta a nadie fuera de la familia. Sólo a mis papás.

Los abrazo de todo corazón,

Su hija Franceline

Hubo, como casi siempre hay, un antes y un después en la relación de Anselme con la magia.

Sus actividades como brujo le habían dado fama; pero no dinero, porque la brujería se vivía más como trueque que como negocio. Él se había cuidado mucho de no hacer cosas que lastimaran, de no faltar a esa ética, cualquiera que fuera, a la que se había jurado, y de mantener sus conocimientos fuera del alcance de los demás.

Hasta que alguien le pidió que embrujara a un caballo. Anselme lo había hecho una vez, de muy joven, en la relativa seguridad de la aldea, con sus hermanos y algunos conocidos, la madrugada en que regresaban, bastante borrachos, de una boda. Los demás lo retaron, él aceptó el reto, y el pobre caballo se pasó la mañana encabritado e incontrolable. Hasta que los mayores se enteraron, Amandine amenazó, y Anselme, con una resaca espantosa a cuestas, deshizo el embrujo y regresó al animal a la normalidad.

Poco después de la boda de Ernest, uno de esos antiguos compañeros fue a buscar a Anselme para pedirle que embrujara el caballo de un hombre con quien lo había enemistado un pleito por tierras. Anselme, ya para ese momento, se consideraba más allá de ese tipo de bromas y se negó. O tal vez recordaba el trabajo que le había costado sacar a aquel caballo del trance y prefirió no volver a intentarlo. Pero su antiguo amigo lo siguió buscando: su pleito empeoró, le aseguró a Anselme que nadie saldría lastimado… quién sabe ya si Anselme quiso aprovechar la oportunidad para ver si sus capacidades todavía estaban intactas, a pesar del alcohol y de la falta de práctica.

Llevaba algún tiempo sin que acudieran a él como hechicero. Es posible que su decisión de permanecer en el chalet de Cotagne todo el tiempo que pudiera, sin bajar ni al mercado ni casi a nada, lo haya hecho olvidar la vida en sociedad. Es posible que estuviera ya más interesado en cuestiones para las que cualquier compañía era un estorbo. Quién sabe. Él nunca lo dijo, y tampoco hubo quien tuviera el valor de preguntárselo.

Por eso, cuando insistió su amigo a finales del verano, pudo haber sido la variedad o el reto o el más puro aburrimiento lo que lo hizo, finalmente, aceptar. Iría él en persona a la aldea de Montisbrand. Quedaron en una fecha y, si Anselme tuvo dudas sobre lo que había prometido, se las guardó. Pero no contó con que ese día la *Sultane*, una de sus vacas preferidas, hija de la legendaria *Finette*, de quien sus hermanos decían que era cariñosa como el perro de Franceline, se fuera a pasar varias horas tratando de dar a luz.

Anselme, naturalmente, se quedó a asistir en el alumbramiento. Y en los días siguientes, a cuidar a la vaca y a su ternerito. Fueron pasando los días y su resolución se fue enfriando más y más, hasta que decidió que no lo haría y punto. Pero, después de una de las primeras nevadas, llegó su amigo de visita. Entre hombres, salió la *goutte* a relucir, se emborracharon ambos, y quién sabe cómo se hizo el amigo con las instrucciones del encantamiento.

En la casa se enteraron de que Anselme había cedido cuando, a los pocos días, el amigo mandó a su sobrino, corriendo desesperado, a rogar que Anselme fuera a Montisbrand a verlos, porque no había quien pudiera regresar el caballo a la normalidad, y esa mañana había pateado a un niño, que seguía inconsciente. Anselme sería lo que fuera, ya para ese momento; pero las cuestiones de magia no se las tomaba a la ligera, por lo que acompañó al muchacho de regreso a Montisbrand. Deshizo el encantamiento sin mucho que lamentar; pero decidió que nadie volvería a usar su magia en adelante. Ni él mismo. Ni siquiera le volvió a cortar el fuego a alguien que se hubiera quemado. Nada. Cuando Anselme decidía algo, era para siempre.

Jicaltepec / San Raphaël, febrero de 1893

Querida Thérèse,

Queridos todos en Saboya, de su Franceline de S. Raphaël:

Fue con gran alegría que recibí la carta que me enviaron, y sobre todo al saber que se encuentran todos en buena salud. No voy a escribir largo porque el correo va a pasar en unos instantes y quiero que esta carta se vaya junto a las otras que van a Thônes.

Pero, mi querida prima Thérèse, te quiero pedir un servicio que me dará gran placer si me lo puedes procurar porque aquí no se encuentra. Si me pudieras comprar un corsé de ballena como para ti, no muy largo; aquí hay en las ciudades, pero de fierro, y se oxida de inmediato con todo lo que uno suda. Tendrás ocasión de enviármelo con Joseph Pochat, que viene para acá el mes próximo. Si lo enrollas bien, él podrá meterlo en su bolsa de viaje.

Ya llegará el día en que podré, querida prima, hacerte un gran servicio, y te aseguro que haré todo lo que dependa de mí. Esto será un gran recuerdo tuyo. Mi prima Caroline acaba de anunciar aquí su compromiso, y François, su futuro marido, siempre ha dicho que quiere regresar a Saboya. Por eso, si quieres que yo te envíe con ellos algo de aquí, dímelo en una de tus cartas y me aseguraré de que lo recibas.

Dile también a la Marie Jeannette que quisiera que ella me envíe un pequeño recuerdo de su parte. Sería, como sabes que ya tuve uno, un broche de nácar que cuesta a lo mucho un franco. Éste es un país donde no hay nada de eso, es como cuando nosotros, allá, estamos en la montaña; excepto que aquí tenemos muchos vecinos. En mi siguiente carta te mandaré una descripción exacta del lugar. Y dile también a mi mamá que me envíe de regalo su anillo, el que tiene las flores encima, me daría mucho gusto tener conmigo estos recuerdos de todas ustedes.

Yo me voy a encargar de mandarles el año entrante de aguinaldo algo que los haga pensar en la pequeña Franceline. Y que alguno de mis hermanos me envíe lo que quiera, aunque sean las plumitas de arrendajo que me gustaría mucho tener para encuadrarlas. Pónganse en mi lugar: hace ya más de un año que los dejé; y que una persona de mi lugar venga hasta donde estamos y que mis parientes me envíen tales recuerdos, lo vería como un tesoro... El día que reciba esas cosas que les pido será un día de gran dicha para mí. Díganle al joven Pochat muchas cosas para que me las cuente.

Te pido, querida prima, que abraces con mucha ternura a mis queridos papá y mamá, y a mis adorados hermanos Anselme, Bernard y Joseph.

Termino abrazándolos desde lo más profundo del corazón; todos los parientes aquí se unen a mí para desearles toda la felicidad.

Soy, por la vida, su hermana, hija, prima y cuñada que los estima a más no poder.

No le enseñen esta carta a nadie porque no me apliqué al escribirla.

Les agradezco de antemano todas sus bondades para conmigo.

Mlle. Franceline

Las cartas de esta niña... esas palabras, tanta afectación. ¿A quién quiere impresionar? Porque es tan campesina como todos, aunque se las dé de muy instruida porque las monjas le prestaban los libros y aunque escriba bonito.

Y esto de la ropa: los aires que se da porque le encargan las camisas de diario. Es curioso, aquí no parece haber llegado nunca la costumbre alpina de los sastres o los zapateros itinerantes, que se quedaban con las familias en las montañas durante el tiempo en que les confeccionaban la ropa o les hacían los zapatos. Aquí los zapatos y la ropa se encargan, como se hacía allá en las ciudades, o se compran ya hechos en la tienda de los *chanitois* en el centro del pueblo. Sólo Franceline se las ha ingeniado para convencer a las muchachas de que sus prendas son mejores que las que se pueden comprar. Dos años aquí, y sigue comportándose como la recién llegada, como si sus noticias de Francia fueran las más recientes, o las más válidas, porque fuimos los últimos en llegar.

Pero lo que me tiene cansada es esto del anillo. Ha hecho un escándalo. Ha ofendido a la mitad de nuestros conocidos. Lo perdió, la cabeza hueca. Seguro fue en la selva, en una de sus salidas, recogiendo plumas u hojas o haciendo cualquiera de las cosas que hace cuando sale a caminar. Como si fuera lo único que ha perdido en su vida. Pero en mi casa. Pierde algo en mi casa y sospecha de todos los que vivimos en ella. Se atreve a sugerir que fue mi Alphonse (¿qué va a querer un niño que apenas camina con ese anillo?), o alguno de los sirvientes. Sin pensar que nadie se atrevería a robarme a mí, que por eso tengo ojos en todos lados.

Que si no lo encuentra va a pasarle algo grave. Que no se va a casar. Que se va a enfermar, que se va a morir. Qué absurdos de niña mimada. Perdió el anillo: que apechugue y a otra cosa.

Como si no hubiera suficiente trabajo. Pero claro, *mademoiselle* no tiene por qué ensuciarse. Ella con sus cartas y sus supersticiones y sus plumas, y que trabajen los demás. Como no es su casa, que alguien más haga el quehacer. Alguien más, siempre alguien más, y mira que querer culpar a Alphonse…

Bastante quehacer tengo ahora con el nacimiento de Léontine para estarme preocupando por los aires de doncella desfalleciente de mi cuñada. Si se casara, que no le falta edad, y no le han faltado pretendientes, entonces se dejaría de sus manías de malcriada, que mi Ernest le consecuenta. Que trabaje en serio, en vez de estar revoloteando por la casa. Nunca vivió tan bien, estoy segura, como vivimos ahora, que tenemos hasta el lujo de los sirvientes. A pesar de la humedad, y del calor, y de los olores de este lugar. Franceline nunca tuvo una habitación propia, ni comidas tan variadas, ni veladas tan frecuentes como se organizan en este pueblo. No creo que haya alguien, aquí, que conozca los verdaderos lujos de las casas nobles europeas; pero es de admirar que todos construyan estas propiedades enormes, con tantas habitaciones, tan bien ventiladas. En Europa, sería casi un atrevimiento que los campesinos se dieran estos lujos. Y sirvientes. Y caballos. En familias que apenas saben escribir.

Pero será cosa de poco. Algunos años más, si ahorramos bien y trabajamos lo necesario. Podremos vender esta propiedad y comprar una casa en Saboya, cerca de una escuela para los niños, cerca de mi hermana; cerca del Fier, que extraño y que es tanto más bonito que el río Bobos. En la civilización, la bendita civilización de Europa.

Acosado, entre los dos fuegos enemigos de su mujer y su hermana conviviendo bajo el mismo techo, Ernest se había convencido de que era urgente que Franceline encontrara marido. Por su cerebro revoloteaba el dicho que tantas veces oyó de joven, y que sólo ahora comprendía a cabalidad: *Deux marmites au feu, c'est la fête. Deux femmes, c'est la tempête.** Su tempestad doméstica duraba ya más de dos años, y no tenía visos de desaparecer pronto si no cambiaba nada más.

Su hermana le había dado calabazas a uno y a otro pretendiente, y nadie parecía ser suficiente para colmar las expectativas concebidas bajo su romanticismo desbordado. Charles le había advertido a él que a una muchacha con reputación de "cabeza de veleta" le costaría mucho trabajo que la tomaran en serio si seguía rechazando pretendientes sin razón. Ernest entendía el punto de vista de su primo; pero tampoco era fácil que le gustaran a él los enamorados de su hermana. Siempre había algo que no cuadraba; siempre, la esperanza de que apareciera alguien mejor.

Mientras, ella cultivaba su nombre como buena costurera, y tenía la lealtad del pequeño grupo de muchachas que le encargaban su ropa de diario. La de domingo, como se había hecho desde el principio, se seguía pidiendo a Francia y era una de las razones de que los habitantes esperaran con tanto entusiasmo la llegada de los vapores transatlánticos.

Vista la situación en la casa, era un alivio y una bendición que Franceline hubiera logrado hacerse, al menos, de esa ocupación: durante sus primeros tiempos en San Rafael, se había instalado una competencia malsana entre ella y Elise, que peleaban por las atenciones de Ernest. Sobre todo, él sentía un

* Dos marmitas a la estufa, es para celebrar. Dos mujeres, es una tempestad.

cargo de conciencia al ver que su mujer se sabía relegada, excluida de la complicidad fraternal cuyos lazos su hermana hacía todo lo posible por estrechar. Pensó cuál sería la mejor manera de resolver el conflicto, sin llegar a arreglar un matrimonio para Franceline; pero se dio cuenta de que no tendría idea de cómo apaciguar a su mujer. Curioso, porque tampoco se trataba de apaciguarla: sabía que su mujer no estaba contenta, pero tampoco exhibía su disgusto de una manera tangible, con algo que él pudiera remediar.

Elise madre y ama de casa era otra persona que la mujer a la que él había llegado a conocer entre la boda y el nacimiento de Alphonse. Aunque tampoco podía decir que la conociera. Sabía tan poco de ella que a veces le asustaba la idea de que, ahora que había nacido Léontine, ya tenían dos hijos. Ella había dejado muy en claro, tal vez por despecho, tal vez por supervivencia, que mantendría su distancia para con su marido. Alegando que su educación —quizás había dicho refinamiento— no se lo permitía porque lo consideraba vulgar, nunca se había permitido tutear a Ernest. Lo llamaba "Don Ernesto", aunque eso podía no ser más que burla por los intentos de él de comunicarse en español y de asimilarse tanto como pudiera a San Rafael. Ella, todos lo sabían, no tenía ninguna disposición a aclimatarse al lugar.

Su casa era, desde que ella tomó las riendas, un modelo de organización y eficiencia, donde todo estaba en su lugar y donde las cosas se movían a un ritmo que a él le recordó el del regimiento. Elise había mandado pedir, desde muy temprano, cuando la casa todavía estaba a medio terminar y ellos se alojaban en una de las propiedades de Charles, a una cocinera francesa, y había entrenado como recamarera a una hija de los inmigrantes de la primera oleada. No tenían mucho dinero para pagar; pero ella compensaba sueldos magros con comidas opíparas y habitaciones impecables. A los sirvientes franceses los alojaba en habitaciones adosadas a la casa principal, y mandó construir unas cabañas, un poco más lejos, para los mexicanos, que por lo general ayudaban con las tareas del campo. Pero a todos los alimentaba por igual, en una mesa larga de la que, cuando llegaron a ser más de una docena, unos se levantaban para dar lugar a los otros, y a quienes ella atendía antes de sentarse a comer.

Sin embargo, Ernest no llegaba a entender si la energía de su mujer le era intrínseca o si era su forma de apresurar el regreso: tal vez sentía que, cuanto más decididamente trabajara, menos duraría su estancia en México. No se lo preguntó; pero llegó a admirar la forma en que, a pesar de lo que se había imaginado, con la obsesión de ella por lo europeo y lo elegante, Elise no se arredraba ante las exigencias de su nueva vida. Cuando mataban una res, por ejemplo, ella hacía que la colgaran completa de un gancho en una zona cubierta de la cocina, y cuando necesitaba carne, le limpiaba con un trapo las larvas de insectos antes de cortar el trozo que guisaría. Ernest se acostumbró a que le cocinara platillos franceses con los ingredientes que tenían a la mano; y agradeció la imaginación de Elise para intentar combinaciones como la torta de plátanos machos con huevo, crema y azúcar, a la que pronto se hizo adicto. Como si ella hubiera crecido en una posada tropical y entendiera, casi mejor que nadie, qué provecho sacar de lo que producía esa tierra.

Fue cuando nació Alphonse, su primogénito, que Elise pareció encontrarse por primera vez a sus anchas en ese lugar. Una fiebre de actividad, desde poco antes del parto, mantuvo ocupados a los sirvientes lavando pabellones, hirviendo ropa de cama, salando carnes, horneando pan y dejándolo todo listo como para una inspección militar. Y en cuanto nació el niño, Elise tomó las dos o tres decisiones domésticas que dejaron muy en claro quién mandaba en la casa.

Desde los márgenes del torbellino, Ernest se fue haciendo a la idea de que le convenía guardarse sus opiniones sobre los asuntos domésticos. No sabía bien cómo se sentía Elise o qué esperaba; pero empezó a ser evidente que tampoco dependía de él, que había encontrado su lugar —aunque lo considerara temporal— en esa tierra, y que tenía una fuerza interna que nadie habría sospechado. Ya no era ni una recién casada titubeante, ni una recién llegada a México. Aprendió las pocas palabras en español que necesitaba para dejar de depender de traducciones, y encargó la enorme mesa del comedor que habría de acoger a los viajeros que se detenían en su propiedad, al principio; y, con el tiempo, a la enorme familia que llegarían a ser.

De Franceline, Elise no dejó de burlarse por el entusiasmo con el que su cuñada se lanzó a aprender el idioma. Se reía de la terquedad con que trataba de reconocer todas las aves del lugar (y apropiarse de algunas de sus plumas); pero, sobre todo, del despiste que le impedía reconocer que era, ya, una intrusa en ese hogar. Por eso fue un alivio para todos cuando Elise la puso finalmente en su lugar. Y lo hizo con la ayuda de Mignon, el perro al que Franceline había adoptado como cachorro desde recién llegada, y que con el tiempo se convertiría en un enorme animal dorado y cariñoso, inseparable de su ama.

Amandine le había enviado un anillo que Franceline le pidió, como pedía ella cosas que le recordaran su casa y su región. El anillo se perdió al poco tiempo, y Franceline culpó con indirectas a las sirvientas de la casa, y a Alphonse, que empezaba a caminar. Hizo un escándalo de todos los diablos, lloró a todas horas del día, les contó a todos los conocidos, y avergonzó a Elise, en cuyo orgullo no cabían ni los sirvientes deshonestos o el desorden que implicaba la pérdida, ni mucho menos la idea de que Alphonse hubiera tenido que ver con el asunto.

A la siguiente primavera, cuando Franceline estaba preparando una sección del jardín para sembrar flores y Mignon la veía perezosamente desde la sombra de un mango, ella vio brillar algo entre la tierra. En cuanto se dio cuenta de que era su famoso anillo, salió corriendo a la cocina para lavarlo, tratando de entender cómo había llegado ahí. Lo enjuagó, lo dejó sobre una banca de la cocina y, en lo que se secaba las manos, desapareció el anillo otra vez. Franceline salió al jardín, intrigada y furiosa, para descubrir a Mignon, muy divertido, enterrando el anillo con la nariz en la parcela de las hortalizas.

Ya identificado el ladrón, a Franceline no le quedó otra que ir a hacer las paces de una vez por todas con Elise. Quién sabe qué tanto se dijeron, arriba en la habitación donde Elise pasaba tiempo con sus hijos; cuando bajaron a la cocina ya se habían vuelto amigas, y empezó a haber algo como armonía en esa casa. El que lo resintió fue Ernest, a quien el cese de hostilidades dejó un poco desatendido, dado que las mujeres ya no sentían la necesidad de competir entre ellas por sus preferencias. Pero, sabiendo que la paz del hogar siempre sería preferible a todo lo demás, se concentró en sus negocios y en el crecimiento del rancho, y le dejó la administración de la casa por completo a su mujer.

Cuando regresaba por la tarde, se le fue haciendo costumbre pararse un momento para admirar su propiedad: una hermosa edificación de dos pisos, donde las ventanas francesas del piso superior se abrían sobre un balcón largo de madera que recorría todo el frente de la casa, sombreado por el techo de dos aguas cubierto de tejas de barro. Abajo, las puertas daban, por el frente, al huerto de Elise y al jardín florido de Franceline; y por el costado, a la cocina, abierta, con el horno y la artesa por un lado y con las estufas por el otro. El mango que pronto llegaría a la altura de la *lucarne* del techo, plantado cuando nació Alphonse (a falta de peras) del otro lado de la casa, ya daba algunos frutos, dulces y fragantes como pocos que hubiera probado.

A veces se preguntaba si echaba de menos la Saboya, y hacía algunos meses que no sabía qué contestarse. A sus padres y hermanos, sí, desde luego. Algunos sabores, muchos de los olores. Le hacían falta, como siempre desde que había llegado a México, las montañas y la vista de la nieve; los cambios de las estaciones. Pero estaba bien. Como no lo había sentido en muchos años, se sabía contento, conforme con la vida que estaban construyendo. Acompañado por Elise, embelesado por sus hijos. Sobre todo por Léontine, que lo adoraba, y de quien todos decían que se convertiría en una belleza, con sus enormes ojos azules y con su sonrisa hechicera.

Había sido largo el camino, en efecto. Pero, parado frente a su casa, cuando soplaba el viento de la tarde, oyendo los ruidos del lugar, no se arrepentía de nada. Sólo la sombra de saber que Elise se rehusaba a echar raíces en esa tierra le infundía un vago temor por el futuro. De haber podido hablarlo con ella, tal vez lo hubiera hecho. Pero sabía que era imposible, aunque no supiera por qué. Le quedaba esperar que ella se acostumbrara, que las condiciones mejoraran, que Irène, que estaba recién casada, decidiera emigrar también y que ello aligerara el gesto de amargura, porque no era resignación, que se había acostumbrado a ver en su mujer.

San Rafael, diciembre / enero de 1894

A nuestros queridos parientes,

Es con una viva emoción que hoy todos nosotros, sus hijos, les deseamos un muy buen año acompañado de perfecta salud y de todo lo que puedan desear, y queremos, querido padre, querida madre, poder renovarles estos deseos durante largos años todavía, y que nuestras misivas siempre los encuentren bien y robustos. No deben quejarse por su edad, ustedes son fuertes como rocas, aquí no encuentro viejos que sean tan robustos como ustedes: que el buen Dios los mantenga mucho tiempo así.

Querido Joseph, disculpa si he sido perezosa para responder a tu bella carta llena de buenos consejos y de buenos sentimientos con la que me has dado un gran placer y que leo y releo con frecuencia. Ernest y Elise se unen a mí para enviarles los mejores cumplidos de salud a todos. Hemos recibido las hermosas cartas que nos han hecho llegar. Ya planté las semillas de la enredadera que me enviaron, y ya comienza a crecer.

Espero para el año próximo las fotografías de mis pequeños sobrinos, que me darán un gran placer.

Oye, Joseph, pídele a Louis Rey la canción que el hijo del pianista cantaba para la Santa Ana en casa de los Roux cuando estaba sentado junto a mamá, la hermosa canción cuyo estribillo tengo grabado en la memoria: "¿para hacer un nido de espuma?". Y pídele a Annette la del "cielo azul tan dulce", y a Louis también la de la muchacha que les dice a los soldados "centinela, no dispares, es un pájaro que viene de Francia". Y también a Bernard la de los hijos felices del país de Bohemia. Y la mariposa... Haz que te las dicten a ti mismo y las escribes para que me envíes un cuadernillo de dos *sous*, que llega bien por correo. Insisto en tener muchas canciones porque siempre que estoy en sociedad me hacen cantar: aquí no hay nadie más que yo, que cante las de las señoritas: las muchachas aquí no tienen buena voz para cantar. Son seis canciones, mándamelas luego luego.

Si puedes, querido Joseph, mándame también el gran libro de geografía que está en el salón grande de las Hermanas en Thônes, y también el libro de gramática. No sabes el gusto que me daría. No quiero hacer como hacen aquí, que nunca vuelven a ver un libro. Al contrario, yo quiero hacer todo lo que pueda para instruirme más y más.

Estoy muy contenta de haber venido: ya aprendí cómo llevar una casa, cómo cuidar la ropa (empecé, como sabes, con la de Ernest), y hasta atiendo a un joven que vive como pensionado en una de las pequeñas casitas de la propiedad. Es un pariente de Louise, con quien Ernest debía casarse. Te aseguro que estoy bien ocupada de la mañana a la noche y no tengo tiempo de aburrirme.

Me preguntan si ustedes han tenido ocasión de ver a Alfred, el hijo de Charles, que como sabes sigue en la escuela en Thônes. Todos los parientes se unen a mí para desearle a él todo lo mejor, y desde luego, el mejor aprovechamiento en sus estudios.

Te voy a decir, querido Joseph, que si no estoy casada es porque no quiero, si hubiera querido ya lo habría hecho cien veces. Es un paso que exige mucha reflexión, es por eso que no me presiono. Siempre te pediré consejo, al igual que a mis buenos padres que quieren mi bien desde allá. Háblale bien a mi amigo que tú sabes, de quien hace tres días que recibí otra carta. Dile que insisto en que me dé lo que me prometió. Y cuando lo veas podrás decirme si crees que me aprecie aún. Es a él a quien prefiero sobre los otros. Pero no quisiera que se divierta conmigo y que en tres o cuatro años que siga yo soltera me deje: no se lo perdonaría jamás. Me envió su fotografía y yo le había prometido la mía; pero ya no tengo más que una. Si es cierto que es honesto, entonces se la envío en cuanto reciba tu respuesta.

Mándenme algunas semillas de flores por favor en una pequeña bolsita de tela bien cosida y dentro de algún paquete. Violetas dobles, pensamientos, margaritas, amapolas, acacias, etc.

Dales muchos saludos a todos, diles que estamos bien, y que yo sigo siendo la misma.

Soy tu hermana que te estima y te confía sus pensamientos tal cual es, abrazándote desde lo más profundo de mi corazón. Soy, por la vida, tu hermana respetuosa,

Mlle. Franceline

Este lugar es verde. De un verde violento, agresivo, intensamente presente. Es la humedad, el sol. La humedad, que hace que todo esté siempre un poco mojado, que les cambia el olor a las cosas. Suaviza la piel y el pelo pero se mete en todo, lo penetra todo, lo invade todo. No existe el reposo de la nieve, del frío del invierno, de la ropa bien seca. Las cosas se enlaman, la ropa huele a humedad, los hongos avanzan sobre los techos, en las paredes, debajo de las cosas. Por eso el calor asfixia y agobia y el frío penetra. Porque no hay fuego frente al que se pueda uno secar, no hay sombra que dé suficiente cobijo. La humedad lo agranda y lo profundiza todo. Y entonces uno suda y tiembla sin importar cuál sea la temperatura real.

El calor. Y la mantequilla, que batimos el doble de tiempo que en Francia, se arrancia en la mitad de días; y la humedad, y ni el arroz ni los malditos frijoles de esta tierra ni el maíz inescapable ni nada se salva de la humedad que lo devora todo y lo corrompe todo. Y uno toma el café para sudar o para calentarse y de cualquier forma no sirve ni el sudor ni el calor porque nunca se está cómodo. No hay cómo estarlo en esta tierra mojada, permanentemente mojada, esta tierra verde donde hasta el aire está vivo y se mete con uno, donde el aire no es neutral sino cargado de olores y de insectos y de incomodidades. Ese aire del norte que sopla helado y que penetra. Y la lluvia que llega de repente, como de repente llega la oscuridad después de la puesta del sol, casi sin crepúsculo, casi sin advertencia.

¿Cómo les explico a mis hijos la paz de las montañas, el silencio aterciopelado de la nieve, los crepúsculos que en verano parecen durar hasta la madrugada? ¿Cómo les digo los espacios de pastura, los chalets aislados, cuando aquí todo está cargado? Cargado de humedad el aire, y de ruidos el silencio. Los bichos, los pájaros, lo que vuela y lo que se arrastra y hasta el río.

Tampoco en los ruidos de la naturaleza se encuentra aquí el reposo, porque los insectos no cantan sólo en verano, cuando sería normal; cantan todo el invierno, todo el tiempo. Ni un momento de silencio bendito para no pensar en nada: siempre algo moviéndose, algo escurriéndose por las esquinas, todo lleno de movimiento y de vida. Toda esta tierra incomprensible, viva, permanentemente viva, viva la tierra de bichos y vivas las paredes de mariposas y viva el agua de nenúfares. Toda esta vida, tanta vida y tanta fertilidad.

Se llamaba Maurice. Era un hombre cortés pero reservado, de cuya vida personal se sabía poco a pesar de que había nacido en La Colonia. Sus padres, provenientes de Champlitte y llegados en la última ola de colonos engañados por Guénot, habían muerto cuando él y su hermana eran relativamente jóvenes. Ella, que llevaba años casada y tenía ahora sus propios hijos, vivía en el centro de San Rafael, mientras que él se había quedado en la gran casa de la familia, del lado de Paso de Telaya. Vivía solo, con algunos sirvientes, y se sabía que dedicaba toda su vida al trabajo, por lo que debía contar con una fortuna considerable.

No era muy dado a asistir a las fiestas ni a las reuniones de la comunidad, aunque se sabía que financiaba discretamente algunos de los festivales en los últimos años. Pero tenía la costumbre de caminar por el pueblo. Y una noche en que pasaba por la plaza, cerca de casa de los Thomas, oyó la voz que lo hechizó. Sin darse cuenta, se fue acercando a la casa y se sentó, afuera, junto a una ventana abierta, a oír esas canciones que le recordaban una Francia en la que nunca había vivido y que lo transportaban a las veladas de su niñez y a la voz de su mamá.

Debe de haberle costado un gran esfuerzo no irrumpir, así como así, en la reunión: no habría tenido forma de justificar su inesperada presencia. Pero con toda seguridad hizo lo necesario para que lo invitaran en la siguiente oportunidad.

Franceline quedó muy impresionada con sus modales de caballero y con su estilo un poco anticuado, un poco fuera de lugar, con ese sombrero de fieltro y con esos zapatos de ciudad. El sombrero siempre había sido su distintivo, y le había acarreado no pocas bromas; los zapatos parecían recién comprados para la ocasión. Se presentó con Franceline, alabó su voz con un lenguaje salido de otro siglo —ella quedó encantada con el cumplido— y ya no se separó de ella en toda la velada.

Las siguientes reuniones lo vieron aparecer siempre muy acicalado, siempre con sus zapatos relucientes, siempre al lado de Franceline, de modo que cuando él organizó una *soirée* en su propiedad ya nadie se sorprendió. La fiesta, donde salieron a relucir la vajilla, mandada comprar a Francia por sus padres treinta años antes, y los muebles austriacos que vivían cubiertos de sábanas, fue magnífica, y todos sabían a quién debía impresionar.

La impresionó, desde luego.

A partir de ese momento, Franceline se deshacía en elogios sobre el gusto, sobre la clase, sobre la voz, sobre los ojos de Maurice. Ernest y Elise supieron que ya no incluiría, en su correspondencia con Joseph, esos billetes destinados a amigos lejanos e imposibles pretendientes.

San Rafael, julio de 1894

Muy queridos Monsieur y Madame,

Sin tener el honor de conocerlos personalmente, perdonen la libertad que me he tomado de dirigirles estas líneas. Es con la autorización de Mlle. Franceline su hija, y con su total consentimiento, así como de su hermano Ernest, que les pido muy respetuosamente la mano de su querida hija, a quien tengo la inefable dicha de gustarle. Su carácter dulce y abierto, su inteligencia y, sobre todo, su ser tan espiritual, todos esos dones que la naturaleza le ha otorgado además del encanto de toda su persona, han hecho de ella alguien muy deseado. Toda la juventud de la Colonia ha desfilado frente a ella, buscando sus favores. Y entre todos estos hombres, he sido el elegido de su corazón, quizás aquel que menos la amerita. No les voy a ocultar a ustedes que la posición que puedo ofrecerle no es de las más brillantes; tampoco se lo he ocultado a ella. Pero haré todo lo que dependa de mí por hacerle la existencia lo más agradable y feliz que sea posible.

No es sin una penosa aprensión que espero su respuesta, la cual, tengo la esperanza, nos será favorable para llevar a bien nuestro proyecto de unión. Reciban de antemano, queridos Monsieur y Madame, el más cálido agradecimiento, así como los homenajes más respetuosos, de aquel que se cree ya su hijo; y les ruego que sean, frente a sus otros hijos, intérpretes de mis mejores sentimientos,

Maurice Legrand

Nosotros lo supimos desde el principio. Lo supimos, inevitablemente, porque así conocimos a Franceline. Sabíamos, de un vistazo, toda su vida. El final, incluso, antes de aprender el principio. Porque era el final el que la hacía interesante. No. El final no la hacía precisamente interesante: la hacía trágica, hacía que doliera más que los demás. Y su juventud no ayudaba. Su juventud hacía de la tragedia, además, una gran pérdida. Un absurdo, un desperdicio.

Habríamos querido poder ayudarla, a la distancia. Intervenir a tiempo, evitar lo que resultó inevitable. Sacarla de ese momento y protegerla. Tratarla como a la niña que nos parece. No: *un enfant*, que no es lo mismo que una niña. Porque aunque ya no fuera una niña, había algo en ella, siempre lo hubo, que nunca llegó a ser una mujer. Porque hoy, que sabemos lo que supimos, la vemos más como a una criatura que cuando sólo la leíamos. Porque dejó su incipiente madurez para ser todavía más niña, porque la muerte la despojó de su disfraz adulto.

Nos queda, entonces, pensarla. Imaginarla, a partir de sus propias palabras. Creerle. Creer esa inocencia algo egoísta, algo insistente, obsesionada con las plumas de aves y con los anillos. Creer en la seriedad con la que debe haberse sentado, muy derecha, con el pelo atrapado en un chongo severo, mucho más viejo que ella, a contarles su vida a sus parientes. A su hermano, cuando la dejó para irse a la guerra; y luego a los que se quedaron en Saboya, cuando ella misma los dejó para cruzar el Atlántico.

La vemos en las fotografías con su sonrisa congelada y con su ramillete de pensamientos en la mano izquierda. Excepto por su boda, cuando se permitió posar de tres cuartos, volteando hacia su flamante marido, la pensamos así: con su peinado rígido al que apenas se le escapaban algunas mechas, unos rizos saliéndose de cauce como una carcajada mal contenida, con sus flores, con esa gravedad muy probablemente fingida.

Fingida porque sabemos, casi con seguridad, que se estaría riendo por dentro, que estaría mordiéndose las mejillas para no reírse abiertamente, porque tenía tantas cosas que contarles a quienes iban a recibir la foto, que los pensamientos en su mano eran casi una mala broma. Y porque había conocido a Maurice y no sabía qué hacer con tanta felicidad, porque sabía que por fin iba a tener su propia familia en su propia casa, y los demás la iban a ver como a una mujer, ya no como a la hermanita de Ernest o a la cuñadita de Elise o a la más chica de los hijos de Simon-Claude.

Ya nunca podremos ver lo que ella vio, entonces. El paisaje ha cambiado irremediablemente. Sus descripciones son, por eso, casi dolorosas. El tiempo, todo este que ha caído desde entonces, hace que duelan cosas que en ese momento (en su momento) fueron felices, como su juventud, como su belleza.

En casa de la tía Tina hay otra foto donde aparece Franceline. Ella está viendo a la cámara, y no era una foto para la que se hubiera preparado, así que no traía su ramillete de pensamientos. Estaba invitada a la celebración de una boda, y habían acomodado a los asistentes en filas, frente a unas palmeras: la escena debía transmitir cuán exótico era esto de casarse en el trópico. Ella veía a la cámara, pero Maurice la veía a ella. La veía como sólo es posible ver cuando se ama. Cuando no hay en el mundo nada más que a quien se ama. La veía a ella, porque no podía ver nada más, porque en su mundo, desde el día en que la conoció, ya nunca hubo nada que no fuera ella. Ese amor, que corre como un cable por la foto, y que lo une a Franceline de un modo más palpable que el matrimonio mismo, también duele.

Porque conocemos toda la historia. Porque sabemos que ese cable cortado, chisporroteante, como una manguera abierta, haría que el amor se regara, inútil, innecesario, trágico, por el jardín que había sido de ambos, por las cosas que los habían visto formar una pareja, por su lecho y por su ausencia.

SR. Mayo de 1896

Muy queridos padres,

Es con la más grande pena que les participo la muerte de nuestra Franceline, que murió a las diez y media del día de ayer, que fue día de la Ascensión. Les hago el relato de su enfermedad.

La difunta empezó por sentirse indispuesta, tomó una purga de aceite de ricino y siguió con su vida como de costumbre durante cuatro días más; tuvo luego una inflamación seguida de una fiebre tifoidea que llevó a la expulsión del bebé que esperaba y que tenía ya seis meses. Era un varón, que vivió alrededor de una hora; yo fui el padrino y Elise la madrina, porque tuvimos todavía tiempo de bautizarlo. Y he aquí la complicación de su enfermedad: la comadrona que la ayudó a alumbrar no se dio cuenta de que se le había quedado alguna membrana de la placenta dentro de la matriz. Fue una inflamación general lo que se la llevó; llamamos a dos médicos, sobre todo uno de ellos, un francés, hizo todo lo que le fue posible. Con todos nuestros cuidados la mantuvimos todavía 33 días así; no tuvo grandes sufrimientos, se mantuvo siempre alegre y siempre con la sonrisa en los labios hasta su tránsito. Se fue riéndose. Siempre me llamó su pequeño papá. Nos pasamos quince días a caballo, viendo que hay tres leguas desde nuestra casa a la suya. Los últimos dos días éramos siete personas a su alrededor, incluyendo a Elise, porque llegaron a quererse como hermanas.

Les aseguro que su marido fue un modelo de dulzura y de bondad; se pasó 30 días sin tomarse dos horas de reposo. Los demás nos pasábamos nuestras 24 horas de guardia cada uno sin hablar cuando estábamos todos juntos. Creo que es imposible haber cuidado mejor a una mujer en su lecho de muerte. Estoy seguro de que los gastos llegarán a costarle a su marido más de mil quinientos francos, y ahora es probable que sea él quien se enferme. Queridos padres, mi hermana pasó su última jornada en Saboya, llamaba a toda la familia sin olvidar a nadie; visitó Cotagne y anduvo por todos lados, los veía a todos ustedes y al final llegábamos todos a caballo para cenar. Yo la hice reír hasta el último suspiro, sin que se diera cuenta de su fin.

Queridos hermanos y parientes, les ruego que hagan lo posible por consolar a nuestros padres de una noticia tan terrible como ésta. Ella, que siempre tuvo la esperanza de ir a visitarlos para la Exposición junto con su marido.

Queridos papá y mamá, les ruego que resistan la triste noticia que les estoy anunciando, y que se la participen a todos nuestros parientes. Todos estamos en perfecta salud.

Soy, por la vida, su hijo,

Ernest

Mignon había sabido, desde el principio, que algo no estaba bien. Se echó al lado de la cama de Franceline y se habría muerto de hambre si los demás no hubieran empezado a llevarle cosas de comer ahí mismo. No se ausentó de la cercanía de su ama más que para lo más básico, y nunca por más de unos cuantos minutos. Franceline lo acariciaba y hablaba con él; y él la veía con una mirada que ella seguramente entendió.

Maurice admiraba y entendía esa devoción. Él tampoco se apartó del lecho de su mujer durante las semanas que duró su enfermedad: aterrado de que ella perdiera o recuperara la conciencia sin que él estuviera presente, dejó su plantación sin supervisar y sus animales sin atención desde que ella perdió al bebé que estaban esperando.

Ernest tenía los conocimientos para saber en qué estado se encontraba su hermana: para tratar de ayudar, al principio; para irse resignando, después. Maurice no. Ni sus novísimos métodos para fertilizar artificialmente la vainilla, ni sus nuevas tecnologías para mejorar el rendimiento de sus plantaciones, nada de lo que lo había hecho relativamente exitoso como agricultor le servía en absoluto para ayudar a su mujer.

Entraba y salía de su habitación llevándole leche y tés, le arreglaba las almohadas, abría y cerraba ventanas, acomodaba los pabellones de la cama para que no se le acercaran los moscos. Pero no podía hacer nada por ella.

La vio irse consumiendo entre la fiebre y la infección; sintió su mano caliente y seca entre las suyas heladas de miedo; vio cómo se fueron hundiendo, rodeando de sombras sus ojos alegres y expresivos; quiso atribuir su creciente palidez a la falta de sol y de aire fresco. Pero supo, sabía en algún lugar, que era un camino de un solo sentido. Supo que la perdería y que perderla sería el fin de todo: de sus negocios, de la aventura americana de su familia, de su nombre. Porque no habría otra mujer para él, ni otra casa, ni siquiera un regreso a Francia. Moriría él en cuanto muriera Franceline.

No se lo dijo a nadie, aunque, de algún modo, todos los esperaran. No era chantaje ni amenaza: Maurice, después de haberse hecho con su amor, después de haber estado a su lado durante poco más de un año, ya no tenía por qué vivir.

La enterraron en el pequeño cementerio a las afueras de San Rafael. Maurice sintió como una burla el sol brillante en ese absurdo cielo azul: los entierros debían exigir la tristeza gris de la lluvia y el mal tiempo, incluso en un lugar como ése.

Tal vez los perros también enloquezcan. Si es así, Mignon enloqueció cuando a ella la metieron en el ataúd. No es el único que ha sido incapaz de aceptar la muerte de su amo: la historia está llena de esos ejemplos de fidelidad. Pero el dolor del animal no ayudó a nadie: a un perro no hay cómo hablarle de resignación y de vida después de la muerte. No hay cómo explicarle que su ama nunca va a regresar. No hay forma de que entienda la quietud dentro de la caja y toda esa tierra cubriéndola. Excava, pues, para sacarla, para rescatarla de la estupidez humana que la aleja de él, a pesar de las manos que lo detienen, a pesar de la correa que lo amarra, a pesar de que sus aullidos de dolor e incomprensión impiden oír claramente al cura y recibir el pésame.

En cuanto se van los demás, Maurice se sienta a su lado, trata de calmarlo.

Pasan las horas y ninguno de los dos quiere alejarse de ahí. Vienen los amigos y los parientes y tratan de llevárselos, de darles algo de comer. Llega la noche y Maurice cede, más para que lo dejen solo que por convicción, y se lleva a Mignon.

Maurice entra a la casa y ve su vida con Franceline; la ve, entrando con él por primera vez, recién casados. Ve los lazos y cortinas con los que ella alteró la casa que había sido, hasta entonces, la de un hombre solitario. Ve la ropa de ella, su costurero, los libros que había ido acumulando. Ve el broche enviado por su prima, en el alhajero que él se había propuesto irle llenando de cosas que compensaran la lejanía de su familia y de su patria. Ve a Franceline pasearse por la casa, canturreando, con su embarazo a cuestas; las burlas que él le hacía por su antojo de cosas dulces; la ropita de bebé que ella había ido acumulando.

La huele y la siente, aunque tal vez ya no haya nada que oler ni que sentir.

Se da cuenta de que no puede permanecer una noche más en esa casa.

Oye el llanto de Mignon, amarrado junto a la puerta, la forma en que araña la pared, tratando de entrar o de liberarse. Sale, lo desamarra. Lo ve entrar, dar una vuelta por la habitación, olisquear la cama. Se ven. Maurice entiende la mirada inquisitiva de Mignon. Mignon tal vez sólo se esté despidiendo: sale caminando por la puerta. Ambos saben que es la última vez que cruzará ese umbral. Maurice ve cómo empieza a correr en cuanto atraviesa el pequeño huerto de Franceline.

Maurice deja su sombrero sobre la cama, ese absurdo sombrero de fieltro que nunca había cambiado por los de paja que usaban los demás. Por costumbre, va a coger su machete pero lo piensa de nuevo y lo deja a la entrada de la casa. Cierra la puerta.

Oye a Mignon aullar; sabe que está en el cementerio. Se lo imagina echado sobre la tumba de Franceline. O arañando la tierra. Ya no importa.

Sale hacia el oeste, a donde la selva todavía es virgen. Quizá va rogando que una serpiente nauyaca o un alacrán terminen pronto con su vida. Quizá ya no vaya pensando en nada.

Oye a Mignon y piensa que también él quisiera aullar de dolor.

Simon-Claude empezó a morir una noche de frío glacial en que había ido a cenar a casa de Bernard, que vivía con su familia un poco más abajo en el sendero hacia Thônes. Cuando terminaban de comer llegó Joseph a preguntarles si pensaban ir a la gran velada que se había organizado en casa de unos vecinos. Simon-Claude se incorporó de inmediato y con prisa, a pesar de la sugerencia de Amandine y de su nuera de que se quedara en la casa, al abrigo del calor.

El viejo refunfuñó que él con las mujeres no se quedaba, que iría a la velada con sus hijos. Pero, al salir, éstos se alejaron un poco para orinar hacia la pendiente detrás de la casa, y Simon-Claude, impaciente, no quiso esperar a que regresaran: incluso a sus ochenta y cinco años, la idea de que alguien le ofreciera el brazo para andar le parecía una vergüenza inadmisible. Era una noche estrellada y clara, con un frío de esos que muerden. El viejo quiso bajar directamente del umbral de piedra a la ruta; pero el suelo era un bloque de hielo sólido, su pie resbaló con el primer paso, y cayó con la espalda contra el marco de la puerta.

De momento lo único que lamentó fue el regaño de las mujeres y la alarma excesiva de sus hijos: con el golpe todavía caliente, el dolor se le pasó pronto y se fueron todos a la velada. Pero a la tarde siguiente, cuando la mujer de Bernard le abrió la puerta, el semblante descompuesto del viejo la hizo entrever lo que Simon-Claude venía a anunciarles: Bernard le escribió a Ernest que su padre les había anunciado su muerte próxima. Ese hombre que sabía de enfermedades como ninguno en la región no necesitó mucha ciencia para darse cuenta de que el daño que le había causado la caída era irremediable.

"Estoy perdido", les dijo. "¿Quieren saber qué me pasa? Que mis pies se inflaron durante la noche, y cuando los pies se inflan… si me quedan seis meses de vida, será mucho."

El golpe le había lastimado profundamente el hígado y no había nada, ni en su ciencia ni en la magia de Anselme, que pudiera salvarlo.

Joseph le escribió a Ernest en agosto, medio año después, que Simon-Claude había muerto y que lo habían velado en la propiedad del molino de piedra. A pesar de que la pieza era mucho más espaciosa que la de cualquiera de las casas, se sentía llena sólo con el cuerpo formidable del viejo: con su tamaño y sus grandes patillas blancas parecía todavía más imponente que en vida. Todos los vecinos acudieron a bendecirlo; todos se dieron cuenta de que Amandine no lo sobreviviría por mucho tiempo.

Simon-Claude fue, les dijo Joseph, un muerto hermoso.

III

La revolución trajo un cambio fundamental para la existencia de los extranjeros en Veracruz. Este cambio empezó por las tensiones relativas al petróleo en el norte del estado, y desembocó, entre otras, en la ocupación del puerto de Veracruz entre 1913 y 1914 por tropas estadunidenses.

En todo caso, las reglas —implícitas y explícitas— cambiaron para los franceses de la región a partir de la segunda década del siglo XX. Esto llegó al extremo, en 1916, de la remoción definitiva del vicecónsul francés en San Rafael, dada la inapetencia de los descendientes de los colonos por participar en la Primera Guerra Mundial.

La fase armada de la revolución, aunque no llegó a la intensidad de otros estados, afectó en oleadas a San Rafael, que tuvo que recibir, alimentar y tolerar los robos y los abusos de combatientes de uno u otro bando a lo largo de los años del conflicto armado. En la Huasteca veracruzana, en particular, la revolución provocó el surgimiento de grupos armados sin agenda política ni organización, que merodeaban por los pueblos robando y, sobre todo, ensañándose con los extranjeros, con el ánimo de cobrarse agravios, reales o imaginados. El discurso antiextranjero del momento se veía también como una forma de aumentar la legitimidad de los movimientos y de los líderes políticos y revolucionarios que buscaban el apoyo popular.

Por su parte, muchos de los franceses de San Rafael nunca dejaron de ser racistas, lo cual desde luego no ayudó a mitigar el deseo de venganza de los más desposeídos, quienes, además, percibían su actitud como un insulto a la soberanía del país. En la zona hubo caciques locales que se hicieron del poder o lo consolidaron pregonando el odio por los franceses, alimentado en parte por la actitud de superioridad de estos últimos frente a los mexicanos; y en parte por su relativa prosperidad económica, por la productividad de sus ranchos y por el orden y aislamiento del pueblo.

Las lluvias, que habían sido torrenciales durante los primeros días de tu visita, Jean, se detuvieron de improviso. Por eso, en los caminos de tierra del panteón francés de la Ciudad de México había surcos y huellas profundos, petrificados en lo que volvía a llover.

Caminábamos por entre las tumbas en silencio. De vez en cuando, alguno señalaba una lápida inscrita con un nombre conocido, o con el apellido de algún pariente. Olíamos las hojas machucadas por los pasos de los visitantes sobre el suelo endurecido.

Me habías llevado a descubrir la sepultura de mis bisabuelos. Desde Francia, con tus documentos y tus investigaciones, sabías más de Ernest y de Elise que todo lo que yo había oído en mi casa. Lo tuyo estaba documentado; lo mío no eran más que los chismes y las leyendas familiares que mi memoria había retenido. Vimos la tumba. Urbana, gris, triste. Abandonada, a pesar de las buenas intenciones de medio centenar de descendientes. Elise había hecho traer a la ciudad los restos de Ernest, muerto décadas antes que ella y enterrado originalmente en San Rafael. Y ahí estaban ahora, en el extraño incesto de los muertos, sepultados ambos con dos de sus hijas y con algunos nietos muertos a destiempo.

Habíamos estado discutiendo. Tú insistías en que Elise no pudo haber sido feliz: con tantos hijos, tan lejos de su familia, en ese calor, fuera del refinamiento al que se había acostumbrado... casada con ese hombre para quien ni siquiera había sido el primer amor. Yo decía que su vida debía de haber sido preferible a la que había dejado en Francia; que sus hijos, sin más, compensaban todos los refinamientos del mundo. Que no fue el primer amor de Ernest pero él sí fue el suyo. Que el solo hecho de mandar en su propia casa y en su propia vida era más compensación que todo el dinero y todo el prestigio que había dejado de ganar.

Ya sabía que nunca nos pondríamos de acuerdo. Esa migración, que te sabía a destierro, era para ti un castigo: los que se fueron de tu tierra, esos que se instalaron en mis costas, eran los perdedores, aunque a la larga hubieran sido los que lograron la prosperidad económica y el crecimiento —desbordamiento, decías tú— de la familia. Los que se quedaron en los Alpes, a pesar de las penurias y las guerras, eran los que hoy vivían, seguían viviendo, en la civilización europea. Yo pensaba en las aventuras de mi niñez, en esos paseos largos a caballo por ranchos veracruzanos que parecían interminables. Recordaba el cariño con el que la gente de la región saludaba a mi abuelo, cómo le reconocían su ayuda, le agradecían su ciencia y su bondad. Pensaba que ese reconocimiento era suficiente, y lo pensaba a él así, como lo conocí, sonriente, amable, querido por todos. El francés alto y fuerte, de piel enrojecida por el sol y ojos azules. Tú veías las carencias del país, evocabas las historias de horror que aparecían en las noticias, y no podías entender que alguien prefiriera esos calores, esos bichos, a la tranquila serenidad de tus montañas nevadas.

No, Jean, no nos íbamos a poner de acuerdo nunca, aunque sé que a mí me habría gustado tu vida alpina y que tú habrías disfrutado mis selvas tropicales.

"Nuestra sangre es francesa, que nunca se nos olvide", me dice tía Tina. Te ve a ti y sonríe, tú eres francés en toda regla: tú no pasarías por alto un detalle como ése. Nos habla en francés y su nostalgia por el idioma se le vuelve nostalgia por los plantíos de vainilla y por las artesas de masa madre cubiertas con tela y por los platillos con pastas y jugos de pavo y por las recetas de Elise su madre, y por los bailes en que los hombres se quedaban de pie hasta que las mujeres se hubieran sentado.

Me hace un guiño para que me acerque y se acaricia la mejilla con el dorso de los dedos extendidos, en un gesto de la jovencita que aún lleva dentro y que a veces sale a la superficie. "Como lo hacían en Saboya, teníamos afuera de la cocina un recipiente donde recogíamos el agua de lluvia para lavarnos la cara." Se sujeta ahora la cara con ambas palmas y asiente, lejana. "Y a los niños nos bañaban con agua en la que habían hervido la quina para alejar a los moscos: '*Ferme la bouche!*', y nos echaban el jicarazo de agua de quina." Se ríe, aprieta los ojos y los labios, "'*Ferme la bouche!*', y luego nos metían a la cama cubierta con pabellones para que no se nos acercaran los insectos, sobre todo los terribles moscos anófeles portadores del paludismo."

Me aclara que no se entraba a las casas con zapatos. "Eran de vaqueta, que es una piel muy dura, y nos arruinaban los calcetines. Por eso siempre había alguien remendándolos después de cenar." Los zapatos se quedaban en la entrada, y se los cambiaban por unos hechos de lana, que picaban. Y se sentaban a la mesa: "Mis cariñosos parientes nos recibían con alegría y nos daban *café au lait*, y mantequilla untada sobre grandes rebanadas de pan". Se relame con gusto, sus manos cogen con la memoria un pan fragante, y sonríe su sonrisa infantil.

La animo a que me siga contando de las costumbres y de las comidas. No puedo evitar hablarle como a una niña, responderle con un falso entusiasmo como el que reservamos para las anécdotas escolares de los hijos. La veo, y quisiera que sus fotos y sus cosas me dijeran a mí todo lo que le dicen a ella. Me dan ganas de protegerla, como a algo muy frágil, para preservarla, para preservar ese momento del que es la única sobreviviente.

"Desde Teziutlán, que quiere decir en totonaco 'lugar donde graniza', los marchantes traían a San Rafael nueces y frutas de tierra fría, con las que los franceses industriosos elaboraban sus platillos que reflejaban el refinamiento de esas cocinas guiadas por la tradición. Y ésa es tu herencia también, nunca dejes que se pierda."

Nos habla como si aún fuera maestra, con autoridad y cierta lejanía. Voltea a ver por la ventana y se pierde en el perfume de esos años. Menciona los *saucissons* hechos en casa y los quesos que su madre dejaba fermentar en los marcos de las ventanas. Sé que ya no está hablando con nosotros cuando recuerda los terciopelos y los listones que conseguía en la tienda de los Gras y que llegaban por barco desde Francia. Sonríe, y el gesto de sus manos es de una coquetería que nos desarma. "Era yo flaca, poca cosa. Era muy tímida; pero yo era la de los mandados. Allá iba yo con mi canastita y me dirigía al extremo del mostrador, con las monedas anudadas en un tenatito debajo de la ropa. Y para las visitas compraba también vinos dulces de frutas. Eran los vinos que tanto le gustaban a Alfred."

No suspira. No llora. Pero su rostro adquiere una cualidad que nunca le habíamos visto. Tal vez sería una sonrisa, si uno pudiera sonreír por dentro, sin mover un músculo; pero es una expresión de una tristeza contagiosa, que nos turba sin saber por qué.

Tú me habías mencionado recientemente a un Alfred. Yo trato de recordar, en su generación, de qué Alfred nos está hablando ella.

En su regazo, las manos de tía Tina se abren con el ademán suplicante de quien espera una caricia de amor.

O con el ademán vacío de quien sabe que ésta nunca llegará.

"Entre las alhajitas que guardaba mi mamá estaba el anillito que me dio Alfred, cuando yo todavía era una niña y él vino a despedirse antes de viajar a Francia. Me dio el anillo y yo le pregunté si éramos novios, y él se rio y me dijo que sí. Pero ninguno de los dos sabíamos que eso iba a ser cierto, diez años después: en ese momento, no era más que una de las bromas de Alfred." La tía saca el anillo de un pañuelo de seda amarillento, que guarda también pedazos rotos de otras alhajas. Nos cuenta que le pedían, de niños, a Elise que lo sacara; que le decían: "Mamá, enséñanos las alhajitas", esas que su mamá siempre guardó en este cofre, en un rincón del ropero. Toca el anillo como uno tocaría una serpiente para ver si está dormida o muerta: con cautela, con distancia. Lo mueve un poco dentro del pañuelo para apartarlo de las otras piezas de oro.

"Éste lo pusimos aquí después, por supuesto", nos dice. Sólo una vez, antes de ahora, habíamos visto sus ojos llenos de lágrimas. "Yo lo traía puesto en el funeral, cuando todavía podía sentir la mano de él; lo traía en el meñique, porque era un anillo de niña: fue el único que llegó a darme. Después, no sabía qué hacer, porque todo dolía tanto y yo no sabía qué dolía más. Ya no lo podía sentir a él, ya pocas cosas conservaban su olor, y el anillo era como la señal de que lo había perdido. Me lo quité durante el día y empecé a dormir con él bajo la almohada, y durante la noche mi mano entraba a buscarlo. Al principio, sentirlo era un consuelo. Pero luego lo tocaba, y al tocarlo me despertaba, sabiendo que todo estaba perdido, y ya no podía volver a dormir. Me paraba a caminar por la galería que daba al jardín y sentía el aire de la madrugada y me llegaba el olor de los azahares, y era peor. Todo era peor. Hasta que mamá lo guardó. Me dijo que era mejor que no lo viera. Que no me podía ver así, todo el tiempo, como una sombra. Pero me lo dijo llorando también ella."

Coge el anillo y le da un beso. No trata de ponérselo: lo examina con atención, muy cerca de la cara, y se lo guarda entre las manos, como para calentarlo. Se vuelven a llenar de lágrimas sus ojos y parpadea con fuerza para evitar que caigan. "Después, nos conformábamos con ver estas alhajitas, que para nosotros eran un tesoro." Abre las manos y deja caer el anillo en el pañuelo. Los pedazos de joyas se mueven con un ruido opaco. Ella vuelve a anudar el pañuelo lentamente, como resistiéndose, y con un suspiro lo regresa al pequeño cofre de madera forrado de raso. Dentro del cofre vemos también un rizo color paja, atado con una cinta que debe de haber sido roja. Hay varias monedas de oro, los *centenarios* y *aztecas* que durante muchos años se usaron como instrumentos de ahorro, algunos papeles y otras cosas que no podemos ver. Tía Tina mantiene sus dedos dentro del cofre, como alguien que toca con devoción el agua bendita en una pila. Corre otra lágrima por su nariz y cae sobre el pañuelo. Al cerrar el cofre, murmura: "¡Esas cosas ya no volverán!".

Siempre había habido algo, detrás o dentro o por encima de la tía, que la rodeaba de un aura improbable y que nos intrigaba. Era como la esperanza de que en un resquicio de su memoria surgiera algo nuevo, que en un armario olvidado apareciera algún documento revelador. Y eso, ahora, ese anillito, se sentía como una clave, la pieza de un rompecabezas que no conocíamos pero que valía la pena buscar. Su llanto y su gesto de ternura se antojaban los de una mujer enamorada. Pero eso era como hablar de otra persona; como si la tía a la que conocíamos hubiera sido incapaz de la generosidad necesaria para amar. Como si nadie hubiera podido enamorarse de esa mujer tan inflexible. Pero ¿la habían amado o amaba ella? Ella nunca se casó, de eso estábamos seguros. Alguna tristeza honda se fundía con el anillo. Algún dolor, que podía ser despecho o pérdida, estaba encerrado en esa caja de tesoros.

Asiente, lejana. Voltea a vernos, como regresando de algo. Se levanta y va hacia el pasillo de la entrada. Regresa del pequeño estudio con una fotografía enmarcada: Alfred, el hijo de Charles, de joven, cuando estudiaba en el liceo de Thônes. La dedicatoria, en la esquina inferior derecha de la foto, es ambigua y vagamente cordial. Todos sabían que el muchacho había sido un rebelde y que Charles había hecho esfuerzos titánicos para que permaneciera en la escuela. Conocíamos la imagen desde siempre, aunque nunca habíamos visto la foto original: la tía sólo había mostrado copias de copias, por lo que Alfred era para nuestra memoria como un pensamiento pálido y ojeroso, recargado en un objeto imposible de identificar. Ahora vemos en la fotografía que ese objeto era una columna, de esas que usaban los fotógrafos para que sus clientes no se sintieran tan incómodos; y que Alfred era un muchacho rubio de facciones muy finas, vestido con un traje entre militar y marinero, con un atado de libros al alcance de la mano.

"Se fue a Thônes poco después de mi primera comunión. Fue un desayuno regio, acompañado de exquisitos manjares y grandes jarras de chocolate. El cura lo tenía entre ceja y ceja porque era muy inquieto; y cuando habíamos terminado de desayunar y él se acercó le dijo: 'Manténgase de pie, amigo Alfred. Tantas idas y venidas, tantas vueltas y revueltas, ¿son de alguna utilidad?'. Y él, de pie, le contestó: 'No, señor cura'. El cura le dijo que estaba bien y se fue con mucha corrección y majestad, porque era un hombre que caminaba como si llevara la imagen en una procesión."

San Rafael, Veracruz, 7 de enero de 1913

Querida Caroline,

Hermana querida, firmé esta carta con la fecha de mañana, porque es cuando pasará el correo, y tengo una prisa infinita por que conozcas mis noticias, que son las mejores noticias de mi vida.

Este año marcará una fecha bendita en mi vida porque será aquél en el que habré comenzado a amar. ¡AMAR! Cuánta ternura, cuántos tiernos proyectos, cuánta felicidad apercibida, encierra esta palabra. Tú debes comprenderme puesto que has amado antes que yo. Sin embargo, esta palabra no debe estar sola, hace falta que el eco le responda "y ser amado". Amar y ser amado, qué felicidad para quien puede decir esas palabras. Y bien, tu hermano Alfred se considera el más feliz de los hombres puesto que puede decir que ama y que es amado por la más encantadora, la más noble, la más admirable de las mujeres que me ha sido dado encontrar en mi camino.

¿Sabes que amo a Léontine con locura? Se lo confesé y ella se quedó fría: lo que le dije la sorprendió y la impresionó, porque siempre nos habíamos visto como amigos. No hace mucho era todavía una niña que iba a la escuela. ¿Recuerdas que incluso le di un pequeño anillo de oro antes de viajar a Francia? Casi una broma, en aquel momento, cuando yo era un muchacho reacio a pensar en estas cosas. Y ahora venir a hablarle de amor, invitarla a unir su destino al mío, tratar con ella un tema tan serio, hacerla partícipe de mis esperanzas. Esto la impresionó, ella tan inocente, con un alma tan cándida que nunca había pensado en todo esto. Ella depositó toda su confianza en mí, y ha consentido en ser mi mujer en la primavera del próximo año.

Ahora se ha operado en mí un gran cambio.

Veo que la vida tiene una razón de ser. Desde que me di cuenta de que la amo, encuentro al mundo menos malvado y la existencia más dulce de vivirse. Si llego a tener alguna contrariedad, alguna preocupación, pienso en ella y su dulce rostro parece decirme: *ánimo y perseverancia*. Y entonces regreso al trabajo con el corazón contento.

Si supieras lo bonita que se ha vuelto mi querida Léontine. Cabello castaño y abundante, una frente majestuosa, una boca divina; dientes como pedacitos de nácar; hermosos ojos grandes y azules, tímidos como los de una gacela; una naricita derecha y delgada. Y sus pies y sus manos, verdaderos pies, verdaderas manos de diosa. Ahora, como personalidad, es la más razonable de las muchachas, es un ángel, pues. Reúne todas las buenas cualidades que hacen de una mujer una buena esposa y una buena madre. Es la mujer que soñaba con encontrar. ¡Ah! Seré tan feliz con ella, estoy seguro. Que Dios me oiga y que quiera que todos mis bellos sueños de felicidad con ella se realicen.

Sí, querida Caroline, Léontine y yo nos amamos ambos, nos amamos con la misma ternura, con la misma fuerza. La nobleza de su alma, su belleza simple, su modestia, su carácter adorable, incluso su timidez, hacen que la vea como un ángel descendido de los cielos.

Este año lo dedicaremos a preparar nuestra dicha, a cultivar nuestro amor. La primavera de 1914 nos traerá sus azahares, flores de inocencia de las que Dios hizo un símbolo sagrado, y con ellas adornaré la frente de mi adorada Léontine.

Una vez casados, quisiera sustraer a Léontine de este medio en el que vivimos. Sabes que no estoy a gusto en San Rafael y conoces las causas. Quisiera rehacerme otra vida con ella, una vida más digna, más deseable de vivirse, en Francia. Y estoy seguro de que ella también estará contenta.

Tu hermano que te abraza afectuosamente,

Alfred

Jicaltepec / San Rafael, 8 de enero de 1913

Querida Caroline,

No es un suceso feliz el que me lleva a escribirte estas líneas; al contrario, es bastante triste. A nuestras familias les sucedió una desgracia espantosa; un crimen atroz se desencadenó en casa de Charles tu padre la noche del 6 de enero, el día de Reyes, a las 11 de la noche.

Unos bandidos entraron a través de un hoyo que hicieron en el muro debajo de una ventana. Fueron derecho a la habitación de Alfred y lo asesinaron de tres puñaladas; el pobre, que se despertó sobresaltado, a pesar de las heridas mortales saltó sobre su fusil y con muchos trabajos intentó armarlo, pero los bandidos no le dieron tiempo.

Tu padre, al oír los ruidos, saltó del lecho con un bastón y sin pensar en su revólver, y le dio un bastonazo a uno de los tres bandidos; en la refriega Charles recibió un machetazo que le cortó la mitad de la cara, y un balazo en el vientre que afortunadamente no tocó ningún órgano vital. Tu hermano Alfred le salvó la vida a tu padre, porque todavía alcanzó a levantarse, todo ensangrentado, y ahuyentó a los asesinos. Pero sucumbió a sus heridas antes de que llegara la ayuda.

El doctor Pétin vino en seguida y detuvo la hemorragia de tu padre; yo mandé llamar también a un buen médico de Gutiérrez Zamora y están trabajando juntos. Charles está ahora en cama, por supuesto, pero como sus heridas no son mortales, va mejor, aunque no podrá asistir al funeral de Alfred. Henriette tu madre, dentro de todo, está bien y no sufrió ningún daño.

El jefe político de Jalacingo vino con policías rurales, y están buscando a los culpables. Las autoridades, aunque muy incompetentes, han hecho lo que han podido.

Termino abrazándote con el corazón y con amistad, y te ruego que resistas esta triste noticia con entereza,

Ernest

No puedo ver a Henriette. La evito desde el segundo funeral porque ¿qué le puedo decir? ¿Qué se le dice a una mujer cuyo marido agonizaba en el momento del funeral de su hijo? ¿Su marido, a quien los mismos asesinos vinieron a rematar menos de dos meses después, cuando empezaba a recuperarse? ¿Cómo se consuela a alguien que lo perdió todo, en un baño de sangre, en el curso de una sola noche? ¿Podría verla a los ojos y decirle algo que suene a resignación?

Su hija Caroline sigue en Francia. De cualquier forma no habría tenido tiempo de llegar al funeral de su hermano, y nada podía haberlos preparado para este segundo ataque contra Charles. ¿A qué venir, qué podría hacer, para qué arriesgarse ella misma? Que se vaya Henriette a Francia con su hija, que se escape de este lugar. Que se salve, como deberíamos salvarnos todos los demás.

Ernest los quiere vengar.

El muy iluso. Como un adolescente, con su vieja actitud de preboste de armas, con su porte militar y la indignación en su voz. Fue a ver a las autoridades. Una mala broma, las autoridades en este lugar. Le prometieron que investigarían. Involucradas en todo lo sucio, las autoridades. Como si no lo supieran, como si pudieran hacer algo, como si quisieran.

Henriette lo oyó todo, esa noche. Desde su pieza, escondida. Alfred gritó cuando lo hirieron. Y ni Charles ni ella hicieron nada pronto, porque el muchacho era sonámbulo y solía gritar en el movimiento de sus pesadillas. Nunca se lo van a perdonar. Gritó y no fue sino hasta que oyeron a los otros hombres que Charles se levantó. Había una escopeta en la casa, parece que Alfred trataba de salir por ella al corredor. Charles tal vez pensó en lo mismo; pero lo estaban esperando y lo atacaron al salir de su pieza. Henriette me dijo que le gritó a ella, en francés, que se encerrara, que le echara llave a la puerta y que se escondiera.

Me contó que oyó cómo se le iban encima a Charles. Que sentía los golpes contra su pared; que Charles se defendió durante un buen rato. Ella no vio a los mexicanos, pero deben de haber sido medio metro más bajos que Charles. Él tenía cortadas en las palmas: seguro trató de detener los machetazos con las manos. Pero nunca llegó hasta la estancia, donde estaban las armas, la escopeta y su machete. Parece que se dirigía a la pieza de Alfred, tal vez todavía lo oía gemir. Y al final fue el muchacho el que le salvó la vida: todavía tuvo la fuerza para levantarse, y verlo vivo ahuyentó a los mexicanos: Alfred se paró, malherido como estaba, y se les fue encima. Debe de haber sido como un espectro, cubierto en sangre, agonizante. Dice Henriette que lo oyó gritar amenazas y sintió una felicidad salvaje, en medio de todo ese miedo y todo ese ruido: su hijo estaba vivo.

Pero eso fue todo. Tuvo la entereza suficiente para enfrentarse a los asesinos y salvarle la vida a Charles; pero no la fuerza para vivir. Los asesinos corrieron al verlo levantarse e irse contra ellos; cobardes malnacidos que pensaron que ya estaba muerto. Henriette los oyó gritar como si hubieran visto al diablo. Y seguro eso pensaron. Gritaron y dejaron aventados sus machetes y salieron corriendo sin llevarse nada. El último gesto de Alfred le salvó la vida a Charles, o por lo menos se la alargó un poco. Y seguramente también se la salvó a ella. ¿Pero para qué, qué puede esperar ella ya de la vida?

Alfred murió como héroe, y mi Léontine se va a morir atrás de él. Daba pena verla en el funeral. Ya no tenía más lágrimas que llorar; de tanto dolor ya no podía sentir nada más.

Alfred le había pedido su mano esa misma tarde. Ella estaba radiante cuando nos lo contó. Sonrojada, temblorosa, más bonita que nunca, riendo y llorando al mismo tiempo, llena de proyectos y de esperanzas. Alfred le dijo que quería que se casaran en junio del año que entra, en cuanto ella cumpliera los dieciocho; ella se cortó un rizo de pelo y se lo dio. Él le prometió que le pediría a su hermana una Cruz de Saboya, para comprometerse con Léontine a la francesa; que harían la fiesta de compromiso como las que él había visto en Thônes. Le dijo que quería llevársela para allá, vivir cerca de su hermana, en los Alpes. Alejarse de este lugar que despreciaba desde que vivió en Francia y desde el inicio de la revolución.

Henriette me contó que Alfred le había escrito esa misma noche a Caroline su hermana. Que le temblaba la voz cuando hablaba de Léontine, que nunca se imaginó verlo así de enamorado. Decía algo sobre los azahares y los naranjos en primavera: que ya sabía de qué árbol iban a hacer la corona de desposada para Léontine.

Es cierto que Charles se buscó sus enemigos. No se tentaba para decirles sus verdades a los mexicanos. Los tildaba de flojos y necios, y se los decía en su cara. Había encontrado gente robando en la destilería. Quién sabe si hayan sido los mismos. Les dijo que los iba a denunciar. Ojalá se hubiera quedado callado; pero, como mi Ernest, no es de los que se aguantan. Y creyó que las autoridades... Pero no, no en este lugar. No en este país. No cuando los mexicanos lo veían como a uno de "los otros". No cuando son ellos contra nosotros, y siempre lo han sido. Resentidos y perezosos, sólo están esperando el momento de robar; de robar y de mentir. Y de matar.

Dios, Henriette. ¿Qué va a hacer Henriette ahora que también ha perdido a Charles? ¿Qué va a hacer mi Léontine; qué hacemos, todos, todavía, en este lugar?

Hizo falta un hecho más bien mundano, un accidente doméstico, en la Ciudad de México, setenta y tantos años después de los hechos, para que nos diéramos cuenta cabal de cuán cerca nos tocaba esa tragedia antigua. Porque sabíamos lo de los asesinatos; pero no la parte que había tenido, en esa historia, nuestra familia más inmediata.

Tía Tina luchó por quedarse en su casa: se resistía a irse, a pesar de la caída y a pesar de la fractura. A pesar del olor a gas y de la comida descompuesta y del refrigerador abierto y de todo eso que se acumulaba sobre muebles y libreros y rincones.

Intentó fugarse del asilo, cuando la trasladaron ahí después del hospital. A las monjas enfermeras las llamaba carceleras. Después de semanas, mediante visitas de mediación como delegaciones diplomáticas, donde la zalamería de nuestras palabras ensalzaba la comida y el orden de esas habitaciones de convento, se fue calmando. Vio como por primera vez su recámara y pidió una libreta para escribir.

Llegó el momento en que hizo falta su certificado de nacimiento, cuando a todos nos quedó claro que se iba a quedar en el convento y que ya nunca regresaría a su casa.

Lo buscamos por debajo del polvo y los plásticos, entre sus papeles, en los armarios, en cajas y repisas. Hasta que recordamos el baúl de madera, cerrado con llave, que estaba en el estudio. El mismo baúl del que la tía había sacado las alhajas rotas. No fue difícil forzar la cerradura. Dentro del baúl vimos, como la otra vez, el rizo rubio, los papeles de propiedad del cementerio, las monedas de oro, un dedal de costura, el título universitario de la tía, enrollado, algunas conchas marinas, un misal.

Y, al fondo de la caja, una sola carta de amor para Léontine, firmada por su Alfred. Y un pañuelo manchado, rígido de sangre, con las iniciales de la tía. El pañuelo, entendimos en ese momento, que ella le había dado en prenda de su amor el día que se comprometieron.

Irritante, obsesiva tía Tina: bella y dulce Léontine que, sin haberse casado, ha sido viuda durante toda su vida.

Décadas de dolor y soledad que se abren para descubrirnos a la tía joven, fresca, enamorada. Adolescente llena de ilusiones que perdió su amor la noche misma en que lo encontró. Testaruda lealtad, determinación estéril de guardarle un luto de por vida, sin imaginar cuán larga sería ésta; cuán costosa, su promesa de fidelidad.

Llegó un día en que ya no pude más. Llevaba pensándolo mucho tiempo, quién sabe cuánto. Ésta no era la vida... no era la forma... no era lo que había esperado. No sé qué había esperado; pero no esto. No así.

En un baúl olvidado, en el que no sé qué estaba buscando, encontré la primera fotografía que nos tomamos Ernest y yo aquí. Yo todavía llevaba uno de los vestidos que empaqué en Francia, un traje claro que había pensado adecuado para el trópico, con grandes solapas abiertas sobre una pechera abotonada hasta el cuello y adornada con una doble cinta de encaje y un camafeo; Ernest, un traje oscuro, con chaleco y corbatín de mariposa, completamente fuera de lugar. En la fotografía estamos sentados, juntos; pero cada quien en su mundo. Nuestros brazos apenas se tocan, fuera de la imagen. Nuestras miradas no convergen hacia el mismo punto: él está de tres cuartos, viendo hacia su izquierda, con esa intensidad que siempre he admirado. Yo, como si quisiera esconderme, veo con timidez ligeramente hacia la derecha, en su dirección pero sin atreverme a mirarlo directamente a él. Quién sabe qué vería cada quien, quién sabe en qué estaríamos pensando. Tal vez él lamentaba no aparecer, en esa imagen, junto a Antoinette o a Louise. Tal vez yo estaba pensando en mi hermana, o en lo extraño de este lugar donde el telón de fondo de la imagen es uno de los sarapes locales de lana; tal vez quería tomarle la mano a mi marido. Tal vez tenía esperanzas.

Hace tanto tiempo. Hace nueve hijos. Una casa. Una plantación. Varios caballos. Catorce sirvientes y mozos. Hace muchas cartas y muchas ilusiones y demasiada realidad.

Vi a los más pequeños de mis hijos. No me pude sacudir esa sensación de pérdida, de lo que perdían ellos al crecer en este lugar. Los vi correteando, a medio vestir, como se estila aquí, y supe que no quería eso para ellos. No esta vida, a pesar de la escuela francesa y de nuestra hermosa casa y del espacio y hasta del dinero. No esta gente. Vi a lo lejos los campos sembrados y olí los plátanos y oí los ruidos incesantes de este lugar y quise algo distinto. No había querido nada más, desde que tuve a Ernest: había creído que con tenerlo sería suficiente, que todo lo demás se iría dando. Pero ya no. Porque no se dio.

"Me prometió el país del oro y me trajo al país del lodo, don Ernesto", le dije, después de comer, cuando los otros ya se habían levantado. No sé si me entendió. Con él nunca he sabido: me ve durante algunos instantes con esa mirada que quema, y que luego aparta. Abre la boca y deja escapar algo que, en otra persona, sería un suspiro pero que en él es como el grito contenido de un dolor profundo. Se levantó de la mesa, sin una palabra, sin volver a verme, con apenas una inclinación de cabeza que podía querer decir *gracias por la comida* o *de acuerdo, vete*, o *te ruego que no te vayas*.

No volví a mencionar el asunto; pero pedí informes. Me dijeron que el vapor zarpaba de Veracruz en tres semanas. Tendríamos que tomar el barco pequeño en Nautla con algunos días de anticipación.

Yo había ido guardando dinero, que para eso sé lo que es administrar una casa. No todos aceptarían venir conmigo, porque Léontine no querría alejarse de sus memorias, y Adèle se siente a sus anchas como maestra de la escuela. De los muchachos era cosa de ver, sobre todo Alphonse, porque no iba a dejar a Ernest sin manos que lo ayudaran y no los quiero privar a ellos de su herencia. Pero los demás se vendrían conmigo. Los tres menores, o cuatro. Los boletos costarían una fortuna, pero así son las cosas.

Ernest y yo, desde que se lo dije, hacemos por evitarnos. No sé si yo quería hablar del asunto. Él, seguro que no. Conociéndolo, es posible que esté esperando que se me olvide. Como no me preguntó, no le dije. Y todo siguió como siempre. A los chicos no pensaba avisarles sino hasta tener los pasajes en mano; y a los tres mayores les pedí discreción porque no quería que todo el pueblo viniera a tratar de convencerme de una u otra cosa; ni mucho menos que fueran a meterle ideas a Ernest en la cabeza.

Cuando recibí los pasajes empecé a preparar la partida. Recordé los tiempos de mi niñez en que se hacía en primavera la colada de toda la ropa del invierno: quería dejarle a Ernest una casa habitable y que no tuviera que pasar incomodidades. Pensé que nunca me dijo si le gustaría o no acompañarnos. Él había hecho el viaje de ida y vuelta, cuando perdió a Louise y regresó a Saboya a casarse conmigo: para él, esto no sería esa expedición monumental que casi me paraliza. No he previsto un boleto para él; pero estoy segura de que eso se arreglaría sin problema. Los Blanc también partieron. Para conocer, primero; y luego la mitad dc la familia decidió quedarse. No es el fin del mundo.

¿Por qué se siente como el fin del mundo?

Se siente como el fin del mundo.

Ya no sé qué querría hacer en Francia. ¿Dónde voy a vivir, qué va a pasar con los niños?

No había pensado cabalmente en todo eso. Y ahora ya no hay tiempo de hacerlo. Irène prometió ayudarme a nuestra llegada. Pero, en algún lugar de mí, yo sigo confiando en que Ernest se nos una.

Estoy a punto de dejar a mi marido. Al hombre de ensueño con el que la fortuna me unió y con quien me bendijo, dándome nueve hijos. Abandonar al único hombre al que he amado. Dejar las tierras y la casa por las que he trabajado hombro a hombro junto a él. Dejar a mis hijos mayores, quizá para siempre.

¿Estoy loca, es esto una insensatez? ¿Qué son esos boletos en mis manos? ¿La salida de esta vida decepcionante o la entrada al infierno de la soledad? No la pobreza, confío; porque sé trabajar y por mis hijos haría lo que fuera. Y ni Ernest ni sus hermanos, en Saboya, dejarían que pasáramos hambre, estemos donde estemos. Pero de pronto todo esto se siente como un mal sueño. Las cuerdas de la ilusión y el optimismo se han ido desenrollando durante los últimos meses, y ahora ya no sostengo más que sus puntas, débiles y gastadas.

Empieza a costarme mantener la fachada de normalidad. Es inminente que se sepa que nos vamos, como se saben esas cosas en este lugar.

Ernest me rehúye, me esquiva, se buscó un viaje a Teziutlán. Los niños han empezado a preguntar qué está pasando.

Arreglé los trajes de viaje, empaqué los baúles.

Los niños no saben si estar tristes o contentos. A los más pequeños fue fácil contarles lo que sería nuestra vida en Saboya: les hablé de su tía Irène, a quien sólo conocen por las dos fotografías que nos ha enviado en los últimos años. Les conté de los ritmos de las estaciones y de las melodías de las vacas en verano. Les describí los campos cubiertos de nieve, la quietud del invierno y esos cielos nocturnos que sólo se ven en la altura de las montañas. Les prometí que iríamos a cortar ciclámenes en el verano para perfumar la casa, y que con luna llena cortaríamos ramas tiernas de avellano y fresno para hacer ramilletes que darles a roer a las cabras. Que cosecharíamos manzanas para hacer sidra, y cerezas y gencianas para *eau de vie*. Que verían iglesias tan fastuosas, y casas tan elegantes, como no pueden siquiera imaginar.

Subo por última vez al piso superior. Reviso que las habitaciones estén en orden y que no falte nada. Bajo a la cocina y dejo instrucciones a la cocinera francesa y a los sirvientes mexicanos. Salgo al huerto. Llamo a un mozo y le encargo que se ocupe de cuidar los árboles. Mando a que bajen los baúles. Visto a los niños y les pido que me esperen a la sombra, en la galería que bordea la estancia.

Voy a buscar a Ernest, a quien no he visto desde ayer en la tarde. Lo encuentro en el granero, sentado con los antebrazos sobre los muslos y la cabeza baja. En cuanto me oye acercarme, se levanta. Sale del granero y se detiene a unos pasos de la entrada, bajo la sombra del mango enorme que plantamos cuando estábamos construyendo la casa.

"Don Ernesto", le digo, "vengo a despedirme." No se mueve. Por la forma como cae la sombra sobre su cara no puedo ver sus ojos y no sé si me está viendo. Me acerco. Él levanta un poco su mano derecha, como para detenerme. Pero no sé si para detener mi partida o mi acercamiento. Camino hacia él de cualquier forma. "Los niños están listos, si quiere ir a despedirse de ellos."

Levanta un poco la cara; sube y baja su manzana de Adán. La luz le ilumina el rostro; me ve directo a los ojos. Sé que iba a decir algo y se arrepintió. Vuelve a levantar un poco su mano: esta vez, casi con resignación. Doy otro paso.

Y me quedo clavada en donde estaba.

Por la mejilla de Ernest corre una lágrima. Una sola lágrima que él no hace nada por secar. No me dice una palabra. Me mira con todo el dolor de sus pérdidas y una lágrima.

Cierra los ojos por un instante y entreabre la boca para exhalar. Cuando los abre de nuevo, asiente. En sus pestañas se quedan atrapadas otras lágrimas que no cayeron.

Cae su mano que me retenía, como cae el acero de la guillotina.

La partida de Elise rompía el maleficio que le impedía llorar, y que él siempre había considerado como obra de Anselme.

Cuando su mujer giró para alejarse, Ernest levantó su mano incrédula y se tocó la mejilla.

Con Elise, perdía a la tercera mujer que había amado.

Regresó a la penumbra del granero.

Como de un dique roto fluyeron las lágrimas acumuladas durante todas esas décadas.

Y lloró sus pérdidas.

La de Antoinette, a la mezquindad y la traición.

La de Louise, a los celos de esos dioses incapaces de tolerar la dicha humana.

La de Franceline, por la que él todavía se sentía responsable.

La de ese mundo que había construido y que se resquebrajaba a su alrededor.

La de su familia y su patria.

La de sus hijos, a quienes tal vez no volviera a ver.

La de su mujer. A fin de cuentas, la única mujer que había sido suya.

Lloró, sin esperar que nadie más viniera a despedirse de él. Sin saber qué o a quién encontraría al salir de ahí.

Lloró más de lo que habría creído posible llorar, incluso después de una sequía como la suya.

No supo en qué momento se durmió. Tampoco cuánto más permaneció en el granero. Al salir hubo un momento en que no supo si la luz y los ruidos eran los de la puesta del sol o los del amanecer. Sólo tuvo la certeza de la mañana cuando sintió el rocío en el pasto y oyó a un gallo cantar.

Nada había cambiado y sin embargo nada era igual.

No vio a nadie. No quiso entrar a la casa.

Caminó hacia las caballerizas y ensilló su caballo. Lo sacó, al paso, y se fue alejando, por el camino real, hacia las plantaciones.

De algún lugar, mucho tiempo después, le llegó el aroma del café. Trató de no pensar en Louise.

Trató de no pensar en su casa, vacía: ni siquiera sabía quiénes de sus hijos se habrían ido. Trató de no imaginar la enorme mesa de su comedor en silencio. Trató de no recordar esa forma de Elise de "recibir", como "recibía" en Francia para la familia del capitán; la generosidad de sus mesas y la variedad de sus platillos. La forma como mandaba, en su cocina y en su casa, al pequeño regimiento de ayudantes de la cocina, todos franceses, y sirvientes, todos mexicanos. Sus penas de todos los diablos para hacerse entender de estos últimos. Su cuidado de que nada faltara en la casa, de que los hijos estuvieran bien, de que todo estuviera limpio hasta el absurdo y "propio" hasta el ridículo.

Pero no era ridículo, a pesar de todas las veces que él la había acusado de exagerar; de las que le había dicho que ellos no eran nobles y que no estaban esperando la compañía de príncipes; de las que discutieron por la forma en que ella educaba a los hijos, como si fueran a vivir en la gran sociedad. Como si fueran a regresar a Francia... ¿Desde cuándo lo sabría? ¿Cuánto tiempo llevaría planeándolo?

O no. No era más que la forma que Elise había tenido de darles armas para defenderse, ella que había tenido que probar que no era una campesina, ella que se había reinventado en niñera de la aristocracia.

Y en mujer de un campesino tropical.

Había partido. Claro que había partido, ¿qué esperaba Ernest? ¿Que siguiera aguantando esta vida de humedad y peligros? ¿El miedo constante a las crecidas del río, a las sequías, a las plagas de langostas que acababan con todo, a los animales venenosos? ¿A los asesinatos impunes, a la revolución que se acercaba desde el norte?

No, Elise nunca había podido sentirse parte de ese lugar. Y no era sólo su racismo, la estricta distancia que ponía entre sus hijos y los de sus sirvientes, su desprecio por todo lo mexicano. Era, también y sobre todo, su esperanza: de regresar, de reintegrarse a la vida de la que él la había arrancado, de reunirse con su hermana. Elise lo había recibido así y le había lavado las servilletas empapadas de sudor cuando los invitaban y había educado a sus hijos como a nobles porque siempre pensó que esto, México, no sería más que un interludio; un paréntesis desagradable pero finito que, al cerrarse, los regresaría a Saboya y a su vida. Ésta, pues, todo esto, estas tierras y estos colores y estas selvas no habían sido su vida. Eran un compás de espera.

Y ese compás, hoy, estaba cerrado.

¿Y él? La había dejado partir, sin tratar siquiera de retenerla. Sin una palabra. Sin agradecerle su compañía de todos estos años, sus cuidados. Sus hijos. Elise había partido y se había llevado todo lo que era importante para él.

¿Qué podía esperar? No que algo cambiara: eso lo supe desde que le di la espalda a Ernest, con las manos temblorosas y las rodillas como líquidas, y regresé a ver a los niños. Nunca sabré si hice bien, ni tampoco qué habrían preferido ellos. Sé que, durante meses, muchos meses, quizá más que eso, me despertaba pensando qué estaría haciendo si hubiéramos partido. Pero no sólo pensándolo: me despertaba queriendo verme allá, tal vez en casa de mi hermana; queriendo oír lo que habría oído, oler esos olores que echaba de menos. Muchas veces traté de repetir, en la cocina, alguno de mis guisos favoritos de la montaña. Pero ¿cómo disfrutar, incluso si hubiera conseguido los mismos quesos, las mismas papas o el mismo pan, aquellos sabores en este calor? ¿Cómo no reconocer el engaño, cómo no sentir que se trataba de una mala parodia, un consuelo pobre e insuficiente?

Volvía sobre mis pasos de ese día y trataba de componer distintas salidas: ¿si Ernest no hubiera llorado? ¿Si hubiera ofrecido venir con nosotros? ¿Si lo hubiéramos podido negociar, de alguna manera? Pero no hubo más que silencio y una lágrima, y contra eso no se puede.

Esta capacidad suya para callarse. Como si no hubiera sucedido nada; como si él no hubiera llorado, como si yo no hubiera estado ahí, frente a él, vestida de viaje, con los hijos esperando. Nada: como si lo hubiera yo soñado todo. Ni una palabra.

Un silencio peor que el de antes, porque ahora sí teníamos algo que ocultar. Nada a los vecinos, nada a los parientes. Absolutamente nada a los hijos, que tampoco pudieron preguntar. Al principio no pude, y después no quise decir nada. Porque hablarlo lo hacía real: quería decir que no habíamos partido, que ya no partiríamos, que nunca volvería a mis montañas.

Que moriría aquí en esta tierra húmeda y que mi vida nunca sería la que pudo ser.

Y por el otro lado, ¿qué pudo ser? ¿Qué habría esperado? ¿Volver al "servicio"? ¿Ser un ama de llaves más eficiente, más influyente, que lo que había sido? Con cuatro o cinco niños propios a cuestas, ¿dónde podía haber servido? Y en una familia sin hombre, ¿qué más iba a hacer? Establecernos en el viejo chalet, si todavía podíamos, volver a fabricar quesos y esperar un milagro.

¿Un milagro? ¿Y qué era un milagro, en ese momento? ¿Qué más milagro podía esperar que el que ya había sucedido, en el Grand Bornand, cuando Ernest caminó por la calle cubierta de hojas secas para pedirme que fuera su mujer? ¿Qué otro milagro, que haber hecho de mí la madre de sus hijos?

Creo que eso fue lo que nunca dejé de pensar. Que, de alguna forma, no tenía ese derecho: no podía ser yo quien lo dejara. Él había hecho su sacrificio en el altar de sus pérdidas. El mío tendría que ser equivalente: mi renuncia por su dolor. ¿Y mi dolor? En eso no tenía derecho a pensar, porque no era sino el dolor de lo posible, de la otra vida, de la alternativa que no había elegido.

¿El dolor por lo que no ha sucedido es menos real, menos digno, menos cruel?

En ese momento, sólo me cambié de ropa. Cambié a los niños. Devolví los pasajes.

Me abstuve de ver a los conocidos durante algunas semanas: no salí al pueblo, no aparecí cuando alguien vino de visita. Me pasé días enteros en el huerto. No habría soportado las miradas ajenas; ni las de conmiseración ni las de burla. Era algo de lo que ya no podría hablar. A Irène sólo le dije que Ernest no lo habría aguantado. Mi lugar estaba junto a mi marido; mi deber, frente a mis hijos. Ella también es esposa y madre, y lo entendió.

Creo que lo que más lamento, más que la perspectiva incumplida del regreso, la nueva vida o la compañía de mi hermana, fue no saber qué habría hecho Ernest. ¿Me habría seguido, me habría dado por muerta? ¿Me lo habría perdonado, en cualquier caso? ¿Habría podido, él, volver a empezar?

Se dijo mucho que el aislamiento de Anselme respondía a una decepción amorosa. Nunca se supo, si eso era cierto, quién había sido la amada; tampoco se supo qué había sucedido. Puede ser, como sucedió siempre con Anselme, que nada de esto fuera cierto y que él no se haya molestado en negarlo. Puede ser que todo haya sido cierto y que él tampoco haya tenido interés en comentarlo.

Después de la muerte de su padre se aisló casi por completo: en el granero en invierno, en Cotagne en verano, acompañado sólo por sus libros y por una botella de *goutte*. Ya no podían saber los demás si estaba sobrio o borracho porque eso ya no se distinguía ni en su rostro ni en su actitud: con los ojos entrecerrados, con los brazos cruzados sobre el pecho, con una vaga actitud de fastidio, como si tuviera prisa por hacer algo más, se quedaba viendo a su interlocutor durante unos segundos más de lo que le resultara cómodo al otro, y luego descruzaba los brazos, ladeaba un poco la cabeza como inquiriendo si ya había acabado y se alejaba para regresar a lo suyo.

Hasta el día en que Anselme supo que iba a morir. Había abusado de su cuerpo a tal grado que ya para entonces, aunque todavía no tuviera cincuenta años, con la ropa colgándole del cuerpo desagradablemente flaco, siempre con ese vago olor a amoniaco que nadie quería averiguar de dónde salía, siempre borracho, ya no fue una sorpresa para nadie. Lo que sí les extrañó fue que lo supiera con esa precisión, y más de uno pensó, después, si no habría sido suicidio; aunque, a decir verdad, su vida había sido un suicidio lento desde hacía años.

Se lo anunció a sus hermanos en la mañana: hoy me voy a morir. Más que la frase, les sorprendió la forma en que la dijo: con los brazos a los costados, viéndolos de frente, en una actitud de desamparo tal que hacía pensar en la resignación del condenado frente al pelotón de fusilamiento. Hoy me voy a morir. Sin más, sin lástima y sin consolación posible, ni de ellos a él ni al revés. Me voy a morir como va a llover. Me voy a morir y no quiero hablar del asunto. Me voy a morir y es mi muerte, así que no se metan.

Pero dio instrucciones. Y a Anselme se le obedecía, dijera lo que dijera, desde que eran todos niños. El único que alguna vez trató de salírsele del redil fue Ernest, y Anselme lo puso de inmediato en su lugar.

Se recostó en la cama que estaba en la habitación del frente, junto a la ventana, y pidió que sacaran todos sus libros del granero y los apilaran en el claro que estaba entre el granero y la casa. No estaba tan débil que no hubiera podido ir a buscar los libros él mismo; o había estado tan débil durante tanto tiempo que igual habría podido ir a buscarlos. Pero pidió que fueran sus hermanos quienes los sacaran.

Muy probablemente los hermanos se imaginaron lo que les iba a pedir. Alguno trató de dejar en el granero un tratado, medieval y valiosísimo, cuyo valor histórico intuía, aunque no conociera el científico. Apartaron algunos papeles. Pero Anselme insistió: saquen todos mis papeles al claro. Los hermanos los fueron apilando, tal vez más apesadumbrados por lo que estaba a punto de pasarles a los libros, herencia de la familia, que a su hermano, dado por perdido mucho tiempo atrás.

Todos los libros, todos los papeles.

Podían haberse negado, porque Anselme no se volvió a levantar. Haberse esperado, a ver si era cierto que se moría. Pero no podían negarse, porque a Anselme se le obedecía. Como poseídos, actuando en contra de su voluntad, en contra de su propio juicio, terminaron de apilar todos los libros y todos los papeles y todo el conocimiento acumulado por esa familia de campesinos pobres desde siglos atrás.

Préndanles fuego.

Unas horas, sólo faltaban unas horas para el final del día; si se esperaban lo suficiente Anselme moriría y ya no habría necesidad de destruir los libros. O no moriría y entonces tendrían manera de negociar con él.

Podían irse todos; caminar durante toda la tarde por los senderos de la montaña, bajar a Thônes. Ir a la iglesia a buscar al cura, con la excusa de los santos óleos y la bendición. Pero no pudieron negarse, porque a Anselme se le obedecía.

Vieron, durante horas angustiosas, amontonados sobre el pasto, las curas, manuscritas por sus propios antepasados, o con la letra clara de algún escribano, con ingredientes y cantidades y tiempos, y tal vez alguno trató de memorizarlas y tal vez lamentaron no saber escribir ni leer mejor. Vieron los libros de encantamientos en sus ediciones clandestinas, con las pastas roídas por los años y por las ratas y por todas las veces en que se habían ocultado bajo tablas y entre pilares de madera en las casas. Y lamentaron las pomposas ediciones de los libros científicos, que los veían con amargura y les echaban en cara su ignorancia y les recriminaban su cobardía frente al débil borracho que yacía dentro de la casa y que tenía el terrible poder de decretar su destrucción.

Nadie se atrevió a retirar un solo papel, a esconder un solo libro de la pila que habían formado en el claro.

Cuando sintió que estaba a punto de morir, Anselme ordenó que les prendieran fuego.

No supieron negarse: la pila se convirtió en una pira.

Y así el más débil, el más infeliz de los hijos de Simon-Claude, una vez seguro de que todos los conocimientos, médicos o mágicos, que la familia había guardado durante generaciones se hubieron convertido en cenizas, murió en la habitación del frente de la casa, sin aspavientos y sin una palabra para su madre ni para sus hermanos.

Querido hermano,

Sé que conociste mis libros, y creo que fuiste el único capaz de comprenderlos. Ahora los libros ya no existen y no podrán hacerle daño a nadie.

Es posible que en algún momento hayas sospechado lo que sucedió. Nunca lo hablé con nadie porque no se trataba de un secreto que fuera solamente mío. Pero no espero vivir mucho tiempo más y la otra persona ha muerto, con lo que ya poco importa que sepas qué fue lo que pasó.

Durante los años de mi servicio militar conocí a la más dulce y más comprensiva de las mujeres, y la visité algunas veces. En verano, su familia estaba en *alpage*, y ella sola en su casa, donde vivimos momentos de una pasión como nunca imaginé.

Cuando me escribió, algunos meses después, me dijo que había quedado encinta y que sus padres nunca se lo perdonarían, por lo que acudiría a una mujer de las que ayudaban a las muchachas solteras con estas cosas.

Yo le escribí de inmediato, le propuse ir a conocer a sus padres, casarme con ella en ese momento, aunque aún tuviera que estar un año y medio de conscripto. Pero después de su carta siguieron meses angustiosos de silencio. Sin manera de comunicarme, sin poder ir a visitarla, no pude hacer nada y el miedo me roía por dentro de día y de noche.

En el primer permiso que tuve fui a su casa, y la encontré muy enferma. Nunca habló de mí y sus padres no sospecharon; pero cuando estuvimos a solas, me dejó saber su odio y su más profundo desprecio. Ella había escrito aquella carta esperando que yo hiciera algo, porque sabía que tenía algunos conocimientos de medicina; pero no recibió mi respuesta a tiempo y la mujer a la que visitó hizo mal su trabajo.

Yo no tenía forma de ayudarla con algún tipo de medicina, ni habría sabido cómo decírselo a papá, y de cualquier forma todavía tenía que estar varios meses de conscripto. Pero leí todo lo que pude, y cuando me descargaron, la volví a visitar. Su situación era terrible, estaba casi inválida, con dolores espantosos, y su desprecio por mí era incluso peor.

Pero me rogó, Ernest, me rogó con una voz desgarrada, que intentara algo más, algo distinto, que la ayudara a salir de ese abismo. Yo sabía que hay cosas que la medicina no puede lograr. No quise involucrar a papá, ni podía intentar nada con mis pobres conocimientos. De modo que me procuré el *Grand Albert*, que sé que consultaste alguna vez tú también, y durante meses, cuando regresé a Jaintouin, intenté toda clase de encantamientos, le hice talismanes, preparé pociones que le llevaba regularmente.

Ella mejoraba sólo para recaer de nuevo, y acabó por perder sus colores y su fuerza. Me odió, Ernest, de una manera feroz, con un resentimiento contra el que no tuve defensa, y me maldijo, nos maldijo a todos, me juró que buscaría la forma de vengarse.

No la volví a ver. Sé que entró en un convento, aunque no supe si voluntariamente o si sus padres la obligaron. Murió hace poco. Creo que nunca cumplió su amenaza de tratar de hacernos daño; pero yo tenía que prepararme, Ernest, tratar de proteger a la familia. Aprender todo lo que pudiera servirme para evitar una desgracia.

Sé que papá esperaba más de mí. Sé que los decepcioné a todos. Conmigo muere la habilidad médica de esta familia, aunque sé que tú también puedes cortar el fuego y que has fabricado la droga de serpiente.

No pido perdón. Hice lo que tuve que hacer; espero que haya sido suficiente.

Cuando recibas esta carta Anselme habrá vivido.

No lamentes mi muerte.

Es hermosa, una mansión en toda regla. No tendrá la elegancia de las europeas; pero sus espacios abiertos, sus grandes verandas, el colorido y la fertilidad de sus jardines compensan lo que le falta de lujo y refinamiento. A veces, desde el huerto, la veo y me cuesta creer que es mi casa, mi propiedad; que ahí está, frente a mí, el fruto de nuestro trabajo. El resultado de las decisiones de Ernest, de mi contribución, de todos estos años de sacrificios y de esfuerzos. Es una casa hermosa. Es una de las más hermosas de este pueblo, y la gente lo reconoce. Reconocen también mis habilidades en la cocina: muchas de mis recetas van a parar a las mesas en donde los vecinos celebran algo. Mi imaginación para usar los ingredientes locales en platillos europeos ya se ha comentado por carta entre los franceses de la Ciudad de México y de Puebla.

No, no era lo que esperaba cuando llegué aquí con Ernest. No era la vida que había soñado. Pero ha sido una buena vida. Ernest ha sido un buen hombre, nuestros hijos son todos modelo de educación y bondad, aunque ya estén tan hechos a los modos de este lugar que quién sabe si podrán, ellos, algún día volver a Francia.

Para mí, para Ernest, ya es demasiado tarde, ahora lo sé. No puedo seguir haciéndome ilusiones: ya nunca volveremos. No es una mala vida, y tengo todo lo que necesito. Tengo, por sobre todas las cosas, a un hombre en toda regla, que se desvive por su familia y en quien confío. Todavía hay días, cuando despierto de un sueño antiguo, cuando algo en mi conciencia añora la Saboya, en que recuerdo ese momento, hace un par de años, en que quise marcharme de aquí.

Hoy ya dudo de todo eso. Ya ni siquiera sé qué fue real. No sé qué estaba pensando, qué creía que fuera a pasar. No me reconozco en esa mujer decidida a dejarlo todo y volver a empezar; no entiendo cómo pude retar así a Ernest, no sé qué iba a hacer, de regreso en Saboya. Ya no puedo ni pensar cómo habría sobrevivido sin él, cómo habrían crecido nuestros hijos. La soledad. Y ¿qué habrían dicho todos? Mis hijos grandes, ¿qué iban a pensar de su madre, qué les iban a contar a mis nietos?

Era el último adiós a Francia. Pero en ese momento no lo pude ver. Creo que todavía tenía alguna esperanza, aunque no sé de qué. Fue la última decisión que pude haber tomado, y no la tomé.

Fue para bien, me repito. El calor y la humedad y tantos bichos; pero la abundancia de todo y la comodidad de que no haya inviernos verdaderos, y la relativa prosperidad de este lugar. Fue para bien. Encontramos nuestro espacio en este lugar. Fue para bien, porque nos tenemos uno al otro y a nuestros hijos. No hubo casas de nobles ni vajillas elegantes ni cubiertos de plata ni tapices; pero mi vida ha sido mía y en ella mando yo. Y ése es, tal vez, un lujo mayor.

Me preguntas si disfrutar tiene, en español, su origen en la palabra *fruta*. Estás hasta los codos del jugo que escurre un mango maduro, que te empeñaste en cortar tú mismo cuando pasábamos cerca del árbol y creíste que estaría al alcance de la mano. Nunca te había visto tan contento, Jean, a pesar de tus espinillas raspadas y tus manos pegajosas.

Habíamos concluido, cuando lo vimos desde el camino real, que se trataba de uno de los mangos que plantó Francisco, el marido de Adèle, en el límite de su propiedad, y que son ahora punto de referencia desde kilómetros a la redonda. Ya no se plantaban con el nacimiento de los hijos; pero la costumbre de marcar con los árboles los grandes acontecimientos no desapareció en San Rafael sino hasta bien entrado el siglo xx.

La casa es de las pocas antiguas que se mantienen en pie. Todavía conserva la mayoría de las tejas, esa curva casi sensual en la inclinación del techo, la *lucarne* del tejado desde donde se alcanza a ver el río, y detrás de la cual todavía hay un ático que quizás albergó granos o paja. Las galerías de la parte alta, de maderas podridas y soportes oxidados, las puertas que penden precariamente de los goznes, el desorden en lo que debieron ser la cocina, la artesa, el horno, dan cuenta no sólo del tiempo que ha pasado, sino del desapego de la familia por el lugar. Muchos se han establecido en la Ciudad de México; otros, en distintas zonas del país. Curiosamente, ninguno regresó a instalarse en Saboya. Mantener en pie y en buenas condiciones las casas viejas es, se ve, un gasto que se considera superfluo o improductivo.

Rebuscamos un poco entre los escombros acumulados en las esquinas, con la esperanza, tal vez, de encontrar algo que nos hable de la familia. Pero ha pasado demasiado tiempo, demasiada gente, demasiado abandono. El antiguo huerto, en la parte del frente, es ahora grava. Oímos decir que van a construir unas bodegas ahí mismo. Quién sabe si la casa vaya a sobrevivir. Con seguridad, ya no será visible desde el camino. Quién sabe si el enorme mango sucumba también a la destrucción. Me dices que disfrutemos del lugar, ahora que la casa todavía está en pie. Ahora que aún se oyen los cantos de los pájaros y el rumor distante del río. En tus notas, en los mapas viejos que tenía tu abuelo, están marcados los sitios de cada una de las casas de la familia. Nuestra visita de reconocimiento se ha ido volviendo una de duelo; un pésame por las casas, pésame que ya no les podemos dar a los dueños.

La antigua casa de Ernest y Elise sigue en pie, y a la distancia, eso nos pareció motivo de alegría. Pero, al irnos acercando, viste una montañita de escombros junto a unos arbustos. Eran las tejas originales del techo, las que todavía llevaban la firma de Grapin. Yo sugerí, esperanzada, que tal vez habían sustituido las rotas por otras nuevas. Tú no fuiste tan optimista. Guardaste en tu mochila un pedazo de teja con la firma. Al acercarnos, comprobamos que el hermoso techo de los bisabuelos ahora es de láminas de asbesto; que la pared que daba hacia el antiguo huerto de Elise fue sustituida por una de concreto; que la humedad ha terminado con las maderas y que las galerías desaparecieron para agrandar las habitaciones superiores. Es una casa bastarda, injertada, adulterada, en un desordenado espacio tropical que ya no puede calificarse de jardín.

Yo había defendido las renovaciones, había traído a colación los costos del mantenimiento, las dificultades, la humedad. Pero ya no puedo sino compartir tu tristeza por el abandono, tu decepción por el desperdicio, tu enojo por la estupidez que ha hecho, de lo que una vez fue una aldea extraordinaria, otro lugar salpicado de construcciones cuadradas de cemento, donde la prosperidad se exhibe en edificios impersonales y en antenas parabólicas.

Y sin embargo, los mangos.

Los mangos y la gente, me dices.

La belleza que ha logrado el mestizaje; pero, sobre todo, la amabilidad de una familia enorme que te acepta, que te invita, que te celebra, sólo por saberte pariente, aunque acaben de conocerte, aunque nunca hayan conocido a tus padres ni a tus abuelos.

Esa moderación, me dices, en medio de un lugar que no has dejado de considerar un poco salvaje, un poco atemorizante. Esa suavidad que nunca se instaló entre la familia de entonces. Esa amabilidad que, sabes, viene de nuestro ser mexicanos; no de nuestro ser parientes.

Viniste porque estás estudiando la cuestión de la identidad en los migrantes. Pero eso, que empezó como un interés puramente académico cuando murió tu abuelo y encontraste entre sus cosas las cartas de los "mexicanos" de la familia, se ha convertido en una pasión que te ha llevado a consultar los archivos de varias de las municipalidades en los alrededores: Martínez de la Torre, Teziutlán y hasta Xalapa y el puerto de Veracruz.

Te afanas en los archivos que nadie más consulta. Nos colmas de fechas y de datos. Vas reconstruyendo, con paciencia de araña, esa red de tragedias y matrimonios, de pérdidas y de traiciones. Y te vas quedando pegado en ella. Atrapado por un pasado que redescubrimos juntos y que hace que esta historia, que empieza todos los días, nos pertenezca a ambos y nos siga definiendo. En lo que somos, a pesar nuestro, y en lo que querríamos ser.

El río se extiende, infranqueable, ante nuestro asombro. Fluye silencioso, entre la espesa vegetación de sus bancos. Pero sabemos que esa aparente placidez es engañosa, y no sólo por los que se han ahogado en su seno. Con precisión apocalíptica, a pesar de todos los intentos por detenerlas, cada once años sus crecientes sumergen estas tierras en la confusión y el desorden.

Eso no los arredró, comentamos: se rehicieron después de cada pérdida, de cada plaga, de todas las guerras. Hablamos de ellos con admiración; pero nos damos cuenta de que nos estamos refiriendo a la familia en tercera persona; comento que tal vez han podido ya, más que la sangre, el tiempo y la distancia. Me contestas que hace mucho que no te sentías tan a gusto, tan en casa, a pesar de todas las comidas que todavía no te atreves a probar, a pesar de que no te animas a dejar de usar pantalones y mangas largas por miedo a los bichos.

Los antiguos plantíos de vainilla han cedido su lugar a los cultivos de cítricos y a los potreros. Vemos campos interminables de pastizales, sabemos que el ganado de algunos de nuestros parientes ha ganado concursos internacionales. Conocemos las fábricas donde se extrae y se empaca el jugo de naranja de exportación. La selva, para nuestros parientes la frontera más infranqueable, ha desaparecido casi por completo. Ya visitamos el sitio por donde un puente pondrá fin a las pangas con las que, desde hace siglos, se cruzaba el río.

Las comidas, las recetas, los hábitos ya no son los que eran. No podrían seguir siéndolo. Y, sin embargo, en un momento cualquiera, en la conversación más trivial, nos encontramos un gesto idéntico al de mis abuelos. Y al de los tuyos. Un movimiento escéptico de hombros. Una aspiración, como un sobresalto, que significa asentimiento. La frustración de unos dedos, un pulgar que empieza la enumeración, unos labios que se fruncen en señal de duda.

Creo que volverían a sentirse en casa, me dices, aunque ya no reconocieran el lugar. Porque este sol deslumbrante, esta humedad implacable, nublan todos los contornos y desdibujan todas las certezas.

Le dispararon.

Uno de estos mexicanos malnacidos le disparó a mi Ernest. Regresó cubierto de sangre, apenas respirando.

Llegó por su propio pie, solo entre esa multitud de cobardes que no se atrevió a hacer nada. Vino a refugiarse, sabiendo que, si caía, se lo llevarían, tal vez para rematarlo. Alguien que lo siguió lo quería transportar al pueblo de Martínez, a que lo curara no sé quién. Me negué. Tuve que gritar para que vinieran a ayudarnos, para que no se lo llevaran: antes de caer, él me rogó que no lo dejáramos ir. Fue lo único que pudo decirme. Eso, y su mirada antes de desmayarse: esa mirada terrible de certezas, de un dolor que le conocí de siempre y que sólo por excepción fue físico.

Yo gritaba, abrazándolo, tratando de proteger su cuerpo con el mío, aunque el daño ya estaba hecho. Gritaba para pedir ayuda y gritaba de miedo, porque no sabía qué hacer: Ernest sí habría sabido, como siempre supo. Yo sólo atiné a pedir que lo acomodaran sobre la mesa del comedor. No estaba muerto: oía su respiración trabajosa que le atravesaba el cuerpo, veía las burbujas que se acumulaban en la sangre que manaba por su espalda.

Después de atrancar las puertas pedí que viniera el doctor Pétin; pero temía que tardara demasiado, por lo que traté de despertar a Ernest: él se bastaba solo para curarse, como se había curado de tantas cosas, como había curado a otros.

Mientras lo veía ahí, inerte, sobre la mesa, mientras trataba de detener su sangre que seguía goteando, pensé en la calma que lo asistía ante las situaciones críticas: en esa claridad despiadada con la que tomaba las decisiones, en su frialdad frente al peligro, en la precisión de sus movimientos. Los míos me parecieron torpes y desatinados; mis manos, temblorosas y lentas.

En el silencio que rodeaba nuestra escena inverosímil me di cuenta de lo que estaba a punto de perder; supe que, sin él, ni esta tierra ni esta casa ni mi vida ni siquiera mis hijos tenían ningún sentido para mí. Aterrada, pensé que, si perdía a Ernest, toda mi vida en México habría sido un desperdicio.

Llevaba mucho tiempo sin rezar. No me refiero a recitar plegarias: digo rezar. Y recé. Ya no sé cuánto tiempo. No sé qué dije. No sé si a gritos o en silencio. Apretaba su pecho y, en un abrazo, su espalda, y su sangre corría por mis dos manos, y durante una eternidad no tuve más que mi furia y mi amor.

En cuanto recuperó la conciencia, sin perder tiempo en sentimentalismos, me fue diciendo qué hacer. No sólo con su herida, sino con la casa: a quién apostar en las entradas, a quién mandar por refuerzos. Me repitió que no permitiera que se lo llevaran. Me preguntó si teníamos suficiente gente para defender nuestra propiedad. Estaba convencido de que nos iban a atacar, como atacaron la casa de Charles el día que asesinaron a su hijo; como la volvieron a atacar hasta que pudieron rematarlo a él mismo.

Tomó todas las decisiones, se hizo cargo de todo hasta que llegó Pétin, ya entrada la noche. Entonces empezó la agonía, la suya y la mía, las semanas en vela, la incertidumbre borrosa del delirio, la semiausencia de la nube en sus ojos. Su voz descarnada e incoherente; su cuerpo que se disolvía entre sudor y curaciones.

A Ernest llevaban años amenazándolo, desde lo de Charles. Y las amenazas se habían juntado, más recientemente, con el pleito de linderos del huerto nuevo. Le habían dicho que dejara las denuncias en paz. Todas las denuncias. Que si buscaba a las autoridades francesas se iba a arrepentir. Pero cuando fue con el juez mexicano, éste no se refirió ni a la ley ni a sus derechos: le dijo que no le echara aceite al fuego, que no le convenía, que tenía demasiados chiquitillos en casa y que no se fuera a arrepentir. Por eso Ernest siguió insistiendo con el consulado francés, por eso escribió a México, a la embajada, por eso pidió que mandaran a alguien que hiciera algo. Porque desde el principio fue el único, entre todos los que se dijeron amigos de Charles, que siguió exigiendo un castigo. Porque no sólo era de su sangre: era su compañero, su amigo: quien lo trajo a este maldito lugar.

Cuando por fin le dieron audiencia a Ernest en Martínez, el juez le dijo que la culpa había sido de Charles, por tratar mal a su gente. Que se lo había buscado, y que de cualquier forma los asesinos habían huido desde el primer momento, que seguramente se habían metido a "la bola" de la revolución, que no los iban a encontrar. Que mejor no metiera en esto a los franceses porque se iba a hacer otro conflicto internacional, y que ya veía lo que le había pasado a Maximiliano.

Eso le dijo sobre un hombre al que quisieron asesinar mientras dormía, a cuyo hijo destazaron a machetazos, a quien remataron cuando apenas se reponía. Pero Ernest no es de los que se amedrentan. Siguió escribiendo a México, siguió pidiendo justicia.

Hasta que, después de que recibimos las amenazas por lo del huerto, nos mandaron a nuestro querido vicecónsul, de Veracruz. Él estaba viendo cómo podía ayudarnos; pero no había logrado nada contra la anarquía que se ha apoderado de estas tierras: en la capital el ministro responde con evasivas, y en este país empiezan a gobernar los que más armas portan. Envidiosos de lo que hemos logrado, revolucionarios que se creen con el derecho de robarse las tierras que hemos trabajado los franceses. Infelices que piensan que escondemos oro debajo de las camas. Indios traidores capaces de asesinar a cambio de la promesa dada por otro mexicano, que los va a traicionar también a ellos a la primera oportunidad.

Esa misma madrugada habían mandado llamar a Ernest, para que le pusiera una bilma de manta y brea en el brazo roto a una huésped del juez Cruz. Me parece que la coincidencia es excesiva, porque fue ese mismo juez quien durante meses desoyó todos los ruegos de protección contra las amenazas, y de quien se quejó Ernest con el vicecónsul.

Un tal Victoriano Puentes, al que no conocíamos, alcanzó a Ernest cuando regresaba de la curación, y a punta de pistola lo obligó a seguirlo hasta el tribunal, donde ya había llegado el juez, que se fue a caballo desde su casa. Ahí, frente a Cruz, Puentes le reclamó a mi marido el pago por un adeudo falso sobre el huerto. No es posible que todo esto haya sido coincidencia. Sobre todo porque, cuando Ernest pidió que se asentara esta reclamación de Puentes en un acta, el juez lo ignoró y salió del tribunal en lo que mi marido recogía sus cosas médicas. Ernest enfiló hacia la casa, y lo fueron siguiendo Puentes y un señor Vázquez. Sin importar que lo vieran los que estaban alrededor del juzgado, sin importar que mi Ernest estuviera desarmado, sin importar que no estuviera de frente, Puentes le disparó como un cobarde por la espalda.

Nadie intervino, porque Puentes les gritaba a sus secuaces que vinieran a rematar a Ernest, y vomitaba injurias contra los franceses, frente a los ojos mismos del juez y de todos los que estaban en la plaza en ese momento. Ni el jefe de la policía ni el subregidor, que lo vieron todo, hicieron nada por detener a Puentes, que salió caminando tranquilamente del pueblo. Uno de ellos, pero ya no sabremos nunca quién, preguntó a gritos que qué era lo que veníamos a buscar los franceses a México.

San Rafael, Veracruz, 10 de julio de 1917

Queridos hermanos y parientes,

Toda la familia está bien, y yo relativamente a mi desgracia, no hay cosa peor; me tardé cuarenta días en curarme, diecisiete sólo tomando leche y tisanas, sin ningún otro alimento. Piensen lo que fue, durante seis días la respiración me salía por la espalda: la bala me rozó la espina dorsal, se resbaló por mis costillas a lo largo de diez centímetros; luego me rompió una costilla y me perforó la punta de un pulmón, y sigo sin saber dónde se alojó. Pero fue un milagro que la costilla la detuviera o me habría atravesado el pulmón de parte a parte. Durante ocho días escupía sangre, pero no tuve hemorragia interna, o estaría muerto.

Agradezco los cuidados asiduos de mi Elise, de la familia y de los médicos que me atendieron; y sé que la pureza de mi sangre tuvo una gran influencia sobre mi recuperación. Los primeros días se habló de extraerme la costilla rota o de transportarme a Martínez; pero yo insistí en esperar, y como mi estado no empeoró, no se habló más del asunto, y estoy convencido de que, de no ser así, no habría resistido el viaje.

Les aseguro que los pobres sirvientes estuvieron llenos de trabajo durante todo el mes. Es increíble la cantidad de gente que vino a verme, sólo que les impedían acercarse a mi cabecera dada la gravedad de mi situación.

Ahora estoy convaleciendo, y parezco un apóstol barbudo; pero lo principal es que estoy de pie.

Aquí tenemos ahora un guardia, de la policía secreta de México, y 24 rurales federales. El estado de Vera-Cruz no ha hecho nada por castigar a los culpables en el caso del asesinato de Charles y de Alfred, las cosas se quedaron donde estaban. Ahora es nuestro querido vicecónsul de Vera-Cruz quien nos hace falta; estamos en una anarquía completa: todos los días esto va de mal en peor.

Les ruego que digan una misa en Thônes, con todos los parientes, para agradecerle a Dios el haberme salvado la vida esta vez; ya ven que mi mano está todavía temblorosa de debilidad y mi cabeza, pesada, aún me da vueltas. Pero lo peor ha pasado y tengo confianza en mi recuperación.

Pásenles esta carta a los amigos y parientes: será como si les escribiera yo mismo, y sobre todo no dejen de escribir porque las cartas se pierden; hasta ahora no hemos recibido noticias suyas en meses. Todos nuestros hijos están bien y sanos. Adèle se comprometió el 4 de este mes.

En la esperanza de recibir sus noticias lo más pronto posible, termino abrazándolos a todos de corazón y con amistad,

Ernest

Nos tomaron una foto. En ésta tampoco nos tocamos. Vino un fotógrafo al pueblo, y como hormigas todos nos formamos para que nos retratara, ahora que con los disturbios de la revolución hay pocos que se aventuran a viajar: hacía años que no pasaban fotógrafos por aquí. Recordé a Franceline, con su ramillete de pensamientos. Pobre Franceline. O quién sabe, pobres de nosotros tal vez, los que nos quedamos para ver esto, lo que le ha hecho la guerra a este país. Lo que se está haciendo este país solo, porque para guerras ahí está también la nuestra, en Europa, de la que Irène me mantiene tan al corriente.

Franceline murió pensando que este lugar era el paraíso. Murió sin saber de la violencia de la que este pueblo es capaz. Nunca nos habría creído si le contáramos lo que ha pasado en estos años. O cuán profundo ha penetrado hasta aquí la revolución. Esta revolución que no se entiende, sin ideales y sin un programa. Porque un día vienen a querer quitarnos las tierras y al día siguiente están promoviendo elecciones y luego pasan a robar lo que pueden; y son de un bando y de otro, pero todos se comportan igual, y no hay nada que hacer.

Nos tomaron las fotografías, y después de todos estos años de casados y de todos estos hijos, seguimos viéndonos como dos desconocidos. Como si hubiéramos coincidido en la feria del pueblo y nos hubiéramos retratado juntos para ahorrar dinero. Cada quien viendo para su lado, cada quien en sus pensamientos y sus cosas. O no, no es cierto: yo veo a la cámara, porque habría querido ver a Ernest; pero me dio miedo que él no volteara a verme a mí y que la foto fuera como mi vida: yo pendiente de él y él pensando en algo más. Por eso me fijo ahora, como si apenas la viera por primera vez, en la otra fotografía, la que lleva años colgada en la estancia, la primera que nos tomaron de casados, todavía en Thônes.

Me dolió verla. Nunca fui bonita; pero sí fui joven. Ya no sabía que había sido así de joven. En la foto nueva no veo más que líneas por toda mi cara. De sombrero oscuro y abrigo, porque era uno de esos días perros en los que llueve y no hay cómo protegerse del viento. Ernest no se quitó su fez. Ese absurdo fez que le da un aire de turco. Ni por la fotografía logré convencerlo de que se lo quitara.

A él también se le nota la edad. Se le notaría menos si no fuera por su bigote. Como por seguir la moda, quién sabe si de los revolucionarios, le ha dado por dejarse ese enorme bigote blanco. A veces quisiera darle un beso de amor, para ver cómo se siente. Pero hace mucho que no nos besamos: si acaso, me toca apenas la frente con los labios, y su bigote me hace cosquillas durante un segundo. Y sin embargo, el bigote le va bien. Y hasta la edad y la calva; pero no el fez. Sigue siendo un hombre muy atractivo, un caballero en toda regla, aun cuando llega del rancho en su caballo. Y aunque no haya dejado de sudar.

Hubo una época en la que me apenaba su sudor. Cuando nos invitaban a comer, con toda discreción guardaba yo su servilleta, para lavarla. Porque, como contaban de su padre y sus hermanos, estos hombres sudan. Ernest suda con el calor, desde luego; con la humedad. Eso nos pasa a todos en este lugar, y nadie se fija. Pero Ernest suda al comer. No puede terminar una comida sin pasarse la servilleta por la cara varias veces. Y, la verdad, lo prefiero. Creo que fui yo misma quien primero le dijo que lo hiciera, al verlo escurriendo de sudor e incómodo. O no fui yo... es horrible: no sé si se lo dije yo misma o si fue Franceline. Recuerdo la primera vez que Ernest se enjugó la cara varias veces durante la comida. Sé que fue en casa de los Thomas y que yo estaba relativamente recién llegada a este lugar. Pero por mi vida que no puedo recordar si la servilleta se la pasé yo o si fue Franceline.

El hecho es que a partir de ese momento procuraba traer uno de sus pañuelos en la bolsa. Pero cuando quedábamos lejos, en mesas grandes, o cuando su pañuelo estaba impresentable o lo olvidaba, Ernest se secaba con la servilleta de la anfitriona. Yo hacía lo que podía por llevármela, para lavarla y devolverla limpia, seca y almidonada, como se debe. Me hice de una reputación. Creo que al principio todo esto me avergonzaba; ahora ya no. Es parte de quienes somos como pareja. Ya se espera que Ernest sude y que yo me lleve la servilleta para devolverla limpia.

Si alguien me lo hubiera anticipado, no le habría creído. Que a nuestra edad seguiríamos en estas tierras, y que yo estaría tan preocupada por su sudor. Pero si no es la mujer quien se preocupa por la reputación de su marido, ¿entonces quién? Sólo quisiera tener una fotografía en la que nos viéramos uno al otro. Alguna constancia de que alguna vez nos tomamos de la mano. Alguna forma de probarme que hubo días en los que nos besamos de amor.

La extensión de tierra recién despejada despedía un olor primario, fundamental, olor a vida y a posibilidades. El cielo tenía esa cualidad lechosa que le confería la humedad. A lo lejos, en el horizonte que sólo por excepción era visible desde ese mundo plano, se acumulaban las nubes hinchadas que seguramente traerían la lluvia del atardecer.

Pensó en el fruto, sin metáforas, de su trabajo. En sus costumbres, labradas como su tierra a través de los años. En su vida, que había sido generosa, como era generosa esta tierra. Nueve hijos. Simon-Claude tal vez habría estado orgulloso de él: sus tierras alcanzarían para todos. Su modo de vida, su casa, ya superaban con mucho lo que se había permitido esperar cuando partió de Francia por primera vez. Elise le había dado un hogar placentero y acogedor, hijos cariñosos, un pequeño mundo del que había sido el patriarca indiscutido.

El sol temprano ya le calentaba la piel; se caló el sombrero de paja. Se vio el dorso pecoso de las manos. Vagamente, se preguntó si las de sus hermanos Joseph y Bernard estarían igual de tostadas. A últimas fechas, esas preguntas, que no alcanzaba a formularse cabalmente, lo remitían a una pregunta más profunda, que tampoco articulaba pero que sentía con las fibras de su cuerpo: ¿quién sería, si no hubiera partido? ¿Cómo habría sido su vida, de haberse quedado en Saboya?

Su paso se hundió en la tierra húmeda, sin ruido. Sintió con nostalgia la ausencia de ese crujido, el de la nieve, bajo pasos mucho más lejanos. Sus hijos no sabían lo que era el olor de la nieve en el silencio crujiente del invierno. Tampoco usaban, para llamar a Elise, las palabras con las que él había llamado a Amandine. Nunca podía saber qué de todo eso, esos inviernos, esas voces, esas cadencias, esos olores, lo había definido, mucho antes de saber quién era él mismo.

Algún gallo cantó a destiempo y le contestaron los perros del rancho. Oyó las voces de los trabajadores y el grito de un ave tropical.

Quién sabe si, él mismo, volviera a sentirse en casa en Saboya. No tenía ya manera de saber cuánto había cambiado. Sonrió, sin darse cuenta: quién sabe si fuera, aún, capaz de tolerar los inviernos alpinos. No sonaban apetitosos, incluso en ese momento de la mañana en que la pesadez del calor empezaba a asentarse. Quisiera, eso sí, volver a comer *pêla*.

Es posible que estuviera luchando contra el olvido. Es posible que quisiera poder transmitirles a sus hijos el perfume del bosque, la vista desde Cotagne, la importancia de los encantamientos, el poder del *sarvan* o el sabor de una buena *tomme*. Pero cómo compartir esas memorias bajo este sol y en este clima, cuando sus leyendas, cuando tantos de sus sabores, exigían un mundo frío y oscuro que no era explicable en ese lugar.

Un mundo irreal, aunque ya no estuviera seguro cuál.

Por mucho que le pesara, sabía que ya no era, estrictamente, francés. Pero que nunca sería mexicano. Quién sabe si sus hijos lograran serlo. Elise, ella, ni siquiera había querido intentarlo. Y sin embargo, en San Rafael habían vivido en un capullo, un mundo intermedio donde ya no eran lo uno pero nunca llegarían a ser lo otro. Tal vez sería, ése, el futuro de sus hijos. Tal vez ese futuro le fuera tan impensable como el suyo propio lo habría sido para Simon-Claude.

No podía imaginarme que existiera esta soledad.

Hablan de mujeres que se avientan a la tumba de su marido.

Un dolor que no se puede ni decir; un vacío que no se entiende.

Ernest se fue.

Una parte de mi cuerpo arrancada no dolería más.

Sin despedirse, se fue.

Sin hablar, sin saber.

Se fue, sin mí.

Se había ido, sin mí, como siempre que subía a Teziutlán. Regresaba con Francisco mi yerno, y yo estaba preparando una comida. Su regreso se sentía como una reconciliación, aunque no estuviéramos peleados. No sé qué estábamos; pero una distancia se había acentuado entre nosotros.

Estaban aquí los hijos y las familias políticas y los nietos. Ernest regresaba y yo quería celebrar. Antes de que se volvieran a ir todos a sus ranchos y sus escuelas y sus vidas. Tantos hijos y se van.

Francisco, el marido de Adèle, me dijo que Ernest venía contento, cuando bajaban en su carreta desde Teziutlán, que había hecho buenos negocios con la vainilla. Me dijo que se veía cansado. Que cuando lo sintió recostarse sobre su hombro, pensó que se había dormido. Le dio gusto, porque sabía de su problema para dormir desde que lo hirieron.

¿Te moriste dormido, Ernest? ¿Soñaste que morías? ¿Te diste cuenta, Ernest, de que estabas muriendo? ¿Sentiste dolor, angustia?

Morirte así, Ernest, morirte en el camino, morirte sin decir adiós.

Ernest, ¿qué me arranco, para que esto se termine, cómo callo el dolor?

No eres el primer muerto, Ernest; ni siquiera mi primer muerto. Pero eres todos los muertos y todo el dolor y toda la ausencia. Y yo no pensé que te necesitara así.

Una vieja ridícula, vestida de negro, en un cementerio caliente donde las palmeras no dan su sombra. Una mujer destrozada por un amor tan antiguo que es inverosímil. Una francesa perdida en un país que no quiso. Un llanto que me avergüenza porque esto era de esperarse, Ernest, y a ti te hirieron hace años, y yo debía ser capaz de hacerme a la idea. Y ni dignidad ni compostura ni las miradas de los demás.

Cuando yo me quise ir, tus lágrimas me detuvieron.

Ernest, ¿no ves mis lágrimas, no te conmueven? ¿No pensaste en despedirte? Si te hubieras despedido, yo también habría llorado. Tal vez te habría ablandado; tal vez habría podido retenerte.

Hubo un momento, hace más de treinta años, en que no querías estar solo aquí y me fuiste a buscar. No fui tu primer amor, pero me buscaste y yo te seguí.

Ernest, ¿por qué no me pediste que te siguiera, ahora, en este viaje?

Aparécete en una calle alfombrada de hojas secas, Ernest, y pídeme que te siga.

Me costará menos trabajo que la primera vez.

Los árboles iban marcando nuestras vidas: los que plantaban cuando nacíamos, los que plantábamos nosotros al ser padres; los que crecían, sobre alguien que amábamos, en los cementerios.

Pero los árboles arrancados sólo sirven para hacer leña: los árboles desenraizados son árboles muertos.

Árboles arrastrados por la nieve, por las corrientes, arrancados por los vientos, separados, desgarrados.

Y a una persona, ¿cuántas veces se la puede arrancar de raíz y esperar que siga viviendo? ¿No morimos, como los árboles, desde la primera vez, aunque demos algunos frutos, algunos hijos, cuando nos trasplantan a tierras fértiles y tropicales?

Arrancada del Grand Bornand, por Ernest. Raíces esperanzadas, expectantes, que esperaban no hundirse demasiado en esas tierras húmedas de San Rafael y que con trabajos se aferraron para no morir, no secarse, cuando vi que el camino de regreso estaba perdido.

Pero ¿cuando nos vuelven a trasplantar?

Arrancada de esas raíces trabajosas, contrahechas, cuando te fuiste, Ernest, arrancada otra vez no por ti sino por tu ausencia, por tu muerte, por el miedo de todos a que la vieja Elise se quedara sola. Plantada de nuevo hace años en este valle seco, esta Ciudad de México que no entiendo, donde nadie comparte nada conmigo; vieja infantil aferrada a las faldas de su hija, más sola que antes, más sola que si me hubieran dejado sola en mi casa de San Rafael.

¿Dónde planto mis raíces atenazadas, podridas, Ernest, ahora que tu cuerpo alimenta árboles lejanos?

Perdemos el contacto, Ernest, con mi familia y con la tuya. Se pierden las cartas o las direcciones o las ganas de escribir.

Le dije a Léontine, a mi Tina, que volviera, que regresara, que no se esperara más aquí, que se fuera a Francia ella que todavía puede. Que viera a Irène, a mi hermosa Irène, que me dijera cómo ha tratado la vida su belleza. Que pusiera unas flores sobre la tumba de mi cuñado que murió al principio de la guerra. Que lo viera ella, que lo viera todo, que lo viera por mí. Que respirara mi aire y que viera mis montañas y que supiera qué perdí, qué perdimos, todos, que imagine qué habríamos sido allá. Qué habría sido ella, pobre novia enlutada, si su prometido se la hubiera llevado a Saboya. O no. Que no piense eso, que no vuelva a pensar.

Mi pobre Léontine, sin nada que perder, que viera si todavía tiene raíces que volver a plantar.

Que vengan mis sobrinitos, de buena voluntad, a socorrer a tía Tina, que se encuentra en la orfandad.

La enfermera se ve más hermosa de lo que es. Con los pies de trapo y los ojos al revés. Se ríe de ladito porque le dijeron que es más bonito.

Café au lait, beurre, rebanadas de pan, *confitures*, todo elaborado con mucho esmero y gran cariño, recetas conservadas por generaciones, higiene y grandes y celosas tradiciones, y quesos para untar.

¡Ah, cómo quería yo mi niñez! La añoraba.

Mi papá me daba la mano y yo me sentía segura.

Pero los mataron y ya no hubo seguridad.

Y lo quisieron matar a él y ya ni su mano.

Je suis fidèle à ta mémoire, mon cher aimé. Siempre fiel a tu memoria.

Los asesinatos, la sangre, ¿nadie recuerda el horror?

¿En dónde están las fotos? ¡Las debo rescatar!

"Va voir la Savoie, Léontine, ça serait comme si nous y étions ensemble!"

La señorita enfermera me ve con ojos de pistola Mauser cargada con pólvora y verde y blanco y rojo.

Se tenir bien droit. Pas se mettre les doigts dans la bouche. Merci chaque fois qu'on était servi.

Grandes bigotes que daban cosquillas. Unos blancos, otros no.

N'approche pas, tu sens l'indien! Para chupar las naranjas, les hacíamos un hoyito y luego las dejábamos en el barandal de la galería. Pero "*tu sens l'indien!*", nos decía mamá: le olíamos a indio y no nos quería cerca.

Ferme la bouche, qu'arrive la quinine!

¿Quieres que venga el doctor de aquí? ¿Es guapo? Si no, que no venga.

Isómeros, aldehídos, enlaces, fosfatos, benzoatos, haluros, endotérmica, exotérmica, sublimación, amén.

Me presentaron muchachos obsequiosos, bondadosos y nada celosos que no quise conocer.

¡Pobres enfermeras! Tuvieron que cambiar a unas viejas apestosas; se alimentan con plumas de zopilote apestoso, oloroso ni a rosas ni a los heliotropos que crecían en el jardín de mamá. Quedó un fuerte olor a gentes sin compasión que se hicieron en el calzón y no entraron en razón.

Xole, pozole, chileatole, mole, cacalas, camotes, acayoles, acajetes, jitomates, tejocotes, molletes, ocote, molote, camote. Tenochca mazorca.

Rebanadas exactas de un centímetro que cortaba el jefe de familia.

Confitures, beurre, gratin, œufs à la neige!

Teziutlán. Teziuyotepezintlancingo Chimahuapan Chignautla. Chignaulingo Jalacingo. Tetela Techachán.

Zacapoaxtla.

Allons enfants de la patrie!

El verano alpino me había recibido frío y lluvioso; pero ese día, al cabo de una semana en la Saboya, salió el sol y salieron con él todos los olores que se me habían ocultado mientras la montaña se mantenía gris e inhóspita. Y con los olores, afloraron sensaciones que yo no había sospechado. Sentimientos que algo en esta tierra debe de haber despertado porque no los reconocí como míos sino hasta que, ya sintiéndolos, me di cuenta de que siempre los había traído a cuestas.

Aspiré ese aire fragante y cálido y, con él, el aroma del pan que se hacía en San Rafael, aquel que probábamos cuando acompañábamos a mis abuelos a ver a la familia veracruzana. Sentí algo de familiar en ese ambiente inesperadamente acogedor y me percaté de que todo eso, el verano de esas montañas, que apenas había descubierto, esos sonidos, que oía por primera vez, eran los de siempre, y que de algún modo los conocía. No con los sentidos, sino con las entrañas. Supe que todo eso, que me era nuevo, era como debía ser, como siempre lo había sabido. No conocía bien la tierra de mis bisabuelos, pero me encontraba en casa. Sólo habría querido sentir las manos enormes de mi abuelo sobre mis hombros, compartir con la expresión de sus ojos sonrientes las sensaciones de esos paisajes.

Tú me habías recordado mi visita al lugar nevado, en lo alto del invierno. Me enseñaste algunas fotos antiguas; me leíste lo que te contaban en tu familia sobre las noches interminables de oscuridad y de tormentas, sobre los miedos y las leyendas. ¿Te imaginas lo que debe de haber sido, me preguntaste, salir de esos inviernos y llegar a Veracruz? ¿Todo lo que sus costumbres deben de haber tenido que cambiar? ¿Te imaginas el proceso de adaptación?

Era menos difícil ese acto de fe en un día así, en pleno verano, con el cielo más azul y el pasto más verde y las fragancias más dulces en el aire.

Pero sí, sí me lo imaginaba. Por ese algo que sentía como mío. Algo familiar, un hilo que no se había roto; que no se rompía, y que seguía haciendo que las voces de la gente, las expresiones, la forma de ser fueran las que yo siempre había conocido. Y supe, en ese momento, que mi familia no había partido. No en vano. O no para siempre: yo estaba de regreso. Mi presencia ahí cerraba un círculo que siempre seguiría abierto y que se cerraría todos los días, en todas las expresiones, en mis desacuerdos contigo, Jean, y en las comidas que compartiéramos, en Saboya o en México. En mi forma de hablar el francés y en tu pronunciación del español. En ese sentirnos, ambos, tú por no haber partido y yo por haber regresado, siempre un poco desterrados pero siempre un poco oriundos. En esa nostalgia de migrantes, aunque no lo fuéramos ni tú ni yo. En ese saber que siempre habría algo nuestro en otro lado; que no estábamos completos y que nunca podríamos estarlo. Y que eso era preferible a cualquier certitud, a cualquier pertenencia.

La ironía de todos estos años queriendo volver a las montañas, añorando la nieve.

Y aquí estoy, frente a las montañas. Viendo la nieve.

Estas montañas en la capital de México; no las mías. La nieve lejana, inaccesible, en esos volcanes de nombre impronunciable.

Pero cierro los ojos y ya no logro ver mis paisajes. No me queda más que esta ciudad.

Esta ciudad donde no pedí vivir. Este mundo vacío de Ernest.

Y este segundo destierro. El desarraigo, como una herida profunda. Unas raíces descarnadas, aferrándose como pueden a las piedras de este lugar. Y esa otra raíz, seca, que sigo cuidando porque nunca tendré fuerza suficiente para cortarla. Raíz muerta que cargo con la esperanza, que sé perdida, de volver a hundirla en la tierra que alguna vez le dio sustento.

Ya no me viste de negro, Ernest, de negro por ti. Tu ausencia negra que llevo puesta; que uso como uso los días.

Todos estos días vacíos, vacíos de ti y de quien soy.

De quien fui.

¿Quién fui sino tu mujer? La tercera mujer que amaste… ¿me llegaste a amar? La mujer que te dio nueve hijos. Ay de ti, si no me amaste. La mujer que te siguió al fin del mundo. La que te sobrevive, en esta ciudad que no conociste: el único viaje que no hiciste tú.

Este volver a aprenderlo todo. Volver a ser extranjera; no poderme comunicar.

Nuestros nietos, Ernest, que me dicen *mama Elisa* y que repiten *bonzur y bonui* sin saber qué están diciendo. Francesitos mexicanos que nunca cantarán mis canciones de cuna, las que me cantó mamá, las que yo les canté a nuestros hijos.

Tenemos un hijo médico, Ernest, de quien Simon-Claude habría estado orgulloso. Es un buen hijo, que me cuida y me saca a pasear. Pasa un fotógrafo, en este parque, bosque citadino, con su lago artificial, y nuestro hijo le pide que me fotografíe. Una viejita de negro, envuelta en un chal. Viejita francesa que siempre tiene frío aunque sobrevivió alguna vez a los más crueles de los inviernos.

Esto es, entonces, la vida. Esto fue.

Unas muñecas que desechaba mi hermana. Algunos bordados. Los ojos de Irène, el viento entre los árboles del bosque, las puestas de sol contra los Aravis. Un rancho, mis recetas, tantos esfuerzos, nuestros hijos. El amor que sentí. La cruz de desposada, que no ha cambiado, y que tocan mis manos, que no se parecen a las que la recibieron, hace una eternidad.

Iba a tener una vida, Ernest.

Queda una viejita de negro, sola, una mujer perdida en un mundo que nunca quiso conocer. Una vieja que no pertenece ya a ningún lugar.

Estamos solos. Compartimos algunas cosas, algunas memorias, algunas comidas; pero estamos solos con nuestra vida. Y ésta fue la mía. Cuando se termine, ya no habrá quien recuerde la tristeza de mamá. Habrá quien haya visto la belleza de Irène, pero nadie que la haya conocido niña, como la conocí yo. Mi hermosa hermana, muerta hace un par de años, al final de la Segunda Guerra, a quien le prometí que regresaría y a quien nunca volví a ver. Habrá quien conozca a Léontine; pero nadie que recuerde sus ojos el día que la pidió Alfred. Y nadie que vea esa calle de hojas secas en el Grand Bornand.

Una viejita sola, de negro, en una ciudad inmensamente sola.

La vida era el timbre de la campana de la iglesia y el olor del pasto nuevo abriéndose paso entre la nieve y el sabor del pan y el color del cielo y los ruidos del ganado. Y se fue convirtiendo en el perfume de la vainilla y el sabor del maíz, el mar y la humedad. La soledad se fue llenando de hijos, la pobreza desapareció bajo nuestra hermosa propiedad, y la juventud se quedó en Saboya, con todo eso que iba a ser la vida y que fue lo que fue.

Nota de la autora

La carta de Franceline a Thérèse de noviembre de 1883 está tomada en parte de la escrita por Louise Desoche en San Rafael a su prima Léontine Couturier en Chamossière el 21 de enero de 1883.

Algunos elementos de la carta de Franceline a Ernest en octubre de 1886 están tomados de la escrita por Léontine Couturier a sus hermanos Charles y Théophile el 13 de enero de 1890.

Las cartas de Franceline a Ernest de enero de 1889 y de enero de 1892 están tomadas en parte de la escrita por Léontine Couturier a su hermano Joseph el 9 de diciembre de 1891.

La carta de Franceline a Thérèse de febrero de 1883 está tomada en parte de la escrita por Léontine Couturier a su hermana Françoise el 4 de febrero de 1893.

La carta de Franceline de diciembre / enero de 1894 está tomada de la escrita por Léontine Couturier a su familia el 1 de diciembre de 1892.

La carta de Maurice Legrand de julio de 1894 a los padres de Franceline, y a la que se hace referencia en la primera página, es la que escribió Augustin Chavanton a sus futuros suegros el 13 de julio de 1894 para pedir la mano de Léontine Couturier.

La carta de Ernest de mayo de 1896 es la que escribió Théophile Couturier a sus padres el 24 de mayo de 1895 para avisarles de la muerte de su hermana Léontine.

La carta de Alfred a su hermana Caroline del 7 de enero de 1913 está tomada de las cartas de Théophile Desoche a su hermana Adelaïde el 15 de diciembre de 1911 y el 7 de enero de 1913.

La carta de Ernest a Caroline del 7 de enero de 1913 está tomada de las cartas de Charles Couturier a su hermano François el 20 de enero de 1913 y de Jean-Baptiste Gras a Adelaïde Desoche el 14 de enero de 1913.

La carta de Ernest a su familia del 10 de julio de 1917 es la que escribió Théophile Couturier el 10 de julio de 1913.

Todas las cartas provienen del archivo personal de Jean-François Campario, celoso guardián de la correspondencia entre los emigrantes a México y sus familiares en Francia, a quien agradezco su generosidad.

Jaintouin

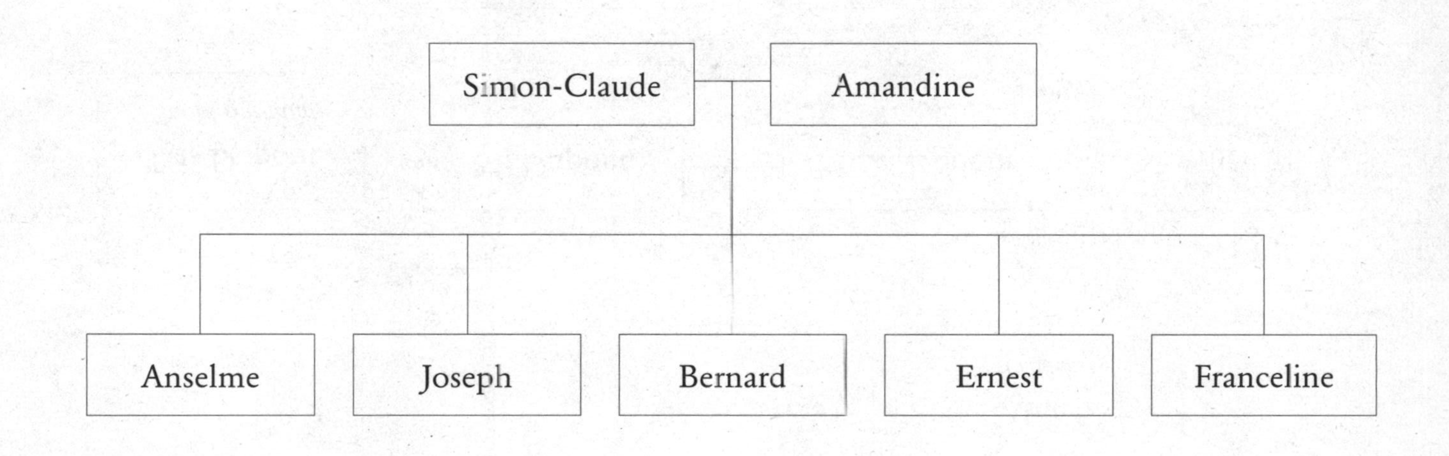

Simon-Claude
Amandine
Anselme
Joseph
Bernard
Ernest
Franceline

Chamossière-Grand Bornand

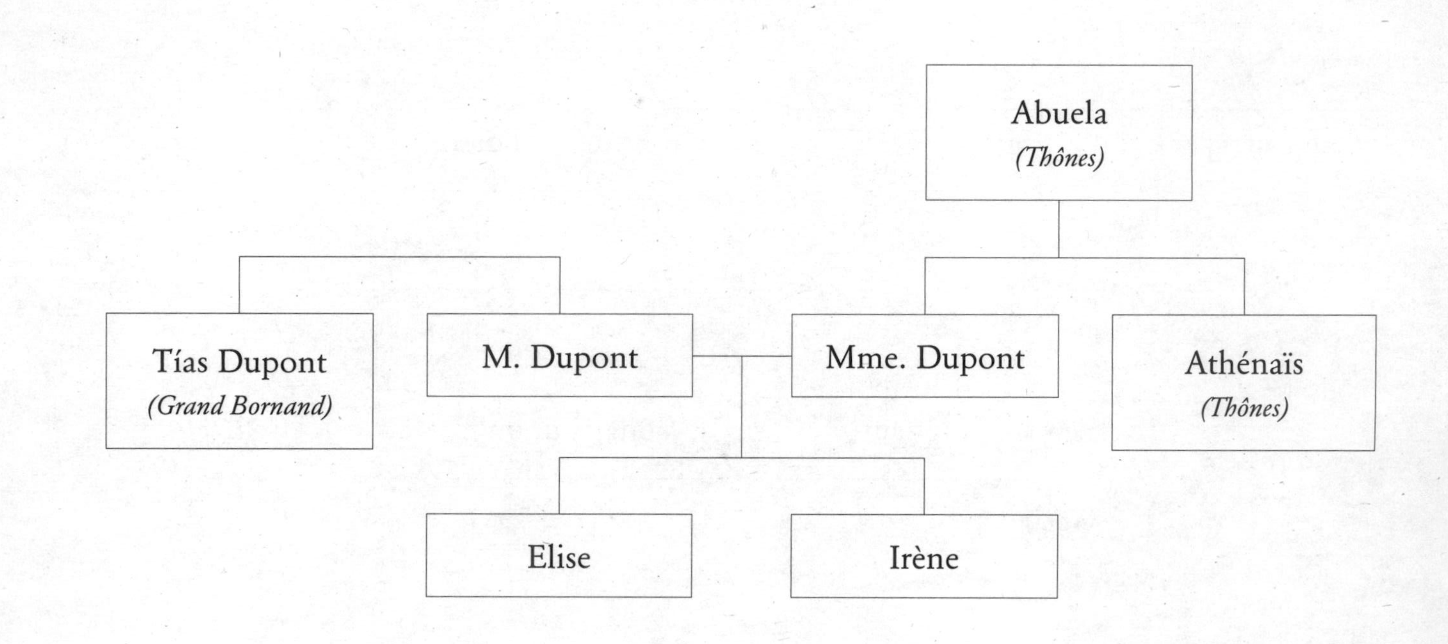

Jicaltepec

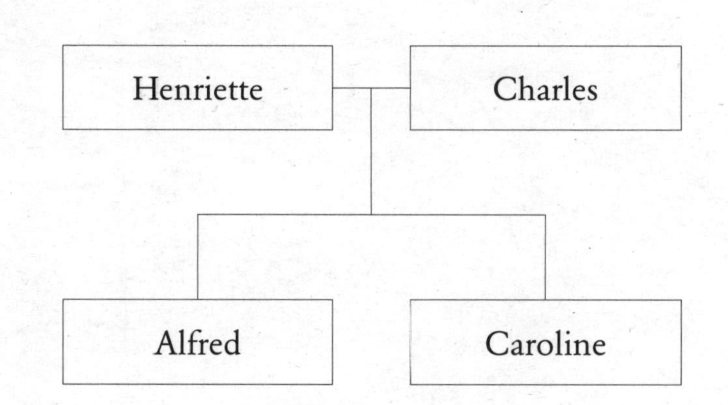

Esta obra se imprimió y encuadernó
en el mes de julio de 2019,
en los talleres de Impregráfica Digital, S.A. de C.V.,
Av. Coyoacán 100–D, Col. Del Valle Norte,
C.P. 03103, Benito Juárez, Ciudad de México.

TRAVELBUG

Paris

METROPOLITAIN
MOULIN ROUG

TRAVELBUG
Paris
KT-377-476

Edited, designed and produced in 2006 by Automobile Association Developments Limited for Parragon, Queen Street House, 4 Queen Street, Bath BA1 1HE, UK

Published by AA Publishing (a trading name of Automobile Association Developments Limited, whose registered office is Fanum House, Basing View, Basingstoke, Hampshire, RG21 4EA. Registered number 1878835).

ISBN-10: 0-7495-4646-8
ISBN-13: 978-0-7495-4646-5

Material in this book may have appeared in other AA publications.

A CIP catalogue record for this book is available from the British Library.

Printed and bound by Everbest, China

Find out more about AA Publishing and the wide range of services the AA provides by visiting our website at www.theAA.com

Contents

KEY TO SYMBOLS

Throughout the guide a few straightforward symbols are used to denote the following categories:

- address or location
- telephone number
- opening times
- restaurant or café on premises or near by
- nearest underground train station
- nearest bus/tram route
- nearest overground train station
- facilities for visitors with disabilities
- admission charge
- other places of interest near by
- tourist information
- other practical information
- ➤ indicates the page where you will find a fuller description

This book is divided into six sections to cover the most important aspects of your visit to Paris.

Essence of Paris pages 10–11

10 Top Tips pages 12–13

10 Top Places pages 14–37
Our choice of the Top Ten attractions in Paris with practical information.

Discover pages 38–191
Two sections: Paris and Ile de France, each with brief introductions and a listing of the main attractions
Practical information
4 suggested walks
3 suggested tours
Listings of the best places to eat and stay

Shopping and leisure pages 192–231
Listings of the best places shop, take the children and be entertained.

What you need to know pages 232–249
A practical section containing essential travel information.

Maps
A list of the maps that have been used in this travel guide can be found in the index on pages 250–253.

Prices
Where appropriate, an indication of the cost of an establishment is given by **€** signs:
€€€ denotes higher prices, **€€** denotes average prices, while **€** denotes lower charges.

Essence of

Paris is order, harmony, beauty and elegance...the result of bold town planning that was particularly successful in marrying tradition and innovation, sometimes with stunning effects, as in the case of the stark glass pyramid erected in front of the Louvre.

Paris is also passion, youthful energy and a stimulating cultural life. But Paris is above all the capital of good living: the best of French cuisine, an enticing choice of gastronomic specialities from various countries, the glamorous world of haute couture and eccentric fashion, and a sparkling nightlife.

If you have only a short time to visit Paris and would like to take home unforgettable memories, here are the essentials:

- **Take a boat trip along the Seine** from the pont de l'Alma and admire the stately monuments (➤ 28, 32, 62 and 72) whose splendour is dramatically enhanced at night by powerful spotlights.

- **Climb to the top of the Tour Eiffel** for an aerial view of Paris (➤ 34); guaranteed thrill from the panoramic lift.

- **Take a morning walk through the Jardin du Luxembourg** and stand beside the romantic Fontaine de Médicis.

- **Sit outside Les Deux Magots Café** in boulevard St-Germain, on the Left Bank, and watch the world go by. Street bustle peaks around lunchtime and from 6pm (➤ 125).

- **Stand on the pont de la Tournelle** near Notre Dame: look downriver for panoramic views of 'old Paris' (Ile de la Cité and beyond) and upriver for contrasting views of 'new Paris' (Bercy and Institut du Monde Arabe, ➤ 85).

- **Stroll along the quais** and browse through the *bouquinistes'* stock of old prints and books (➤ 32).

- **Take the funicular to Sacré Coeur** at the top of Montmartre for stunning views of the city (➤ 122).

- **Go to the colourful Moulin-Rouge** show and discover the glamour of traditional Parisian entertainment (➤ 98).

- **Stand on the place de la Concorde** at night and look up the Champs-Elysées. The illuminated avenue, gently rising towards the Arc de Triomphe, offers one of the most perfect urban vistas in the world (➤ 18).

- **Mingle with Parisians** doing their daily shopping in street markets along the rue Mouffetard (Quartier Latin), or on Sundays, buying organic food on boulevard Raspail.

10 Top Places

Pavillon Ferrié

Centre Georges Pompidou

This spacious and convivial art centre, in the heart of historic Paris, houses all forms of modern and contemporary art.

The Centre Georges Pompidou is now one of Paris's top sights. Yet at the time it was built, close to the historic Marais which is famous for its elegant architecture, the 'refinery', as Rogers' and Piano's postmodern building was nicknamed, deeply shocked French people. In fact, the revolutionary concept of this open-plan 'house of culture for all' ensured its success and brought life back to the district. The centre's main asset, the Musée National d'Art Moderne, is dedicated to the main trends of 20th-century art from 1905 to the present day. Modern art is displayed on level 5. Particularly well represented are Fauvism (Dufy, Derain, Matisse), Cubism (Braque, Picasso, Léger), Dadaism, Surrealism (Dalí, Miró), Expressionism, various forms of abstract art, and pre-1960 American painting. The collections of

contemporary art (level 4) include exponents of the new realism (Arman, César), of Pop Art (Warhol), of Minimalist art (Sol Lewitt, Buren) and of monochromes (Manzoni, Klein).

www.centrepompidou.fr Place Georges-Pompidou, 75004 Paris 01 44 78 12 33 Centre: Wed–Mon. Modern art museum and exhibitions: 11–9. Library: weekdays 12–10; weekends 11–10. Brancusi workshop 2–6 Restaurant (€€), café and snack bar Rambuteau, Hôtel de Ville 38, 47, 75 Excellent Free access; museum: moderate Audio guides, cash dispenser, shops

Les Champs-Elysées

In the late 17th century, Le Nôtre designed a gently rising alleyway as an extension of the Jardin des Tuileries. This later lost its rustic appearance and became a fashionable avenue lined with elegant restaurants and cafés. Nowadays it is the traditional venue for a variety of events such as the Paris Marathon, the arrival of the Tour de France and the march past on 14 July, which celebrates France's national day. But 'les Champs' (the fields) is also a place for people to relax and feel alive.

This prestigious avenue epitomises French elegance, but it is also a dazzling place of entertainment and a luxury shopping mall.

The lower section, stretching from the place de la Concorde (with breathtaking views along the length of the avenue) to the Rond-Point des Champs-Elysées, is laid out as an English-style park shaded by chestnut trees. On the left are the Grand and Petit Palais, two temples of the arts, while on the right is a monument to the French Resistance hero, Jean Moulin, who was reburied in the Panthéon on 19 December 1964.

8eme
AVENUE
des
CHAMPS ELYSEES

The upper section stretches from the Rond-Point to the Arc de Triomphe. This is the 'modern' part of the avenue, with its pavements now revamped and restored to their former comfortable width. Banks, cinemas, airline offices and large cafés spread out on the pavements, lining the way to the place de l'Etoile. Fashion boutiques cluster along the arcades running between the Champs-Elysées and the parallel rue de Ponthieu.

www.monum.fr ✉ Avenue des Champs-Elysées, 75008 Paris
🍴 Restaurants (€–€€€) Ⓜ Concorde, Champs-Elysées-Clemenceau, Franklin-D Roosevelt, George V, Charles-de-Gaulle-Etoile 🚌 32, 42, 73

La Grande Arche de la Défense

Symbolically guarding the western approach to the city, the Grande Arche is both a recognition of tradition and a bold step towards the future.

From the arch's rooftop, accessible by the exterior lift, a marvellous view unfolds in a straight line along an axis to the Arc de Triomphe and, beyond, to the Obelisk at place de la Concorde and to the Louvre, extending the magnificent vista opened up by Le Nôtre. The arch, inaugurated in 1989 for the bicentenary celebrations of the French Revolution, is now a major tourist attraction. The Danish architect, Otto von Spreckelsen, built a hollow concrete cube covered over with glass and white Carrara marble. Steps lead up to the central platform and the lifts.

www.grandearche.com ✉ 1 parvis de la Défense, 92044 Paris-La Défense ☎ 01 49 07 27 57 🕐 Daily 10–7 🍴 Rooftop restaurant, snackbars and cafés nearby (€) 🚇 La Défense 🚌 73, Balabus in summer ♿ Good ✋ Lift Grande Arche: moderate

Les Invalides

This is one of Paris's most imposing architectural ensembles, built around two churches and housing several museums.

The Hôtel National des Invalides was commissioned by Louis XIV as a home for wounded soldiers. It is a splendid example of 17th-century architecture, the classical austerity of its 200m-long façade being offset by the baroque features of the Eglise du Dôme, with its gilt dome glittering above the slate roofs of the stone buildings. The huge esplanade filling the gap between the river and the monumental entrance enhances the majesty of the building.

The museums are accessible from the arcaded main courtyard. The Musée de l'Armée, one of the richest museums of its kind in the world, contains weapons from all over the world, armour and uniforms, mementoes of famous generals, paintings, documents and models. Particularly striking is the permanent exhibition devoted to World War II. The Musée des Plans-Reliefs is a fascinating collection of models of fortified French towns, originally started at Louis XIV's request.

On the far side of the courtyard is the entrance to St-Louis-des-Invalides, the soldiers' church, which contains a colourful collection of flags brought back from various campaigns; the organ here dates from the 17th century.

The magnificent Eglise du Dôme, built by Jules Hardouin-Mansart, is a striking contrast: an elegant façade with two tiers of Doric and Corinthian columns and an imposing gilt dome surmounted by a slender lantern. The splendid interior decoration is enhanced by the marble floor. The open circular crypt houses Napoleon's red porphyry tomb.

www.invalides.org ✉ Esplanade des Invalides, 75007 Paris ☎ 01 44 42 37 72 🕓 10–5 (6 Apr–Sep). Closed 1 Jan, 1 May, 1 Nov, 25 Dec 🍴 Restaurant (€) 🚇 Invalides, La Tour Maubourg, Varenne 🚌 82, 92 ♿ Good ✋ Moderate ❓ Audio-visual shows, guided tours

Le Louvre

This former royal palace, which celebrated its bicentenary in 1993, is today one of the largest museums in the world.

The Palace

Excavations carried out in 1977 under the Cour Carrée, the courtyard surrounded by the oldest part of the palace, led to the discovery of the original castle built *c*1200 by King Philippe-Auguste. The tour of the foundations of this medieval Louvre, including the base of the keep and the moat, starts from the main entrance hall under the glass pyramid.

The first palace, built by Pierre Lescot in the style of the Italian Renaissance, was enlarged round the Cour Carrée and along the Seine during the following 200 years.

Louis XIV enclosed the Cour Carrée with the stately colonnade that faces the Church of St-Germain-l'Auxerrois. Soon afterwards, however, the King left for Versailles and the palace was neglected by the royal family and the court.

Building was resumed by Napoleon, who built part of the north wing and erected the exquisite Arc de Triomphe du Carrousel. During the second half of the 19th century, Napoleon III completed the Louvre along its rue de Rivoli side.

The Museum

The museum was founded in 1793 to house the royal art collections, which were subsequently enriched to the point that a large part of its vast stock could not be displayed. This prompted President Mitterrand to launch a renovation of the buildings and to extend the museum over the whole of the Louvre; the project became known as the 'Grand Louvre'. A huge entrance hall was created under a stunning glass pyramid, designed by Ieoh Ming Peï, placed in the centre of the Cour Napoleon. This gives access to three main areas known as Sully, Denon and Richelieu. The collections are divided into eight departments:

• Egyptian Antiquities include a pink granite *Sphinx from Tanis*, a huge head of *Amenophis IV-Akhenaten* and the famous *Seated Scribe*.
• The most remarkable exhibits in the Oriental Antiquities Department must be the *Assyrian winged bulls*.
• The department of Greek, Etruscan and Roman Antiquities contains numerous masterpieces: do not miss the *Vénus de Milo*, the *Winged Victory* and the Graeco-Roman sculpture in the Salle des Cariatides.
• The painting collections comprise a fine selection from the Italian school (works by Giotto, Fra Angelico, Leonardo da Vinci, Veronese, Titian and Raphael), from the French school (Poussin, Watteau, Georges de la Tour), from the Dutch school (Rembrandt, Rubens and Vermeer) and works by Spanish masters (Murillo, Goya and El Greco).
• French sculpture is particularly well represented and includes fine works by Jean Goujon, Houdon and Pradier.
• Objets d'art are now displayed to full advantage in the Richelieu wing; among them are beautiful tapestries and historic items such as Charlemagne's sword.
• The department of Graphic Art, houses drawings, prints and watercolours. The department of Islamic Art will gradually

expand over the next few years.

In addition, there is a display of art collections from Africa, Asia, Oceania and the Americas. The Carrousel du Louvre is a luxury underground shopping precinct with an inverted pyramid in its centre.

www.louvre.fr ✉ 99 rue de Rivoli 75001 Paris Cedex 01. Main entrance via the pyramid ☎ Recorded information: 01 40 20 51 51; reception desk: 01 40 20 53 17 ⌚ Thu–Sun 9–6, Mon and Wed 9am–9.45pm. Closed 1 Jan, 1 May, 11 Nov and 25 Dec Ⓜ Palais-Royal/Musée du Louvre 🚌 21, 27. 39, 48, 67, 68, 69, 72, 75, 76, 81, 95 🍴 Several restaurants (€ and €€) and cafés ♿ Excellent ✋ Moderate until 3pm, reduced fee after 3 and Sun, free on 1st Sun of the month. Buy ticket in advance: www.louvre.fr ❓ Guided tours, lectures, concerts, film shows, shops. Information: 01 40 20 52 09

Notre-Dame

This masterpiece of Gothic architecture is one of Paris's most famous landmarks and one of France's most visited religious monuments.

In 1163, the Bishop of Paris, Maurice de Sully, launched the building of the cathedral, which took nearly 200 years to complete. Later alterations deprived the church of its rood screen and of some of its original stained glass; its statues were mutilated during the Revolution because the Commune thought they were likenesses of the kings of France; the cathedral also lost all its original bells, except the *gros bourdon*, known as Emmanuel, which is traditionally heard on occasions of national importance. Restoration work was carried out in the 19th century by the architect Viollet-le-Duc and the area round the cathedral was cleared. From across the vast square in front of the cathedral you can admire the harmonious proportions and almost perfect symmetry of the façade. The richly decorated portals are surmounted by statues of the kings of Judaea. Above the central rose window, a colonnade links the elegant twin towers; there is a splendid view from the south tower, if you can face up to the 387-step climb.

The nave is 130m long, 48m wide and 35m high; the side chapels are richly decorated with paintings, sculptures and funeral monuments. The former vestry, on the right of the chancel, houses the Cathedral Treasure, which includes a piece of the Holy Cross.

www.cathedraldeparis.com ✉ Place du Parvis Notre-Dame, 75004 Paris ☎ 01 42 34 56 10 ⏲ Cathedral: daily 8–6.45. Treasure: 9.30–11.30 and 1–5.30; closed Sun. Towers: 9.30–7.30 Apr–Sep (9.30–11pm Sat–Sun, Jul–Aug); 10.30–5.30 Oct–Mar 🍴 Left Bank (€–€€) 🚇 Cité, St Michel 🚌 21, 24, 27, 38, 47, 85, 96 ♿ Good 🎫 Cathedral: free; treasure and towers: inexpensive

Orsay, Musée d'

Once a mainline railway station, the Musée d'Orsay has been successfully converted into one of Paris's three major art museums.

Built in 1900, the Gare d'Orsay was saved from demolition by a daring plan to turn it into a museum dedicated to all forms of art from 1848 to 1914, and intended as the chronological link between the Louvre and the Musée National d'Art Moderne. The Musée d'Orsay was inaugurated by President Mitterrand in 1986. The main hall, with the station clock, was retained to create a sense of unity between painting, sculpture, architecture, design, photography and the cinema. The collections are spread over three levels:

• The Lower Level deals with the years from 1848 to 1880; small flights of steps lead off the central alleyway to various exhibition areas where major sculptures are displayed, including a group of graceful figures by Carpeaux entitled *La Danse*. On either side is a comprehensive collection of paintings of the same period – works by Ingres, Delacroix, Corot, Courbet and the Realists, as well as the beginning of Impressionism with early works by Monet, Manet and Pissarro.

• On the Upper Level is the prestigious Impressionist and post-Impressionist collection, undoubtedly the main attraction of the museum: masterpieces by Manet (*Olympia*), Degas (*Blue Dancers*), Sisley (Snow in *Louveciennes*), Renoir (*Bathers*), Monet (*The Houses of Parliament, Rouen Cathedral*), Cézanne (*The Card Players*), Van Gogh (*The Church at Auvers-sur-Oise*), Gauguin and the school of Pont-Aven, Matisse, Toulouse-Lautrec and many others.

• The Middle Level is dedicated to the period from 1870 to 1914 and includes important works by Rodin (*Balzac*), paintings by the Nabis school, as well as a comprehensive section on art nouveau (Lalique, Gallé, Guimard, Mackintosh and Wright).

www.musee-orsay.fr 62 rue de Lille (entrance rue de Légion d'Honneur), 75007 Paris 01 40 49 48 48 or 01 40 49 48 00 Tue–Sat 10–6, Sun 9–6; late night: Thu 9.45 (opens 9am Jul–end-Sep). Closed Mon, 1 Jan, 1 May, 25 Dec Restaurant (€), café (€) Solférino 24, 63, 68, 69, 73, 83, 84, 94 Very good Moderate, free first Sun each month Guided tours, shops, concerts, film shows

Les Quais

Walk along the banks of the Seine between the pont de la Concorde and the pont de Sully for some of Paris's finest views.

In 1992, the river banks from the pont d'Iéna, where the Tour Eiffel stands, to the pont de Sully, at the tip of the Ile Saint-Louis, were added to Unesco's list of World Heritage Sites. Parisians have strolled along the embankments for centuries, window-shopping, browsing through the *bouquinistes'* stalls or simply watching the activity on both sides of the river.

The Right Bank Start from the pont du Carrousel and walk up-river past the Louvre. From the pont Neuf, enjoy a fine view of the Conciergerie on the Ile de la Cité, or admire the birds and exotic fish on the quai de la Mégisserie. Continue past the Hôtel de Ville towards the lovely pont Marie leading to the peaceful Ile Saint-Louis. Cross over to the Left Bank.

The Left Bank Admire the Notre-Dame and its flying buttresses. The quai Saint-Michel is a haunt of students looking for second-hand books. Farther on, stand on the pont des Arts for a romantic view of the historic heart of Paris before walking past the Musée d'Orsay towards the pont de la Concorde.

Quai du Louvre, quai de la Mégisserie (75001), quai de Gesvres, quai de l'Hôtel de Ville, quai des Célestins (75004), quai de la Tournelle, quai de Montebello, quai St-Michel (75005), quai des Grands Augustins, quai de Conti, quai Malaquais (75006), quai Voltaire, quai Anatole-France (75007) Restaurants and cafés along the way, particularly near place du Châtelet and place de l'Hôtel de Ville on the Right Bank, and around place St-Michel on the Left Bank (€–€€€) Pont-Neuf, Châtelet, Hôtel de Ville, Pont-Marie, St-Michel, Solférino 24 follows the Left Bank Boat trips along the Seine from pont de l'Alma right round the islands

La Tour Eiffel

Paris's most famous landmark has been towering above the city for more than a hundred years.

The Tour Eiffel was built by the engineer Gustave Eiffel as a temporary attraction for the 1889 World Exhibition. It met with instant success, was celebrated by poets and artists, and its silhouette was soon famous all over the world. It was nearly pulled down when the concession expired in 1909 but was saved because of its radio aerial, joined in 1957 by television aerials.

The three levels are accessible by lift, or by stairs – first and second floors only. Information about the tower is available on the first floor; there are also a restaurant, a gift shop and a post office, where letters are postmarked 'Paris Tour Eiffel'. The second floor offers fine views of Paris, several boutiques and a restaurant appropriately named 'Jules Verne'. For a spectacular aerial view of the capital go up to the third floor. There is also a reconstruction of Gustave Eiffel's study and panoramic viewing tables showing 360° photos of Paris with the city's landmarks.

www.tour-eiffel.fr ✉ Champ de Mars, 75007 ☎ 01 44 11 23 23 🕓 Daily 9.30am–11pm (stairs to 6.30) Sep–Jun; 9am–midnight Jul–Aug 🚇 Bir-Hakeim 🚌 42, 69, 72, 82, 87 ♿ Good ✋ Lift: 1st–2nd floors inexpensive–moderate, 3rd floor expensive

La Villette

The Cité des Sciences et de l'Industrie and the Cité de la Musique revitalised the outer district of La Villette, turning it into a new cultural centre.

La Villette is situated just inside the boulevard périphérique, between the Porte de la Villette and the Porte de Pantin. This ultra-modern park includes two vast cultural complexes, one devoted to science and the other to music, themed gardens scattered with red metal follies and various children's activity areas. A long covered walk joins the main buildings.

Cité des Sciences et de l'Industrie This is a vast scientific complex in which the public is both spectator and actor. 'Explora' is a permanent exhibition centred on the earth and the universe, life, languages and communication, the use of natural resources and technological and industrial developments. The Cité des Enfants is a fascinating interactive world for children aged 3 to 12. There are also a planetarium, an aquarium, a 3-D cinema, a submarine, a simulation booth (Cinaxe), and La Géode, a huge sphere equipped with a hemispherical screen that shows films on scientific subjects.

Cité de la Musique

The focal point of the Cité de la Musique is the vast square in front of the Grande Halle where concerts and exhibitions are held. On the left of the square is the new music and dance conservatory, while the triangular building on the right houses concerts halls and a museum (see Musée de la Musique ➤ 105).

www.cite-sciences.fr www.cite-musique.fr

Cité des Sciences et de l'Industrie, parc de la Villette, 30 avenue Corentin Cariou, 75019 Paris; Cité de la Musique, 221 avenue Jean Jaurès, 75019 Paris Cité des Sciences: 01 40 05 80 00; Cité de la Musique: information bookings 01 44 84 45 45 Cité des Sciences: Tue–Sat 10–6, Sun 10–7; closed 1 May, 25 Dec. Cité de la Musique: Tue–Sat 12–6, Sun 10–6 Cité des Sciences: Porte de la Villette; Cité de la Musique: Porte de Pantin Cité des Sciences: 75, 139, 150, 152, PC; Cité de la Musique: 75, 151, PC very good Cité des Sciences: expensive; Cité de la Musique: free, museum: moderate

Discover Paris

CAFE BAR
NEMOURS
CAFE
LE

Paris

The city of Paris has always played its role of capital of France to the full. It is the place where the French nation's future is decided, where revolutions began in the past and where major political, economic and social changes are traditionally launched. This is as true today as it ever was, in spite of many attempts at decentralisation.

Parisian life reflects the city's leading role in many different ways: the numerous trade exhibitions and international conferences taking place every year testify to its economic and potitical dynamism and healthy competitive spirit. Paris is continually on the move in all fields of human activity: its architectural heritage is constantly expanding and it is proudly setting new trends in the arts, in gastronomy and in fashion. Paris is also a cosmopolitan metropolis where many ethnic groups find the necessary scope to express their differences.

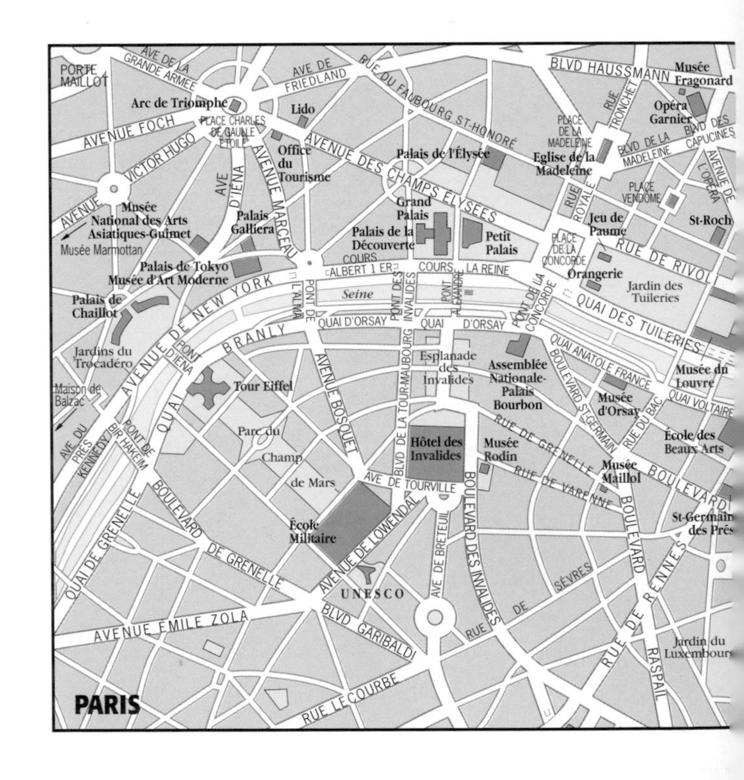
PARIS
Porte Maillot
Arc de Triomphe
Lido
Place Charles de Gaulle Étoile
Office du Tourisme
Palais de l'Élysée
Eglise de la Madeleine
Musée Fragonard
Opéra Garnier
Place de la Madeleine
Place Vendôme
Musée National des Arts Asiatiques-Guimet
Musée Marmottan
Palais Galliera
Grand Palais
Palais de la Découverte
Petit Palais
Jeu de Paume
St-Roch
Place de la Concorde
Orangerie
Jardin des Tuileries
Palais de Tokyo Musée d'Art Moderne
Palais de Chaillot
Seine
Jardins du Trocadéro
Maison de Balzac
Tour Eiffel
Esplanade des Invalides
Assemblée Nationale-Palais Bourbon
Musée du Louvre
Musée d'Orsay
École des Beaux Arts
Parc du Champ de Mars
Hôtel des Invalides
Musée Rodin
Musée Maillol
St-Germain des Prés
École Militaire
UNESCO
Jardin du Luxembourg
Avenue Foch
Avenue Victor Hugo
Ave de la Grande Armée
Ave de Friedland
Rue du Faubourg St-Honoré
Blvd Haussmann
Avenue des Champs Elysées
Ave d'Iéna
Avenue Marceau
Cours Albert 1er
Cours la Reine
Avenue de New York
Quai d'Orsay
Quai des Tuileries
Rue de Rivoli
Quai Anatole France
Boulevard St-Germain
Rue de Grenelle
Rue de Varenne
Quai Voltaire
Avenue Bosquet
Blvd de la Tour-Maubourg
Ave de Tourville
Boulevard des Invalides
Ave de Breteuil
Avenue de Lowendal
Boulevard de Grenelle
Quai de Grenelle
Avenue Emile Zola
Blvd Garibaldi
Rue Lecourbe
Rue de Sèvres
Rue de Rennes
Boulevard Raspail
Quai Branly
Pont d'Iéna
Pont de l'Alma
Pont des Invalides
Pont Alexandre III
Pont de la Concorde
Pont de Bir Hakeim
Ave du Président Kennedy
Rue Royale
Rue Tronchet
Blvd de la Madeleine
Blvd des Capucines
Avenue de l'Opéra
Rue du Bac

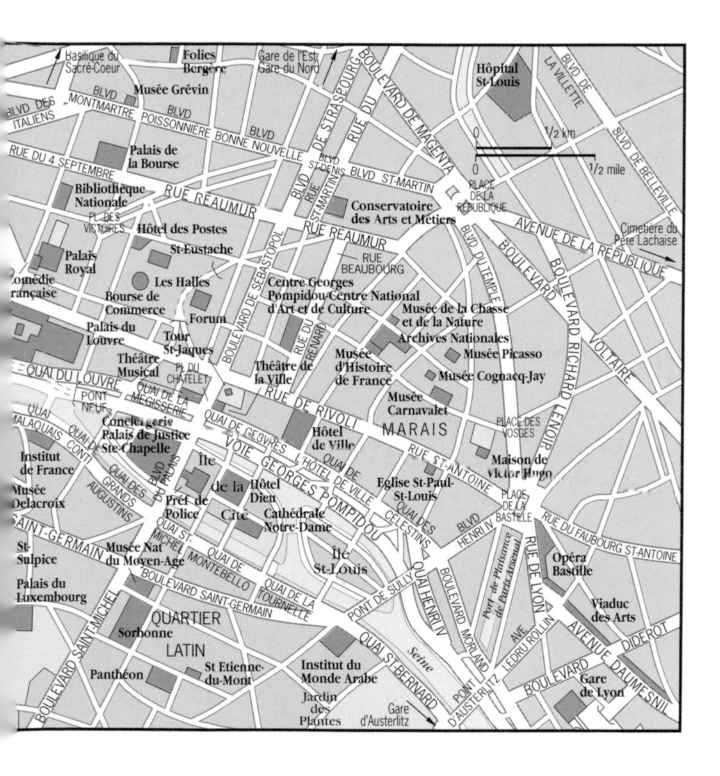
Basilique du Sacré-Coeur
Folies Bergère
Gare de l'Est, Gare du Nord
Hôpital St-Louis
Musée Grévin
Palais de la Bourse
Bibliothèque Nationale
Hôtel des Postes
St-Eustache
Palais Royal
Comédie Française
Les Halles
Bourse de Commerce
Forum
Palais du Louvre
Tour St-Jaques
Théâtre Musical
Conservatoire des Arts et Metiers
Centre Georges Pompidou/Centre National d'Art et de Culture
Musée de la Chasse et de la Nature
Archives Nationales
Musée Picasso
Musée Cognacq-Jay
Théâtre de la Ville
Musée d'Histoire de France
Musée Carnavalet
MARAIS
Hôtel de Ville
Conciergerie
Palais de Justice
Ste-Chapelle
Institut de France
Musée Delacroix
Île de la Cité
Préf de Police
Hôtel Dieu
Cathédrale Notre-Dame
Eglise St-Paul-St-Louis
Maison de Victor Hugo
Opéra Bastille
Viaduc des Arts
Île St-Louis
St-Sulpice
Musée Nat du Moyen-Age
Palais du Luxembourg
QUARTIER LATIN
Sorbonne
Panthéon
St Etienne-du-Mont
Institut du Monde Arabe
Jardin des Plantes
Gare d'Austerlitz
Gare de Lyon
Seine
Cimetière du Père Lachaise
0 1/2 km
0 1/2 mile
BLVD DES ITALIENS
BLVD MONTMARTRE
BLVD POISSONNIÈRE
BLVD BONNE NOUVELLE
RUE DU 4 SEPTEMBRE
RUE RÉAUMUR
PL DES VICTOIRES
BLVD DE STRASBOURG
BOULEVARD DE MAGENTA
RUE DU
BLVD ST-DENIS
BLVD ST-MARTIN
RUE ST-MARTIN
BLVD SÉBASTOPOL
BOULEVARD DE SÉBASTOPOL
RUE BEAUBOURG
RUE DU RENARD
PLACE DE LA RÉPUBLIQUE
BLVD DE LA VILLETTE
BLVD DE BELLEVILLE
AVENUE DE LA RÉPUBLIQUE
BLVD DU TEMPLE
BOULEVARD RICHARD LENOIR
BOULEVARD VOLTAIRE
PLACE DES VOSGES
QUAI DU LOUVRE
PL DU CHÂTELET
QUAI DE LA MÉGISSERIE
PONT NEUF
QUAI DE GESVRES
RUE DE RIVOLI
VOIE GEORGES POMPIDOU
QUAI DE L'HÔTEL DE VILLE
RUE ST-ANTOINE
QUAI MALAQUAIS
QUAI DE CONTI
QUAI DES GRANDS AUGUSTINS
BLVD DU PALAIS
QUAI DES CÉLESTINS
BLVD HENRI IV
PLACE DE LA BASTILLE
RUE DU FAUBOURG ST-ANTOINE
SAINT-GERMAIN
QUAI ST-MICHEL
QUAI DE MONTEBELLO
QUAI DE LA TOURNELLE
BOULEVARD SAINT-GERMAIN
PONT DE SULLY
QUAI HENRI IV
BOULEVARD MORLAND
Port de Plaisance de Paris Arsenal
RUE DE LYON
AVE LEDRU ROLLIN
AVENUE DAUMESNIL
AVENUE DIDEROT
BOULEVARD SAINT-MICHEL
QUAI ST-BERNARD
PONT D'AUSTERLITZ
BOULEVARD

WHAT TO SEE IN PARIS

It is tempting for visitors to allow themselves to be whisked off from one major sight to the next without getting the feel of the true Paris. You must wander off the beaten track to discover the city's hidden assets, which are often tucked away around unexpected corners. To get the best out of Paris, travel by métro or bus from one main area to the next and then explore the neighbourhood on foot.

Each district has its own characteristics: Montmartre and Montparnasse are associated with artists while the Marais is inhabited by a trendy middle class; the splendid mansions of the Faubourg St-Germain have been taken over by government ministries but St-Germain-des-Prés and the Quartier Latin are the haunt of intellectuals and students. There are also several colourful ethnic areas: Chinatown in the 13th *arrondissement*, the African district north of the Gare du Nord and the Jewish quarter in the Marais.

Some areas are best avoided at night: around the Gare du Nord, Les Halles and the Grands Boulevards between République and Richelieu-Drouot.

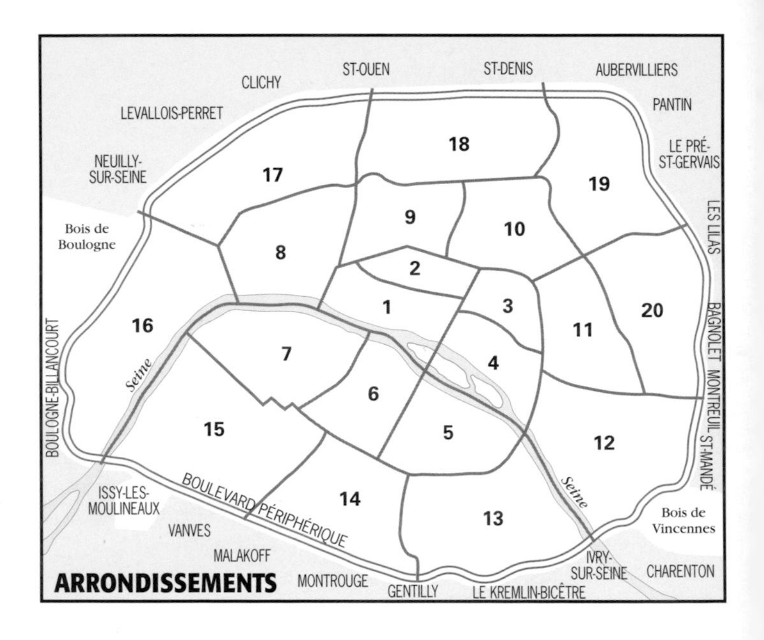
ST-OUEN
ST-DENIS
AUBERVILLIERS
CLICHY
PANTIN
LEVALLOIS-PERRET
LE PRÉ-
ST-GERVAIS
NEUILLY-
SUR-SEINE
LES LILAS
Bois de
Boulogne
BAGNOLET
MONTREUIL
ST-MANDÉ
BOULOGNE-BILLANCOURT
Seine
Seine
BOULEVARD PÉRIPHÉRIQUE
ISSY-LES-
MOULINEAUX
VANVES
MALAKOFF
MONTROUGE
GENTILLY
LE KREMLIN-BICÊTRE
IVRY-
SUR-SEINE
CHARENTON
Bois de
Vincennes
1
2
3
4
5
6
7
8
9
10
11
12
13
14
15
16
17
18
19
20
ARRONDISSEMENTS

PONT ALEXANDRE III

This is Paris's most ornate bridge, inaugurated for the 1900 World Exhibition and named after the Tsar of Russia to celebrate the Franco-Russian alliance. Its sole arch (107m) spanning the Seine is in line with the Invalides on the Left Bank while, on the Right Bank, the avenue Winston Churchill leads straight to the Champs-Elysées, passing the Grand and Petit Palais. The bridge is decorated with exuberant allegorical sculptures surmounted by gilt horses.

✉ Cours La Reine/Quai d'Orsay 🚇 Invalides, Champs-Elysées-Clémenceau 🚌 63, 83

ARC DE TRIOMPHE

This stately monument stands in the middle of the circular place Charles de Gaulle, formerly known as the place de l'Etoile because of the 12 avenues that radiate from it. Commissioned by Napoleon, it was completed by France's last reigning monarch and finally dedicated to the memory of an unknown soldier of the Republic who died during World War I.

Looking at the harmonious proportions of its familiar silhouette and its splendid carvings you forget its megalomaniac origins.

It stands in line with two other arches – the Arc de Triomphe du Carrousel near the Louvre and the Grande Arche de la Défense. At 50m high, the Arc de Triomphe is twice the height of the former and only half that of the latter.

From the top there is a 360-degree panorama, with, in the foreground, the 12 avenues reaching out like tentacles towards the city beyond.

Place Charles de Gaulle, 75008 Paris 01 55 37 73 77 Oct–Mar: 10am– 10.30pm; Apr–Sep: 10am–11pm, closed 1 Jan, 1 May, 25 Dec Choice of restaurants near by (€–€€€) Charles de Gaulle-Etoile 73 Very good Moderate Video, shop

ART MODERNE DE LA VILLE DE PARIS, MUSÉE D'

The Palais de Tokyo housing the modern art collections was built for the 1937 World Exhibition; significantly, one of the main exhibits is a huge work called *La Fée Electricité*, painted by Raoul Dufy for the 'Light pavilion' at the Exhibition. Most of the major artisitic trends of the 20th century are represented; During the restructuring of the museum, part of its collections are exhibited in other museums and local town halls throughout the capital; phone for details or consult the museum's website.

www.mam.paris.fr

11 avenue du Président Wilson, 75116 Paris 01 53 67 40 00
Closed at the time of going to press for restructuring Cafe (€)
Iéna, Alma-Marceau 32, 42, 63, 72, 80, 92 Very good
Inexpensive Guided tours (reservations necessary)

ARTS ASIATIQUES-GUIMET, MUSÉE NATIONAL DES/PANTHÉON BOUDDHIQUE

The renovated and extended Musée Guimet is now one of the most outstanding museums of Asian art in the world. Its collections, spanning 5,000 years, illustrate all the major civilisations of the Asian continent, with special emphasis on calligraphy, painting, gold plate and textiles. In addition, carefully restored monumental works from Cambodia and Afghanistan are on display for the first time.

www.museeguimet.fr

Museum: 6 place d'Iéna; Panthéon Bouddhique: 19 avenue d'Iéna, 75116 01 56 52 53 00 Wed–Mon 10–6 Boissiére, Iéna

22, 30, 32, 63, 82 Excellent Moderate

ARTS DÉCORATIFS, MUSÉE DES

Founded in the 19th century in order to display 'Beauty in function', the Museum of Decorative Arts, housed in the Marsan wing of the Louvre, is gradually reopening its departments after undergoing major restructuring. The Medieval and Renaissance collections include remarkable altarpieces, religious paintings, 16th-century stained-glass, objects of daily life, as well as fine tapestries exhibited in rotaiton. The reopening of the remaining 17th-, 18th-, 19th- and 20th-century collections is scheduled for 2005.

www.ucad.fr

107 rue de Rivoli; 75001 01 44 55 57 50 Tue–Fri 11–6, Sat–Sun 10–6 The main Louvre near by Good Palais-Royal 21, 27, 39, 48, 67, 69, 72, 81 Inexpensive

ARTS ET MÉTIERS-TECHNIQUES, MUSÉE DES NATIONAL

Entirely renovated, this museum is devoted to the artistic aspect of scientific and technical achievements.

60 rue Réaumur, 75003 Paris 01 53 01 82 00 Tue–Sun 10–6 (Thu to 9.30pm) Moderate

ASSEMBLÉE NATIONALE PALAIS-BOURBON

This neoclassical building houses the lower house of the French parliament. Completed by Gabriel, the Palais-Bourbon still bears the name of the French royal family to whom it once belonged. Guided tours (identity document required) include the chamber, several reception rooms and the library, richly decorated by Delacroix.

33 quai d'Orsay, 75007 01 40 63 60 00 Guided tours only Sat 10am, 2pm, 3pm; closed bank hols and when Parliament is sitting Assemblée Nationale 63, 83, 84, 94 Very good Free

BACCARAT, MUSÉE

More than 1,000 pieces illustrate the evolution of styles and manufacturing techniques of Baccarat crystal since 1764: vases, chandeliers, perfume bottles and various other objects including candelabra ordered by Tsar Nicholas II of Russia. The most fascinating exhibits are probably the unique pieces specially created for World Exhibitions since 1855.

11 place des Etats-Unis, 75016 Paris 01 40 22 11 00 Daily 10–7; closed Sun and Tue Château d'Eau 32, 38 48 None Inexpensive Guided tours, shops

ASSEMBLEE NATIONALE

BASTILLE

The place de la Bastille is forever associated with the French Revolution, since it was here that it all began. The dreaded fortress was stormed by the people of Paris on 14 July 1789 and later razed to the ground; its outline can be seen on the paving stones covering the entire square. In the centre stands a 50m-high column erected in memory of the victims of the 1830 and 1848 Revolutions, who were buried beneath the base and whose names are carved on the shaft. The column is surmounted by the gilt winged figure of the *Spirit of Liberty* by Dumont.

The new Paris opera house, one of President Mitterrand's 'Grands projets', was inaugurated for the bicentenary of the 1789 Revolution. It was the subject of bitter controversy from the start as running costs proved too high for an establishment intended as a popular opera house. Designed by the Canadian architect

Carlos Ott, the **Opéra National de Paris-Bastille** is a harmonious building with a curved façade in several shades of grey, which glitters in the sun and gently glows at night. The acoustics of the main auditorium, which can accommodate 2,700 spectators, are superb and the stage is one of the most sophisticated in the world.

Just south of the opera house, a disused railway viaduct has been converted into a series of workshops and showrooms illustrating a number of traditional crafts known as the **Viaduc des Arts**; the Ateliers du Cuivre et de l'Argent (copper and silver workshops) are particularly interesting and there is a small museum.

Opéra National de Paris-Bastille

Place de la Bastille, 75012 Paris · Recorded information: 01 40 01 19 70 · Listen to the recorded information; closed Sun · Bar · Bastille · 20, 29, 65, 69, 76, 86, 87, 91 · Good · Moderate · Guided tours, shops

Viaduc des Arts

9–129 avenue Daumesnil, 75012 Paris · Variable; most workshops open Sun · Bastille, Ledru-Rollin, Reuilly-Diderot

CARNAVALET, MUSÉE

This museum retraces thc history of Paris from antiquity to the present day, and is worth visiting for the building alone: a beautiful Renaissance mansion, one of the oldest in Le Marais, remodelled in the 17th century. Note the 16th-century lions guarding the entrance and Louis XIV's statue by Coysevox in the centre of the courtyard. In 1989, the museum was linked to the nearby Hôtel Le Peletier de St Fargeau, which dates from the late 17th century. The Hôtel Carnavalet deals with the period from the origins of the city to 1789, with mementoes of Madame de Sévigné and splendid Louis XV and Louis XVI furniture. The Hôtel Le Peletier de St Fargeau houses collections from 1789 to thc present day. The Revolution is extensively illustratcd, while the 19th and 20th centuries are represented by a number of reconstructions such as Marcel Proust's bedroom and the art nouveau reception room of the Café de Paris.

23 rue de Sévigné, 75003 Paris 01 44 59 58 58 Tue–Sun 10–6; closed some public hols Saint-Paul 29, 96 Some weehlchair access 01 44 59 58 31 Free, except for some temporary exhibitions Guided tours, shops

CERNUSCHI, MUSÉE

Banker and art collector Henri Cernuschi bequeathed his mansion to the city of Paris at the end of the 19th century. Situated on the edge of the parc Monceau, the building houses Cernuschi's superb collection of ancient Chinese art on the ground floor (terracottas, bronzes, jades and ceramics) and contemporary traditional Chinese paintings on the first floor.

7 avenue Velasquez, 75008 Paris 01 45 63 50 75
Reopening 2006 Villiers 30, 94 Good Inexpensive

CHAILLOT, PALAIS DE

This imposing architectural complex on top of a hill overlooking the river and facing the Tour Eiffel across the pont d'Iéna offers magnificent views and houses two interesting museums.

Designed for the 1937 World Exhibition, the building consists of two separate pavilions with curved wings, on either side of a vast terrace decorated with monumental statues. Just below, the tiered Jardins du Trocadéro extend to the edge of the river. The fountain is particularly impressive at night when the powerful spray of water shines under the spotlights.

The Musée de l'Homme, devoted to Man as a species, is being restructured. Meanwhile, three exhibitions give a foretaste of what the new museum will be like: La Nuit des Temps (the human adventure), Six milliards d'hommes (the growth of the world's population) and Tous parents, tous différents (the similarities and diversity of mankind).

The Musée de la Marine is devoted to French maritime history from the 18th century onwards. The collections show the development of navigational skills and include beautiful models of 18th-century sailing ships; they also provide an insight into the modern navy and retrace the history of maritime transport and great expeditions across the world.

www.mnhn.fr

www.musee-marine.fr

Place du Trocadéro, 75116 Paris Musée de l'Homme: 01 44 05 72 72; Musée de la Marine: 01 53 65 69 69 Musée de l'Homme: Mon, Wed–Fri 9:45–5:15,Sat–Sun 10–6:30; closed bank hols. Musée de la Marine: Wed–Mon 10–6; closed 1 Jan, 1 May, 25 Dec Trocadéro 22, 30, 32, 63, 72, 82 Musée de l'Homme: none; Musée de la Marine: good Both museums: moderate

CITÉ, ILE DE LA

The Ile de la Cité is not only the historic centre of Paris, it is also a place of natural beauty and an architectural gem. The king of the Franks chose the island (the Cité), as his capital in 508, and it remained for 1,000 years the seat of royal, judicial and religious power. During the Middle Ages, the Ile de la Cité was an important intellectual centre as its cathedral schools attracted students from all over Europe. Even after the kings of France left the royal palace for larger premises on the right bank, the Cité lost none of its symbolic importance and remains to this day the 'guardian' of 2,000 years of history.

The appearance of the Cité has, of course, changed considerably over the years; in the 19th century, the centre of the island was cleared and a vast square created in front of Notre-Dame Cathedral. At the other end of the island, the Conciergerie (➤ 64) and Sainte-Chapelle (➤ 127) are the only remaining parts of the medieval royal palace, now incorporated in the huge Palais de Justice.

✉ Ile de la Cité, 75001 and 75004 Paris 🍴 Restaurants and cafés (€–€€) on island and on Right and Left banks Ⓜ Cité, Pont Neuf, St-Michel, Châtelet, Hôtel de Ville 🚌 21, 24, 27, 38, 47, 58, 70, 85, 96

COGNACQ-JAY, MUSÉE

The collections of 18th-century European art bequeathed to the city of Paris by Ernest Cognacq and his wife Louise Jay, founders of the Samaritaine department stores, are displayed in one of the beautiful mansions of Le Marais. The refinement of the Enlightenment period is illustrated by the works of French artists Watteau, Chardin, Fragonard and La Tour, and also by Tiepolo, Guardi and Reynolds. The Rembrandt adds a welcome contrasting note. Various objets d'art, including Saxe and Sèvres porcelain, are exhibited in glass cabinets.

Hôtel Donon, 8 rue Elzévir, 75003 Paris 01 40 27 07 21 10–6; closed Mon and public hols Near by (€–€€) Saint-Paul 29, 96 None Free Guided tours, bookshop

LA CONCIERGERIE

For most people, the name 'Conciergerie' suggests crowds of innocent prisoners waiting to be taken to the guillotine. Nowadays, its familiar round towers covered with conical slate roofs and the square clock tower, which housed the first public clock in Paris, are one of the most picturesque sights of the Ile de la Cité. The Conciergerie is the last remaining authentic part

of a 14th-century royal complex, administered by a 'concierge' or governor. The twin towers marked the main entrance to the palace. In the late 14th century, the Conciergerie was turned into a prison but it only acquired a sinister connotation during the Revolution, when it held a number of famous prisoners, including Queen Marie-Antoinette, Madame du Barry and the poet André Chénier, as well as Danton and Robespierre.

The visit includes the guards' room, a magnificent great hall with Gothic vaulting and kitchens with monumental fireplaces. There is also a reconstruction of Marie-Antoinette's cell.

2 boulevard du Palais, 75001 Paris 01 53 40 60 97
Daily 9.30–6; closed 1 Jan, 1 May, 25 Dec Cité, Châtelet
21, 24, 27, 38, 58, 85, 81, 85, 96, Balabus None Moderate
Guided tours, bookshop

CONCORDE, PLACE DE LA

This is undoubtedly the most impressive square in Paris: its stately elegance, its size and its magnificent views are simply breathtaking. Built in the mid-18th century to celebrate Louis XV 'the beloved', it was designed by Gabriel who erected two classical pavilions on either side of the rue Royale; its octagonal shape is emphasised by eight allegorical statues representing major French cities.

The pink granite obelisk from Luxor, offered to the French nation by the viceroy of Egypt in 1836, is at the centre of the square, flanked by two graceful fountains. Two magnificent vistas open up: one towards the Champs-Elysées and Le Louvre beyond the beautiful gates of the Jardin des Tuileries; the other towards the Madeleine at the end of the rue Royale and the Assemblée Nationale across the pont de la Concorde.

75008 Paris Concorde 42, 73, 84, 94

EUGÈNE DELACROIX, MUSÉE NATIONAL

The old-world charm of the tiny rue de Furstenberg, hidden behind the Church of St-Germain-des-Prés, is the perfect setting for a museum devoted to one of the major French Romantic painters. Delacroix lived and worked here until the end of his life and, besides a few paintings, the place is full of mementoes of the artist, letters, sketches...and his palette. There is also a bookshop. It is well worth taking time to explore the picturesque neighbourhood and the open market in rue de Buci.

www.musee-delacroix.fr ✉ 6 rue de Furstenberg, 75006 Paris ☎ 01 44 41 86 50 🕐 9.30–5; closed Tue and public holidays Ⓜ St-Germain-des-Prés 🚌 39, 48, 63, 95 ♿ None 🖐 Inexpensive

FAUBOURG ST-GERMAIN

This 'suburb' is one of the most elegant districts of central Paris. Its name came from the nearby Abbaye de St-Germain-des-Prés to which it belonged in medieval times. In the 18th century it became fashionable for the aristocracy and the wealthy to have mansions built there by the famous architects of the time. Today, a few streets have retained some of their past elegance though most of the mansions have been taken over by ministries and foreign embassies.

The rue de Varenne is lined with the famous Hôtel Matignon, built in 1721 and now the Prime Minister's residence, and the Hôtel Biron, better known as the Musée Rodin (➤ 118). The parallel rue de Grenelle is equally interesting for its wealth of authentic architecture, including the Hôtel de Villars, which is now the town hall of the 7th *arrondissement*. Farther along the street, on the opposite side, there is an interesting museum (No 59) devoted to the sculptor Maillol (➤ 89) and, next to it, the beautiful Fontaine des Quatre Saisons (Fountain of the Four Seasons).

✉ 75007 Paris ⓘ For the museums' opening times, see the relevant entries Ⓜ Varenne, Rue du Bac 🚌 69, 83, 84, 94

FAUBOURG ST-HONORÉ

This other 'suburb', this time on the Right Bank, is centred on the very long street of the same name, running parallel to the Champs-Elysées and famous for its haute couture establishments and luxury boutiques as well as for the Palais de l'Elysée, the official residence of the French president.

Leading fashion houses have been established in the area for over a hundred years: Louis Féraud, Christian Lacroix and Lanvin are still in the rue du Faubourg St-Honoré, but the majority are now in the avenue Montaigne across the Champs-Elysées. Opposite the British Embassy, No 54 opens into a couple of courtyards surrounded by boutiques selling beautiful furniture, objets d'art and paintings. Many modern art galleries line the perpendicular avenue Matignon, while the avenue Gabriel, which runs along the Champs-Elysées gardens past the American Embassy, makes a peaceful stroll through this select area.

✉ 75008 Paris Ⓜ St-Philippe-du-Roule, Madeleine 🚌 52

? A stamp market takes place near the Rond-Point des Champs-Elysées on Thu, Sat and Sun 9–7

GALLIÉRA, MUSÉE

This museum of fashion is appropriately housed in a neo-Renaissance mansion dating from the late 19th century, the Palais Galliéra. Its rich collections of urban fashion are shown in temporary exhibitions from the 18th century to the present and are continually being extended with donations from prestigious fashion houses (Dior, Yves St-Laurent) and well-known personalities. In addition to the costumes (several thousands in all), there are etchings and photographs connected with fashion.

Palais Galliéra, 10 avenue Pierre Ier de Serbie, 75016 Paris
01 56 52 86 00 10–6; closed Mon Iéna 32, 63, 72, 92
None Moderate Children's workshops

This compact area offers stately historic buildings, breathtaking views, provincial charm and the liveliness of a great city.

Start from the place du Châtelet on the Right Bank.

The monumental fountain was commissioned by Napoleon on his return from Egypt.

Walk along the quai de Gesvres, then across the pont Notre-Dame.

There is a flower market on the place Louis Lépine. On Sunday, flowers are replaced by birds.

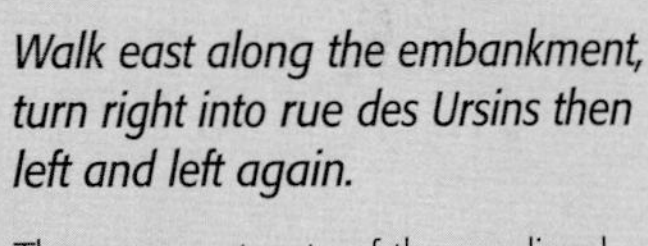

Walk east along the embankment, turn right into rue des Ursins then left and left again.

The narrow streets of the medieval cathedral precinct have some old houses. At the tip of the island is an underground memorial to the victims of Nazi concentration camps.

Cross over to the Ile Saint-Louis and turn left, following the quai de Bourbon. Turn right into rue des Deux Ponts and cross over to the Left Bank. Walk west to the square Viviani then cross rue St-Jacques into rue St-Séverin.

This is one of the oldest parts of the Quartier Latin. The Gothic Church of St-Séverin has a magnificent interior.

From the place St-Michel, cross back on to the Ile de la Cité.

Sainte-Chapelle (► 127) is very close. The place Dauphine at the western end of the island is another haven of peace. Admire the view from the pont Neuf, Paris's oldest bridge.

Cross over to the Right Bank and the pont Neuf métro station.

Distance 4km **Time** 2–4 hours depending on church visits
Start point Place du Châtelet Ⓜ Châtelet or 🚌 21, 38, 85, 96
End point Pont Neuf Ⓜ Pont Neuf or 🚌 21, 58, 67, 70
Lunch Le Vieux Bistrot ✉ 14 rue du Cloître-Notre-Dame, 75004 Paris
☎ 01 43 54 18 95

GOBELINS, MANUFACTURE NATIONALE DES

The former royal tapestry factory, founded by Colbert in 1664 to make beautiful tapestries for the royal household, is still going strong. Priceless works of art, based on paintings by artists such as Le Brun and Boucher and, more recently, Lurçat and Picasso, have been produced in the workshops over the last three centuries. Techniques have hardly changed since the 17th century and looms are either upright (*haute lice* method) or horizontal (*basse lice* method). The 17th-century buildings also house the Savonnerie carpet factory, founded in 1604, and the Beauvais tapestry factory, founded at the same time as the Gobelins.

42 avenue des Gobelins, 75013 Paris 01 44 54 19 33/ 01 44 08 52 00 Tue, Wed, Thu guided tours only at 2 and 2.45; closed public hols Les Gobelins 27, 47, 83, 91 None Moderate

GRAND PALAIS

Built at the same time as the Pont Alexandre III for the 1900 World Exhibition, this enormous steel-and-glass structure, concealed behind stone walls, is typical of the *belle époque* style: Ionic columns line the imposing façade and colossal bronze statues decorate the four corners.

Major international art exhibitions – Tutankhamun, Renoir, Gauguin and Picasso, to name but a few – are traditionally held in the Galeries Nationales, on the Champs-Elysées side of the building.

The west part of the Grand Palais houses the Palais de la Découverte, inaugurated in 1937 to bring science within the grasp of the general public and keep them informed of the latest scientific developments. There are interactive experiments, documentary films and a planetarium. Recent additions are the Electrostatic exhibition and the Sun Room.

Galeries Nationales: avenue du Général Eisenhower, 75008 Paris; Palais de la Découverte, avenue Franklin-D-Roosevelt, 75008 Paris Galeries Nationales: 01 44 13 17 17; Palais Découverte: 01 56 43 20 21 Galeries Nationales: variable; Palais Découverte: 9.30–6, Sun 10–7; closed Mon Café-bar (€) Champs-Elysées-Clemenceau 28, 42, 49, 72, 73, 80, 83 Galeries Nationales: excellent; Palais: none Galeries Nationales: variable; Palais Découverte: moderate

GRANDS BOULEVARDS

The boulevards were laid out as a tree-lined promenade in the 17th century, when some of the city's medieval fortifications were demolished; two ceremonial arches, the Porte St-Martin and the Porte St-Denis, replaced the town gates. The popularity of the boulevards peaked during the 19th century, with theatre, dancing, circus and busking in the east and more refined entertainment, including opera, in the west. Several shopping arcades were also opened, including the Passage des Panoramas in boulevard Montmartre, opposite Musée Grévin (➤ 120), the waxworks museum.

Today, the boulevards still attract cinema- and theatregoers but their general shabby appearance also encourages a rowdy element, particularly between the Porte St-Martin and the rue de Richelieu. Fortunately, complete renovation is under way.

Grands Boulevards

✉ From east to west: boulevards St-Martin, St-Denis, de Bonne Nouvelle, Poissonnière, Montmartre, des Italiens, des Capucines and de la Madeleine 🚇 République, Strasbourg-St-Denis, Bonne Nouvelle, Rue Montmartre, Richelieu-Drouot, Opéra, Madeleine

LES HALLES

Paris's legendary food market has long gone from the centre of the capital. The 19th-century steel-and-glass 'pavillons de Baltard' were removed in 1969, the noisy activity of the market suddenly stopped, and the character of this popular district changed beyond recognition. A vast gaping hole was left between one of the most beautiful churches in Paris and a

lovely Renaissance fountain. A commercial and cultural complex was built underground with a central patio surrounded by glass-roofed galleries that barely reach ground level. Above ground, a garden was laid over the remaining space, with a children's area and shaded walks and yet more graceful steel-and-glass structures.

The underground complex, spread over several levels, includes shops, restaurants, an auditorium, a gymnasium and a swimming pool, as well as a tropical greenhouse.

A huge stone head leaning against a hand decorates the semicircular paved area in front of the Eglise St-Eustache. The latter was built over a period of a hundred years, in a blend of late Gothic, Renaissance and neoclassical styles. From the church, a path leads across the gardens to the square des Innocents and the beautiful Renaissance fountain, built and carved in the mid-16th century by Pierre Lescot and Jean Goujon, who also worked on the Louvre.

Forum des Halles

Rue Pierre Lescot, rue Rambuteau, rue Berger, 75001 Paris In the complex (€) Les Halles 29, 38, 47 Lifts to all levels

HÔTEL DE VILLE
The town hall of the city of Paris has been standing on this site since the 14th century. Destroyed by fire during the Paris Commune in 1871, it was rebuilt almost straight away in neo-Renaissance style. On the exterior are 136 statues representing famous historic figures.

Near by stands the 52m-high Tour St-Jacques, the only remaining part of a demolished church. In 1648, Pascal used the tower to verify his

experiments on the weight of air. Later, a meteorological station was set up at the top and the tower became the property of the city of Paris.

Place de l'Hôtel de Ville, 75004 Paris 01 42 76 54 04 Guided tour by appointment only Hôtel de Ville 38, 47, 58, 67, 70, 72, 74, 75, 96, Good Free

INSTITUT DE FRANCE

The imposing Classical building facing the Louvre across the river was commissioned by Cardinal Mazarin, as a school for provincial children, and designed by Le Vau; it is surmounted by a magnificent dome and houses the Institut de France, an institution created in 1795 to unite under one roof five prestigious academies, including the famous (and oldest) Académie Française founded in 1635 by Richelieu. It also houses the Bibliothèque Mazarine, Mazarin's own collection of rare editions.

23 quai de Conti, 75006 Paris 01 44 41 44 35 Sat, Sun guided tours by appointment only Pont Neuf, Louvre, Odéon 24, 27, 39, 48, 58, 70, 95 None Inexpensive

JACQUEMART-ANDRÉ, MUSÉE

This elegant 19th-century mansion, recently refurbished, houses the remarkable collections of European art bequeathed by the wealthy widow of a banker to the Institut de France. French 18th-century art includes paintings by Boucher, Chardin, Greuze and Watteau, as well as sculptures by Houdon and Pigalle, furniture, Beauvais tapestries and objets d'art. There are also 17th-century Dutch and Flemish masterpieces and an exceptionally fine collection of Italian Renaissance art including works by Mantegna, Donatello, Botticelli and Uccello.

158 boulevard Haussmann, 75008 Paris 01 42 62 11 59
10–6 Tearoom (€) Miromesnil, St-Philippe-du-Roule
22, 28, 43, 52, 80, 83, 84, 93 None Moderate

MUSÉE
JACQUEMART
ANDRÉ
MUSÉE
JACQUEMART
ANDRÉ

INSTITUT DU MONDE ARABE

The Institute of Arab and Islamic Civilisation is a remarkable piece of modern architecture designed by the French architect Jean Nouvel. Its glass-and-aluminium façade, reminiscent of a *musharabia* (carved wooden screen), discreetly refers to Arab tradition. The seventh floor houses a museum of Islamic art and civilisation from the 8th century to the present day. The ninth floor offers a panoramic view of the Ile de la Cité and Ile St-Louis near by.

1 rue des Fossés St-Bernard, 75005 Paris 01 40 51 38 38 10–6; closed Mon, 1 May Restaurant (€–€€) Jussieu 24, 63, 67, 86, 87, 89 Good Inexpensive Guided tours, shops

JEU DE PAUME, GALERIE NATIONALE DU

One of two pavilions built in the late 19th century at the entrance of the Jardin des Tuileries, the Jeu de Paume, on the rue de Rivoli side, was intended for the practice of a game similar to tennis. It later housed the national collection of Impressionist paintings until it was transferred to the Musée d'Orsay. Reopened in June 2004 after refurbishment, the Jeu de Paume is now exclusively devoted to photographic art, holding thematic and monographic exhibitions from the 19th century to the 21st century.

1 place de la Concorde, 75001 Paris 01 47 03 12 52
Wed–Fri 12–7, Sat–Sun 10–7, Tue 12–9:30 Café (€)
Concorde 24, 42, 52, 72, 73, 84, 94 Very good
Moderate Shop

MADELEINE, EGLISE DE LA

Work started on this imposing neoclassical building in 1764, shortly after the completion of the place de la Concorde, but troubled times lay ahead and the partly constructed building was abandoned until 1806, when Napoleon decided to erect a temple to the glory of his 'Great Army'. He ran out of time to complete his ambitious project. It was then decided that the edifice would be a church after all and it was consecrated in 1845. The result is an impressive Graeco-Roman temple completely surrounded by tall Corinthian columns. Steps lead up to the entrance, which is surmounted by a monumental pediment. The interior is decorated with sculptures by Rude and Pradier; the magnificent organ was made by Cavaillé-Coll in 1846 and several well-known composers, including Camille Saint-Saëns, held the post of organist.

✉ Place de la Madeleine, 75008 Paris ☎ 01 44 51 69 00
🕐 7.30–7, Sun 7.30–1.30 and 3.30–7; bank hols variable
🚇 Madeleine 🚌 24, 42, 52, 84, 94 ♿ None ✋ Free ❓ Shops

MAILLOL, MUSÉE

This atttractive museum, situated in the rue de Grenelle next to a beautiful 18th-century fountain, is interesting on two accounts: it displays a great many works by the French painter and sculptor Aristide Maillol (1861–1944) as well as a private collection of works by Ingres, Cézanne, Dufy, Matisse, Bonnard, Degas, Picasso, Gauguin, Rodin, Kandinsky, Poliakoff and others.

Maillol's obsessive theme was the nude, upon which he conferred an allegorical meaning; he produced smooth rounded figures, some of which can be seen in the Jardin des Tuileries.

✉ 59–61 rue de Grenelle, 75007 Paris ☎ 01 42 22 59 58 🕘 11–6; closed Tue and bank hols 🍴 Cafeteria (€) Ⓜ Rue du Bac 🚌 63, 68, 83, 84 ♿ Good ✋ Moderate

monic
bijoux
monic
monic

LE MARAIS

The sedate old-world atmosphere of this historic enclave at the heart of the city, its architectural beauty and cultural diversity are unique.

As its name suggests, Le Marais was once an area of marshland on the Right Bank of the Seine. In the 13th century, the area was drained and cultivated by monks and the Knights Templars. However, it was the construction of the place des Vosges at the beginning of the 17th century and the subsequent rapid urbanisation of the district that produced a wealth of beautiful domestic architecture and gave Le Marais its character. When fashions changed in the late 18th century, the district gradually became derelict and had to wait until the 1970s to be rediscovered and renovated.

Today Le Marais, which extends from the Hôtel de Ville to the place de la Bastille,

offers visitors narrow picturesque streets, cafés and bistros, elegant mansions, tiny boutiques and a lively population that includes an important Jewish community. It is also one of the favourite haunts of the gay community.

Around every corner is another delightful mansion. These houses are no longer privately owned: some have been turned into museums, sometimes with striking results (Musée Picasso, ➤ 115). One of the most imposing, the Hôtel de Soubise, houses the **Musée de l'Histoire de France**, where historic documents are displayed amidst a profusion of Louis XV decoration. An unusual museum dedicated to hunting and nature (**Musée de la Chasse et de la Nature**) is housed in the Hôtel de Guénégaud des Brosses, built by François Mansart. Here hunting arms dating from prehistory until the 19th century are on display, plus paintings and decorative arts on the subject of hunting.

Musée de l'Histoire de France

Hôtel de Soubise, 60 rue des Francs-Bourgeois, 75003 Paris
01 40 27 60 96 Telephone for opening times; temporary exhibitions Hôtel de Ville 29, 75, 96 None Inexpensive

Musée de la Chasse et de la Nature

✉ Hôtel de Guénégaud des Brosses, 60 rue des Archives, 75003 Paris

☎ 01 53 01 92 40 🕐 11–6; closed Mon and bank hols

Ⓜ Hôtel de Ville 🚌 29, 75 ♿ None

Moderate ? Bookshop

MARMOTTAN-MONET, MUSÉE

The museum was named after Paul Marmottan, who bequeathed his house and his private collections of Renaissance and 18th- and 19th-century art to the Institut de France. These were later enriched by several bequests, including 100 paintings by Monet donated by his son: detailed studies of Monet's garden in Giverny, particularly a group of *nymphéas* (water lilies) paintings, provide insights into the artist's approach and there are paintings of Rouen Cathedral and of the River Thames in London. Most important of all, perhaps, is a relatively early work, called *Impression, Soleil levant* (1872), which created a sensation at the time and gave its name to the Impressionist movement.

There are also interesting works by Renoir, Pissarro, Sisley, Morisot and Gauguin.

2 rue Louis Boilly, 75016 Paris 01 42 24 07 02 10–5.30; closed Mon, 1 May, 25 Dec Cafés and restaurants (€–€€) in nearby place de la Muette La Muette 22, 32, 52, 63 Good Moderate Shops

MONNAIE DE PARIS, MUSÉE DE LA

This museum devoted to the history of French currency is housed in the Hôtel des Monnaies (the Mint), a fine 18th-century building standing on the left bank, next to the Institut de France. Coins, medals, paintings, sculptures, historic documents, ancient tools and machinery illustrate the evolution of minting in France from around 300BC to the present. Note in particular the Ulhorn press dating from 1807. There are audiovisual presentations and a tour specially tailored to children.

✉ 11 quai de Conti ☎ 01 40 46 55 35 ⌚ Tue–Fri 11–5.30, Sat–Sun 12–5.30 Ⓜ Odéon, Pont-Neuf 🚌 24, 27, 39, 48, 58, 70, 95 ♿ None ✋ Inexpensive

walk

Picturesque streets and carefully restored architectural gems make this an enjoyable walk.

Walk north from place de l'Hôtel de Ville along rue des Archives.

The Eglise des Billettes, on your right, has the last remaining medieval cloister in Paris.

Turn right into rue Ste-Croix de la Bretonnerie, then third left and first right.

Rue des Rosiers, at the heart of the Jewish quarter, is lined with a colourful array of traditional shops and restaurants.

Turn left into rue Pavée then left again.

Rue des Francs-Bourgeois is the liveliest street in the Marais, with unusual boutiques selling clothes, antiques and trinkets.

Turn right into rue du Temple.

The Musée d'Art et d'Histoire du Judaïsme, illustrates the history of Jewish communities.

Turn right into rue des Haudirettes, continue to place de Thorigny. The Musée Picasso (► 115) is on the left. Turn right, down rue Elzévir, past Musée Cognacq-Jay (► 64) then left up rue Payenne and right down rue Sévigné.

Look inside the courtyard of the Hôtel Carnavalet (► 59).

Walk east to the end of rue des Francs-Bourgeois.

Soak in the unique atmosphere of the place des Vosges (► 132). Come out from the southern end.

Turn right in the rue St-Antoine. The walk ends in front of Eglise St-Paul-St-Louis.

Distance 3.8km **Time** 2–4 hours depending on museum visits
Start point Place de l'Hôtel de Ville Ⓜ Hôtel de Ville
End point Eglise St-Paul-St-Louis Ⓜ St Paul **Lunch** Café Martini
✉ 11 rue du Pas-de-la-Mule, 4th ☎ 01 42 77 05 04

MONTMARTRE

This unassuming village overlooking Paris became a myth during the 19th century, when it was taken over by artists and writers attracted by its picturesque surroundings and Bohemian way of life. La 'Butte' (the mound) managed to retain its village atmosphere and now that the area has become a major tourist attraction, an undefinable nostalgia lingers on, perpetuating Montmartre's magic appeal.

In its heyday, the district was the favourite haunt and home of many famous artists. They met in cafés and in cabarets such as the Moulin Rouge (1889), whose singers and dancers acquired worldwide fame through Toulouse-Lautrec's paintings and posters. Halfway up the hill, a

wooden construction (13 place Emile-Goudeau) known as the Bateau-Lavoir, where, amongst others, Picasso, Braque and Juan Gris had their studios, was the modest birthplace of Cubism; destroyed by fire in 1970, it has since been rebuilt. At the top of the hill stands the village square, place du Tertre, close to the Sacré-Coeur basilica (► 122). The **Musée de Montmartre** has works and memorabilia by the artists who lived here, and the narrow cobbled streets of the 'Butte' still have some amazing sights to offer, including a vineyard in the rue des Saules and two windmills in the twisting rue Lepic.

75018 Paris · Several (€–€€€)
Abbesses, Anvers, Lamarck-Caulaincourt · Montmartrobus

Musée de Montmartre

12 rue Cortot, 75018 Paris · 01 46 06 61 11 · 10–12.30, 1.30–6; closed Mon, 1 Jan, 1 May, 25 Dec
None · Inexpensive
Exhibitions, bookshop

walk

Start from the square d'Anvers and walk north along rue de Stienkerque.

Facing you are the impressive steps leading to the Sacré- Coeur basilica. On the left, a funicular makes the climb easier.

Walk west along rue Tardieu to place des Abbesses.

This is the focal point of social life in Montmartre. Le Sancerre near by is the most popular bar in the area. The métro entrance is in typical art nouveau style.

Continue northwest and turn right into rue Ravignan leading to place Emile-Goudeau.

The tiny square is one of the most authentic spots in Montmartre. The wooden Bateau-Lavoir, immortalised by Picasso, Braque and Gris, stood at No 13.

Continue up the street to rue Lepic, turn right towards the intersection of rue des Saules and rue St-Rustique.

The Auberge de la Bonne Franquette was the favourite haunt of the Impressionists, of Toulouse-Lautrec and Utrillo.

Rue Poulbot on the right leads to place du Calvaire (view), right round to place du Tertre.

Go round the right side of the 12th-century Eglise St-Pierre to the Sacré-Coeur basilica (▶ 122).

Walk back to rue des Saules and follow it down to the other side of the hill.

At the corner of rue St-Vincent, watch out for the Montmartre vineyard and the Au Lapin Agile nightclub, the rendezvous of young artists and writers in the early 1900s.

Rue St-Vincent on the left leads to rue Caulaincourt where the walk ends.

Distance 2.2km Time 3–4 hours **Start point** Square d'Anvers
Ⓜ Anvers **End point** Rue Caulaincourt Ⓜ Lamarck Caulaincourt
Lunch Au Clair de la Lune ✉ 9 rue Poulbot ☎ 01 42 58 97 03

MONTPARNASSE

In the early 1900s, young artists and writers left Montmartre to settle on the Left Bank, in Montparnasse. Modigliani, Chagall, Léger and many others found a home and a studio in La Ruche. They were joined by Russian political refugees, musicians and American writers, among them Hemingway. They met in cafés along the boulevard Montparnasse, which have since become household names: La Closerie des Lilas, La Rotonde, Le Select, La Coupole and Le Dôme.

Since the 1960s the district has been modernised and a new business complex built south of the boulevard. The 200m-high Tour Montparnasse stands in front of one of the busiest stations in Paris. The tower's 56th and 59th floors, open to the public, offer a restaurant and panoramic views.

✉ 75014 Paris Ⓜ Montparnasse-Bienvenüe, Vavin

KIRIN BEER
Miko
MENU
CRÊPERIE
Tél. 01 43 44 76 21
Menu à 10,60 €
Kir Breton
Fromage de Chèvre
et son Lit de Salade
La galette du Jour

MOYEN-AGE, MUSÉE NATIONAL DU

This splendid museum of medieval art, also known as the Musée de Cluny, is housed in a 15th-century Gothic mansion – one of the last remaining examples of medieval domestic architecture in Paris. The building stands at the heart of the Quartier Latin, on the site of Gallo-Roman baths dating from the 3rd century ad. The ruins are surrounded by a public garden. Inside the main courtyard, the elegant stair tower and corner turrets are particularly noteworthy.

The museum illustrates all the arts and crafts of the medieval period, the most famous exhibit being a set of tapestries known as 'La Dame à la Licorne', made in a Brussels workshop at the end of the 15th century. There is also a fine collection of sculptures, including the heads of the kings of Judaea which decorated the façade of Notre-Dame Cathedral and were knocked down during the Revolution.

www.musee-moyenage.fr ✉ 6 place Paul Painlevé, 75005 Paris ☎ 01 53 73 78 00; 01 53 73 78 16 🕘 9.15–5.45; closed Tue, 1 Jan, 1 May, 25 Dec 🍴 In boulevard St-Michel near by (€–€€) 🚇 Cluny-La Sorbonne 🚌 21, 27, 38, 63, 85, 86, 87 ♿ None 🎟 Inexpensive ❓ Guided tours, shops, concerts

MUSIQUE, MUSÉE DE LA

Housed within the vast Cité de la Musique (➤ 37), the museum presents a permanent exhibition consisting of some 900 musical instruments (out of a stock of around 4,500) dating from the Renaissance to the present day, as well as a whole range of works of art and objets d'art inspired in some way by music. Temporary exhibitions are also organised in order to highlight the museum's collections, regular concerts and lectures and various cultural events take place in the 230-seat auditorium.

221 avenue Jean-Jaurès, 75019 Paris 01 44 84 44 84
Tue–Sat 12–6, Sun 10–6; closed Mon Porte de Pantin
75, 151, PC Very good Moderate Guided tours, shops

NISSIM DE CAMONDO, MUSÉE

This museum offers a delightful journey back into the 18th century.

In 1935, Count Moïse de Camondo bequeathed his private residence on the edge of the parc Monceau to the French nation in memory of his son Nissim, killed in action in 1917. The interior is arranged as an authentic 18th-century private home, including wall panelling, Aubusson and Savonnerie tapestries, paintings by Vigée-Lebrun and Hubert Robert, sculptures by Houdon and Sèvres and Chantilly porcelain.

63 rue de Monceau, 75008 Paris
01 53 89 06 50 10–5; closed Mon, Tue, 1 Jan, 14 Jul, 25 Dec
Villiers 84, 94 None
Inexpensive Guided tours

OPÉRA GARNIER

A night at the opera to see *Giselle* or *Sleeping Beauty* is one of the great moments of a visit to Paris, for the quality of the productions and the splendour of what is referred to as the opera, in spite of the fact that there are now two opera houses in Paris!

The Palais Garnier (named after its architect) was built in 1875 in neoclassical style, but the decoration is unmistakably late 19th century and includes a group of statues called *La Danse* by Carpeaux, a copy of the original now held in the Musée d'Orsay. Inside, the grand

staircase and the foyer are magnificent. In the main hall visitors can now fully appreciate the ceiling decorated by Chagall.

The museum contains paintings, watercolours and pastels illustrating the history of opera and ballet from the 18th century to the present day.

Place de l'Opéra, 75009 Paris 01 41 10 08 10 10–4.30; closed 1 Jan, 1 May and matinee performances Opéra 20, 21, 22, 27, 29, 42, 52, 53, 56, 68, 81, 95 None Moderate Guided tours at noon, shops

ORANGERIE, MUSÉE NATIONAL DE L'

The Orangerie houses the Walter-Guillaume Collection, consisting mainly of Impressionist and 20th-century paintings, and a set of monumental paintings offered by Monet to his country, representing the famous Nymphéas (water lilies, see also Musée Marmottan ► 94) in the artist's garden at Giverny. Reopening is scheduled for the beginning of 2006.

Place de la Concorde, Jardin des Tuileries, 75001 Paris 01 42 61 30 82 (fax) Closed for restructuring Concorde 24, 42, 52, 72, 73, 84, 94 Very good Moderate Tours, shops

PALAIS-ROYAL

This is a pleasant, relatively peaceful area with the Jardin du Palais-Royal in its heart. Here, cultural institutions occupy a prominent place, next to charming arcades and picturesque old streets. The palace built by Richelieu now houses the ministry of culture and two important constitutional bodies, but the gardens are accessible through archways situated all round. Enclosed by arcading on three sides and an elegant double colonnade along the fourth, they are a haven of peace, where Parisians love to window-shop during their lunch hour along the row of quaint little boutiques hidden under the arcades.

An 18th-century addition to the original building houses the Comédie-Française, France's National Theatre, where all the classics are performed. From the place André Malraux in front, the Opéra Garnier can be seen at the top of the avenue de l'Opéra. To the east of the Palais-Royal, off the rue Croix des Petits Champs, the Galerie Véro-Dodat is one of several elegant arcades in the area.

Place du Palais-Royal, 75001 Paris Jardin: 8am–11pm (midnight in summer) In gardens (€€) Palais-Royal Jardin: free access

PANTHÉON

Commissioned by Louis XV, the building was designed by Soufflot, who gave it the shape of a Greek cross surmounted by a high dome, it is now one of Paris's landmarks. Completed on the eve of the Revolution, it became a Pantheon for France's illustrious dead, among them Voltaire, Rousseau, Hugo and Zola.

Place du Panthéon, 75005 Paris 01 44 32 18 00 Apr–Sep 10–6.30; Oct–Mar 10–6; closed 1 Jan, 1 May, 25 Dec Cardinal-Lemoine 84, 89 Moderate

PÈRE-LACHAISE, CIMETIÈRE DU

Situated on the eastern edge of the city, the Cimetière du Père-Lachaise is Paris's most famous cemetery. Rising ground and abundant vegetation give the place a romantic atmosphere in spite of the great number of unsightly funeral monuments. Many famous people are buried here, including Musset, Chopin, Molière, Oscar Wilde, Delacroix, Balzac, even the unhappy lovers Héloïse and Abélard. In the south-east corner stands the Mur des Fédérés where the last 'communards' were shot in 1871.

Boulevard de Ménilmontant, 75020 Paris 01 55 25 82 10 Mon–Fri 8–6, Sat 8.30–6, Sun 9–6 (5.30 in winter) Père-Lachaise Free Guided tours (in English) Sat 3 in summer

PARFUM, MUSÉE DU

The history of perfume from the time of the ancient Egyptians to the present is the fascinating subject of this museum, housed within the Fragonard perfumery, in two different places, both near the opera house.

www.fragonard.com ✉ 9 rue Scribe, 75009 Paris; 39 boulevard des Capucines, 75002 Paris Free

PAVILLON DE L'ARSENAL

The late 19th-century iron-and-glass building houses an information centre devoted to Paris's urban planning, and architecture throughout its troubled history. The permanent exhibition 'Paris, visite guidée' (Paris, a city in the making) shows the constant evolution of the cityscape by means of a dynamic, chronological display covering the ground, walls and ceiling of the main hall, with models, films, interactive terminals…a fascinating experience!

✉ 21 boulevard Morland, 75004 Paris ☎ 01 42 76 33 97
Tue–Sat 10.30–6.30, Sun 11–7; closed Mon Sully-Morland
67, 86, 87 Good Free

PICASSO, MUSÉE

The collection was brought together after Picasso's death and consists of works donated to the State by his family in lieu of death duties, and his private collection – together totalling more than 200 paintings, sculptures, drawings and ceramics.

The Hôtel Salé, at the heart of the historic Marais, was chosen to house this important collection and underwent extensive renovation to turn it into a museum. The interior decoration is very discreet, focusing attention on the beautiful stone staircase with its elegant wrought-iron banister.

Displayed in chronological order, the works illustrate the different phases of Picasso's artistic creation and the various techniques he used, from the blue period tainted with a certain pessimism (*Autoportrait bleu*), through the more optimistic pink period, to the successive Cubist periods. The tour is a journey in the company of one of the most forceful creative minds of this century. Picasso's private collection includes works by Renoir, Cézanne, Rousseau and Braque.

www.musee-picasso.fr ✉ Hôtel Salé, 5 rue de Thorigny, 75003 Paris ☎ 01 42 71 25 21 🕐 Apr–Sep 9:30–6 (5:30 Oct–Mar); closed Tue, 1 Jan, 25 Dec 🚇 St-Paul, Chemin Vert 🚌 29, 69, 75, 76, 93 ♿ Very good 🖐 Moderate ❓ Guided tours, shop

PLANTES, JARDIN DES

The botanical gardens owe their name to the 'royal garden of medicinal plants' created in the 17th century and extended by Buffon in the 18th century. Today they form the experimental gardens of the Musée National d'Histoire Naturelle (Natural History Museum) and make an ideal spot for a leisurely stroll; children love the *ménagerie* (zoo). There are also hothouses, an alpine garden and several exhibition halls, the most fascinating being the Grande Galerie de l'Evolution, illustrating the evolution of life on earth and Man's influence on it. Here, the display of endangered and extinct species is particularly interesting. Also featured are the scientists closely associated with evolution and the latest discoveries in the field of genetics.

57 rue Cuvier, 75005 Paris 01 40 79 30 00 Gardens: 7:30–sunset. Museum: 10–5; closed Tue. Zoo: 9–6 Cafeteria (€) Jussieu Good Gardens: free; museum and zoo: moderate ? Lectures, exhibitions, workshops for children, shop

QUARTIER LATIN

This lively district remains to this day the undisputed kingdom of Parisian students. Situated on the Left Bank between the Carrefour de l'Odéon and the Jardin des Plantes, it was known in medieval times as the 'Montagne Ste-Geneviève' after the patron saint of Paris, and was later given the name of 'Quartier Latin' because Latin was spoken at the university until the late 18th century.

The **Sorbonne**, the most famous French university college, was founded in 1257; the present building dates from the late 19th century when well-known artists such as Puvis de Chavannes decorated the interior. The adjacent 17th-century church is a model of Jesuit style.

The Church of St-Etienne-du-Mont, dating from the late 15th century, combines Gothic Flamboyant and Renaissance styles.

Sorbonne

47 rue des Ecoles and place de la Sorbonne (church), 75005 Paris

01 40 46 20 15 · By appointment · Cluny-La Sorbonne

None · Moderate

RODIN, MUSÉE

One of the lovely mansions in the elegant Faubourg St-Germain, built by Gabriel in 1728, houses a unique collection of works by the sculptor Auguste Rodin (1840–1917). Rodin spent the last few years of his life in the Hôtel Biron as a guest of the French nation; when he died the collection of his works reverted to the State and the mansion was turned into a museum.

His forceful and highly original style brought him many disappointments and failures: his *Man with a Broken Nose* (now in the museum) was refused at the 1864 Salon and Rodin had to wait for another 15 years before his talent was fully

acknowledged through his *St John the Baptist*. His major works are displayed inside the museum (*The Kiss, Man Walking*) and in the peaceful gardens (*The Thinker, The Burghers of Calais, The Gates of Hell*).

www.musee-rodin.fr
77 rue de Varenne, 75007 Paris 01 44 18 61 10 9:30–4:45 (5:45 in summer, park 6:45); closed Mon, 1 Jan, 25 Dec
Cafeteria (€) Varenne 69, 82, 87, 92
Good Inexpensive Guided tours, shops

walk

These lively Left Bank districts are the favourite haunt of Parisian youth.

Start at the crossroads of boulevard St-Germain and boulevard St-Michel.

Soak in the Left Bank atmosphere as you walk up the 'Boul Mich', a nickname used by generations of students. The small cafés on place de la Sorbonne are packed with students.

Take the next street on the left to reach the Church of St-Etienne-du-Mont (► 117).

It is well worth going inside to admire the Gothic chancel, Renaissance nave and magnificent rood screen.

Behind the church, follow rue Descartes to the right.

Beyond the charming place de la Contrescarpe lies the rue Mouffetard, with its untidy shops and picturesque signs.

Go through Passage des Postes (No 104), turn right into rue Lhomond which leads back to boulevard St-Michel.

Stroll through the Jardin du Luxembourg past the beautiful Fontaine de Médicis. Come out by the west gate.

Walk down rue Bonaparte past place St-Sulpice and its superb fountain to boulevard St-Germain.

Near by are the picturesque rue de Furstenberg, rue Cardinale, rue de l'Echaudé and rue de Buci, with its market.

Rue St-André-des-Arts leads to the square of the same name with its Fontaine Wallace. The walk ends here.

Distance 5km **Time** 3–4 hours depending on stops
Start point Crossroads of boulevard St-Germain and boulevard St-Michel Cluny-La Sorbonne **End point** Place St-André-des-Arts St-Michel **Lunch** Brasserie Lipp 151 boulevard St-Germain, 6th 01 45 48 53 91

SACRÉ-COEUR, BASILIQUE DU

The white domes and campaniles of this neo-Byzantine basilica stand out against the Parisian skyline. Its construction at the top of Montmartre was undertaken as a sign of national reconciliation and hope after the bitter defeat suffered by France in the 1870 war against Prussia. Funds were raised by public subscription and work started in 1875, but the basilica took nearly 45 years to build and was inaugurated only in 1919, at the end of another war.

The view over Paris from the terrace in front of the building is breathtaking; an impressive number of steps leads down to the place St-Pierre; from the dome, an even more stunning panoramic view stretches for 50km around the city. The interior of the basilica is profusely decorated with mosaics.

www.sacre-coeur-montmartre.com

Place du Parvis du Sacré-Coeur, 75018 Paris 01 53 41 89 00

Basilica: 7am–11pm; dome and crypt: 9–6 (7 in summer)

Abbesses (from here walk along rue Yvonne Le Tac, then take funicular or walk up steps) 30, 54, 80, 85, Montmartrobus

Very good; access from the back of the basilica Basilica: free; dome and crypt: inexpensive Shops

ST-GERMAIN-DES-PRÉS

The oldest church in Paris stands at the heart of the Left Bank district of St-Germain-des-Prés. The Benedictine Abbey of St-Germain-des-Prés, founded in the 6th century, was throughout the Middle Ages so powerful a religious and cultural centre that it became a town within the city. It was destroyed during the Revolution; only the church was spared. In spite of many alterations, the church is a fine example of Romanesque style: the tower dates from the 11th century as does the nave; note that the carved capitals on the pillars are copies of the originals kept in the Musée National du Moyen-Age (➤ 104).

Facing the church is the Les Deux Magots café which, like its neighbour the Café de Flore, was the favourite haunt of intellectuals, in particular Sartre and Simone de Beauvoir, immediately after World War II. It is worth exploring the old streets on the north and east sides of the church and strolling along boulevard St-Germain. The area between boulevard St-Germain and the river and between the rue du Bac and the rue de Seine is full of antique shops and art galleries.

✉ Place St-Germain-des-Prés, 75006 Paris ☎ 01 55 42 81 33 🕐 8–7
🍴 Cafés and restaurants near by (€–€€) 🚇 St-Germain-des-Prés

SAINTE-CHAPELLE

The full splendour of this magnificent Gothic chapel can only be appreciated from inside, as Sainte-Chapelle is unfortunately closely surrounded by the Palais de Justice buildings. Commissioned by Saint-Louis to house the Crown of Thorns and a fragment of the true Cross, it was built in less than three years by Pierre de Montreuil (who also worked on Notre-Dame) and consecrated in 1248.

The building consists of two chapels, the lower one intended as a parish church for the palace staff and the upper one reserved for the royal family. The latter is a striking example of technical prowess: walls have been replaced by 15m-high stained-glass panels linked by slender pillars which also support the vaulting. The stained-glass windows are mainly original and illustrate scenes from the Old and New Testaments.

✉ 4 boulevard du Palais, 75001 Paris ☎ 01 53 40 60 97
🕘 10–5 (9:30–6 Apr–Sep); closed 1 Jan, 1 May, 1 Nov
🚇 Cité 🚌 96 ♿ None ✋ Moderate ? Shop

SAINT-LOUIS, ILE

The peaceful atmosphere of this island is apparent as soon as you walk along its shaded embankment, lined with elegant private mansions. The island was formed at the beginning of the 17th century, when two small islands were united and joined to the mainland by bridges linked by the rue des Deux Ponts; at the same time, private residences were built along the embankment and the straight narrow streets. The project was completed between 1627 and 1664. Since then, time seems to have stood still on the Ile Saint-Louis, which retains its provincial character.

A few architectural gems can be seen along quai de Bourbon and quai d'Anjou, which offer fine views of the Right Bank. From the western tip of the island you can see Notre-Dame and the Ile de la Cité.

75004 Paris  Pont Marie 67, 86, 87

ST-SULPICE, ÉGLISE

The church and square of St-Sulpice form a harmonious architectural ensemble, mostly dating from the 18th century except for part of the church and the central fountain.

The original church, founded by the Abbey of St-Germain-des-Prés, was rebuilt and extended in the 17th century but was not completed until the mid-18th century. The Italian-style façade, designed by Servandoni, is surmounted by two slightly different towers crowned by balustrades and is in marked contrast to the rest of the building. Among the wealth of interior decoration are several statues by Bouchardon and murals by Delacroix (first chapel on the right) as well as a splendid organ by Cavaillé-Coll, traditionally played by the best organists in France.

In the square in fromt of the church is a monumental fountain designed by Visconti.

Place St-Sulpice, 75006 Paris 01 46 33 21 78 7.30–7.30
St-Sulpice

TUILERIES, JARDIN DES

This formal French-style garden was laid out by Le Nôtre in the 17th century, and was even then a popular public garden. The garden deteriorated over the years, but has now been entirely renovated as part of the Grand Louvre project. The stately central alleyway stretches in a straight line from the flower beds near the Arc de Triomphe du Carrousel to the place de la Concorde, where an octagonal ornamental pool is surrounded by various statues (the seasons, rivers) and flanked by terraces. On either side of the alleyway are groups of allegorical statues.

Rue de Rivoli, 75001 Paris
Apr–Sep: 7.30am–8pm; Oct–Mar: 7.30am–7pm Cafeterias (€) Tuileries (access – rue de Rivoli); Palais-Royal (access – the Louvre) 24, 68, 72, 73, 84, 94
Free

VENDÔME, PLACE

This square illustrates Louis XIV's style at its best, classical and elegant without being too emphatic. It was designed by Jules Hardouin-Mansart at the end of the 17th century and an equestrian statue of the King was placed in its centre. However, the statue was destroyed during the Revolution and in 1810 Napoleon had a tall bronze-clad column erected in its place. Today the square is the headquarters of Paris's top jewellers.

A rather comical game of musical chairs went on for over 60 years to decide who should stand at the top of the column: Napoleon dressed as Caesar was replaced by Henri IV then by a huge *fleur de lys* before Napoleon reappeared, but not for long. A copy of the original statue commissioned by Napoleon III started another round; in 1871 the Commune took it down in anger but the Third Republic had it reinstated as a demonstration of tolerance....'much ado about nothing!'

75001 Paris Opéra 72

VOSGES, PLACE DES

Totally unspoiled, this is Paris's oldest square and perhaps the loveliest for its discreet charm, its delightful architecture and its peaceful garden.

We owe this brilliant piece of town planning to 'Good King Henri' (Henri IV) whose initiative launched the development of Le Marais. The square is lined with identical pavilions over continuous arcading, dormer windows breaking up the monotony of the dark slate roofs; in the centre of the south and north sides stand two higher pavilions, known respectively as the Pavillon du Roi and Pavillon de la Reine. The square changed names during the Revolution and was finally called 'place des Vosges' in 1800 in honour of the first *département* to pay its taxes!

No 6, where Victor Hugo (1805–85) lived for 16 years, is now a museum, containing mementoes, furniture, portraits anf drawings by the writer himself.

✉ 75004 Paris Ⓜ St-Paul, Bastille, Chemin Vert 🚌 20, 65, 69, 76

Where to eat & drink...
Paris

RIGHT BANK RESTAURANTS

L'ALSACE (€€)

Alsatian specialities and seafood; terrace in summer.

39 avenue des Champs-Elysées, 75008 Paris 01 53 93 97 00
24 hours Franklin-D Roosevelt

LES AMOGNES (€€)

Bistro serving imaginative cuisine in a relaxed atmosphere.

243 rue du Faubourg St-Antoine, 75011 Paris 01 43 72 73 05
Lunch, dinner; closed Sat and Mon lunch, Sun and 10–31 Aug
Faidherbe Chaligy

BEAUVILLIERS (€€-€€€))

Gourmet cuisine served in an elegant Napoleon III setting; terrace in summer.

52 rue Lamarck, 75018 Paris 01 42 54 54 42 Lunch, dinner; closed Mon lunch, Sun Lamarck Caulaincourt

Les Coquillages

BISTRO DE GALA (€€)

In the 'Grands Boulevards' area, serving traditional French cuisine.

45 rue du Faubourg Montmartre, 75009 Paris 01 40 22 90 50
Lunch, dinner; closed Sat lunch, Sun and 2 weeks in Aug
Le Peletier

BLUE ELEPHANT (€€)

Thai cuisine near the Bastille. Try the chiang rai.

43 rue de la Roquette, 75011 Paris 01 47 00 42 00 Lunch, dinner; closed Sat lunch Voltaire

BON (€€)

Trendy restaurant; some vegetarian dishes.

25 rue de la Pompe, 75016 Paris 01 40 72 70 00 Lunch, dinner La Muette

BRASSERIE FLO (€-€€)

1900-style Alsatian inn specialising in *choucroute* (sauerkraut) and seafood.

7 Cour des Petites Ecuries, 75010 Paris 01 47 70 13 59
Lunch, dinner Château d'Eau

LA BUTTE CHAILLOT (€€)

Refined cuisine served in a striking contemporary setting.

✉ 110 bis avenue Kléber, 75016 Paris ☎ 01 47 27 88 88 🕒 Lunch, dinner; closed Sat lunch and 2 weeks Aug 🚇 Trocadéro

CAVEAU FRANÇOIS VILLON (€)

Charming bistro located in 15th-century cellars.

✉ 64 rue de l'Arbre Sec, 75001 Paris ☎ 01 42 36 10 92 🕒 Lunch, dinner; closed Mon and Sat lunch, Sun 🚇 Louvre-Rivoli

CHEZ CLÉMENT ÉLYSÉES (€)

Home style cooking.

✉ 123 avenue des Champs-Élysées, 75008 Paris ☎ 01 40 73 87 00 🕒 Lunch, dinner 🚇 Charles de Gaulle-Étoile

CHEZ MADAME VONG (€)

Chinese and Vietnamese cuisine.

✉ 10 rue de la Grande Truanderie, 75001 Paris ☎ 01 42 97 49 07 🕒 Lunch, dinner; closed Sat and Sun lunch 🚇 Les Halles

LE DÔME DU MARAIS (€€)

Imaginative cuisine based on fresh seasonal produce; historic surroundings.

53 bis rue des Francs-Bourgeois, 75004 Paris 01 42 74 54 17 Lunch, dinner; closed Sun Hôtel de Ville

LE DOS DE LA BALEINE (€)

Typical Marais restaurant with undressed-stone walls; innovative cuisine.

40 rue des Blancs-Manteaux, 75004 Paris 01 42 72 38 98 Lunch, dinner; closed Sat lunch and Mon Rambuteau

GRAND VÉFOUR (€€€)

Haute cuisine served in surroundings of 18th-century décor; beautiful view of the Jardin du Palais-Royal.

17 rue de Beaujolais, 75001 Paris 01 42 96 56 27 Lunch, dinner; closed Fri night, Sat, Sun and Aug Palais-Royal

LES GRANDES MARCHES (€-€€)

Seafood brasserie overlooking place de la Bastille.

6 place de la Bastille, 75012 Paris 01 43 42 90 32 Lunch, dinner Bastille

LE JARDIN (€€€)

Mediterranean-style haute cuisine; speciality: roasted lobster.

Hôtel Royal Monceau, 37 avenue Hoche, 75008 Paris 01 42 99 98 70 Lunch, dinner; closed Sat, Sun and bank hols Charles de Gaulle-Etoile

JLUCAS CARTON (€€€)

Haute cuisine; good roast duck.

9 place de la Madeleine, 75008 Paris 01 42 65 22 90 Lunch, dinner; closed Sat lunch, Sun, Aug and Christmas Madeleine

NOS ANCÊTRES LES GAULOIS (€€)

Convivial atmosphere; menu includes as much wine as you can drink.

39 rue St-Louis-en-l'Ile, 75004 Paris 01 46 33 66 07 Dinner only, lunch on Sun Pont-Marie

PAVILLON PUEBLA (€€-€€€)

In the lovely parc des Buttes Chaumont; elegant Napoleon III décor; speciality: *lobster à la catalane*.

Parc des Buttes Chaumont (entrance on the corner of avenue Bolivar and rue Botzaris), 75019 Paris 01 42 08 92 62 Lunch, dinner; closed Sun, Mon Buttes Chaumont

LE PIANO DES SAISONS (€)

Seafood cuisine from south-west France.

B11 rue Treilhard, 75008 Paris 01 45 61 09 46 Lunch, dinner; closed Sat–Sun Miromesnil; St-Augustin

PICCOLO TEATRO (€)

Refreshing and inspired vegetarian dishes. Excellent soups.

6 rue des Ecouffes, 75004 Paris 01 42 72 17 79 Lunch, dinner; closed Mon, Christmas St-Paul

AU PIED DE COCHON (€€)

Traditional 'Les Halles' restaurant; pig's trotters and onion soup.

6 rue Coquillère, 75001 Paris 01 40 13 77 00 24 hours Châtelet Les Halles

LE ROUGE GORGE (€€)
Charming wine bar with lots of atmosphere.
✉ 8 rue St-Paul, 75004 Paris ☎ 01 48 04 75 89 🕒 Lunch, dinner; closed Sun dinner 🚇 St-Paul

STRESA (€€)
Trendy Italian restaurant; booking advisable.
✉ 7 rue de Chambiges, 75008 Paris ☎ 01 47 23 51 62 🕒 Lunch, dinner; closed Sat dinner, Sun, Aug and Christmas 🚇 Alma-Marceau

TERMINUS NORD (€€)
A 1920s-style brasserie near the Gare du Nord; speciality: duck *foie gras* with apple and raisins, seafood.
✉ 23 rue de Dunkerque, 75010 Paris ☎ 01 42 85 05 15 🕒 Lunch, dinner 🚇 Gare du Nord

TIMGAD (€€€)
Spectacular Moorish interior, innovative, exciting food and attentive service at one of France's best known Arab restaurants.
✉ 21 rue Brunel, 75017 ☎ 01 45 74 23 70 🕒 Daily 🚇 Argentine

TRAIN BLEU (€€)

Brasserie with late 19th-century décor illustrating the journey from Paris to the Mediterranean.

✉ Place Louis Armand, Gare de Lyon, 75012 Paris ☎ 43 43 09 06 ⌚ Lunch, dinner 🚇 Gare de Lyon

LE VIADUC CAFÉ (€€)

Trendy bistro in the new Viaduc des Arts complex of workshops near Bastille.

✉ 43 avenue Daumesnil, 75012 Paris ☎ 01 44 74 70 70 ⌚ Lunch, dinner 🚇 Bastille

LE VIEUX BISTROT (€€)

Facing the north side of Notre-Dame; traditional French cooking.

✉ 14 rue du Cloître-Notre-Dame, 75004 Paris ☎ 01 43 54 18 95 ⌚ Lunch, dinner 🚇 Cité

LEFT BANK RESTAURANTS

LE BAMBOCHE (€€)

Typical fish dishes from Provence.

✉ 15 rue de Babylone, 75007 Paris ☎ 01 45 49 14 40 ⌚ Lunch,

dinner; closed Sat lunch and Sun
Sèvres-Babylone

BISTROT DU 7E (€)

Charming bistro near les Invalides, excellent value for money.

56 boulevard de la Tour-Maubourg, 75007 Paris 01 45 51 93 08 Lunch, dinner; closed for lunch Sat–Sun
Invalides, La Tour-Maubourg

LES BOOKINISTES (€€)

Fashionable restaurant along the embankment; up-and-coming young chef has made nouvelle cuisine into an art.

53 quai des Grands-Augustins, 75006 Paris 01 43 25 45 94
Lunch, dinner; closed Sat lunch, Sun Saint-Michel

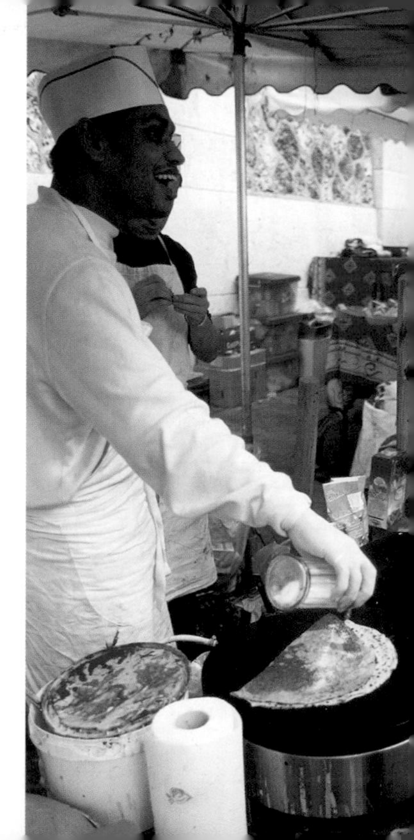

BRASSERIE BALZAR (€€)

Popular smart brasserie close to the Sorbonne.

49 rue des Écoles, 75005 Paris 01 43 54 13 67 Daily
Cluny-La Sorbonne

BRASSERIE LIPP (€€)

Founded in 1880, this restaurant is always popular with the famous.

151 boulevard St-Germain, 75006 01 45 48 53 91 Daily
St-Germain-des-Prés

LE CIEL DE PARIS (€€-€€€)

On the 56th floor of the Tour Montparnasse; live music from 9pm.

Tour Montparnasse, 33 avenue du Maine, 75015 Paris 01 40 64 77 64 Lunch, dinner Montparnasse-Bienvenüe

D'CHEZ EUX (€€)

Bistro specialising in cassoulet (haricot bean stew with Toulouse sausages). Terrace.

2 avenue Lowendal, 75007 Paris 01 47 05 52 55 Lunch, dinner; closed Sun and first 3 weeks of Aug Ecole Militaire

CÔTÉ SEINE (€-€€)

Along the embankment between Notre-Dame and the pont Neuf. Good value for money; book ahead.

45 quai des Grands-Augustins, 75006 Paris 01 43 54 49 73
Dinner Saint-Michel

LA COUPOLE (€€)

Famous brasserie from the 1920s with art deco setting; excellent seafood. Reasonable late-night menu (after 11pm).

102 boulevard du Montparnasse, 75014 Paris
01 43 20 14 20 Daily 8:30am–1pm Vavin

LA CRIÉE (€)

For lovers of seafood at affordable prices!

15 rue Lagrange, 75005 Paris 01 43 54 23 57 Lunch, dinner Maubert–Mutualité

LA DINÉE (€€)

Imaginative cuisine with an emphasis on fish; the young chef is already hailed by gourmets.

85 rue Leblanc, 75015 Paris 01 45 54 20 49 Lunch, dinner; closed Sat, Sun and 2 weeks in Aug Javel

LE DIVELLEC (€€€)

One of the top seafood restaurants in Paris complete with nautical décor, and very good service.

✉ 107 rue de l'Université, 75007 Paris ☎ 01 45 51 91 96 🕐 Lunch, dinner; closed Sat, Sun, Christmas 🚇 Invalides

LE DÔME (€€-€€€)

Brasserie specialising in all types of seafood. Especially good is the bouillabaisse from Provence.

✉ 108 boulevard du Montparnasse, 75014 Paris ☎ 01 43 35 25 81 🕐 Lunch, dinner 🚇 Vavin

L'EPI DUPIN (€)

Sought-after, reasonably priced restaurant with regular change of menu; book well in advance. Best ingredients from Rungis market. Terrace.

✉ 11 rue Dupin, 75006 Paris ☎ 01 42 22 64 56
🕐 Lunch, dinner; closed Sat, Sun, Mon lunch and 3 weeks in Aug
🚇 Sèvres-Babylone

BIST

LA FRÉGATE (€-€€)

Next to the Musée d'Orsay and facing the Louvre; good value traditional French cuisine.

35 quai Voltaire, 75007 Paris
01 42 61 23 77 Lunch, dinner
Rue de Bac

JACQUES CAGNA (€€€)

High-class traditional French cuisine in 17th-century residence with wood panelling and beams; Dutch paintings to match.

14 rue des Grands-Augustins, 75006 Paris 01 43 26 49 39
Lunch, dinner; closed Sat, Mon lunch, Sun, 1–21 Aug and Christmas Saint-Michel

MAVROMMATIS (€-€€)

Refined traditional Greek cuisine; alfresco dining on the terrace in summer.

42 rue Daubenton, 75005 Paris 01 43 31 17 17 Lunch, dinner; closed Mon Censier-Daubenton

MON VIEIL AMI (€€)

Trendy rustic décor; delicious, reasonably priced dishes.

69 rue Saint-Louis-en-l'Ile, 75004 Paris 01 40 46 01 35
Lunch, dinner; closed Mon and Tue lunch Pont-Marie

LA PARCHEMINERIE (€-€€)

Charming bistro in picturesque street of the Latin Quarter.

31 rue de la Parcheminerie, 75005 Paris 01 46 33 65 12
Lunch, dinner; closed Sun and Mon Saint-Michel; Cluny-la-Sorbonne

LE PROCOPE (€-€€)

An 18th-century literary café known to Voltaire and Benjamin Franklin, now a historic monument.

13 rue de l'Ancienne Comédie, 75006 Paris 01 40 46 79 00
Lunch, dinner Odéon

LA RÉGALADE (€-€€)

Haute cuisine at relatively low prices in unassuming setting; book well in advance.

49 avenue Jean Moulin, 75014 Paris 01 45 45 68 58
Lunch, dinner; closed Sat Sun and Mon lunch Alesia

LE REMINET (€-€€)

Refined bistro-style fare; terrace in summer. Extraordinarily good desserts. Friendly service.

3 rue des Grands-Degrés, 75005 Paris 01 44 07 04 24 Lunch, dinner, closed Mon, Tue, 1–21 Jan and 15–31 Aug St-Michel

SUSAN'S PLACE (€)

Convivial Tex-Mex restaurant also serving vegetarian dishes.

51 rue des Écoles, 75005 Paris 01 43 54 23 22 Lunch, dinner; closed Sun lunch, Mon Maubert-Mutualité

THOUMIEUX (€-€€)

High-class brasserie specialising in home-made duck cassoulet.

79 rue Saint-Dominique, 75007 Paris 01 47 05 49 75 Lunch, dinner Invalides

LA TOUR D'ARGENT (€€€)

Haute cuisine served in exceptional surroundings with remarkable view of Notre-Dame and the river; speciality: *Canard* (duck) *Tour d'Argent*.

15–17 quai de la Tournelle, 75005 Paris

01 43 54 23 31 Lunch, dinner; closed Mon, Tue lunch

Pont-Marie

LA TRUFFIÈRE (€€)

Very refined cuisine served in pleasant surroundings. The menu makes good use of truffles, as the name suggests.

4 rue Blainville, 75005 Paris 01 46 33 29 82

Lunch, dinner; closed Mon, 1–20 Aug

Place Monge

ZE KITCHEN GALERIE (€€)

Trendy restaurant popular with the local crowd; innovative cuisine served in original surroundings.

4 rue des Grands-Augustins, 75006 Paris, 01 44 32 00 32

Lunch, dinner; closed Sat lunch and Sun

Saint-Michel

Where to stay...
Paris

HÔTEL DE L'ABBAYE (€€€)

A roaring log fire and a delightful inner garden ensure comfort whatever the season.

www.hotel-abbaye.com ✉ 10 rue Cassette, 75006 Paris ☎ 01 45 44 38 11 🕓 All year 🚇 Saint-Sulpice

HÔTEL D'ANGLETERRE SAINT-GERMAIN-DES-PRÉS (€€-€€€)

The largest rooms of this quiet luxury hotel overlook the secluded garden.

✉ 44 rue Jacob, 75006 Paris ☎ 01 42 60 34 72 🕓 All year 🚇 St-Germain-des-Prés

HÔTEL CARON DE BEAUMARCHAIS (€€)

Recently restored 18th-century town house in the Marais.

www.carondebeaumarchais.com

✉ 12 rue Vieille-du-Temple, 75004 Paris ☎ 01 42 72 34 12 🕓 All year 🚇 Hôtel de Ville

HÔTEL ESMERALDA (€)

Some rooms in this old-fashioned yet cosy hotel offer delightful views of Notre-Dame. Beware no lift!

4 rue Saint-Julien-le-Pauvre, 75005 Paris 01 43 54 19 20
All year Saint-Michel

HÔTEL FRANKLIN-ROOSEVELT (€€€)

Bright comfortable bedrooms with striking murals and functional bathrooms; warm welcome.

www.groupfrontenac.com/introFRF.Rtm 18 rue Clément Marot, 75008 Paris 01 53 57 49 50 All year
Franklin- Roosevelt

HÔTEL GALILEO (€€)

Modern refined hotel near the Champs-Elysées with air conditioning and well-appointed bedrooms.

www.hotel-ile-saintlouis.com
54 rue Galilée, 75008 Paris
01 47 20 66 06 All year
George V

HÔTEL DU LYS (€)

Simple hotel at the heart of the Quartier Latin; no lift but modern bathrooms, warm welcome and reasonable prices; book well in advance.

23 rue Serpente, 75006 Paris 01 43 26 97 57 All year
Saint-Michel, Odéon

HÔTEL DE NEVERS (€)

Simple but charming, in a former convent building; private roof terraces for top-floor rooms.

83 rue du Bac, 75007 Paris 01 45 44 61 30 All year
Rue du Bac

HÔTEL DU PANTHÉON (€€)

An elegant hotel conveniently situated in the university district.

www.hoteldupantheon.com 19 place du Panthéon, 75005 Paris
01 43 54 32 95 All year Cardinal-Lemoine

HÔTEL PLACE DES VOSGES (€)

Picturesque quiet hotel just off the place des Vosges.

12 rue de Birague, 75004 Paris 01 42 72 60 46 All year
Saint-Paul, Bastille

HÔTEL LE RÉGENT (€€)

Air conditioning and bright well-appointed bedrooms in this cleverly restored 18th-century house in St-Germain-des-Prés.

61 rue Dauphine, 75006 Paris 01 46 34 59 80 All year Odéon

HÔTEL RELAIS DU LOUVRE (€€)

Warm colours, antique furniture and modern comfort, a stone's throw from the Louvre.

www.relaisdulouvre.com 19 rue des Prêtres Saint-Germain-l'Auxerrois, 75001 Paris 01 40 41 96 42 All year Louvre-Rivoli

RÉSIDENCE LES GOBELINS (€)

A haven of peace near the lively rue Mouffetard; warm welcome.

www.hotelgobelins.com 9 rue des Gobelins, 75013 Paris 01 47 07 26 90 All year Les Gobelins

HÔTEL LES RIVES DE NOTRE-DAME (€€€)

Elegant and comfortable, with sound-proofed bedrooms overlooking the quai Saint-Michel and the Ile de la Cité.

www.rivesdenotredame.com ✉ 15 quai Saint-Michel, 75005 Paris ☎ 01 43 54 81 16 🕒 All year 🚇 Saint-Michel

SELECT HÔTEL (€€)

Fully modernised hotel in the heart of the Latin Quarter, close to the Luxembourg gardens; cosy atmosphere; glass-roofed patio.

www.selecthotel.fr ✉ 1 place de la Sorbonne, 75005 Paris ☎ 01 46 34 14 80 🕒 All year 🚇 Cluny-la-Sorbonne; Odéon

TIM HÔTEL MONTMARTRE (€€)

In the old part of Montmartre, with lovely views; attention to detail makes it a comfortable if simple place to stay.

www.timhotel.com

✉ 11 rue Ravignan, 75018 Paris ☎ 01 42 55 74 79 🕒 All year 🚇 Abbesses

HÔTEL LE TOURVILLE (€€-€€€)

Refined decoration for this modern hotel in the elegant 7th *arrondissement*, close to Les Invalides.

www.tourville.com ✉ 16 avenue de Tourville, 75007 Paris ☎ 01 47 05 62 62 🕒 All year 🚇 Ecole Militaire

Discover Ile de France

Ile de France

'Ile de France', as the Paris region is called, means the heart of France; and this is exactly what it has always been and still is, the very core of the country, a prosperous and dynamic region, inhabited by one French person in five, with Paris in its centre. Roads, motorways and international railway lines converge on this central region, which has become one of Europe's main crossroads, with two major international airports.

Besides its tremendous vitality, the Ile de France

offers visitors attractive natural assets, a rich cultural heritage and a gentle way of life. The countryside is domestic rather than spectacular, graced by picturesque villages, country inns, manor houses, historic castles, abbeys, cathedrals and beautiful parks and gardens.

drive

This drive takes you along the valley of the River Oise in the footsteps of the Impressionist painters who immortalised the little town of Auvers-sur-Oise.

Start from Porte de Clichy and drive north to Cergy-Pontoise (A15) and leave at exit 9 to Pontoise.

Camille Pissarro worked in Pontoise between 1872 and 1884; housed in a large house overlooking the river, the Musée Camille Pissarro contains works by the artist and some of his contemporaries.

Continue northeast along the D4 to Auvers-sur-Oise.

Several Impressionist painters settled here in the 1870s, encouraged by Doctor Gachet, himself an amateur painter: Corot, Cézanne, Renoir and above all Van Gogh, whose painting of the village church has acquired worldwide fame. He died in the local inn, known as the Auberge Ravoux, and is buried in the cemetery, next to his brother Theo.

Cross the river and drive north along the D922 to L'Isle-Adam.

From the old bridge, there are lovely views of the river and its pleasure boats; on the way out towards Beaumont, have a look at the 18th-century Chinese folly, known as the Pavillon Cassan.

Follow the D922 to Viarmes and turn left on the D909 to the Abbaye de Royaumont.

Founded by St-Louis in 1228, this is the best preserved Cistercian abbey in the Ile de France.

Turn back. The D909 joins the N1 which takes you back to Porte de la Chapelle and the boulevard Périphérique.

Distance 89km **Time** 8–9 hours **Start point** Porte de Clichy
End point Porte de la Chapelle **Lunch** Maison de Van Gogh
✉ Place de la Mairie 95430 Auvers-sur-Oise ☎ 01 30 36 60 60

CHANTILLY, CHÂTEAU DE

Surrounded by a lake and beautiful gardens designed by Le Nôtre, the Château de Chantilly is one of the most attractive castles in the Paris region. It houses the Musée Condé, named after one of its most distinguished owners, Le Grand Condé. The 16th-century Petit Château contains the 'Princes' apartments' and a library full of illuminated manuscripts including the 15th century *Les Très Riches Heures du Duc de Berry*; the Grand Château, destroyed during the Revolution and rebuilt in Renaissance style at the end of the 19th century, houses magnificent paintings by Raphael, Clouet, Ingres, Corot, Delacroix, as well as porcelain and jewellery.

Facing the famous racecourse, the impressive 18th-century stables have been turned into a museum, the Musée Vivant du Cheval, illustrating the various crafts, jobs and sports connected with horses.

✉ 40km north of Paris. BP 70243, 60631 Chantilly Cedex ✉ Château and Musée Conde: 03 44 62 62 62; Musée Vivant du Cheval: 03 44 57 40 40 🕒 Chateau: Mar–Oct 10–6, Nov–Feb 10.30–12.45, 2–5; closed Tue. Musée du Cheval: Mar–Oct 10.30–6.30; Nov–Feb 2–6 🍴 Near the station (€) 🚆 Gare du Nord to Chantilly-Gouvieux 🎟 Moderate

DISNEYLAND RESORT PARIS

The famous theme parks imported from the USA are now fully integrated into the French way of life and attracts an increasing number of families from all over Europe. They offer fantasy, humour, *joie de vivre,* excitement and the latest technological devices to ensure that your visit is a memorable one. Besides Disneyland Park and Walt Disney Studios, there is a whole range of 'typically' American hotels to tempt you to stay on for a day or two.

© Disney

30km east of Paris. BP100 77777 Marne-la-Vallée UK: 08705 03 03 03; in France: 01 60 30 60 53 Varies with the season Inside the park (€–€€€) RER A Marne-la-Vallée/Chessy Good Moderate

ECOUEN, CHÂTEAU D'

This elegant Renaissance castle dating from the first half of the 16th century is reminiscent of the famous castles of the Loire Valley. It houses the Musée National de la Renaissance, whose collections of paintings, sculptures, enamels, tapestries, embroideries, ceramics, furniture, jewellery and stained glass illustrate the diversity of Renaissance art. Particularly fine is the 75m-long tapestry depicting David and Bathsheba's love story, made in a Brussels workshop in the 16th century.

19km north of Paris. 95440 Ecouen 01 34 38 38 50
9.45–12.30 and 2–5.15; closed Tue and holidays In château (€)
Gare du Nord to Ecouen-Ezanville, then 269 bus Very good
Inexpensive Guided tours, shops

FONTAINEBLEAU, CHÂTEAU DE

As the name suggests, a fountain or spring, now in the Jardin Anglais, is at the origin of this splendid royal residence, which started out as a hunting pavilion at the heart of a vast forest. It was François I who made Fontainebleau into the beautiful palace it is today, although it was later remodelled by successive monarchs.

The horseshoe staircase decorating the main façade was the scene of Napoleon I's moving farewell to his faithful guard in 1814. Beyond lies the Etang des Carpes (carp pool) with a lovely pavilion in its centre, and further on the formal gardens redesigned by Le Nôtre. The richly decorated State Apartments contain a remarkable collection of paintings, furniture and objets d'art, in addition to the fine coffered ceiling of the Salle de Bal and the frescoes in the Galerie François I.

65km southeast of Paris. 77300 Fontainebleau 01 60 71 50 70 9.30–5 (6pm Jun–Sep). Closed Tue, 1 Jan, 1 May, 25 Dec Gare de Lyon to Fontainebleau-Avon and A or B Very good Moderate Guided tour, shops

drive

The forest of Fontainebleau extends over a vast area along the left bank of the Seine, to the southeast of the capital.

Start at the Porte d'Orléans and follow the A6 motorway towards Evry and Lyon. Leave at the Fontainebleau exit and continue on the N37 for 7km; turn right to Barbizon.

This village gave its name to a group of landscape painters who settled there in the mid-19th century, among them Jean-François Millet. They were joined later by some of the future Impressionists: Renoir, Sisley and Monet. The Auberge Ganne, which they decorated with their paintings, is now a museum.

Leave Barbizon towards Fontainebleau.

Take time to visit the castle (► 166), park and the town.

Drive southeast along the D58 for 4km bearing left at the Y-junction. Turn right onto the Route Ronde (D301).

This route through the forest offers possibilities for walking and cycling.

Turn left on the D409 to Milly-la-Forêt.

This small town is a centre for growing medicinal plants.

Follow the D372 for 3.5km and bear left for Courances.

The Château de Courances looks delightful, set like a jewel in a magnificent park designed by Le Nôtre.

Return to the main road and continue for 5km, then rejoin the motorway back to Paris.

Distance 143km Time 7–9 hours **Start/end point** Porte d'Orléans
Lunch Le Caveau des Ducs ✉ 24 rue de Ferrare, 77300 Fontainebleau ☎ 01 64 22 05 05

FRANCE MINIATURE

This open-air museum comprises a huge three dimensional map of France on which 166 miniature historic monuments have been arranged. There are models of the Tour Eiffel, the Sacré Coeur, the solitary Mont St-Michel, the pont du Gard and Gallo-Roman arenas, as well as many beautiful castles, all made to a scale of 1:30. Here and there, a typical French village focuses on ordinary daily life.

25km west of Paris. 25 route du Mesnil, 78990 Elancourt 01 30 16 16 30 Apr–early Nov 10–6 (7 in Jul and Aug); last admission 1 hour before closing Two restaurants (€-€€) Gare Montparnasse Good Moderate Audio-visual show, outdoor activities

MALMAISON, CHÂTEAU DE

The memory of Napoleon and his beloved Josephine lingers on around 'La Malmaison' and nearby Château de Bois-Préau.

Josephine bought the 17th-century castle in 1799 and had the wings and the veranda added. The couple spent several happy years in Malmaison, and after their divorce Josephine continued to live in it up until her death in 1814. In the summer of 1815, Napoleon went to La Malmaison once more

before sailing for St-Helena. The castle then passed through many hands before it was bought by a banker, restored and donated to the State in 1904. It contains various collections of 18th- and 19th-century paintings, porcelain and furniture.

14km west of Paris. Avenue du Château, 92500 Rueil-Malmaison
01 41 29 05 55 10–12.30, 1.30–5.15 (5.45 in summer); closed Tue, 1 Jan, 25 Dec RER Rueil-Malmaison Good
Inexpensive Guided tours, shop

PARC ASTÉRIX

This Gallic version of a made-in-USA theme park is based on the comic adventures of a friendly little Gaul named Astérix and his companions, who are determined to resist the Roman invaders. The story became famous worldwide through a series of more than 50 strip cartoons by Goscinny and Uderzo.

Inside the park, visitors are invited to share Astérix's adventures as they wander through the Gauls' Village, the Roman City and Ancient Greece, travel on the impressive

roller-coaster of the Great Lake and journey back and forth in time along the rue de Paris!

30km north of Paris. BP 8, 60128 Plailly 03 44 62 34 04 Variable Several choices (€-€€) RER B3 from Châtelet or Gare du Nord to Roissy-Charles-de-Gaulle 1 then G Courriers Ile-de-France every half hour Excellent Moderate Gift shops, picnic areas, pushchair rental

SAINT-CLOUD, PARC DE

This beautiful park on the outskirts of Paris, extends over a vast hilly area overlooking the Seine. The park was designed by Le Nôtre, who took advantage of the steep terrain to build a magnificent *grande cascade* in which water flows gracefully from one pool to the next over a distance of 90m. At the top the site of the former castle is now a terrace offering lovely views of the capital. Near by is the Jardin du Trocadéro, an English-style garden with an ornamental pool and an aviary.

11km west of Paris. 92210 Saint-Cloud 01 41 12 02 90 7.30am–8.50pm (7.50pm Nov–Feb, 9.50 May–Aug) Cafés (€) Pont de Saint-Cloud Free

SAINT-DENIS, BASILIQUE

So many great architects and artists have contributed to make the Basilique St-Denis what it is today that the building is in itself a museum of French architecture and sculpture of the medieval and Renaissance periods.

An abbey was built on the site where St-Denis died following his martyrdom in Montmartre. Designed in the early 12th century by Abbot Suger, the nave and transept of the abbey church were completed in the 13th century by Pierre de Montreuil. It was for centuries the burial place of the kings and queens of France as well as of illustrious Frenchmen. There is a wealth of recumbent figures and funeral monuments dating from the 12th to the 16th centuries, most of them the work of great artists: Beauneveu (Charles V, 14th century), Germain Pilon (Catherine de Médicis, 16th century), Jean Bullant and Il Primaticcio (16th century). The basilica was restored by Gabriel in the 18th century and by Viollet-le-Duc in the 19th century.

9km north of Paris. 1 rue de la Légion d'Honneur, 93200 Saint-Denis 01 48 09 83 54 Winter: 10–5.15 (Sun 12–5.15); summer: 10–6.15 (Sun 12–6:15). Closed 1 Jan, 1 May, 25 Dec Saint-Denis Basilique None Moderate Guided tours

SAINT-GERMAIN-EN-LAYE

The city of Saint-Germain-en-Laye clusters round its royal castle, once the favourite residence of Louis XIV. François I commissioned the present Château Vieux (Old Castle) and retained Saint-Louis's chapel and the 14th-century square keep. Le Nôtre later designed the gardens and the magnificent 2,400m-long Grande Terrasse. The Sun King stayed in Saint-Germain for many years and during that time private mansions were built around the castle for members of his court. When the court moved to Versailles in 1682, the castle was somewhat neglected but it was eventually restored by

Napoleon III and turned into the Musée des Antiquités Nationales, which houses archaeological collections illustrating life in France from earliest times to the Middle Ages.

23km west of Paris.

Château de Saint-Germain-en-Laye

BP 3030, 78103 Saint-Germain-en-Laye Cedex 01 39 10 13 00 9–5.15; closed Tue, some bank hols RER Saint-Germain-en-Laye Very good Inexpensive Guided tours, shops

SCEAUX, CHÂTEAU DE

Little remains of this castle, built for Colbert, but the park has been preserved: it is one of the most 'romantic' ever designed by Le Nôtre, with its tall trees reflected in the octagonal pool, its peaceful Grand Canal and its impressive Grandes Cascades. The castle, rebuilt in the 19th century, houses the Musée de l'Ile de France illustrating ancient regional arts and crafts.

10km south of Paris. Château de Sceaux, 92330 Sceaux 01 41 87 29 50 Park: daily 8–sunset. Museum: 10–5 (6 in summer); closed Tue, 1 Jan, Easter, 1 May, 1 Nov, 11 Nov, 25 Dec Cafeteria (€) RER Bourg-La-Reine Good Park: free. Museum: inexpensive Guided tours

VAUX-LE-VICOMTE, CHÂTEAU DE

This architectural gem, a 'little Versailles' built before Versailles was even designed, cost its owner, Nicolas Fouquet, his freedom – although appreciated by the king for his competence in financial matters, he had dared to outdo his master! Fouquet had commissioned the best artists of his time: Le Vau for the building, Le Brun for the decoration and Le Nôtre for the gardens. Louis XIV was invited to a dazzling reception given for the inauguration of the castle in 1661. The King did not take kindly to being outshone: Fouquet was arrested and spent the rest of his life in prison, while Louis XIV commissioned the same artists to build him an even more splendid castle, Versailles. The castle stands on a terrace overlooking magnificent gardens featuring canals, pools and fountains; walking to the end of the terrace allows an overall view of the gardens and the castle.

51km southeast of Paris. Domaine de Vaux-le-Vicomte, 77950 Maincy 01 64 14 41 90 Mid-Mar to mid-Nov: Mon–Fri 10–1, 2–6, Sat, Sun 10–6. Candlelit visits: mid–May to mid–Oct Thu, Sat 8pm–midnight Cafeteria (€) Gare de Lyon to Melun then taxi None Expensive Shops

VERSAILLES, CHÂTEAU DE

Commissioned by Louis XIV, Versailles is one of the most splendid castles in the world due to the genius of the artists who built and decorated it. What began as a modest hunting lodge became the seat of government and political centre of France for over a hundred years. A town grew up around the castle to accommodate the court. Several thousand men worked on the castle for 50 years, thousands of trees were transplanted, and 3,000 people could live in it.

The castle is huge and it is impossible to see everything in one visit. Aim for the first floor where the State Apartments are, including the famous Galerie des Glaces, as well as the Official Apartments and the Private Apartments, situated on either side of the marble courtyard. In the north wing is the two-storey Chapelle St-Louis built by Mansart and Gabriel's Opéra .

The focal point of the park is the Bassin d'Apollon, a magnificent ornamental pool with a bronze sculpture in its centre representing Apollo's chariot coming out of the water. Two smaller castles, Le Grand Trianon and Le Petit Trianon, are also worth a visit, and Le Hameau, Marie-Antoinette's retreat, offers a delightful contrast.

www.chateauversailles.fr 20km southwest of Paris. 78000 Versailles 01 30 83 78 00 Château: 9–5.30 (6.30 in summer); closed Mon, some bank hols. Trianons: noon–5.30 (6.30 in summer); Parc: 7–5.30 (up to 9.30pm depending on the season) ceremonies Cafeteria (€) and restaurant (€€) Gare St-Lazare to Versailles Rive Droite Good Moderate Guided tours, shops

VINCENNES, CHÂTEAU DE

This austere castle, situated on the eastern outskirts of Paris, was a royal residence from the Middle Ages to the mid-17th century. Inside the defensive wall, there are in fact two castles: the 50m-high keep (currently undergoing repair) built in the 14th century, which later held political prisoners, philosophers, soldiers, ministers and churchmen; and the two classical pavilions built by Le Vau for Cardinal Mazarin in 1652, Le Pavillon de la Reine and Le Pavillon du Roi. The Chapelle Royale stands in the main courtyard.

6km east of Paris. Avenue de Paris, 94300 Vincennes 01 48 08 31 20 10–noon, 1–5 (6 in summer); closed 1 Jan, 1 May, 1 Nov, 11 Nov, 25 Dec Métro: Porte de Vincennes None Inexpensive Guided tours, shops

drive

This drive will take you through the wooded Vallée de Chevreuse to Rambouillet, its castle and its park.

From the Porte de Saint-Cloud, follow signs for Chartres/Orléans. After 17km, leave for Saclay and take the N306 towards Chevreuse.

The little town of Chevreuse is dominated by the ruins of its medieval castle, which houses the Maison du Parc Naturel Régional de la Haute Vallée de Chevreuse (Natural Regional Park Information Centre).

From Chevreuse, drive southwest on the D906 to Rambouillet.

The 14th-century fortress is now an official residence of the presidents of the Republic. In the park, criss-crossed by canals, look for the Laiterie de la Reine (Marie-Antoinette's dairy).

Drive back on the D906 for 10km and turn left on the D91 towards Dampierre.

The 16th-century stone and brick Château de Dampierre was

remodelled by Jules Hardouin-Mansart for Colbert's son-in-law and still belongs to the de Luynes family.

Continue on the D91 across the River Yvette, negotiating the picturesque '17 bends' to the ruined Abbaye de Port-Royal-des-Champs (parking on left-hand side of road).

During the 17th century, this former Cistercian abbey was at the centre of a religious battle between Jesuits and Jansenists. The Musée National des Granges de Port-Royal is in the park.

Continue along the D91 to Versailles and return to the Porte de Saint-Cloud by the Route de Paris (D10).

Distance 93kmn **Time** 7–9 hours depending on visits
Start/end point Porte de Saint-Cloud
Lunch Cheval Rouge
✉ 78 rue Général de Gaulle, 78120 Rambouillet
☎ 01 30 88 80 61

Where to eat & drink... Ile de France

CHANTILLY

Gare du Nord to Chantilly-Gouvieux

CHÂTEAU DE LA TOUR (€€)

Refined cuisine and wood-panelled décor; terrace in summer.

Chemin de la Chaussée, 60270 Gouvieux (1km from Chantilly)

03 44 62 38 38 Lunch, dinner

CONDÉ STE LIBIAIRE (3KM FROM DISNEYLAND)

RER A Marne-la-Vallée/Chessy

LA VALLÉE DE LA MARNE (€-€€)

Peaceful setting; dining-room overlooks the garden.

2 quai de la Marne, 77450 Condé-Ste Libiaire 01 60 04 31 01

Lunch, dinner; closed Mon dinner, Tue

FONTAINEBLEAU

Gare de Lyon to Fontainebleau-Avon then A or B

L'ATRIUM (€-€€)

Pizzeria in town centre; attractive year-round terrace dining.

✉ 20 rue France, 77300 Fontainebleau ☎ 01 64 22 18 36
🕓 Lunch, dinner

LE CAVEAU DES DUCS (€€)

Elegant restaurant in vaulted cellars; terrace in summer.

✉ 24 rue Ferrare, 77300 Fontainebleau ☎ 01 64 22 05 05
🕓 Lunch, dinner

DRIVE IN AND AROUND THE FORÊT DE FONTAINEBLEAU

BARBIZON

L'ANGÉLUS (€€)

Convivial gastronomic restaurant with a terrace in summer.

31 rue Grande, 77630 Barbizon 01 60 66 44 30 Lunch, dinner; closed Tue

HOSTELLERIE DU BAS-PRÉAU (€€-€€€)

Haute cuisine meals served in the garden. Queen Elizabeth II and Emperor Hiro Hito have stayed here.

22 rue Grande, 77630 Barbizon 01 60 66 40 05 Lunch, dinner

BOURRON-MARLOTTE (9KM SOUTH OF FONTAINEBLEAU)

LES PRÉMICES (€€)

Within the Fontainebleau forest; dishes are served on the terrace in summer.

12 bis rue Blaise de Montesquiou. 77780 Bourron-Marlotte 01 64 78 33 00 Lunch, dinner; closed Sun dinner, Mon and first two weeks in August

RUEIL-MALMAISON

RER Rueil-Malmaison

LE FRUIT DÉFENDU (€€)

Picturesque inn along the Seine; traditional French cuisine.

80 boulevard Belle-rive, 92500 Rueil-Malmaison 01 47 49 60 60 Lunch, dinner; closed Sun dinner, Mon

SAINT-CLOUD

Gare Saint-Lazare to Saint-Cloud

QUAI OUEST (€€)

This 'Floating warehouse' serving appetising fish and poultry dishes is the place to go when the sun is out.

1200 quai Marcel Dassault, 92210 Saint-Cloud 01 46 02 35 54
Lunch, dinner

SAINT-DENIS

Métro Saint-Denis-Basilique

CAMPANILE SAINT-DENIS BASILIQUE (€)

One of a chain of inn-style modern hotels serving reliably good cuisine.

14 rue Jean-Jaurès, 93200 Saint-Denis 01 48 20 74 31
Lunch, dinner

SAINT-GERMAIN-EN-LAYE

RER Saint-Germain-en Laye

ERMITAGE DES LOGES (€€)

Reasonably priced cuisine with an emphasis on fish and seafood. Summer eating is in the garden.

11 avenue des Loges, 78100 Saint-Germain-en-Laye 01 39 21 50 90 Lunch, dinner

FEUILLANTINE (€)

You will find tasty cuisine at moderate prices in this elegant commuterland setting close to the impressive château.

10 rue Louviers, 78100 Saint-Germain-en-Laye 01 34 51 04 24 Lunch, dinner

10KM FROM VAUX-LE-VICOMTE

Gare de Lyon to Melun

LA MARE AU DIABLE (€€)

Lovely old house with beams; terrace for summer meals.

RN6, 77550 Melun-Sénart 01 64 10 20 90 Lunch, dinner; closed Sun dinner, Mon

VERSAILLES

Gare Saint-Lazare to Versailles Rive-Droite; RER C to Versailles Rive Gauche

LE BOEUF À LA MODE (€)

Old-fashioned brasserie; excellent duck and vegetable spaghettis.

4 rue au Pain, 78000 Versailles
01 39 50 31 99 Lunch, dinner

LE POTAGER DU ROY (€-€€)

Extremely good-value bistro.

1 rue du Maréchal-Joffre, 78000 Versailles 01 39 50 35 34 Lunch, dinner; closed Sun dinner and Mon

DRIVE THROUGH THE VALLÉE DE CHEVREUSE

RAMBOUILLET

LE CHEVAL ROUGE (€-€€)

Restaurant in the heart of the old town; traditional cuisine.

78 rue du Général-de4-Gaulle, 78120 Rambouillet 01 30 88 80 61 Lunch, dinner; closed Tue evening and Wed

Where to stay…
Ile de France

CHANTILLY

Gare du Nord to Chantilly-Gouvieux

CHÂTEAU DE MONTVILLARGENNE (€€–€€€)

Large mansion in vast own grounds; covered swimming pool.

www.chateaudemontvillargenne.com 1 avenue François Mathet, 60270 Gouvieux 03 44 62 37 37 All year

CHÂTEAU DE LA TOUR (€€)

Late 19th-century mansion, with swimming pool and terrace.

www.chateaudelatour.fr Chemin de la Chaussée, 60270 Gouvieux 03 44 62 38 38 All year

LE RELAIS D'AUMALE (€-€€)

Former hunting-lodge of the Duc d'Aumale, at the heart of the Forêt de Chantilly.

http:/relais-aumale.fr 37 place des Fêtes, Montgresin 60560 Orry la Ville 03 44 54 61 31 All year

DISNEYLAND

RER Marne-la-Vallée/Chessy

CHEYENNE (€–€€)

Each of the hotels has its own authentic American theme.

01 60 45 62 00; UK booking centre: 08705 03 03 03 All year

DISNEYLAND HOTEL (€€€)

This Victorian-style hotel is the most sophisticated and expensive of the six hotels in the Disneyland complex.

01 60 45 65 00; UK booking centre: 08705 03 03 03 All year

MAGNY-LE-HONGRE

KYRIAD DISNEYLAND RESORT PARIS (€)

Family-style modern hotel close to Disneyland theme parks.

77700 Magny-le-Hongre 01 60 43 61 61 All year

FONTAINEBLEAU

Gare de Lyon to Fontainebleau-Avon

GRAND HÔTEL DE L'AIGLE NOIR (€€€)

Hotel facing the castle; fitness club, very good restaurant.

www.hotelaiglenoir.fr 27 place Napoléon Bonaparte, 77300 Fontainebleau 01 60 74 60 00 All year

DRIVE IN AND AROUND THE FORÊT DE FONTAINEBLEAU

BARBIZON

HÔTEL LES CHARMETTES (€)

Picturesque timber-framed Logis de France hotel.

www.lescharmettes.com ✉ 40 Grande-Rue, 77630 Barbizon

☎ 01 60 66 40 21 🕐 All year

SAINT-GERMAIN-EN-LAYE

🚆 RER Saint-Germain-en-Laye

HÔTEL CAZAUDEHORE-LA FORESTIÈRE (€€)

Relaxation is the keynote in this large hotel.

www.cazaudehore.fr ✉ 1 avenue du Président Kennedy, 78100 Saint-Germain-en-Laye

☎ Hotel: 01 39 10 38 38 🕐 All year

PAVILLON HENRI IV (€€-€€€)

Historic building near the famous Grande Terrasse; great views.

www.pavillonhenri4.fr ✉ 19–21 rue Thiers, 78100 Saint-Germain-en-Laye ☎ 01 39 10 15 15 🕐 All year

VERSAILLES

Gare Saint-Lazare to Versailles Rive Droite; RER C to Versailles Rive Gauche

RELAIS DE COURLANDE (€)

Converted 16th-century farmhouse; hydrotherapy facilities.

23 rue de la Division Leclerc, 78350 Les Loges-en-Josas 01 30 83 84 00 All year

SOFITEL CHÂTEAU DE VERSAILLES (€€€)

Luxury Château hotel next to Château de Versailles.

www.sofitel.com 2bis avenue de Paris, 78000 Versailles 01 39 07 46 46 All year

DRIVE THROUGH THE VALLÉE DE CHEVREUSE

ABBAYE DES VAUX DE CERNAY (€€-€€€)

A 12th-century Cistercian abbey, the setting for an unforgettable stay in the Vallée de Chevreuse; swimming pool, fitness club, tennis; musical evenings, sons et lumières show.

www.abbayedecernay.com 78720 Cernay-la-Ville (14km northeast of Rambouillet) 01 34 85 23 00 and 01 34 85 11 59 All year

shopping & leisure

SHOPPING – PARIS

DEPARTMENT STORES

BAZAR DE L'HÔTEL DE VILLE

Known as the BHV, this store is famous for its huge do-it-yourself department.

52–4 rue de Rivoli, 75001 Paris 01 42 74 90 00 Hôtel de Ville

BON MARCHÉ RIVE GAUCHE

The only department store on the Left Bank; famous for its Grande Epicerie, selling specialities from various countries and freshly prepared delicacies.

24 rue de Sèvres, 75007 Paris 01 44 39 80 00 Sèvres-Babylone

GALERIES LAFAYETTE

A few blocks away from Au Printemps, with designer ready-to-wear fashion and lingerie. Under a giant glass dome there is everything a home and its inhabitants need.

40 boulevard Haussmann, 75009 Paris 01 42 82 34 56 Chaussée d'Antin

MONOPRIX

Chain of department stores for the budget-conscious.

52 avenue des Champs-Elysées, 75008 Paris 01 53 77 65 65
Franklin-D Roosevelt

AU PRINTEMPS

Ready-to-wear designer fashion; tableware; hi-fi, record and stationery department and menswear.

64 boulevard Haussmann, 75009 Paris 01 42 82 50 00
Havre-Caumartin

SAMARITAINE

Lacks the stylishness of the boulevard Haussmann's stores but offers a splendid view of Paris from the roof-top Toupary bistro.

19 rue de la Monnaie, 75001 Paris 01 40 41 20 20 Pont Neuf

SHOPPING CENTRES

CARROUSEL DU LOUVRE

Elegant shopping centre located beneath the place du Carrousel and communicating with the Louvre.

99 rue de Rivoli, 75001 Paris 01 43 16 47 47 Palais Royal

DRUGSTORE PUBLICIS

At the top of the Champs-Elysées this shopping mall has a restaurant and a selection of gift/souvenir shops.

✉ 133 avenue des Champs-Elysées, 75008 Paris ☎ 01 44 43 79 00
Ⓜ Charles de Gaulle-Etoile

FORUM DES HALLES

Underground shopping centre on several floors including chain-store fashion boutiques.

✉ 1–7 rue Pierre Lescot, 75001 Paris Ⓜ Les Halles; RER Châtelet-Les Halles

GALERIES MARCHANDES DES CHAMPS-ELYSÉES

Several shopping malls link the Champs-Elysées and the parallel rue de Ponthieu between the Rond-Point des Champs-Elysées and the avenue George V.

✉ Avenue des Champs-Elysées, 75008 Paris Ⓜ George V, Franklin-D Roosevelt

MARCHÉ SAINT-GERMAIN

Fashion and gift shops.

✉ Rue Clément, 75006 Paris Ⓜ Mabillon

FASHION – HAUTE COUTURE

CHANEL

31 rue Cambon, 75001 Paris 01 42 86 28 00 Concorde

CHRISTIAN DIOR

30 avenue Montaigne, 75008 Paris
01 40 73 54 44 Champs-Elysées Clémenceau

EMMANUEL UNGARO

2 avenue Montaigne, 75008 Paris 01 53 57 00 00 Alma-Marceau

GIVENCHY

3 avenue George V, 75008 Paris 01 44 31 50 00 Alma-Marceau

PIERRE CARDIN

27 avenue de Marigny, 75008 Paris 01 42 66 68 98 and 01 42 66 64 74 Champs-Elysées Clémenceau

YVES SAINT-LAURENT

7 avenue George V, 75008 Paris 01 56 62 64 00 Alma-Marceau

FASHION – BOUTIQUES AND ACCESSORIES

HERMÈS

Silk scarves, leather goods.

✉ 24 rue du Faubourg Saint-Honoré, 75008 Paris ☎ 01 40 17 47 17

Concorde

JEAN-PAUL GAULTIER

Ready-to-wear fashion from this famous designer.

✉ 30 rue du Faubourg Saint-Antoine, 75012 Paris ☎ 01 44 68 84 84

Bastille

MADELIOS

Male fashion from city suits to casuals and accessories.

✉ 23 boulevard de la Madeleine, Paris 75001 ☎ 01 53 45 00 00

Madeleine

NINA JACOB

Trendy fashion and accessories.

✉ 23 rue des Francs-Bourgeois, 75004 Paris ☎ 01 42 77 41 20

Saint-Paul

RAOUL ET CURLY

Designer accessories, jewellery, perfumes, cosmetics, leather goods.

47 avenue de l'Opéra, 75002 Paris 01 47 42 50 10 Opéra

WALTER STEIGER

Luxury shoes for men and women.

83 rue du Faubourg Saint-Honoré, 75008 Paris 01 42 66 65 08 Miromesnil

HIGH-CLASS JEWELLERS

BOUCHERON

26 place Vendôme, 75001 Paris 01 42 61 58 16 Opéra

CARTIER

13 rue de la Paix, 75002 Paris 01 42 18 53 70 Opéra

CHAUMET

12 place Vendôme, 75001 Paris 01 44 77 24 00 Opéra

MISCELLANEOUS GIFTS

AGATHA

Fashion jewellery shop.

✉ 99 rue de Rivoli, 75001 Paris ☎ 01 42 96 03 09 Ⓜ Châtelet

BERNARDAUD

Porcelain, tableware, jewellery, original gifts.

✉ 11 rue Royale, 75008 Paris ☎ 01 47 42 82 86 Ⓜ Concorde, Madeleine

LALIQUE

Beautiful glass objects to suit every taste.

✉ 11 rue Royale, 75008 Paris ☎ 01 53 05 12 12 Ⓜ Concorde, Madeleine

SIC AMOR

Fashion jewellery and accessories.

✉ 20 rue du Pont Louis-Philippe, 75004 Paris ☎ 01 42 76 02 37 Ⓜ Pont-Marie

ART, ANTIQUES AND HANDICRAFTS

LOUVRE DES ANTIQUAIRES

This centre houses around 250 upmarket antiques shops on three floors.

2 place du Palais-Royal, 75001 Paris 01 42 97 27 27 Palais-Royal

LA TUILE À LOUP

Handicrafts from various French regions.

35 rue Daubenton, 75005 Paris 01 47 07 28 90 Censier-Daubenton

VIADUC DES ARTS

Disused railway viaduct housing beneath its arches workshops and exhibitions displaying art and handicrafts.

9–129 avenue Daumesnil, 75012 Paris Bastille, Ledru-Rollin, Reuilly-Diderot

VILLAGE SAINT-PAUL

A group of small antiques dealers established between rue Saint-Paul and rue Charlemagne.

Le Marais, 75004 Paris Saint-Paul

BOOKS, CDS, VIDEOTAPES AND HI-FI

FNAC

Books, hi-fi, videos, CDs, cameras and computers.

✉ 28 avenue des Ternes, 75017 Paris (other branches in Montparnasse, Les Halles and Bastille) ☎ 01 44 09 18 00 Ⓜ Ternes

GIBERT JOSEPH

Stationery, new and second-hand books, CDs and videos.

✉ 26–30 boulevard Saint-Michel, 75006 Paris ☎ 01 44 41 88 88
Ⓜ Odéon, Cluny-la-Sorbonne, Luxembourg

SHAKESPEARE & COMPANY

New and second-hand books in English.

✉ 37 rue de la Bûcherie, 75005 Paris ☎ 01 43 26 96 50
Ⓜ Maubert-Mutualité

W H SMITH

Branch of the famous British chain-store; reference and children's books; guidebooks in English and French.

✉ 248 rue de Rivoli, 75001 Paris ☎ 01 44 77 88 99 Ⓜ Concorde

FOOD AND WINES

DUBOIS ET FILS

Temple to an amazing range of cheese.

80 rue de Tocqueville, 75017 Paris 01 42 27 11 38

Malesherbes

BERTHILLON

Mouth-watering ice cream in a wide range of flavours.

31 rue Saint-Louis-en-l'Ile, 75004 Paris 01 43 54 31 61

Closed Mon and Tue Pont-Marie

LES CAVES AUGÉ

For wine lovers. This is the oldest wine shop in Paris.

✉ 116 boulevard Haussmann, 75008 Paris ☎ 01 45 22 16 97 D
Closed one week in Aug Ⓜ École-Militaire

FAUCHON AND HÉDIARD

Strictly for gourmets! Two delicatessen shops with high-quality French regional products.

✉ Fauchon at No 26, Hédiard at No 21 place de la Madeleine, 75008 Paris ☎ Fauchon: 01 47 42 91 10; Hédiard: 01 43 12 88 88
Ⓜ Madeleine

LA GRANDE ÉPICERIE DE PARIS

This huge grocery store is every gourmet's dreamland!

✉ 38 rue de Sèvres, 75007, Paris ☎ 01 44 39 81 00
Ⓜ Sèvres-Babylone

LENÔTRE

Succulent cakes that melt in the mouth!

✉ 15 bd. de Courcelles, 75008 Paris ☎ 01 45 63 87 63
Ⓜ Villiers

BOULANGERIE POÎLANE

The most famous bakery in Paris! Long queues form outside this shop for traditionally baked bread.

8 rue du Cherche-Midi, 75006 Paris 01 45 48 42 59 Sèvres-Babylone

LA MAISON DU MIEL

Delicately flavoured honey from various regions of France.

24 rue Vignon, 75008 Paris 01 47 42 26 70 Madeleine

NICOLAS

Chain-stores selling a wide range of good French wines; at least one store per *arrondissement*.

189 rue Saint-Honoré, 75001 Paris 01 42 60 80 12 Palais-Royal

MARKETS

CARREAU DU TEMPLE

Covered market specialising in leather and second-hand clothes.

75003 Paris Tue–Fri 9–1:30, Sat 9–6, Sun 9–2 Temple, Arts et Métiers

MARCHÉ AUX FLEURS

Picturesque daily market (8–7) that becomes a bird market on Sundays (8–7).

✉ Place Louis Lépine, Ile de la Cité, 75004 Paris Ⓜ Cité

MARCHÉ AUX PUCES DE SAINT-OUEN

The largest flea market in Paris. Everything you can think of is for sale. Prices are often inflated, be prepared to bargain.

✉ Between Porte de Saint-Ouen and Porte de Clignancourt, 75017 Paris ⏲ Sat–Mon 8–6 Ⓜ Porte de Clignancourt

MARCHÉ AUX TIMBRES

Stamp market for dealers and private collectors.

✉ Rond-Point des Champs-Elysées, 75008 Paris ⏲ Thu, Sat and Sun 9–7 Ⓜ Franklin-D Roosevelt

SHOPPING – ILE DE FRANCE

MEAUX

FROMAGERIE DE MEAUX

Delicious Brie de Meaux and Coulommiers, two very tasty cheeses from Ile de France, made locally but famous nationwide.

4 rue du Général Leclerc, 77100 Meaux (11km north of Disneyland Paris) 01 64 34 22 82

FONTAINEBLEAU

Gare de Lyon to Fontainebleau-Avon, then A or B

BOUTIQUE DU MUSÉE NATIONAL DE FONTAINEBLEAU

For history buffs fascinated by Napoleon I and European history at the beginning of the 19th century.

Château de Fontainebleau, 77300 Fontainebleau

01 64 23 44 97

DRIVE IN AND AROUND THE FORÊT DE FONTAINEBLEAU

BARBIZON

ANABEL'S GALERIE

Contemporary painting and sculpture.

Le Bornage, 77630 Barbizon Fax: 01 60 69 23 96

Weekends only

GALERIE D'ART CASTIGLIONE

One of more than 10 art galleries to be found in this popular artists' village.

Grande rue, 77630 Barbizon 01 60 69 22 12

SOISY-SUR-ECOLE

VERRERIE D'ART DE SOISY

The Verrerie d'Art de Soisy has demonstrations of glass-blowing by the traditional rod method. Visitors will also have an opportunity to purchase ornamental glassware.

Le Moulin de Noues, 91840 Soisy-sur-Ecole 01 64 98 00 03

Daily except Sun morning

SAINT-GERMAIN-EN-LAYE

RER Saint-Germain-en-Laye

BOUTIQUE DU MUSÉE DES ANTIQUITÉS NATIONALES

History books from prehistory to the early Middle Ages as well as reproductions of items from the museum's collections.

Place du Château, 78100 Saint-Germain-en-Laye 01 39 10 13 22

LES GALERIES DE SAINT-GERMAIN

Close to the RER and the Château, 42 boutiques in les Galeries de Saint-Germain sell fashion, gifts etc.

10 rue de la Salle, 78100 Saint-Germain-en-Laye

01 39 73 70 67 Closed Mon

VERSAILLES

Gare Saint-Lazare to Versailles Rive Droite; RER C to Versailles Rive Gauche

LIBRAIRIE-BOUTIQUE DE L'ANCIENNE COMÉDIE

There are 2,000 titles connected with the castle, its gardens and its history, many with information on 17th-and 18th-century architecture.

Château de Versailles, passage des Princes, 78000 Versailles

01 30 83 76 90

TAKE THE CHILDREN – PARIS

MUSEUMS

CITÉ DES SCIENCES ET DE L'INDUSTRIE

Cité des Enfants: for the 3–5 and 5–12 age groups. Book as soon as you arrive. Techno cité: 11 years upwards. Cinaxe: very effective simulator.

✉ 30 avenue Corentin-Cariou, 75019 Paris ☎ Information: 01 40 05 80 00 🕓 10–6; closed Mon Ⓜ Porte de la Villette

MUSÉE DE LA MAGIE

Fascinating demonstrations of magic; workshops during school holidays.

✉ 11 rue Saint-Paul, 75004 Paris ☎ 01 42 72 13 26 🕓 Wed, Sat and Sun 2–7 Ⓜ Saint-Paul

MUSÉE GRÉVIN

Five hundred wax figures of the famous.

✉ 10 boulevard Montmartre, 75009 Paris ☎ 01 47 70 85 05 🕓 Mon–Fri 10–6.30; Sat–Sun 10–7 Ⓜ Rue Montmartre

MUSÉE DE LA MARINE

Shows for 8–12 year-olds, with titles such as Treasure Island, on Wednesdays.

Palais de Chaillot, place du Trocadéro, 75016 Paris 01 53 65 69 69 Wed 3pm F Trocadéro

MUSÉE NATIONAL D'HISTOIRE NATURELLE

Spectacular procession of large and small animals in the Grande Galerie de l'Evolution.

57 rue Cuvier, 75005 Paris 01 40 79 30 00 10–6 ; closed Tue Jussieu, Gare d'Austerlitz

MUSÉE D'ORSAY

A tour and a workshop to initiate 5–10 year-olds to painting and sculpture.

62 rue de Lille, 75007 Paris 01 40 49 48 48 Jul and Aug Wed, Sat, Sun; phone for details Solférino

OUTDOOR ACTIVITIES

AQUABOULEVARD

Aqualand with slides, heated pool, waves and beaches.

✉ 4–6 rue Louis Armand, 75015 Paris ☎ 01 40 60 10 00
🕐 9am–11pm (midnight on Fri and Sat) 🚇 Balard

JARDIN D'ACCLIMATATION

Adventure park at the heart of the Bois de Boulogne.

✉ Bois de Boulogne, 75016 Paris ☎ 01 40 67 90 82 🕐 10–6; small train from Porte Maillot on Wed, Sat, Sun, hols 1.30–6 🚇 Sablons, Porte Maillot

JARDIN DES ENFANTS AUX HALLES

An adventure ground for 7–11 year-olds.

✉ Forum des Halles, 105 rue Rambuteau, 75001 Paris ☎ 01 45 08 07 18 🕐 Oct–May 9–12 and 2–4 (Wed 10–4), closed Mon); Jul, Aug Tue, Thu, Fri 9–12 and 2–6; Wed, Sat 10–6, Sun 1–6 🚇 Les Halles

PARC DES BUTTES-CHAUMONT

Cave, lake, island and suspended bridge. Playgrounds.

✉ 5 rue Botzaris, 75019 Paris ☎ 01 42 38 02 63 🕐 7am–9pm
🚇 Buttes-Chaumont

PARC ZOOLOGIQUE DE PARIS

Located inside the Bois de Vincennes.

✉ 53 avenue de Saint-Maurice, 75012 Paris ☎ 01 44 75 20 10 (recorded information) 🕒 9–6 (6:30 Sun and bank hols) 🚇 Porte Dorée

SHOWS

CIRCUS SHOWS

Information is available in the weekly publications *Pariscope and l'Officiel des Spectacles*, both of which have a children's section.

MARIONNETTES DU CHAMP-DE-MARS

Indoor puppet show; two different shows every week.

✉ Champ-de-Mars (next to the Eiffel Tower), 75007 Paris ☎ 01 48 56 01 44 🕒 3.15 and 4.15; closed one week in Aug 🚇 École-Militaire

PARIS-STORY

Audio-visual show illustrating the history of Paris through its monuments.

✉ 11bis rue Scribe, 75009 Paris ☎ 01 42 66 62 06 🕒 9–7 on the hour 🚇 Opéra

TAKE THE CHILDREN – ILE DE FRANCE

OUTDOOR ACTIVITIES

BEACH

Lovely beach at L'Isle-Adam on banks of the Oise (May–Sep).

✉ Plage de L'Isle-Adam, 95290 l'Isle-Adam (on the D922, ➤ 163)

☎ 01 34 69 41 99

BOAT TRIPS

Along the Oise, between l'Isle-Adam and Anvers.

✉ Tourisme Accueil Val d'Oise ☎ 01 30 29 51 00 🕐 May–Sep

FONTAINEBLEAU

Rowing on the Etang des Carpes in the park; little train through the town and park; cycling through forest (cycle hire at station).

✉ Office du Tourisme, 4 rue Royale, 77300 Fontainebleau ☎ 01 60 74 99 99 🚆 Gare de Lyon to Fontainebleau-Avon

MER DE SABLE

Lots to do for children of all ages, as well as shows inspired by the American Far West.

✉ 60950 Ermenonville, A1 motorway, exit No 7 Survilliers-

Ermenonville-Saint-Witz (close to Parc Astérix) ☎ 03 44 54 00 96 🕐 Apr–Sep 10.30–6.30 (variable, inquire beforehand) 🚆 RER Roissy-Aéroport Charles de Gaulle, then shuttle to Ermenonville

VERSAILLES

Cycle through the magnificent park (cycle hire at the end of the Grand Canal) or, for children, take a ride in the little train (departure from the Bassin de Neptune).

✉ 78000 Versailles ☎ Information: 01 30 83 78 00 🕐 7–sunset 🚆 Gare Saint-Lazare-Versailles Rive Droite

SHOWS

CHANTILLY

Musée Vivant du Cheval: demonstration of dressage (daily) and horse show (1st Sun of every month).

✉ Grandes Ecuries, 60500 Chantilly ☎ 03 44 57 40 40 🚆 Gare du Nord to Chantilly-Gouvieux

LE GUIGNOL DU PARC DE SAINT-CLOUD

Take a look at the puppet show in the park.

✉ Grille d'Orléans, route de Ville-d'Avray ☎ 01 48 21 75 37 🕐 Wed, Sun 3 and 4, Sat 4 🚆 Gare Saint-Lazare to Sèvres/Ville d'Avray

ENTERTAINMENT IN PARIS

CONCERT VENUES

CITÉ DE LA MUSIQUE

This new temple of classical music regularly sets new trends with special commissions.

✉ 221 avenue Jean Jaurès, 75019 Paris ☎ 01 44 84 45 45 Ⓜ Porte de Pantin

SALLE PLEYEL

Traditional concert hall, named after one of France's most famous piano-makers, recently refurbished, and home to the Orchestre de Paris.

✉ 252 rue du Faubourg Saint Honoré, 75008 Paris ☎ 01 45 61 53 00 Ⓜ Ternes, Charles de Gaulle-Etoile

THEÂTRE DES CHAMPS-ELYSÉES

Paris's most prestigious classical concert venue with top international orchestras.

✉ 15 avenue Montaigne, 75008 Paris ☎ 01 49 52 50 50 Ⓜ Alma-Marceau

THÉÂTRE DU CHÂTELET

Classical concerts, opera performances, ballets and variety shows alternate in this 19th-century theatre.

✉ 1 place du Châtelet, 75001 Paris ☎ 01 40 28 28 40 Ⓜ Châtelet

ZÉNITH

This huge hall is the mecca of rock concerts, a privilege it shares with the Palais Omnisports de Paris Bercy (➤ 221).

✉ 211 avenue Jean Jaurès, 75019 Paris ☎ 01 42 08 60 00 Ⓜ Porte de Pantin

CABARET AND MUSIC-HALL

CRAZY HORSE SALOON

One of the best shows in Paris with beautiful girls and striking colours and lights.

✉ 12 avenue George V, 75008 Paris ☎ 01 47 23 32 32 Ⓜ Alma-Marceau

LE LIDO

Show put on by the famous Bluebell girls

✉ 116 bis avenue des Champs-Elysées, 75008 Paris ☎ 01 40 76 56 10 Ⓜ George V

MOULIN-ROUGE

Undoubtedly the most famous of them all! The show still includes impressive displays of French can-can.

✉ 82 boulevard de Clichy, 75018 Paris ☎ 01 53 09 82 82 Ⓜ Blanche

OLYMPIA

The most popular music-hall in France has been completely refurbished.

www.olympiahall.com ✉ 28 boulevard des Capucines, 75009 Paris ☎ 08 92 68 33 68 Ⓜ Opéra

JAZZ CLUBS

BILBOQUET

Select establishment at the heart of St-Germain-des-Prés for serious jazz fans.

✉ 13 rue Saint-Benoît, 75006 Paris ☎ 01 45 48 81 84 Ⓜ St-Germain-des-Prés

CAVEAU DE LA HUCHETTE

Jazz and rock mania let loose in medieval cellars!

✉ 5 rue de la Huchette, 75005 Paris ☎ 01 43 26 65 05 Ⓜ Saint-Michel

NIGHTCLUBS AND BARS

LES BAINS DOUCHES

Hip rendezvous of models and VIPs, with different styles of music.

7 rue du Bourg-l'Abbé, 75003 Paris
01 48 87 01 80 Etienne Marcel

LA CHAPELLE DES LOMBARDS

Salsa and Afro music; live shows mid-week.

19 rue de Lappe, 75011 Paris 01 43 57 24 24 Bastille

LA CASBAH

Acid jazz and house alternate on different days with dance, disco music. Exotic décor.

18–20 rue de la Forge-Royale, 75011 Paris 01 43 71 04 39
Faidherbe-Chaligny

LE CITHÉA

Live music, disco, jazz, funk.

114 rue Oberkampf, 75011 Paris 01 40 21 70 95

LE MAMBO CLUB

Exotic décor, Afro music, salsa…

20 rue Cujas, 75005 Paris 01 43 54 89 21 Cluny-la-Sorbonne

SPORT

PISCINE DES HALLES

Situated on Level 3 of Les Halles complex, this sports centre has a 50m-long under-ground swimming pool.

10 place de la Rotonde, 75001 Paris 01 42 36 98 44 Les Halles

HIPPODROME D'AUTEUIL

Steeplechasing; Grand Steeplechase de Paris, mid-June.

Bois de Boulogne, 75016 Paris 01 40 71 47 47 Porte d'Auteuil

HIPPODROME DE LONGCHAMP

Flat-racing; Grand Prix de Paris in late June, Prix de l'Arc de Triomphe in October.

Bois de Boulogne, 75016 Paris 01 44 30 75 00 Porte Maillot and 244

HIPPODROME DE VINCENNES

Trotting races; Prix d'Amérique in late January.

✉ 2 route de la Ferme, 75012 Paris ☎ 01 49 77 17 17 Ⓜ Château de Vincennes

PALAIS OMNISPORTS DE PARIS BERCY (POPB)

Around 150 international sporting events every year.

✉ 8 boulevard de Bercy, 75012 Paris ☎ 01 40 02 60 60 Ⓜ Bercy

PARC DES PRINCES

The famous venue for national and international football and rugby matches.

✉ 24 rue du Commandant-Guilbaud, 75016 Paris ☎ 08 25 07 50 78 Ⓜ Porte de Saint-Cloud

ROLAND GARROS

Venue every year in late May and early June for the tennis tournament.

✉ 2 avenue Gordon Bennett, 75016 Paris ☎ 01 47 43 48 00 Ⓜ Porte d'Auteuil

ENTERTAINMENT IN ILE DE FRANCE

OUTDOOR ACTIVITIES

BOAT TRIPS

CROISIÈRES SUR L'OISE

River cruise between L'Isle-Adam and Auvers-sur-Oise.

01 30 29 51 00 Sun and holidays in summer

GOLF

DISNEYLAND PARIS (27 HOLES)

Located near to the theme park and the Disneyland hotels.

Allée de la Mare Houleuse, 77400 Magny le Hongre 01 60 45 68 90 RER to Marne-la-Vallée/Chessy

FONTAINEBLEAU (18 HOLES)

Route d'Orléans, 77300 Fontainebleau 01 64 22 22 95

Gare de Lyon to Fontainebleau-Avon

SAINT-GERMAIN-EN-LAYE (27 HOLES)

Built in the Forêt de Saint-Germain by the Harry Colt.

Route de Poissy, 78100 Saint-Germain-en-Laye 01 39 10 30 30

RER to Saint-Germain-en-Laye

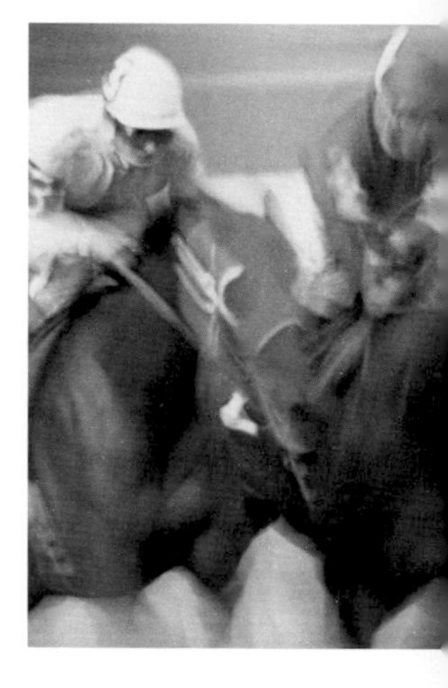

VERSAILLES: GOLF DE LA BOULIE (TWO 18-HOLE COURSES AND ONE 9-HOLE COURSE)

✉ Route du Pont Colbert, 78000 Versailles ☎ 01 39 50 59 41 🚆 Gare Saint-Lazare to Versailles Rive Droite

HIKING

COMITÉ RÉGIONAL DE RANDONNÉE PÉDESTRE EN ILE-DE-FRANCE

Information on hiking in the seven départements of the Ile de France.

✉ 40 rue de Paradis, 75010 Paris ☎ 01 48 01 81 51 🚆 Plaisance, Pernéty

HORSE-RACING

HIPPODROME DE CHANTILLY

Prix du Jockey-Club and Prix de Diane-Hermès in June.

✉ Route de l'Aigle, 60631 Chantilly ☎ 03 44 62 44 00 🚆 Gare du Nord to Chantilly-Gouvieux

HORSE-RIDING

CENTRE EQUESTRE DES BASSES MASURES

✉ Poigny-la-Forêt, 78125 ☎ 01 34 84 70 29

HARAS DU CROC MARIN

✉ Chemin rural des Trembleaux, 77690 Montigny-sur-Loing ☎ 01 64 45 84 01

LEISURE PARKS

SAINT-QUENTIN-EN-YVELINES

Rambling nature trails, a wide range of sporting activities, children's playground, cycle hire etc.

✉ D912, 78190 Trappes (7km west of Versailles) ☎ 01 30 62 20 12

RER ☎ to Saint-Quentin-en-Yvelines (10-minute walk)

TORCY

Cycling, pony-trekking, wind-surfing, canoeing.

✉ Route de Lagny, 77200 Torcy (9km west of Disneyland Paris)

☎ 01 64 80 58 75 RER to Torcy then 421

MOUNTAIN BIKE TRAILS

Several itineraries through the Forêt de Fontainebleau.

Office du Tourisme ✉ 4 rue Royale, 77300 Fontainebleau ☎ 01 60 74 99 99 🚆 Gare de Lyon to Fontainebleau-Avon

NATURE PARK

PARC NATUREL RÉGIONAL DE LA HAUTE VALLÉE DE CHEVREUSE

Themed nature trails. Information: Maison du Parc, Chevreuse.

✉ La Maison du Parc, Château de la Madeleine, 78460 Chevreuse (➤ 180) ☎ 01 30 52 09 09

CONCERTS

FESTIVAL DE SCEAUX

International festival of chamber music from July to mid-September.

✉ Orangerie du Domaine de Sceaux, 92330 Sceaux ☎ 01 46 60 07 79

SAISON MUSICALE DE ROYAUMONT

Concerts in the lovely 12th-century abbey from June to September.

✉ Abbaye de Royaumont, 95270 Asnières-sur-Oise (➤ 163) ☎ 01 30 35 59 00

SHOWS

DISNEYLAND PARIS

BUFFALO BILL'S WILD WEST SHOW

A fast moving dinner-show in the company of Buffalo Bill busy conquering the American Wild West.

☎ Bookings: 01 60 45 71 00

DISNEY VILLAGE

Just outside the theme park, restaurants, clubs, bars and shops open late. Multiple-screen cinema and regular live concerts.

✉ Disneyland Paris, 77777 Marne-la-Vallée ☎ 01 60 30 60 30

MEAUX (11KM NORTH OF DISNEYLAND PARIS)

FE'ERIE HISTORIQUE DE MEAUX

Son et lumière show on a historical theme, lasting 1½ hours June–September. Information and bookings from Office de Tourisme de la Ville de Meaux.

✉ 2 rue St-Rémy, 77100 Meaux ☎ 01 64 33 02 26

VAUX-LE-VICOMTE

VISITES AUX CHANDELLES

Tours of the Château de Vaux-le-Vicomte by candlelight take

place every Saturday night from May to mid-October.

Château de Vaux-le-Vicomte, 77950 Maincy 01 64 14 41 90

Gare de Lyon to Melun then taxi

VERSAILLES

GRANDES EAUX MUSICALES

There is a popular display of fountains with music held in the beautiful park of the Château de Versailles, every Sunday afternoon from May to October.

© Disney

GRANDE FÊTE DE NUIT

Son et lumière show illustrating Louis XIV's life in the Château de Versailles and ending in a magnificent fireworks display; takes place seven times during the summer. Contact the Office de Tourisme for information.

Grandes Écuries du Roy, 78000 Versailles 01 30 83 78 89

Gare Saint-Lazare to Versailles Rive Droite

SEPTEMBER

Biennale Internationale des Antiquaires: Biennial International antiques display,(even years); last two weeks of September.
La Villette Jazz Festival: Jazz in the Grande Halle and the Parc de la Villette.

OCTOBER

Foire Internationale d'Art Contemporain: Exhibition of contemporary art.
Mondial de l'Automobile: International motor-car show every two years (even years).

NOVEMBER–DECEMBER

Salon Nautique International: International boat show.

ILE-DE-FRANCE

APRIL–MAY

Salon des Antiquaires de Rambouiellet: Antique fair.

MAY–JUNE

Festival de Saint-Denis: Symphonic concerts take place in Saint-Denis Basilica.

WHAT'S ON WHEN

PARIS

JUNE

Festival Chopin: An annual tribute to the Romantic composer at the Orangerie de Bagatelle in the Bois de Boulogne.
Fête de la Musique: On 21 June, Paris's squares, gardens and streets become alive with hundreds of musicians.
Festival de théâtre: Open-air theatre in English and in French, Jardin de Pré Catelan in the Bois de Boulogne.

JUNE–JULY

Paris Jazz Festival: Open-air concerts in the Parc Floral de Paris, Bois de Vincennes.
14 July: Military parade down the Champs-Elysées, fireworks and popular ball to celebrate National Day.

JULY–AUGUST

Fête des Tuileries: Jardin des Tuileries becomes a fairground (begins end of June).
Paris, Quartier d'Eté: Open-air music, plays and dance.

Festival d'Auvers-sur-Oise: Singing, piano and chamber music with famous artists.
Fête Médiévale: Medieval pageant, siege warfare demonstrations, tournaments in the historic city of Provins.
Le Mois Moière: Theatre, music and street entertainment in parts of the city of Versailles.

JULY–AUGUST

Fête des Loges de Saint-Germain-en-Laye: A fair held in Saint-Germain forest.

JULY–SEPTEMBER

Festival de l'Orangerie de Sceaux: Chamber music festival in parc de Sceaux.

AUGUST

Fête de la Saint-Louis à Fontainebleau: An ancient royal tradition celebrated by fireworks at the Château.

SEPTEMBER

Fête du Cheval Fontainebleau: International gathering of horse lovers.

Barbizon au temps des peintres... : Recalls 1848–70, when Forêt de Fontainebleau drew artists to Barbizon.

SEPTEMBER–MID-OCTOBER

Festival d'Ile-de-France: Concerts and shows in castles, abbeys and churches throughout the region.

What you need to know

Language Guide

You will usually hear well-enunciated French in Paris, spoken quite quickly and in a myriad of accents as many Parisians come from the provinces. English is spoken by those involved in the tourist trade and by many in the centre of Paris – less so in the outskirts. However, attempts to speak French will always be appreciated. Below is a list of a few words that may be helpful. The gender of words is indicated by (m) or (f) for masculine and feminine. More extensive coverage can be found in the AA's *Essential French Phrase Book* which lists over 2,000 phrases and 2,000 words.

hotel	**hôtel (m)**
room	**chambre (f)**
..single/double	**une personne/ deux personnes (f)**
...one/two nights	**une/deux nuits (f)**
...per person/per room	**par personne/par chambre**
reservation	**réservation (f)**
rate	**tarif (m)**
breakfast	**petit déjeuner (m)**
toilet	**toilette (f)**
bathroom	**salle de bain (f)**
shower	**douche (f)**
balcony	**balcon (m)**
key	**clef/clé (f)**
room service	**service de chambre**

bank	**banque (f)**
exchange office	**bureau de change (m)**
post office	**poste (f)**
cashier	**caissier (m)**
foreign exchange	**change (m)**
currency	**monnaie (f)**
English pound	**livre sterling (f)**
American dollar	**dollar (m)**
banknote	**billet (m)**
coin	**pièce (f)**
credit card	**carte de crédit (f)**
traveller's cheque	**chèque de voyage (m)**
giro cheque	**chèque postal (m)**

restaurant	**restaurant (m)**
café	**café (m)**
table	**table (f)**
menu	**carte (f)**
set menu	**menu (m)**
wine list	**carte des vins (f)**
lunch	**déjeuner (m)**
dinner	**dîner (m)**
starter	**hors d'oeuvres (m)**
main course	**plat principal (m)**
dish of the day	**plat du jour (m)**
dessert	**dessert (m)**
drink	**boisson (f)**
waiter	**garçon (m)**
waitress	**serveuse (f)**
the bill	**addition (f)**

aeroplane	**avion (m)**
airport	**aéroport (m)**
train	**train (m)**
...station	**gare (f)**
bus	**l'autobus (m)**
...station	**gare routière (f)**
ferry	**bateau (m)**
...port	**port (m)**
ticket	**billet (m)**
...single/return	**simple/retour**
...first/second	**première/deuxième**
class	**classe (f)**
ticket office	**guichet (m)**
timetable	**horaire des départs et des arrivées (m)**
seat	**place (f)**
non-smoking	**non-fumeurs**
reserved	**réservée**
taxi!	**taxi! (m)**

yes	**oui**
no	**non**
please	**s'il vous-plaît**
thank you	**merci**
hello	**bonjour**
goodbye	**au revoir**
goodnight	**bonsoir**
sorry	**pardon**
help!	**au secours!**
today	**aujourd'hui**
tomorrow	**demain**
yesterday	**hier**
how much?	**combien?**
expensive	**cher**
closed	**fermé**
open	**ouvert**

Practicalities

WHAT YOU NEED

● Required ○ Suggested ▲ Not required — Some countries require a passport to remain valid for a minimum period (usually at least six months) beyond the date of entry – contact their consulate or embassy or your travel agent for details.	UK	Germany	USA	Netherlands	Spain
Passport/National Identity Card	●	●	●	●	●
Visa (regulations can change – check before your journey)	▲	▲	▲	▲	▲
Onward or Return Ticket	▲	▲	▲	▲	▲
Health Inoculations	▲	▲	▲	▲	▲
Health Documentation (reciprocal agreement document) (➤ 248, Health)	●	●	●	●	●
Travel Insurance	○	○	○	○	○
Driving Licence (national)	●	●	●	●	●
Car Insurance Certificate (if own car)	●	●	●	●	●
Car Registration Document (if own car)	●	●	●	●	●

TOURIST OFFICES

In the UK

French Tourist Office,
178 Piccadilly,
London W1J 9AL
☎ 09068 244123
Fax: (020) 7493 6594

In the USA

French Government Tourist Office,
444 Madison Avenue, 16th floor,
New York NY10022
☎ 410 286 8310
Fax: 212/838 7855

CUSTOMS

YES

From another EU country for personal use (guidelines):

up to 3,200 cigarettes, 400 cigarillos, 200 cigars, 3kg tobacco, 10 litres of spirits (over 22%), 20 litres of aperitifs, 90 litres of wine, 110 litres of beer.

From a non-EU country for personal use, the allowances are:

200 cigarettes OR 50 cigars OR 250g tobacco, 1 litre spirits (over 22%), 2 litres of wine, 2 litres of intermediary products (eg sherry) and sparkling wine, 50g perfume, 0.25 litres of eau de toilette. The value limit for goods is 175 euros.

Travellers under 17 years of age are not entitled to the tobacco and alcohol allowances.

NO

Drugs, firearms, ammunition, offensive weapons, obscene material, unlicensed animals.

WHEN TO GO

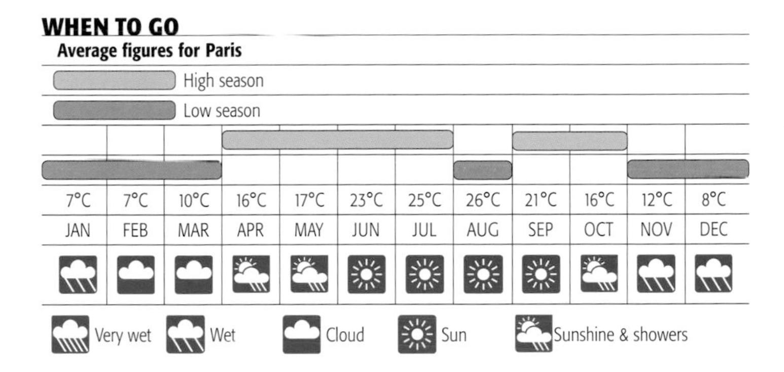

Average figures for Paris
High season
Low season
7°C
7°C
10°C
16°C
17°C
23°C
25°C
26°C
21°C
16°C
12°C
8°C
JAN
FEB
MAR
APR
MAY
JUN
JUL
AUG
SEP
OCT
NOV
DEC
Very wet
Wet
Cloud
Sun
Sunshine & showers

ARRIVING

Paris has two main airports, Roissy-Charles-de-Gaulle (01 48 62 22 80), where most international flights arrive, and Orly (01 49 75 15 15). Eurostar trains, direct from London to Paris (☎ 0870 518 6186 in Britain, ☎ 08 92 35 35 39 in France), take 3 hours.

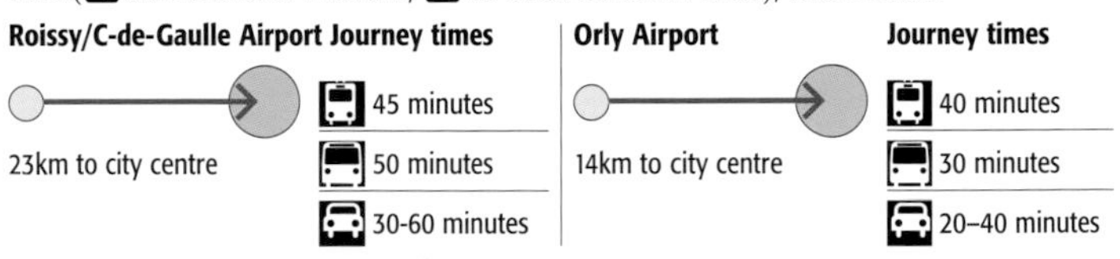

MONEY

The euro is the official currency of France. Euro banknotes and coins were introduced in January 2002. Banknotes are in denominations of 5, 10, 20, 50, 100, 200 and 500 euros and coins are in denominations of 1, 2, 5, 10, 20 and 50 cents, and 1 and 2 euros. Euro traveller's cheques are widely accepted, as are major credit cards. Credit and debit cards can also be used for withdrawing euro notes from cashpoint machines.

€10 €50

€100

€200

TIME

France is on Central European Time (GMT+1). From late March, when clocks are put forward one hour, until late October, French summer time (GMT+2) operates.

TOURIST OFFICES

Head Office

Office de Tourisme de Paris (Paris Tourism Bureau), 25 rue des Pyramides, 75001 Paris

☎ 08 92 68 30 00 (omit the initial 0 when calling from outside France)

Fax: 01 49 52 53 00

www.paris-touristoffice.com

Branches

Opéra-Grands Magasins

Mon–Sat 9am–6.30pm

Gare de Lyon

Mon–Sat 8am–6pm

Gare du Nord

Daily 8am–6pm

Montmartre (place du Tertre)

Daily 10am–7pm

Tour Eiffel (Eiffel Tower)

May–Sep: daily 11am–6.40pm

Paris Île-de-France

Carrousel du Louvre (lower level)

☎ 01 44 50 19 98/08 26 16 66 66

www.pidf.com

Daily 10am–7pm

Disneyland Resort Paris

place des Passagers-du-Vent, Marne-la-Vallée, 77705

☎ 01 60 43 33 33

RER line A, Marne-la-Vallée–Parc Disneyland

NATIONAL HOLIDAYS

JAN	FEB	MAR	APR	MAY	JUN	JUL	AUG	SEP	OCT	NOV	DEC
1	0	(1)	(1)	3(4)	(1)	1	1	0	0	2	1

1 Jan	New Year's Day
Mar/Apr	Easter Sunday and Monday
1 May	Labour Day
8 May	VE Day
May	Ascension Day
May/Jun	Whit Sunday and Monday
14 Jul	Bastille Day
15 Aug	Assumption Day
1 Nov	All Saints' Day
11 Nov	Remembrance Day
25 Dec	Christmas Day

Banks, businesses, museums and most shops (except *boulangeries*) are closed on these days.

OPENING HOURS

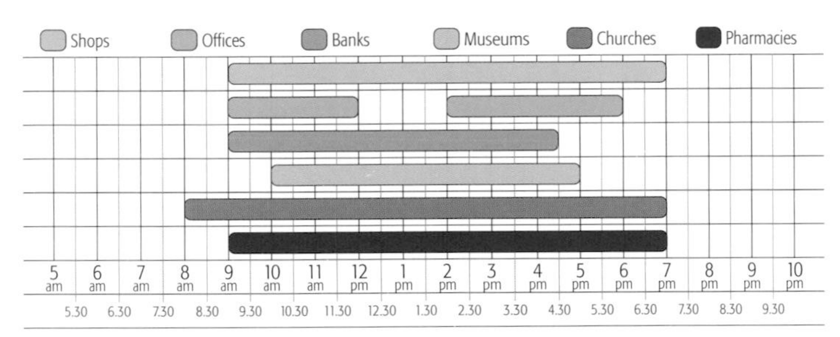

In addition to the times shown above, some shops close between noon and 2pm and all day Sunday and Monday. Large department stores open from 9.30am to 6.30pm and until 9 or 10pm one or two days a week. Food shops open 7am to 1.30pm and 4.30 to 8pm; some open Sunday until noon. Some banks are open extended hours, including Saturday morning but most banks close weekends. Museum and monument opening times vary but national museums close Tuesday (except the Musée d'Orsay, Versailles and the Trianon Palace which close Monday), while most other city museums usually close Monday.

PERSONAL SAFETY

Petty crime, particularly theft of wallets and handbags is fairly common in Paris. Be aware of apparently innocent, scruffy-looking children, they may be working the streets in gangs, fleecing unwary tourists. Report any loss or theft to the Police Municipale (blue uniforms). To be safe:

Watch your bag on the métro, in busy tourist areas like Beaubourg and the Champs-Elysées and in museum queues.

Cars should be well-secured.

Keep valuables in your hotel safe.

Police assistance:
☎ 17 from any call box

PUBLIC TRANSPORT

Internal Flights Air France is the leading domestic airline – information (☎ 08 20 82 08 20). Daily departures from Orly and Roissy/Charles-de-Gaulle airports connect Paris with major French cities/towns in an average flight time of one hour.

RER The RER (pronounced 'ehr-oo-ehr') is the fast suburban rail service, which also serves the city centre. There are five lines (*lignes*): A, B, C, D and E and it is connected with the métro and SNCF suburban network. Services run 5.30am to midnight. Trains every 12 mins.

Métro Paris's underground with over 300 stations ensures you are never more than 500m from a métro stop. Lines are numbered 1 to 14 and are known by the names of the stations at each end. Follow the orange *correspondance* signs to change lines. The métro runs daily 5.30am to 12.30am.

Buses Buses are a good way of seeing Paris (especially route 24), although traffic can be very heavy. Bus stops show the numbers of buses that stop there. Buses run 6.30am to 8.30pm with a reduced service on Sunday and after 8.30pm. Bus tickets are the same as those for the métro.

Boat The Batobus river shuttle (☎ 01 44 11 33 99) plies the Seine from April to September. It stops at the Eiffel Tower, Musée d'Orsay, the Louvre, Notre-Dame and the Hôtel de Ville; every 35 minutes, 10am to 7pm (flat fare or all-day unlimited travel ticket).

DRIVING

Speed limits on toll motorways (*autoroutes*) **130kph** (**110kph** when wet).
Non-toll motorways and dual carriageways: **110kph** (**100kph** when wet).
Paris ring road (*périphérique*): **80kph**.
Speed limits on country roads: **90kph** (**80kph** when wet)
Speed limits on urban roads: **50kph**

Seat belts must be worn in front seats at all times and in rear seats where fitted.

Random breath-testing. Never drive under the influence of alcohol.

Leaded petrol is sold as *essence super* (98 octane). Unleaded is available in two grades: *essence sans plomb* (95 octane) and *essence super sans plomb* (98 octane). Diesel (*Gasoil* or *Gazole*) is also readily available. In Paris filling stations can be hard to spot, often consisting of little more than a few kerb-side pumps.

If your car breaks down in Paris, contact the 24-hour repair service (☎ 01 45 31 16 20). On motorways (*autoroutes*) use the orange-coloured emergency phones (located every 2km) to contact the breakdown service.

CAR RENTAL

Car-rental companies have desks at Roissy/ Charles-de-Gaulle and Orly airports, and in Paris itself. Car hire is expensive but airlines and tour operators offer fly-drive, and French Railways (SNCF) – train/car, packages that are cheaper than hiring locally.

TELEPHONES

All telephone numbers in France have 10 digits. Paris and Ile de France numbers all begin with 01. There are no area codes, simply dial the number. Most public phones use a phone-card (*télécarte*) sold in units of 50 or 120 from France Telecom shops, post offices, tobacconists and railway stations. Cafés have phones that take coins.

International Dialling Codes

From France to:

UK: 00 44
USA: 00 1
Spain: 00 34
Germany: 00 49
Netherlands: 00 31

POST

Post Offices

Post offices are identified by a yellow or brown 'La Poste' or 'PTT' sign. Paris's main post office at 52 rue du Louvre is open 24 hours. ☎ 01 40 28 76 00. The branch at 71 avenue des Champs-Elysées opens Mon–Fri 9am–7.30pm, Sat 10am–7.30pm. Other branches: 8–7 (12 Sat); closed Sun

TIPS/GRATUITIES

Yes ✓ No ✕

Hotels (service included)	✓	change
Restaurants (service included)	✓	change
Cafés/bars (service included)	✓	change
Taxis	✓	€1
Tour guides	✓	€1
Porters	✓	€1
Hairdressers	✓	€1
Cloakroom attendants	✓	15–30c
Theatre/cinema usherettes	✓	30c
Toilets	✓	change

HEALTH

Insurance Nationals of EU countries can obtain medical treatment at reduced cost in France with the relevant documentation (Form E111 for Britons), although private medical insurance is still advised and is essential for all other visitors.

Dental Services As for general medical treatment (see above, Insurance), nationals of EU countries can obtain dental treatment at reduced cost. Around 70 per cent of standard dentists' fees are refunded. Still, private medical insurance is advised for all.

Sun Advice July and August (when most Parisians leave the city) are the sunniest (and hottest) months. If 'doing the sights' cover up or apply a sunscreen and take on plenty of fluids. To escape the sun altogether spend the day visiting a museum.

Drugs Pharmacies – recognised by their green cross sign – possess highly qualified staff able to offer medical advice, provide first-aid and prescribe a wide range of drugs, though some are available by prescription (*ordonnance*) only.

Safe Water It is quite safe to drink tap water in Paris and all over France, but never drink from a tap marked *eau non potable* (not drinking water). Many prefer the taste of mineral water, which is fairly cheap and widely available in several brands.

ELECTRICITY

The power supply in Paris is: 220 volts. Sockets accept two-round-pin (or increasingly three-round-pin) plugs, so an adaptor is needed for most non-Continental appliances and a voltage transformer for appliances operating on 100–120 volts.

TAXIS

Taxis can be hailed if you see one with its roof light on. Taxis are metered with a surcharge for luggage, journeys after 10pm and before 6.30am, and for going from and to stations and airports. Queues can be vast, particularly at railway stations.

CONCESSIONS

Students/Youths Holders of an International Student Identity Card (ISIC) are entitled to half-price admission to museums and sights and discounted air and ferry tickets, plus cheap meals in some student cafeterias. Those under 26, but not a student, with the International Youth Travel Card (or GO 25 Card) qualify for similar discounts as ISIC holders.

Senior Citizens Visitors over 60 can get discounts (up to 50 per cent) in museums, on public transport and in places of entertainment. Discounts apply to holders of the *Carte Senior*, which can be purchased from the *Abonnement* office of any main railway station. Without the card, show your passport and you may still get the discount.

Index

ACKNOWLEDGEMENTS

The Automobile Association would like to thank the following photo libraries for their assistance in the preparation of this book.

© **Disney** 165, 227; **Photodisc** 219, 220/1, 223, 239.

The remaining photographs are held in the Automobile Association's own Photo Library (AA World Travel Library) and were taken by the following photographers:

Philip Enticknap front cover, 1, 2/3, 10/1, 27, 30/1, 35; **Paul Kenward** 19, 55, 56, 67, 83, 88; **Max Jourdan** 17, 33, 37, 38/9, 48, 49, 50, 75, 78, 84/5, 93, 97, 98, 99, 108, 113, 115, 118, 119, 129, 131, 150, 154, 158/9, 178/9, 192/3, 196/7, 208/9, 211, 214/5, 232, 243; **David Noble** 162, 164, 167, 168, 175, 181; **Ken Paterson** 18, 20, 22, 61, 66, 72, 80, 124, 132/3, 137, 153, 190, 194, 202, 224; **Bertrand Rieger** 2b, 21, 47, 95, 123, 135, 147, 148, 177, 185, 187, 189, 202, 205, 207, 212, 231; **Clive Sawyer** 2tc, 3br, 28, 44, 57, 62/3, 65, 70/1, 89, 90/1, 102, 128, 130, 141, 183, 199, 200, 246, 247; **Barrie Smith** 138, 144; **Tony Souter** 16, 29, 64, 87, 100/1; **James Tims** 2tl, 3bl, 14/5, 24, 25, 36, 52, 58, 68, 104, 106/7, 112, 116, 126/7, 163, 171, 210, 254/5; **Wyn Voysey** 111.

Typesetting: **Information Engineers** Page layout: **Pentacor book design**
Editors: **Marilynne Lanng, Pam Stagg** Design support: **Katherine Mead**